KIMBERLY MCCREIGHT

Outliers

Gefährliche Bestimmung

GOLDMANN
Lesen erleben

Buch

Die sensible Wylie konnte der Internierungsanstalt, in der sie wegen ihrer besonderen Fähigkeit festgehalten wurde, entkommen. Sosehr sie auch die dramatischen Ereignisse der letzten Wochen vergessen will – sie weiß jetzt, dass es noch andere Mädchen gibt, die so sind wie sie. Mädchen, die die Gefühle anderer Menschen lesen können. Mädchen, die Wylie nicht einfach ihrem Schicksal überlassen kann. Sie muss herausfinden, wer sie jagt und warum. Nur wem kann sie vertrauen? Ihr Vater ist spurlos verschwunden, ihre tot geglaubte Mutter ist wieder aufgetaucht, und von ihrer großen Liebe Jasper muss sie sich fernhalten. Mit ihrem Zwillingsbruder Gideon begibt sich Wylie schließlich auf die gefährliche Suche nach der Wahrheit. Dabei wird sie vor eine harte Entscheidung gestellt: Ihre Bestimmung könnte den Tod bedeuten – doch sie ist auch der Schlüssel zur Rettung …

Weitere Informationen zu Kimberly McCreight
sowie zu lieferbaren Titeln der Autorin finden Sie
am Ende des Buches.

Kimberly McCreight

OUTLIERS

Gefährliche Bestimmung

DIE ENTSCHEIDUNG

Band 3

Roman

Deutsch von Karen Gerwig

GOLDMANN

Die amerikanische Originalausgabe erschien 2018 unter dem Titel »The Collide« bei Harper, an imprint of HarperCollinsPublishers.

Dieses Buch ist auch als E-Book erhältlich.

FSC
www.fsc.org
MIX
Papier aus verantwortungsvollen Quellen
FSC® C083411

Verlagsgruppe Random House FSC® N001967

1. Auflage
Deutsche Erstveröffentlichung Februar 2019

Umschlaggestaltung: UNO Werbeagentur, München
Umschlagmotiv: FinePic®, München
Redaktion: Catherine Beck
KS · Herstellung: kw
Satz: Vornehm Mediengestaltung GmbH, München
Druck und Bindung: CPI books GmbH, Leck
Printed in the Czech Republic
ISBN: 978-3-442-20566-0

www.goldmann-verlag.de

Besuchen Sie den Goldmann Verlag im Netz

Für uns alle, mögen wir mit aller Macht gegen das Erlöschen der Flamme kämpfen.
#resist

Widersteht dem Bösen,
unterstützt das Gute,
investiert in die Zukunft:
Dem widmet euch.

CARRIE CHAPMAN CATT (1859–1947)
Frauenrechtlerin und Präsidentin der
National American Woman Suffrage Association

Dieser Roman ist Fiktion. Was ihr hier lest, ist nie passiert. Zumindest noch nicht.

KIMBERLY MCCREIGHT

Liebe Rachel,

glaub bitte nicht, dass ich Dir nicht dankbar bin für alles, was du getan hast. Man kann einem anderen Menschen wahrscheinlich gar nicht dankbarer sein. Du hast mir das Leben gerettet. Und bis jetzt hattest Du recht damit, dass ich im Untergrund bleiben sollte. Du hattest mit allem recht.

Ich weiß, Du hältst es für eine dumme Idee, Wylie im Jugendgefängnis zu besuchen. In unserem Gespräch hast Du mir alle logischen und vollkommen vernünftigen Gründe dargelegt, warum es gefährlich wäre. Für sie und für mich.

- Es ist ein Gefängnis voller Kameras: Das war's mit dem Totstellen.
- Ben ist schon verschwunden. Soll ich meine Kinder wirklich als Waisen zurücklassen?
- Es könnte sein, dass ich Wylie damit noch mehr in Gefahr bringe. Vielleicht versuchen sie, mich als Druckmittel gegen sie zu benutzen.

Siehst Du, ich habe sehr wohl zugehört, Rachel. Und ich vertraue Dir wirklich.

Aber ich muss auch meinem eigenen Instinkt vertrauen. Und so gefährlich es ist, mich im Gefängnis blicken zu lassen, ist es noch gefährlicher, es nicht zu tun. Vielleicht bringe ich Wylie und mich damit nicht körperlich in Gefahr. Aber es gibt andere Arten von Schmerz, Rachel. Es gibt noch andere Verletzungen, die man nicht vergessen darf.

Ich war der einzige Mensch, auf den sich Wylie immer verlassen hat. Und ich habe auf die schlimmstmögliche Art gelogen. Wie soll sie mir je wieder vertrauen können? Ich habe solche Angst, dass ich sie jetzt schon für immer verloren habe. So sehr, dass ich manchmal glaube, mir bleibt das Herz stehen. Wenn ich nicht sofort anfange, mich wieder zu ihr durchzukämpfen, glaube ich nicht, dass sie mir je vergeben wird.
Und ich habe hier draußen schon viel verändert. Diese Leute, die Du mir genannt hast, diese Senatorin und diese Freundin von Dir aus der American Civil Liberties Union – sie hatten so gute Vorstellungen davon, was dieser Kampf mit sich bringen wird. Wir müssen vorbereitet sein, daran besteht kein Zweifel.
Aber im Moment muss ich als Allerserstes Wylies Mom sein. Das ist das Wichtigste, und sie muss sicher wissen, dass ich lebe. Dafür muss sie mich mit eigenen Augen sehen. Nach allem, was sie durchgemacht hat, ist das die einzige Option. Ich kann sie nicht eine Sekunde länger diesem Schmerz aussetzen. Und nur, damit wir uns auch richtig verstehen: Ich werde auf jeden Fall zu Wylie gehen, mit Deiner Hilfe oder ohne sie. Aber egal, was passiert: Du sollst wissen, wie dankbar ich Dir bin. Und ich bin so froh, dass ich Dich wiederhabe. Ich habe Dich mehr vermisst als Du ahnst.
XX
Hope

Wylie

Ich stehe vor der grauen Tür der Jugendstrafanstalt und warte auf das Summen, wenn sie sich öffnet. In der Hand halte ich eine Plastiktüte mit dem modrigen Cape Cod-T-Shirt und den Shorts, die ich getragen habe, als ich verhaftet wurde.

In den letzten zwei Wochen habe ich Tag und Nacht den Standardanzug getragen, eine pyjamaartige Kombination aus Shirt und Hose. So steif, dass man meinen könnte, sie wäre absichtlich so gemacht, damit man nie wieder schläft. Was ich jetzt trage, ist das totale Gegenteil. Teure Jeansshorts, an genau den richtigen Stellen abgewetzt, und ein unbeschreiblich weiches, schlichtes graues T-Shirt. Die Kleider hat mir Rachel für den Heimweg gebracht, ohne dass ich danach fragen musste. Und dafür bin ich dankbar. Ich bin Rachel für vieles dankbar.

Angefangen damit, dass sie mich auf Kaution herausgeholt hat. So schwierig war das gar nicht, sagt sie. Trotzdem, sie haben sich solche Mühe gemacht, um mich da reinzubringen – ich hätte nicht gedacht, dass sie mich gehen lassen, nur weil Rachel einen Kautionsantrag stellt. Aber ich habe mich geirrt. Rachel hat sich wieder einmal für mich eingesetzt. Sie sagt aber, es ginge nicht nur um die Papiere, die sie eingereicht hat. Es komme darauf an, wen man anruft, nachdem man sie eingereicht hat, was für mich gleichzeitig total wahr und komplett zwielichtig klingt.

Und ich schreibe es allein Rachel zu, nicht Mom. *Ich hole dich hier raus. Versprochen. Xoxo.* Das stand auf dem Zettel von meiner Mom. Und auf der anderen Seite: *Vertrau Rachel. Sie wird dir helfen. Sie hat mir das Leben gerettet.*

Aber das waren nur Worte. Versprechungen machen und dann verschwinden ist leicht. Das Schwierige ist, zu bleiben und sich dem zu stellen, was man getan hat.

Als Rachel mich an dem Morgen besuchte, nachdem Mom wie ein Geist mit dem quietschenden Büchereikarren des Gefängnisses vor mir erschienen war, sah sie verlegen aus. Sie fühlte sich auch schuldig, das konnte ich laut und deutlich lesen. Wir saßen in einem der kleinen Räume für die Treffen mit den Anwälten. Die Räume, die immer nach Zwiebeln rochen und in denen es eiskalt war. Die Räume, in denen man in Wirklichkeit gar nicht unter sich war, wie Rachel mich gewarnt hatte.

Rachels Schuldgefühle löschten alle Zweifel aus. Sie hatte nicht nur gewusst, dass Mom zu mir ins Gefängnis gekommen war – sie hatte auch die ganze Zeit gewusst, dass Mom noch lebte.

Es gab außerdem keine Entschuldigung dafür, dass ich Rachels Täuschung nicht bemerkt hatte. Aber sie war normalerweise wirklich schwer zu lesen; die Schuldgefühle heute waren eine echte Ausnahme. Vielleicht lag es daran, dass sie schon seit vielen Jahren für ihre Mandanten sagen musste, was nötig war. Die einzige echte Konstante bestand darin, dass Rachel nie die ganze Wahrheit sagte. Als wäre es ein Reflex. Ihre wahren Gefühle zu verstehen, das war, als wollte man mit bloßen Händen einen Blitz fangen. Und das machte sie wahrscheinlich zu so einer guten Anwältin. Nur war es dadurch als einfacher Mensch nicht leicht, ihr zu vertrauen. Zu meiner Verteidigung muss ich sagen, dass ich ihr auch nie ganz vertraut hatte. Ich hatte nur akzeptiert, es nicht zu tun.

Während ich Rachel also gegenübersaß, wünschte ich mir glühend, sie wäre eine der Outliers, damit sie die volle Wucht meiner Wut spüren konnte. Rachel hatte mich immer wieder angelogen.

Ja, natürlich hatte ich mich gefreut, als ich aufblickte und Mom – meine echte Mom, von den Toten auferstanden – mit so viel Liebe auf mich herabblickte. Auf jeden Fall. Aber einen Tag später mischte sich das mit einem Durcheinander aus anderen Gefühlen: Wut, Traurigkeit, Verwirrung, Verrat.

Aber Mom war nicht hier, ich konnte es nicht an ihr auslassen. Rachel schon. Also musste es genügen, ihr die Hölle heißzumachen.

»Als Erstes muss ich dich daran erinnern aufzupassen, was du hier drin besprichst.« Bevor ich ein Wort sagen konnte, deutete Rachel nach oben zu den unsichtbaren, neugierigen Augen in unserem stinkenden »Privatraum«. »Aber du bist sicher verwirrt.«

»Verwirrt?«, fuhr ich sie an. »Wie wäre es mit *echt angepisst*?«

Sie nickte erleichtert. Vielleicht war sie froh, dass sie das Geheimnis meiner Mom nicht mehr hüten musste. »Das ist auch berechtigt.«

»Erklär es mir!«, schoss ich zurück und beugte mich vor. Ich drückte mit dem Finger fest auf die Tischplatte. »Sofort!«

Rachel wandte den Blick ab. »Herzukommen war ein echtes Risiko für sie, weißt du? Gefährlich. Aber sie hat es trotzdem getan, denn sie wollte sichergehen, dass du es glaubst. Sie weiß, wie viel du durchgemacht hast, und sie wollte nicht, dass du denkst, ich würde mir das ausdenken oder mir einen Spaß mit dir machen oder so.«

Sorge. Nur ein Blitz, der von Rachel ausgeht. Aber keine Spur von Reue. »Wir haben Glück, dass ich die Freiwilligenbetreuerin hier kenne. Sie hat mir einen Gefallen getan und unsere spezielle Besucherin ehrenamtlich hier arbeiten lassen.«

»Klar.« Meine Wut schwand wie Wasser, das einem durch die Finger rinnt, obwohl ich versuchte, sie festzuhalten. »Was für ein Glück.«

»Pass auf, wenn es dir hilft: Sie wusste nicht, dass es so laufen würde«, erklärte Rachel. Und so weit stimmte es, da war ich mir ziemlich sicher. »Deine ...« Sie unterbrach sich, ihr Blick irrte durch den Raum. »Sie ist am Abend des Unfalls aus dem Nichts bei mir zu Hause aufgetaucht. Ich hatte nicht mehr mit ihr gesprochen seit wann – zehn Jahren? Aber sie hatte das Gefühl, verfolgt zu werden, und kam irgendwann in meiner Gegend vorbei. Sie hatte Glück, dass ich nach all der Zeit überhaupt noch dort wohnte. Um ehrlich zu sein, dachte ich erst, sie sei betrunken oder hätte einen psychotischen Schub oder so was. Sie klang so paranoid, fast schon wahnhaft. Aber sie hatte einfach solche Angst. Wie konnte ich das Risiko eingehen, ihr nicht zu helfen? Ich weiß nicht, vielleicht war auch noch ein bisschen Egoismus dabei. Wir haben uns nicht im Guten getrennt, deine Mom und ich. Vielleicht dachte ich, es sei eine Chance zu beweisen, dass sie sich geirrt hatte, was mich anging.«

»Geirrt? Wobei?« Diese Frage schien mir seltsam wichtig zu sein.

»Du weißt, deine ... Sie ist ein Racheengel. Und ich habe den Edelmut schon vor Langem aufgegeben.« Rachel zuckte die Achseln.

Noch eine kalte, harte Wahrheit. Rachel schämte sich vielleicht nicht, aber sie war auch nicht stolz darauf.

»Jedenfalls dachte ich, es wäre keine große Sache, jemanden zu bitten, ihr Auto von dort wegzufahren. Das Mädchen in dem Auto war die Freundin eines Mandanten von mir. Ich hatte sie eingestellt, damit sie mein Haus putzte und Besorgungen machte. Ich wusste, dass sie Geld brauchte. Sie war damals seit zwei Monaten trocken und versuchte, ihr Leben auf die Reihe zu bekommen. Also brauchte sie Geld, und wir brauchten jemanden, der das Auto wegfährt. Ich dachte, so hätte jeder was davon.«

»Das Mädchen nicht so sehr«, sagte ich und beschloss, die Wodkaflasche nicht zu erwähnen. Vielleicht war das Mädchen doch nicht trocken, aber es kam mir falsch vor, sie jetzt bloßzustellen.

»Ja, nicht besonders«, sagte Rachel. Sie wusste, sie sollte sich schuldig fühlen, schaffte es aber nicht ganz.

»Und nach dem Unfall war es so was wie die einzige logische Alternative, dass sie verschwand und vorgab, tot zu sein?« Ich klang sauer, aber die Trauer folgte sofort. »Zur Polizei zu gehen oder irgendetwas anderes Normales stand gar nicht zur Debatte?«

»Du weißt besser als alle anderen, dass der Polizei zu vertrauen nicht so leicht ist, Wylie. Abgesehen davon hat sie sich große Sorgen um euch gemacht. Da war irgendwas mit Babypuppen. Sie dachte, sie wären als Drohung für euch gemeint, vor allem für ihre Babys.«

»Sie waren nicht mal für sie bestimmt«, sagte ich, obwohl Mom das damals nicht wissen konnte. »Wir haben, nachdem sie fort war, weiter welche bekommen. Ich habe sogar im Krankenhaus eine bekommen. So oder so hat sie aber behauptet, es gäbe wegen der Puppen keinen Grund zur Sorge.«

»Was sollte sie auch sagen? Sollte sie euch allen Todesangst einjagen? Jedenfalls gab es anscheinend auch noch andere Dinge. E-Mails. Anonyme. Darin wurdet ihr ausdrücklich erwähnt. Vor der Polizei gewarnt. Nach dem Unfall waren wir beide überzeugt, die einzige Möglichkeit, euch in Sicherheit zu bringen, sei, die Leute, die hinter ihr her waren, glauben zu lassen, sie sei tot.«

»Toller Plan«, sagte ich besonders abfällig.

»Na ja, jetzt ist klar, dass alles mit der Forschung deines Dads zu tun hatte. Aber erst nachdem dein Dad ihr erzählt hat, was in diesem Camp in Maine mit seinem Assistenten los war …«

»Warte, was?« Meine Brust wurde eng. »Dad *wusste*, dass sie lebt?« Dieses Gespräch konnte nur im Mai stattgefunden haben, als wir schon lange glaubten, sie sei tot.

»Erst nach der Sache im Camp.« Rachel mied meinen Blick. »Nachdem deine … Nachdem ihr klar wurde, dass ihr Unfall … dass die Drohungen mit seiner Arbeit zusammenhingen, musste sie ihm sagen, dass sie lebte. Dein Dad war nicht glücklich darüber, aber er verstand es dann doch. Sie beschlossen gemeinsam, es sei sicherer, es dir und Gideon nicht zu sagen. Dass sie eine bessere Chance hatte, hinter den Kulissen zu helfen, wenn niemand wusste, dass sie lebte.«

Rachel beugte sich eifrig vor, aber es wirkte gezwungen. »Und sie war im ganzen Land unterwegs, Wylie, hat im Hintergrund Fäden gezogen, Leute getroffen, Wissenschaftler, Journalisten und Politiker angeworben. Sie hat eine Hilfsmannschaft zusammengestellt. Alles zu deinem Schutz.«

»Meinem Schutz?« Ich schluckte mit einem Kloß im Hals und umschloss die Gefängnismauern mit einer Geste. »Das hier soll sicher sein?«

»Du lebst, Wylie«, sagte Rachel. »Oder etwa nicht?«

»Yo, hallo?«, ruft der Wächter mit den langen Haaren zu mir herüber. Ich stehe immer noch am Ausgang. Klingt, als hätte er schon eine ganze Weile auf den Knopf gedrückt. »Willst du hierbleiben? Na los, geh schon!«

Nein, ich will auf keinen Fall eingesperrt bleiben. Ich gebe mir einen Ruck, umklammere meine knittrige Plastiktüte fester. Außer den gammeligen Kleidern befinden sich darin ein Umschlag mit dem, was von Rachels Geld übrig ist (getrocknete, zerknitterte achtzig Dollar), und der Ehering meiner Mutter. Ein Teil von mir möchte den Ring herausfischen und ihn festhalten. Ein Teil von mir will ihn in den nächsten Gulli werfen. Dass Mom ihren gravierten

Ring abnahm und zurückließ, war Rachels Idee gewesen. Übertrieben, hat Rachel jetzt zugegeben. Aber sie hat auch früher schon Leuten beim Verschwinden geholfen. Besser auf Nummer sicher gehen.

Endlich trete ich in die morgendliche Julisonne hinaus. Es ist sieben Uhr, eine seltsam frühe Entlassungszeit, und jetzt schon heiß. Ich schirme meine Augen gegen die blendende Sonne ab und sehe mich auf dem Parkplatz um. Die schwüle Luft drückt mir schwer auf die Lunge. Seit ich verhaftet wurde, waren meine Ängste erbarmungslos. Als hätte man mir einen Betonklotz auf die Brust geschnallt, der mich langsam erdrückte. Dr. Shepard sagte, das sei zu erwarten gewesen – der Stress des Gefängnisaufenthaltes, die Klaustrophobie.

Nur dass es jetzt, wo ich draußen bin, nicht viel besser zu werden scheint. Ich muss weiter in Bewegung bleiben. Bei mir hilft immer die Bewegung nach vorn; das ist das einzig Gute, was ich aus dem Grauen des Camps in Maine gelernt habe.

Erst als ich losgehe, sehe ich ihn endlich; er lehnt an der Motorhaube des Autos am anderen Ende des Parkplatzes. Als wäre er lieber nicht hier. Er drückt sich ab und winkt, lächelt viel zu breit.

Gideon.

Selbst aus dieser Entfernung spüre ich seine Schuldgefühle. Je länger Dad verschwunden ist, desto mehr gibt sich Gideon die Schuld. In letzter Zeit besteht Gideon nur noch aus Schuldgefühlen.

Ich habe ihm gesagt, dass er sich für viel zu viel selbst verantwortlich macht. Die Liste der Outliers, die Gideon Dr. Cornelius gegeben hat, mag diesem leichteren Zugang zu einer größeren Gruppe von Outliers verschafft haben, aber ich war diejenige, die Dad darin bestärkt hat, nach D.C. zu fliegen, wo er von Gott weiß wem entführt wurde. Jemand, der für Quentin arbeitet, nehme ich immer noch an. Auch wenn Quentin ehrlich entsetzt wirkte, als ich ihm an dem Tag, als er mit seiner Baseballmütze im Gefängnis aufgetaucht ist, von Dad erzählte. Aber wer sonst? Senator Russo? Klar, Dad sollte sich mit ihm treffen, aber Rachel hat die Polizei von D.C. gezwungen, ihn in alle Richtungen unter die Lupe zu nehmen. Es gibt keine Hinweise darauf, dass sie je ein Treffen geplant hatten, und es gibt massenhaft Papiere, die schwarz auf weiß beweisen, dass Russo zu der Zeit in Arizona war.

Und ich bin vielleicht immer noch überzeugt, dass Russo etwas richtig Schlimmes getan hat, aber nicht mal ich glaube, dass er meinen Dad entführt hat. Und bisher konnte auch niemand die Frau auftreiben, die angeblich Dads Handy hatte. Jetzt ist es ausgeschaltet oder zerstört. So oder so können sie es nicht aufspüren. Womit nur noch ein einziger Hinweis darauf bleibt, was passiert ist, nämlich ein Video einer Sicherheitskamera, auf dem er zu sehen ist, wie er den Flughafen mit jemandem verlässt und in einen schwarzen Kombi steigt. Ich habe das Video nicht gesehen, aber Rachel. Sie sagt, Dad sieht darauf aus, als würde er »normal« gehen, also freiwillig. Andererseits hat er auch erwartet, von jemandem aus Russos Büro abgeholt zu werden. Es überrascht also nicht, dass er mitging, wer auch immer das war.

Der Mann – wir nehmen an, es ist ein Mann – ist nur von hinten zu sehen. Eher klein und mit Kapuze. Mehr kann Rachel nicht sagen. Im Grunde könnte es jeder sein. Sogar Quentin. In meinem Kopf führen immer noch alle Wege zu ihm.

Ich habe Rachel versprochen, dass ich Gideon das von Mom erzählen würde. Aber jetzt, da er hier auf der anderen Seite des Parkplatzes steht, wünsche ich mir, ich hätte mich geweigert. Denn ich weiß, wie weh es tut, dass sie gelogen hat. Ich war in letzter Zeit oft sauer auf Gideon, aber diesen Schmerz wünsche ich ihm nicht. Ich wünsche ihn niemandem.

Gideon macht ein paar Schritte auf mich zu und winkt wieder. Als ich über den Parkplatz auf ihn zugehe, rauscht ein weißer Kastenwagen vor mir vorbei. So dicht, dass ich zurückzucke. Ich sehe zu, wie der Van hart vor dem Tor der Strafanstalt bremst. Das Tor schwingt auf, und er rast hinein. Der Wächter hatte recht – worauf warte ich noch? Während man Zeit vergeudet, passieren schreckliche Dinge.

»Hi«, sagt Gideon, als ich endlich bei ihm ankomme. Er deutet auf meine Tüte. »Brauchst du Hilfe?«

Das ist lieb. Aber wenn Gideon lieb ist, kommt mir die Welt unsicher und verkehrt vor.

Selbst ein nicht lieber Gideon wäre im Moment nicht meine erste Wahl. Mir wäre Jasper lieber gewesen. Dann könnte ich ihn endlich in die Arme nehmen, wie ich es schon seit zwei Tagen tun möchte. Aber meine Freilassung kam so plötzlich. Erst gestern, nachdem Jasper den Besucherraum verlassen hatte, haben sie mir gesagt, dass Kaution für mich hinterlegt wurde. Und als ich Jasper heute auf dem Handy anrufen wollte, kam nur die Ansage: *Die von Ihnen gewählte Rufnummer ist nicht erreichbar.* Ich versuche, mir keine Sorgen zu machen. Jasper hat wahrscheinlich nur vergessen, die Rechnung zu bezahlen, rede ich mir ein. Aber jedes Mal glaube ich es ein bisschen weniger.

»Geht schon«, sage ich zu Gideon, während ich um das Auto unseres Vaters herumgehe. »Aber danke«, füge ich in der Hoffnung hinzu, dass er aufhört, mich anzusehen, als wäre ich das Einzige, was ihn vorm Ertrinken retten kann.

»Wohin?«, fragt Gideon, als wir im Auto sitzen, und versucht dabei, fröhlich zu klingen, ungezwungen. »Willst du was frühstücken oder so? Das Essen da drin ist bestimmt furchtbar.«

»Ähm, vielleicht später«, antworte ich. Ich sollte Gideon sofort von Mom erzählen. Es hinter mich bringen. Stattdessen blicke ich nur aus dem Fenster. »Fahren wir. So weit weg von hier wie möglich.«

Ich kann es ihm einfach nicht sagen. Noch nicht.

Gideon hat seinen Führerschein ganz neu. Und wie sich herausstellt, ist er ein echt schlechter Fahrer. Nervös und langsam, aber dann plötzlich wieder zu schnell. Nicht dass ich mir ein Urteil erlauben sollte. Gideon hat sich hinters Steuer gewagt, das kann ich von mir nicht behaupten. Aber als er schließlich ruckartig vom Parkplatz des Gefängnisses fährt, werde ich im Sitz nach hinten geworfen. Mir ist jetzt schon schlecht.

»Sorry«, sagt er und steigt hart auf die Bremse. »Ich hab's immer noch nicht so ganz raus.«

Ich nicke und drehe mich wieder zum Fenster, sehe zu, wie die heruntergekommenen Einkaufszentren und mit Brettern zugenagelten Fast-Food-Restaurants vorbeiziehen. Die Gegend um die Jugendstrafanstalt ist hässlich und trostlos. Ich müsste mich eigentlich besser fühlen, jetzt, da ich sie hinter mir lasse. Stattdessen verstärkt sich meine Angst. Als wüsste ich schon, dass das, was vor uns liegt, schlimmer ist als das hinter mir. Denn dieses Gefühl ist nicht nur meine Angststörung. An einem von den guten Tagen habe ich gelernt, den Unterschied zu erkennen.

Gideon und ich fahren zwanzig Minuten vor uns hin, tauschen harmlose Bemerkungen zwischen langen Episoden des Schweigens aus. Wie war deine Zellennachbarin? Sehr nett. Wie ist das Essen? Sehr schlecht. Hat jemand versucht, dich zu verprügeln? Nein.

Jedes Mal, wenn ich den Mund aufmache und ihm nicht sage, dass Mom noch lebt, fühle ich mich mehr wie eine Lügnerin.

Als wir endlich ins Stadtzentrum von Newton fahren, bin ich erleichtert. Es sieht genauso aus wie vorher, kommt mir aber seltsam fremd vor. Erst als wir noch einmal rechts abgebogen sind, wird mir klar, dass wir in Cassies Straße sind. Und weiter vorn steht es: Cassies Haus mit seinem spitzen Dach, wie ein Lebkuchenhaus, und der wie von Eis überzogenen Fassade, malerisch wie eh und je. Ich fühle den Moment, als Gideon sein Fehler bewusst wird. Er mag kein Outlier sein, aber er ist auch kein Idiot.

»Oh, ähm, ich … Mist.« Er tritt so hart auf die Bremse, dass ich mich am Armaturenbrett abstützen muss. »Tut mir leid, ich hab nicht nachgedacht. Ich kann einfach umdrehen, wenn du …«

»Nein.« Und sogar ich bin überrascht, wie nachdrücklich das klingt. Ich weiß eigentlich gar nicht, warum. »Ich bin nicht, ähm, ich war seit ihrer Beerdigung nicht mehr hier. Ich weiß nicht … Irgendwie will ich ihr Haus sehen.«

Wollen ist das falsche Wort. *Müssen* trifft es besser. Fast schon zwanghaft. Ich habe das Gefühl, als läge in der Vergangenheit – in Cassies Vergangenheit, in unserer – so etwas wie eine grundlegende Wahrheit verborgen. Als könnten wir uns nur aus dieser schrecklichen Dauerschleife des Kummers befreien, wenn wir uns wieder an den Anfang zwingen.

»Kannst du dort anhalten, nur kurz?« Ich zeige auf den Straßenrand.

»Ehrlich?«, fragt Gideon und umklammert das Lenkrad noch fester, darübergebeugt wie ein alter Mann. Er ist mit dem Fahren schon völlig überfordert, ganz zu schweigen davon, auch noch mit mir zurechtkommen zu müssen. »Bist du sicher?«

»Ja, ich bin sicher«, lüge ich. Zum Glück kann Gideon das nicht wissen. »Bitte, nur eine Minute.«

Schließlich bleibt Gideon ruckartig am Straßenrand stehen. Das Haus sieht aus wie immer. Seit Cassies Beerdigung sind erst zwei Monate vergangen, trotzdem habe ich mehr Verfall erwartet. Vielleicht musste ich deshalb hier halten: um mich zu erinnern, dass die Welt weiterrast, egal, wie viele von uns in ihren Sog geraten.

Nein, das ist es nicht. Das klingt gut, aber deshalb bin ich nicht hier. Es ist etwas anderes. Etwas Spezifischeres. *Cassies Haus. Cassies Haus. Warum?*

Cassies Tagebuch vielleicht? Das könnte sein. Jasper und ich haben nie herausgefunden, wer ihm diese Seiten geschickt hat.

//

»Wen interessiert's, wer sie geschickt hat?«, fragte Jasper.

Wir saßen einander gegenüber im Besucherraum der Jugendstrafanstalt. Tag dreizehn meiner Inhaftierung, Tag dreizehn, an dem Jasper mich treu besuchen kam. Er saß, wie er es immer tat, die Hände unter die Oberschenkel geschoben, auf dem harten Plastikstuhl. Damit er nicht aus Versehen versuchte, meine Hand halten zu wollen. Er hatte es einmal vergessen und hätte fast Besuchsverbot bekommen. *Keine Berührungen. Kein Austausch von Gegenständen. Hemd und Schuhe verpflichtend.* Es gab nicht viele Regeln. Aber die wenigen wurden durchgesetzt.

»*Mich* interessiert, wer sie geschickt hat«, erwiderte ich. »Es nicht zu wissen macht mich nervös. Dich sollte es auch nervös machen.«

»Nervös?«, fragte Jasper.

Ich suchte nach einem Unterton in seiner Stimme. *Dich macht doch immer alles nervös.* Aber so meinte er es nicht. Jasper hielt nichts von Subtext. Das war eines der Dinge, die ich an ihm liebte.

Ja, liebte. Ich hatte es ihm noch nicht gesagt. Es war eher so eine Idee, die ich mal anprobierte. Aber bisher passte sie. Viel besser, als ich gedacht hätte. Und ich wartete ständig darauf, dass ich mich deswegen dumm fühlte, als hätte man mich in etwas hineinmanipuliert. Aber es fühlte sich an, als wäre ich mit Vertrauen dorthin gelangt.

»Wir sollten zumindest nachforschen«, sagte ich.

»Es war Maia. Darauf haben wir uns doch geeinigt.«

»*Du* hast dich geeinigt«, sagte ich. »*Ich* will eine Bestätigung.«

»Warte, du bist doch nicht eifersüchtig, oder?«, neckte mich Jasper. Ich warf ihm einen finsteren Blick zu, und er hob beschwichtigend die Hände. »Sorry, schlechter Witz.«

Und dann wurde er rot, also richtig, was irgendwie altmodisch war. Andererseits hatte unser zweiwöchiges Gefängnis-Liebeswerben auch nur aus unschuldiger Konversation und Hände bei sich behalten bestanden, und das in sechsundzwanzigminütigen überwachten Abschnitten. In Wahrheit kannten wir uns – trotz allem, was wir zusammen durchgemacht hatten – nicht *so* gut. Aber während wir uns einander langsam öffneten, passte alles immer besser.

Wie sich herausstellte, war Jasper albern. Viel mehr, als mir klar gewesen war. Und darunter so schonungslos und herzzerreißend sensibel. Er erzählte viel von seinem Dad und was es hieß, Angst zu haben, selbst Eigenschaften zu entwickeln, die man so sehr hasst. Er benutzte diese Angst, um zu erklären, dass er in gewisser Weise meine Ängste verstand. Irgendwie. Und ich kapierte den Zusammenhang nicht. Aber ich liebte Jasper, weil er versuchte, einen herzustellen.

»Ich muss Maia sagen hören, dass sie es war, die die Tagebuchseiten geschickt hat, bevor ich es glaube«, sagte ich. »Sonst verfolgt mich das noch ewig.«

Jaspers Gesicht wurde weich. »Willst du, dass ich Maia frage?« Es war ein Pro-forma-Angebot.

Ich nickte trotzdem. »Ja, bitte.«

Jasper holte Luft und schloss die Augen. »Okay«, sagte er gedehnt. »Aber nur, weil ich …« Wieder schoss ihm die Röte in die Wangen. Er wartete kurz, bevor er zu mir aufblickte. »Für dich tue ich es. Aber nur für dich.«

Aber jetzt, da ich hier sitze und zu Cassies Haus hinaufstarre, geht mir auf, dass es dumm ist, Maia zu fragen. Sie wird es nur abstreiten. Vielleicht wollte ich deshalb hier haltmachen, um Cassies Mom Karen zu fragen. Sie kann uns sagen, ob Maia je mit dem Tagebuch in Cassies Zimmer allein war. Möglicherweise weiß sie sogar noch mehr.

»Ich muss Karen kurz was fragen«, sage ich, löse den Sicherheitsgurt und öffne die Autotür. »Ich bin gleich wieder da.«

»Echt jetzt?«, fragt Gideon, aber ich bin schon halb zur Tür hinaus. »Puh, dann komme ich mit.«

Erst auf dem Weg zum Haus bemerke ich das Unkraut zwischen den Steinplatten. Das Haus verfällt mehr, als mir klar war. Karen vermutlich auch.

»Kann ich euch helfen?«, ruft eine Frau aus dem Nachbargarten herüber, noch bevor wir an der Tür ankommen. Ihre Stimme ist scharf, abweisend.

Als ich mich umdrehe, sehe ich Mrs Dominic, Cassies missmutige grauhaarige Nachbarin, in einem lindgrünen Jogginganzug, eine Einkaufstüte in der rechten Hand, auch wenn es mir extrem früh vorkommt, dass jemand jetzt schon vom Einkaufen zurückkommt. Cassie mochte Mrs Dominic nie. Und ich bin mir ziemlich sicher, ich werde gleich herausfinden, warum.

»Wir wollen zu Karen«, sagt Gideon, als ich stumm bleibe.

Mrs Dominic starrt uns noch eindringlicher an, ihr Blick wandert an uns auf und ab. Wir führen nichts Gutes im Schilde. Das ist beschlossene Sache. Sie kommt zwei Schritte näher, jetzt steht sie fast auf Cassies Rasen. Aber nicht ganz.

»Warum?«, fragt sie.

In meinem Magen rumort es eiskalt – meine eigenen Ängste. Doch dann folgt diese inzwischen schon vertraute kratzige Outlier-Hitze. Die dreht sich nur um Mrs Dominic. Sie ist zu verärgert über uns, zu neugierig. Ganz falsch. Ich möchte ihr gar nichts sagen. Und was geht es sie überhaupt an?

Ich lächle gezwungen. »Danke«, sage ich fest. »Aber wir kommen schon zurecht.«

Als hätte sie ihre Hilfe angeboten, nicht ihr Misstrauen.

»Tja, Karen ist sowieso nicht da. Da ist niemand«, freut sich Mrs Dominic, dass sie uns enttäuschen kann. »Sie ist weggegangen.«

»Wohin weggegangen?«, frage ich viel zu bestürzt, das weiß ich.

Mrs Dominic wippt auf den Fersen. »Das kann ich leider nicht sagen.«

Nicht können bedeutet eindeutig *nicht wollen*.

»Nach dem, was diese arme Frau durchgemacht hat, ist es keine Überraschung, dass sie nicht hierbleiben konnte. Ihr könntet mir eure Adresse geben, dann gebe ich sie weiter, wenn sie zurückkommt.«

Das ist ein Vorwand, um an unsere Namen heranzukommen. Sie hat nicht vor, irgendetwas weiterzugeben. Ich muss ihr zugutehalten, dass sie ziemlich überzeugend ist. Oder es zumindest für alle anderen wäre.

»Ist schon in Ordnung.« Ich ziehe Gideon am Arm mit. »Wir wollten gerade gehen.«

EndOfDays-Blog

5. November

Das Entscheidende ist: Wir müssen alle bereit sein, wenn wir aufgefordert werden, das Richtige zu tun. Was auch immer es uns persönlich kosten mag. Die Liebe des Herrn fordert Opfer. So zeigen wir, dass wir treue Diener einer höheren Macht sind.

Wenn wir das Gute sehen wollen, das folgt, wenn wir in unserem eigenen Leben treu sind, müssen wir zu Opfern bereit sein. So können wir zeigen, dass wir all dessen würdig sind, was für uns geopfert wurde. Und eines dürfen wir nicht zulassen: eine Welt, die auf Kosten unschuldiger Leben auf die nächste wissenschaftliche Erkenntnis zurast.

Wir müssen bereit sein, uns solchen Kräften in den Weg zu stellen. Wir müssen bereit sein, rechtschaffen für die Unschuldigen und Schwachen zu kämpfen. Koste es, was es wolle.

Gehet hin in Frieden, alle miteinander. Ins Licht.

Riel

Riel liegt in Leos schmalem Bett. Die Augen hat sie in der Dunkelheit weit geöffnet. Der schlafgestörte Leo besitzt Superjalousien, die den Raum stockfinster machen, obwohl es fast acht Uhr morgens ist. Während Leo im Schlaf schwer atmet, versucht Riel, sich den Nachthimmel voller Sterne vorzustellen. Lilablaue Schwärze und winzige Lichtpunkte. Wie Glitzer. Ihre Schwester Kelsey liebte so einen Scheiß. Zu den Sternen hinaufzublicken. So zu tun, als wären sie da, auch wenn sie es nicht waren. Aber Riel sieht nur Schwärze. Das war schon immer so.

Riel dreht sich herum, schmiegt sich enger an Leo. Hofft, dass sein gleichmäßiges Atmen sie wieder einschlafen lässt. Aber dazu wird es nicht kommen. Das tut es nie.

Nachdem ihre Eltern gestorben waren, hat Kelsey einmal draußen in der Eiseskälte geschlafen, nur damit sie sich »ihnen nahe fühlen« konnte. Den Sternen? Ihren Eltern? Riel hat nicht gefragt. Kelseys Erklärungen machten immer alles nur noch schlimmer.

Trotzdem war Kelsey eine alte Seele, ein sensibler Geist. Eine Künstlerin, der von Geburt an das dicke Fell fehlte. Und nicht nur, weil sie Outlier war. Riel ist auch eine, aber sie war schon immer eisenhart. Sie würde einen beschissenen atomaren Winter überleben, sogar wenn sie versuchen würde zu sterben.

Riel war achtzehn und neu in Harvard, Kelsey erst sechzehn, als ihre Eltern im letzten November starben. Von einer Sturzflut weggeschwemmt, während sie provisorische Behausungen in Arkansas bauten. Denn solche Menschen waren sie. Gute Menschen. Menschen, die dabei starben, dass sie das Richtige taten.

Etwas Gutes hat Riel auch mit Level99 bewirken wollen. Und vielleicht tat sie das sogar auch, bis Quentin im April daherkam, nur wenige Wochen nach Kelseys Tod. Riel war immer noch am Boden zerstört von ihrer Trauer, und Quentin klang absichtlich so, als könnte Kelsey noch leben, wenn da nicht ein ehrgeiziger Mistkerl gewesen wäre: Dr. Ben Lang. Dr. Lang interessierte sich nur dafür, dass ihn seine Neuentdeckung – diese Outliers – reich machten. Und so beschloss Riel, dass nur noch eines zählte: dass er bezahlte. Natürlich war ihr von Anfang an klar, dass Quentin ein Arsch war. Ein Narzisst, dem man nicht vertrauen konnte. Aber das war ihr weniger wichtig, als dafür zu sorgen, dass Dr. Lang bekam, was er verdiente.

Tief in ihrem Inneren wusste sie auch, dass Kelsey von Anfang an verloren gewesen war, unabhängig von Dr. Lang. Dass es rein gar nichts geändert hatte zu wissen, dass sie Outlier war. Vielleicht wurde das Leben dadurch nicht leichter, aber es war auch nicht ihr Hauptproblem. Kelsey hatte schon lange vor dem Tod ihrer Eltern angefangen zu trinken. Riel hatte sie darüber sprechen hören, Kelsey Hilfe zu besorgen. Aber dann waren sie tot. Mit den Drogen fing sie erst nach ihrer Beerdigung an. Gras, dann Pillen. Mit Kelsey ging es bergab wie auf einem beschissenen Schlitten.

Riel hatte noch versucht, sie abzufangen, aber sie war schon weg.

»Warte, mit wem gehst du?«, fragte Riel an diesem letzten Abend, als Kelsey in ihrem immer noch mädchenhaften Zimmer – rosa Wände, Poster von Boybands – herumrannte und sich anzog. Es war März, ein halbes Jahr nach dem Tod ihrer Eltern. Zum ersten Mal wirkte Kelsey glücklich, ohne völlig high zu sein.

»Mit meiner Freundin«, antwortete Kelsey, während sie an ihren tollen dunklen Locken herumfummelte. Sie war schön, aber auf eine weiche, elegante Art. Riel war auch schön, aber anders.

»Was für eine Freundin?«

»Du weißt schon, die ich im Museum kennengelernt habe. Grace-Ann.«

»Grace-Ann. Stimmt. Bist du sicher, dass sie überhaupt so heißt?«

»Warum sollte sie nicht so heißen?«, fragte Kelsey mit einem Auflachen.

»Ich weiß nicht. Er klingt erfunden. Wie aus *Unsere kleine Farm* oder so. Und die Party von dieser Grace-Ann ist irgendwo im Nirgendwo?« Riel hatte kein gutes Gefühl bei dieser Party. Sogar ein ganz schlechtes. Und auch, was diese Grace-Ann betraf, schon vom ersten Mal an, als Kelsey sie erwähnt hatte. »Du wohnst zehn Minuten vom Bostoner Zentrum entfernt. Geh dort aus.«

»Es ist ihre Party, und da wohnt sie eben. In einer Wohngruppe übrigens. Weil sie auch ihre Eltern verloren hat. Sie sind abgehauen, nicht gestorben, aber es kommt aufs selbe raus.« Kelsey hielt inne und drehte sich zu Riel um. Traurigkeit wallte in ihr auf, Riel fühlte es. »Das haben wir beide gemeinsam, deshalb geht es mir ein bisschen besser. Okay? Abgesehen davon klingt es lustig. Die Party findet in einem alten Forschungslabor statt. Nichts Illegales. Nur Spaß. Sonst gibt's ja nicht mehr viel Spaß.«

Mit Grace-Ann hatte Kelsey auch den Großteil des Winters verbracht, sie hatten sich auf dem Gelände der nahe gelegenen Unis herumgetrieben und nach Jungs Ausschau gehalten. Einmal waren sie in irgendeinen Psychotest gestolpert und hatten von den zwanzig Mäusen, die sie dafür bekommen hatten, Bier gekauft. Riel war froh, dass es nicht Harvard war. So kannte sie die Jungs, mit denen sie dieses Bier geteilt hatten, wenigstens nicht. Trotzdem: so viele Risiken. Zu viele.

»Nein«, sagte Riel. »Du gehst nicht hin.«

»Nein?« Kelsey lachte.

»Nein«, wiederholte Riel und verschränkte die Arme. »Ich habe kein gutes Gefühl. Du darfst nicht gehen.«

Kelsey lachte nur noch mehr. »Hör mal, ich hab dich lieb, Rie-Rie«, sagte sie. »Aber mal im Ernst, wie willst du mich aufhalten?« Sie kam rüber, um Riel zu umarmen. »Mach dir keine Sorgen, ich passe auf. Versprochen.«

Denn so war es: Riel war verantwortlich, obwohl sie nicht verantwortlich war. Sie konnte nicht mehr tun, als am Straßenrand zu stehen und lautlos zu schreien: *Pass auf dich auf!*, während sich ihre Schwester in den Verkehr stürzte.

Am nächsten Morgen war Kelseys Bett leer und unberührt. Erst als Riel das ganze Haus durchsuchte und dabei unaufhörlich dachte: *Ich hätte sie aufhal-*

ten können, ich hätte sie aufhalten müssen, ich hätte sie aufhalten können, sah sie schließlich aus dem Fenster. Und entdeckte etwas. In der Einfahrt.

Riel rannte hinaus, mit hämmerndem Herzen und zitternd. Wählte schon den Notruf auf ihrem Handy, das sie umklammerte. Aber als sie endlich bei Kelsey ankam, die mit ausgebreiteten Gliedern dort lag, sah sie, dass es viel zu spät für Hilfe war. Ihre Schwester war steif und blau. Schon seit Stunden tot. Hier hingeworfen, sicher von Grace-Ann, irgendeinem Mädchen ohne Eltern und Gesicht und vielleicht mit einem erfundenen Namen. Irgendein Mädchen, das Riel nicht finden und beschuldigen konnte.

Und so musste am Ende Dr. Lang herhalten.

Wylie behauptete, jemand hätte diesen Psychotest in ihre und Kelseys Ausgabe von *1984* geschrieben. Aber dieser Jemand war nicht Kelsey gewesen. Sie hatte damals nicht wissen können, dass der Test etwas mit den Outliers zu tun hatte. Es war ihr nur um die Jungs und die zwanzig Mäuse, das Bier und diese furchtbare Scheißfreundin gegangen. Das war sicher diese »falsche Kelsey«, die Wylie kennengelernt hatte.

Endlich rührt sich Leo. Ohne es zu merken, hat Riel ihn zu fest gedrückt.

»Mach die Augen zu«, flüstert er. Obwohl sie hinter ihm liegt, weiß er es. »Versuch, noch mal zu schlafen.«

Leo fragt nicht, was los ist. Das tut er nie. Er stellt keine Fragen. Erwartet keine Antworten. Deshalb bleibt Riel. Deshalb und weil sie Leo liebt. Eines Tages wird sie es ihm vielleicht sogar sagen. Andererseits hat sie einen unfairen Vorteil: Sie kann schon fühlen, dass Leo sie liebt.

Sie starrt auf Leos Rücken. »Ich bin schon zu lange wach.«

»Ich könnte dir Tee machen.«

Ihr Dad hätte Leo und seinen Tee gemocht. Ihre Mom hätte seine Treue zu schätzen gewusst. *Ich muss immer an Kelsey denken.* Das ist die Wahrheit, aber Riel sagt es nicht. Wenn sie es täte, müsste sie vielleicht weinen. Und wenn sie einmal anfängt, wird sie nie wieder aufhören. Scheiße. Es entgleitet ihr.

»Ich werde verfolgt«, sagt Riel schließlich. Darüber denkt sie eigentlich gar nicht nach. Aber vielleicht sollte sie es. Es ist auf jeden Fall eine gute Ablenkung von Kelsey.

»Was?«, fragt Leo und klingt jetzt besorgter, als sie erwartet hat. Er stemmt sich im Bett hoch und dreht sich zu ihr um. Riel wünscht sich, sie hätte nichts gesagt. »Wer verfolgt dich?«

»Ich weiß es nicht.«

Doch sie hat so einen Verdacht. Die Agenten, die im Haus ihres Großvaters aufgetaucht sind.

//

»Wir müssen unbedingt Wylie Lang finden«, verkündete Agent Klute, als Riel endlich zur Haustür ihres Großvaters auf Cape Cod zurückgekehrt war. Bis dahin waren Wylie und Jasper schon in der Dunkelheit verschwunden und in Sicherheit.

Und Klute war total sauer. Riel fühlte, wie gern er ihr den großspurigen Blick aus dem Gesicht geschlagen hätte. Also bat sie ihn besonders freundlich herein. Nur um ihn zu nerven.

»Ach, kommen Sie doch herein und sehen Sie selbst nach«, sagte sie mit einer huldvollen Handbewegung. »Sie ist nicht hier. Und ich habe nichts zu verbergen.«

Klute rührte sich aber nicht – nichts warf die Leute so gut aus der Bahn, als wenn sie bekamen, was sie wollten.

»Ähm«, sagte Riel. »Kommen Sie nun rein oder nicht?«

»Ja, wir kommen rein«, entschied sich Klute doch noch, winkte sie zur Seite und trat durch die Tür.

»Wie gesagt, Wylie ist nicht hier«, sagte Riel, als Klute und sein Partner schließlich im ganzen Haus herumgetrampelt waren. »Ihr Dad, Dr. Lang, ist in D.C. verschwunden. Wahrscheinlich ist sie dort, um ihn zu suchen. Vielleicht läuft sie dort sogar Opa über den Weg?«

Agent Klute sah nicht zu Riel herüber, aber sie fühlte das winzige Zucken, als sie Dr. Lang erwähnte. Es war unverkennbar. Es gab eine Verbindung zwischen Dr. Lang und ihrem Großvater, kein Zweifel. Sie waren vielleicht Jaspers Handy gefolgt, aber das war nicht der einzige Grund, warum diese Agenten im Haus ihres Großvaters waren. Bei Weitem nicht.

Stunden später, nachdem die Agenten das Haus und das Grundstück gründlich durchsucht hatten, einmal und dann noch einmal, und nachdem sie alle möglichen Fragen auf mindestens drei verschiedene Arten gestellt hatten, ließen sie Riel und Leo endlich gehen. Oder um genauer zu sein: Sie warfen sie aus dem Haus von Riels Großvater.

Agent Klute kam Riels Gesicht ganz nahe, als sie

hinausging. »Und halte dich von Wylie Lang fern«, knurrte er. »Halte dich aus der ganzen Sache heraus.«

»Was für einer Sache?«, fragte Riel verächtlich. Gewalt. Eine Welle der Gewalt ging von Agent Klute aus. So stark, dass Riel beinahe der Atem stockte. »Wenn Sie vielleicht erklären könnten …«

Da packte Klute sie am Arm und zog sie mit einem Ruck an sich; der unerwartet auflodernde Schmerz ließ Riel fast aufschreien.

»Halt dich fern. Von allem. Vor allem von Wylie Lang«, wiederholte Agent Klute mit zusammengebissenen Zähnen. Dann zeigte er auf Leo. »Wenn nicht, wird er dafür bezahlen. Dafür sorge ich höchstpersönlich.«

»Wer verfolgt dich?«, fragt Leo. »Was meinst du damit?«

Riel wollte Leo keine Angst machen. Jetzt tut es ihr leid, dass sie es ihm gesagt hat. »Ich meine, nicht ständig. Es ist keine Armee oder so was. Aber ab und zu, wenn ich draußen bin, merke ich, dass mich jemand beobachtet. Vielleicht. Ich habe den Arsch Klute zum Glück nicht noch mal gesehen. Aber ich glaube, ich habe den weißen Van gesehen, mit dem sie bei meinem Großvater waren.«

»Aber Wylie ist im Gefängnis, und du hast nicht mit ihr gesprochen«, sagt Leo. »Wie viel weiter sollst du dich denn noch von ihr fernhalten?«

Riel zuckt die Schultern. »Es geht nicht nur um Wylie.«

»Aber du hast dich doch in den Rest auch nicht mehr eingemischt, oder?«, fragt Leo.

»Ich war nicht mehr bei Level99, seit wir bei meinem

Großvater waren. Das weißt du doch«, sagt Riel. »Ich verlasse ja kaum dein Zimmer.«

»Gut.« Leo legt sich wieder hin. Atmet aus, als wäre er erleichtert. Ist er aber nicht. »Irgendwann verlieren sie das Interesse daran, oder?«

»Ich hoffe es«, sagt Riel. »Denn so langsam habe ich das Gefühl, mir gehen die Verstecke aus.«

Als Riel wieder aufwacht, ist es neun Uhr morgens. Die Rollos sind hochgezogen, und Leos kleines Wohnheimzimmer ist lichterfüllt, der schmale Streifen Bett neben ihr leer. Riel streicht mit der Hand über das kühle, knittrige Laken. Leo hat Harvard-Sommerkurse und ein Praktikum. Das ist der einzige Grund, warum er im Moment überhaupt ein Wohnheimzimmer hat. Ein winziges Einzelzimmer – Schreibtisch, Bett, das war's. Übernachtungsbesuch, ganz zu schweigen von Mitbewohnern, ist gegen die Regeln. Aber Leo hat darauf bestanden, dass Riel blieb. Sie konnte kaum etwas dagegen sagen, schließlich konnte sie sonst nirgendwohin.

Vorher hat Riel seit Kelseys Tod im März im Haus von Level99 geschlafen. Aber es ist gefährlich für Level99, wenn sie jetzt dort ist. Sie will nicht, dass Agent Klute sie sucht und die anderen findet. Außerdem kann sie vielleicht auch einfach eine Pause gebrauchen. Von allem. Leos Zimmer scheint ihr ein sicheres Versteck zu sein.

Riel nimmt ihr neues Wegwerfhandy vom Nachttisch. In letzter Zeit wechselt sie ihr Handy wöchentlich. Die Einzigen, die die Nummer haben, sind Leo und Level99. Sie hat eine Nachricht bekommen. Vielleicht ist sie davon aufgewacht. Ein »?«, sonst nichts. Es ist von Brian. Es bedeutet: *Kommst du heute?* Brian fragt jeden Tag nach. Er will natürlich nicht, dass Riel wirklich kommt. Er ist gern der Anführer von Level99. Er lässt sich nur gern bestätigen, dass er es weiterhin ist.

Riel erinnert Brian ständig daran, dass sie zurückkommt, wenn Gras über die Sache gewachsen ist. Dass er nur vorübergehend der Anführer ist und nur um Level99 zu schützen – auch wenn es für Riel im Moment komplizierter ist. Vielleicht weiß Brian sogar, dass sie hin- und hergerissen ist. Immer wieder taucht jemand in Riels Online-Leben auf. Das hat sie bemerkt. Sicher Brian, der nach ihr sieht. Ist auch in Ordnung, das ist jetzt schließlich seine Aufgabe: Level99 zu schützen.

Aber was ist dann Riels Aufgabe? Sich selbst zu schützen? Wylie? Die Outliers? Sie weiß es nicht mehr, und dadurch fühlt sie sich verlorener, als sie zugeben möchte.

»Mein Dad ist bei deinem Großvater.« Das hat Wylie an dem Abend gesagt, bevor sie ins Wasser tauchte. Und dann war da dieses schuldbewusste Zucken von Agent Klute, als Riel die Spur verfolgte. Ihr *Großvater*. Er ist ein Arschloch, das ist klar. Aber wie und warum sollte er mit den Outliers und Dr. Ben Lang zu tun haben? Das ergibt keinen Sinn.

Und wenn doch, wie, verdammt noch mal, konnte sie das nicht bemerken? Und das als Outlier?

Das ist das Problem, oder? Lesen ist keine übersinnliche Wahrnehmung. Es ist keine Kristallkugel. Gefühle und Instinkt sind schwer greifbar. Undeutlich. Sie ändern sich. Verschwimmen. Und die Leute werden von Outliers den Beweis verlangen, dass sie Gedanken lesen können. Sonst werden sie nicht glauben, dass sie irgendetwas können. Es wird um alles oder nichts gehen. Weder hier noch da ist es richtig, man wird dazwischen zerquetscht.

Senator David Russo ist Kelseys und Riels Großvater

mütterlicherseits und hat ihren Dad immer gehasst. Seiner Meinung nach haben ihr Dad und seine kommunistischen aka liberalen Ideale ihre Mutter verdorben. Damit sind Riel und Kelsey die Früchte seines giftigen Baums. Ihr Dad war außerdem Afroamerikaner, und Riel hatte schon immer den Verdacht, das war sein größeres Problem mit ihrem Dad und mit ihnen.

Als ihre Eltern starben, wurde beschlossen, dass die Mädchen alt genug seien, für sich selbst zu sorgen. Das stimmte theoretisch, wenn auch nicht in der Praxis. Riel war seit drei Monaten in Harvard und studierte Computerwissenschaften. Der Plan war, dass sie nach Hause zog und zur Uni pendelte, bis Kelsey mit der Highschool fertig war. Kein Problem. Durch den Fonds ihrer Mutter hatten sie auch massenhaft Geld. Kein Problem. Die Schwester ihrer Mutter – Tante Susan, eine Bankerin aus Manhattan, die keine Kinder hatte – würde ab und zu nach ihnen sehen. Kein Problem. Sie waren sowieso brave Kinder, verantwortungsbewusst.

Dass sie allein für sich sorgen *konnten*, hieß natürlich nicht, dass sie es auch *sollten*.

Sie hatten ihren Großvater zuletzt gesehen, als er zur Beerdigung ihrer Eltern kam – die Presse sah schließlich zu. Und er sprach bei der Beerdigung auch nicht *mit* ihnen. Er sprach *zu* ihnen: ein paar höfliche Worte, in ihre Richtung geworfen wie abgelaufene Süßigkeiten von einem Festzugswagen.

Erst nach der Beerdigung hat Riel das Haus ihres Großvaters auf Cape Cod ausfindig gemacht und angefangen, gelegentlich dort einzubrechen, um ihn zu verwirren. Sie ist nicht stolz darauf, aber es ist befriedigend.

Riel will gerade Brians Nachricht beantworten – nö,

komme nicht –, als sie sieht, wie ein Umschlag unter Leos Tür durchgeschoben wird. *Nö.* Das denkt Riel auch darüber. *Will ich nicht.* Aber im Moment ist es keine Option, unter der Tür durchgeschobene Umschläge zu ignorieren.

Riel steht auf und holt ihn. Vorsichtig. Darin ist ein einzelnes Blatt Papier, darauf ein einziger handgeschriebener Satz: *Sie wissen, dass du sie hast.*

Scheiße. Das reicht, verdammt. Zitternd vor Wut reißt Riel Leos Tür auf und schaut den Flur auf und ab. Sie will Klute, oder wer auch immer das Ding hiergelassen hat, anschreien. Aber es ist niemand zu sehen.

Mit klopfendem Herzen schließt Riel die Tür und betrachtet noch einmal eingehend das Blatt Papier. Die Worte sind leider immer noch da. Riel hatte recht, ihr ist wirklich jemand gefolgt – ihr Großvater, seine Leute, Klute. Sie wussten die ganze Zeit genau, wo sie ist. Leos Zimmer, dieses kleine, sichere Viereck: weg. Wie so vieles.

Sie wissen, dass du sie hast? Was – haben? Riel braucht einen Moment. Wylies Bilder? Den Umschlag, den sie Riel in die Hand gedrückt hat, bevor sie aus dem Haus ihres Großvaters rannte.

Riel hat bis jetzt nur einen kurzen Blick darauf geworfen, damit sie wusste, was sie hatte: Fotos von Gebäuden – schlechte, verschwommene Fotos. Offensichtlich waren sie Wylie wichtig, aber beim bloßen Hinsehen wurde nicht klar, warum. Einmal hatte Riel gesehen, wie Leo sie in der Dunkelheit durchblätterte. Am nächsten Tag hatte er ihr gesagt, sie solle sie loswerden. Nicht wegen dem, was darauf war, sondern weil sie Wylie gehörten. Und er hatte recht gehabt. Natürlich.

Das *Brew* liegt drei Straßen von Leos Wohnheim entfernt. Hier gibt es lange, knorrige Holztische, ständig bis auf den letzten Platz besetzt von über Laptops gebeugten nerdigen Typen. Das sind Riels Leute, auch wenn sie mit ihrem modischen Trägershirt, der tief hängenden Jeans, dem Tattoo und den Piercings nicht ganz so aussieht. Aber im Herzen wird Riel immer ein totaler Nerd sein.

Wie immer am Morgen gibt es keinen freien Platz im *Brew*. Riel muss sich zehn Minuten herumdrücken, bis endlich ein Tisch frei wird. Während sie wartet, wird ihr bewusst, dass sie nicht wissen kann, ob es hier ungefährlicher ist als in Leos Zimmer. Aber wenigstens gibt es hier Zeugen, falls sie entführt wird.

Nachdem Riel sich gesetzt hat, zieht sie den Umschlag mit Wylies Fotos aus der Tasche, sieht den Namen auf dem Umschlag: *David Rosenfeld*. Den hatte sie ganz vergessen.

Riel sieht sich noch einmal in dem Café um, bevor sie den Umschlag öffnet; sie fühlt sich beobachtet. Aber es scheint niemand herüberzuschauen. Andererseits ist es ja der Job solcher Leute, sich unsichtbar zu machen. Am Ende blättert Riel die Fotos eilig durch: ein verschwommenes Bürogebäude, ein Regal oder Gestell mit etwas, das aussieht wie große weiße Eimer. Die Eimer sind beschriftet, aber man kann nichts erkennen. Wie in ihrer Erinnerung ist nichts bemerkenswert an diesen Fotos, nur wie schlecht sie gemacht sind. Das und die Tatsache, dass ihr Großvater sie offenbar unbedingt haben will. *Vermutlich* ihr Großvater. Riels Beweis dafür ist sehr dünn, aber das Gefühl, dass sie recht hat, ihr Outlier-Instinkt, ist erdrückend.

David Rosenfeld. Er ist der nächste logische Schritt. Riel zieht ihren Laptop heraus und loggt sich in das komplett unsichere öffentliche WLAN ein. Es ist ein Risiko, aber sie hat keine andere Wahl. Eine Sekunde später hat sie ein paar Dutzend mögliche Rosenfelds: ein Anwalt, ein Zahnarzt, ein Highschool-Baseball-Star. Und dann ist er da, der vierte Eintrag von oben, ein Link zur Website eines Autors: David Rosenfeld.

Riel klickt sich durch die Seite und landet auf einer schicken Homepage mit einem Haufen kunstvoll gestapelter *New-York-Times*-Bestseller. Das Autorenporträt – aktuell Reporter, früher Soldat – auf der rechten Seite. Rosenfeld. Lockige Haare, Brille mit schmalem schwarzem Rahmen. Hübsch, auch wenn das Foto ein bisschen zu sehr seinen Bizeps betont. Seine Bücher handeln alle von Irak und Afghanistan, bis auf das neueste mit dem Titel *Privatkrieg: Wie Fremdvergabe das Militär verändert.* Und es gibt einen Artikel dazu: »Sie wollen das Geld, aber keine Kontrolle? Wie die Regierung erfolgreich allen auf die Finger schaut, nur nicht sich selbst.«

Das ist der richtige Rosenfeld, daran besteht kein Zweifel. Militärfinanzierung riecht nach ihrem Großvater. Aber was hat er mit den Fotos zu tun? Es wäre um einiges leichter, einfach im Gefängnis vorbeizuschauen und Wylie zu fragen. Aber Klute hat ihr ausdrücklich eingeschärft, *sich von ihr fernzuhalten.* Es ist schlimm genug, dass sie den anderen Teil dessen ignoriert, was ihr Klute befohlen hat: *sich von allem fernzuhalten.* Riel ist sich ziemlich sicher, dass die Fotos in die Kategorie »alles« fallen.

Als ihr Handy in ihrer Hosentasche vibriert, zuckt Riel erschrocken zusammen. Sie zieht es heraus, um die Nachricht zu lesen. **Bin in 15 wieder da. Hab was vergessen. L.** Mist, Leo kommt früher zurück, als sie erwartet hat. Und sie hat den Zettel liegen lassen: *Sie wissen, dass du sie hast.*

Sie muss vor Leo zu Hause sein und ihn loswerden, bevor Leo ihn sieht. Sonst flippt er aus.

Riel sieht immer noch auf ihr Handy, als sie direkt neben sich eine Stimme hört: »Entschuldigung?«

Sie springt auf und drückt die Fotos an sich. »Was soll das?«, schreit sie.

Aber es ist nur ein dürrer, pickliger Junge, der ungefähr wie zwölf aussieht und sie jetzt anblinzelt. Er hebt nervös die Hände und wedelt damit.

»Oh, sorry, nein, ich ...« Er berührt die Lehne des freien Stuhls Riel gegenüber. »Ich wollte mir nur den Stuhl leihen.«

»Ach so, ja«, bringt Riel heraus. »Nimm ihn.«

Aber als sie sich wieder setzt, bemerkt sie jemanden auf der anderen Seite. Baseballkappe und Brille. Einen Kaffee zum Mitnehmen in der einen Hand, ein geflochtenes Lederarmband am Handgelenk. An einem Tisch. Allein. Eben hat er sie noch beobachtet. Sie kann das Echo seines Blicks fühlen. Noch schlimmer: Riel hat ihn schon mal irgendwo gesehen. Die Baseballkappe erfüllt ihren Zweck – sie kann ihn nicht einordnen.

Aber das muss sie auch nicht. Inzwischen gibt es zwei Gründe, von hier zu verschwinden, den Typen mit der Mütze und Leo, der sonst vor ihr in seinem Zimmer sein wird. Riel klappt ihren Laptop zu und stopft ihn zusammen mit den Fotos in ihre Tasche, bevor sie eilig zur Tür geht.

Die frische Luft ist eine Erleichterung, aber Riel fühlt sich draußen auf dem Gehweg trotzdem zittrig. Eilig überquert sie die Straße und geht noch schneller, sieht ein paarmal über die Schulter zurück. Aber hinter ihr ist niemand. Als sie beim Campustor ankommt, joggt sie.

Auf dem Campus fühlt sie sich allein, ausgegrenzt.

Ängstlich. Trotz all der Leute: Professoren, Doktoranden, Sommerkursstudenten, Touristen.

Als Riel in den Strom eintaucht, drängt sich jemand an ihr vorbei und stößt hart gegen ihren Ellbogen. Läuft in die Richtung von Leos Zimmer auf der anderen Seite des Platzes. Riel will den Typen gerade anschreien, als sie bemerkt, dass er nicht der Einzige ist, der in diese Richtung hastet. Viele Leute tun das. Sie eilen alle dorthin, wo auch Leos Zimmer liegt.

Nein, denkt Riel, während auch sie anfängt zu rennen. *Nein, nein, nein!*

Als Erstes sieht sie die Feuerwehrautos, genau vor Leos Gebäude. Sie blinzelt angestrengt. Aber sie sind immer noch da. Blaulicht blitzt. Und dann, nur eine Sekunde später, sieht sie die Flammen. Echte beschissene Flammen. Die aus den Fenstern kommen.

Aus den Fenstern von Leos Wohnheimzimmer.

Streng vertraulich

An: Senator David Russo
Von: Architekt
Betreff: Modelle für die Outlier-Identifikation
3. April

Als Ergebnis des heutigen Treffens wird an zwei möglichen Modellen zur Identifikation und Beobachtung von Subjekten mit den näher beschriebenen Fähigkeiten gearbeitet. Ein Modell wird sich mit Kennkarten beschäftigen. Das zweite wird die mögliche Nutzung von nachverfolgbaren Armbändern untersuchen.

Bewertete Aspekte werden sein:

- Wahrscheinlichkeit der Einwilligung durch die Zielgruppe
- Kosten
- Durchsetzbarkeit
- Zeitspanne von der Initiierung bis zur Einführung
- Wahrscheinlichkeit juristischen Einspruchs
- Effektivität der Warnung der Nichtzielgruppe

Ergebnisse folgen.

Wylie

Die Speisekarte im *Holy Cow* steht in weißer Schnörkelschrift auf einem Spiegel hinter der altmodischen Soda-Bar. Es ist gerade mal elf Uhr morgens, deshalb sind wir die einzigen Gäste und sitzen an einem Tisch an der Wand. Wir sind hier gelandet, nachdem wir bei Cassie waren, danach im Drugstore vorbeigegangen sind, dann frühstücken waren und danach noch ewig im Kreis gefahren sind. Ich habe Gideon erzählt, ich wollte an all diese Orte, weil ich es konnte. Weil ich mich frei fühlen wollte. Das ist wahr. Aber ich schinde auch Zeit. Als müsste ich ihm das mit Mom nicht erzählen, wenn wir nicht nach Hause fahren. Deshalb essen wir jetzt Eis im *Holy Cow*.

Nicholas steht hinterm Tresen; ein grauhaariger Mann mit einem beeindruckenden Schmerbauch, einem riesigen eckigen Gesicht und einem einschüchternden finsteren Blick. Cassie sagte immer, er sei viel netter, als er aussehe. Das kann auch gar nicht anders sein.

Gideon von Mom zu erzählen wäre viel leichter, wenn Jasper hier wäre. Vielleicht nicht für Gideon. Er ist immer noch kein großer Fan von Jasper. Aber auf jeden Fall für mich. Nur habe ich Jasper immer noch nicht erreicht. Mit Gideons Handy habe ich es zweimal auf seinem versucht, und beide Male habe ich eine neue Bandansage zu hören bekommen: *Diese Nummer ist nicht mehr verfügbar.* Ein deutlicher Rückschritt von *Die von Ihnen gewählte Rufnummer ist nicht erreichbar*, die ich vorher gehört habe. Jetzt bleibt mir nur noch, Jaspers Mom anzurufen, das weiß ich. Aber ich muss erst den Mut aufbringen.

»Hallo?« Als ich nach unten blicke, sehe ich, dass mir Gideon eine Speisekarte hinhält.

»Oh, danke.«

Die Türklingel ertönt, und das Mädchen, mit dem Cassie früher gearbeitet hat und das sie nicht leiden konnte, kommt herein. Damals hatte sie knallpinke Acrylnägel und Schleifen in den langen blonden Haaren, aber jetzt hat sie die Haare raspelkurz geschnitten und strahlend weiß gefärbt. Außerdem hat sie einen Nasenring und gepflegte natürliche Fingernägel. Ich frage mich, ob Cassie sie so eher gemocht hätte … oder noch weniger. Ich bin mir nicht mehr sicher, ob ich es noch weiß. Nach der Beerdigung und vor dem Krankenhaus hat Jasper einmal einen Witz darüber gemacht, was für eine schlechte Menschenkenntnis Cassie hatte. Und irgendwie ist das nicht wie eine Beleidigung, sondern wie eine liebevolle Bemerkung. Um sie in liebevoller Erinnerung zu behalten, aber genauso, wie sie war.

»Alles okay?«, fragt Gideon.

Wenn ich jetzt etwas anderes als die ganze Wahrheit sagen würde, käme es mir wie Betrug vor. Trotzdem fühlt sich mein Mund wie zugeklebt an. Ich beuge mich vor und stelle mir vor, wie ich die Worte aus meinem Innersten herausboxe.

»Mom …«, fange ich an, aber mehr will nicht herauskommen.

Gideon hebt abrupt den Blick von seiner Speisekarte. »Was ist mit Mom?«

Angst, das fühlt er. Angst vor genau so etwas wie dem, was ich ihm gleich sagen werde. Etwas, das alles nur noch schlimmer macht. Und ich wünsche mir in diesem Moment am meisten, ich hätte keine Ahnung, wie sich das anfühlt.

»Sie lebt«, sage ich, senke den Blick auf den Tisch, mache mich auf den Rückschlag gefasst: Vertrauensbruch, Wut, Verletzung. »Sie war die ganze Zeit am Leben. Das im Auto war nicht sie.«

Aber nichts. Ich fühle nichts von ihm. Und als ich aufblicke, schaut Gideon nur mit versteinertem Gesichtsausdruck an die Wand. Völlig taub. Und es ist furchtbar. Mir wäre lieber, er würde etwas fühlen, irgendwas – Trotz, Wut, Traurigkeit. Diese stille Leere ist wie ein Blick in ein riesiges schwarzes Loch.

»Gideon?«, frage ich.

»Ja«, antwortet er schließlich, aber er fühlt immer noch nichts. Und er sieht so bleich und fassungslos aus.

»Geht es dir gut?«

»Klar.« Er hebt hilflos die Hände. *Wirklich?*, fragen sie.

Und dann plötzlich öffnen sich die Schleusen, und Gideons Herzschmerz bohrt sich mit solcher Gewalt in mich hinein, dass ich mich, ohne nachzudenken, nach vorn beuge und seine Hände umfasse.

»Ich weiß, es tut mir leid«, sage ich, während sich seine Augen mit Tränen füllen. Ich habe Gideon nicht weinen sehen, seit wir kleine Kinder waren. Und ich will es nicht, vor allem nicht jetzt. »Rachel sagt, Mom hätte es getan, um uns zu schützen. Nicht der Unfall, das war … Jemand hat wirklich versucht, sie von der Straße abzudrängen. Das war nur nicht sie im Auto. Ich meine, dass sie hinterher nicht wiedergekommen ist. Das war, damit wir in Sicherheit sind.«

»Ich hätte es wissen müssen.« Gideon schüttelt den Kopf.

»Wie denn?«, frage ich. »Wer hätte ahnen können, dass …«

»In deinem Zimmer ist ein Brief«, unterbricht er mich

schroff. »Und wenn du wissen willst, warum ich in deinem Zimmer war und deine Sachen durchsucht habe – ich habe keine gute Entschuldigung. Ich habe in den letzten zwei Wochen alle Zimmer durchsucht: Moms und Dads, deins. Ich war einsam.«

Es ist so herzzerreißend wahr, dass mir der Atem stockt.

»Was für ein Brief?«, frage ich.

»Auf deinem Nachttisch«, sagt er. »Ich habe ihn nicht aufgemacht, ich schwöre es. Aber ich habe ihn da gesehen. Und ich dachte, wow, das sieht irgendwie nach Moms Handschrift aus. Aber weil ich ich bin und nicht du, hatte ich natürlich kein ›Gefühl‹ deswegen. Ich dachte, die Logik sagt, Mom ist tot. Also ist er alt oder so …«

»Ich hatte auch kein Gefühl, bis sie direkt vor mir stand. Ich hatte keine Ahnung, dass sie noch lebt.« Aber das ist nur theoretisch wahr – ich war besessen von dem Gedanken, dass der Unfall kein Unfall war. Wahrscheinlich, weil ein Teil von mir wusste, dass sie nicht tot war.

»Warte.« Gideon hat die Augen aufgerissen. »Du hast sie gesehen? Wo?«

Mist.

»Nur eine Sekunde«, sage ich und wünschte, ich könnte die Worte wieder einfangen und in meinen Hals zurückstopfen. »Sie kam zu mir ins Gefängnis, damit ich wusste, dass Rachel mir die Wahrheit gesagt hat.«

»Na toll«, sagt er. »Tja, dann weiß ich jetzt wohl sicher, wer ihr Lieblingskind ist. Nicht dass daran vorher irgendein Zweifel bestanden hätte.«

»Gideon, komm schon, das ist nicht …«

»Lass es.« Er sieht mich eindringlich an. Sein Schmerz verhärtet sich schon um sein Herz. »Verteidige sie nicht. Und wo war sie dann die ganze Zeit?«

Also erzähle ich Gideon, was ich über Mom und Rachel weiß und was gestern Nacht passiert ist. Während ich es laut ausspreche, wird mir klar, wie wenig ich eigentlich weiß.

»Was hat ihr die ganze Verbündetensuche gebracht?«, fragt Gideon. »Ich hoffe ehrlich, sie hat was vorzuweisen.«

»Ich weiß es nicht. Wir sollten Rachel fragen. Da ist aber noch was«, sage ich. Es muss alles raus, alles auf einmal und jetzt. »Dad wusste es.«

»Was?« Gideons Kränkung hat Feuer gefangen – jetzt ist sie Wut. »Komm schon. Ehrlich?«

Cassies Ex-Kollegin ist an unserem Tisch erschienen und weicht vor Gideons Gebrüll zurück. »Soll ich später wiederkommen?«, fragt sie mit einem vorsichtigen Seitenblick auf Gideon. Auf ihrem Namensschild steht *Brittany*.

»Mir ist gerade der Appetit vergangen«, murmelt Gideon.

»Einen Black-and-white-Milchshake?« Ich will nichts, aber wir müssen etwas bestellen, damit wir noch ein bisschen sitzen bleiben können.

Brittany sieht mich mit zusammengekniffenen Augen an. »Hey, du bist Cassies Freundin, oder?«

Ich nicke und versuche zu lächeln, weiß aber nicht so genau, ob ich es wirklich tue. »Ja, bin ich. War ich.«

»Das war scheiße, was ihr passiert ist«, sagt Brittany.

Und plötzlich habe ich das Gefühl, das hier ist eine Gelegenheit. Damit Gideon sich beruhigen kann, ja, aber vielleicht ist Brittany sogar der Grund, warum ich Gideon überhaupt gesagt habe, ich wolle ins *Holy Cow* gehen. »Darf ich dich was fragen?«

»Klar«, sagt Brittany, obwohl es wie ein Nein wirkt. Ich kann sogar fühlen, wie sie zurückweicht, obwohl sich ihre Füße nicht bewegt haben.

»Warst du hier, als sie den Typen kennengelernt hat,

mit dem sie dann zusammen war?« Ich hoffe, sie hat etwas gesehen oder etwas über Quentin gehört, das mir helfen könnte, herauszufinden, wer er ist. Oder noch besser: *wo* er ist.

»Du meinst Jasper?«, fragt Brittany. »Ich habe ihn einmal auf einer Party gesehen. Süß, du weißt schon, wie diese Sportler eben aussehen. Aber Cassie hat Jasper nicht hier kennengelernt. Sie sind zusammen zur Schule gegangen. Gehst du nicht auch mit ihm zur Schule?«

Ich fühle einen schuldbewussten Stich. Es ist erstaunlich, wie ich aus Cassie und Jasper etwas gemacht habe, das nie so war. Mir ist gar nicht in den Sinn gekommen, dass sie glauben könnte, ich rede über Jasper.

»Nein, nicht Jasper. Ein anderer Typ, er hatte eine Brille. Älter, ganz süß, aber auf eine eher geekige Art«, sage ich. »Cassie hat mir erzählt, er sei eines Tages hier gewesen. So hat sie ihn kennengelernt.«

Brittany schüttelt den Kopf. »Ich glaube nicht. Cassie und ich hatten immer gemeinsam Schicht. Abgesehen davon lässt Nicholas keine Typen über dreizehn hier rumhängen, wenn sie nicht jemandes Dad sind. Nicholas hält alle für Pädophile. Also wüsste ich nicht, wie sie ihn hier kennengelernt haben könnte.«

»Oh, okay«, sage ich und will fühlen, dass sie es falsch verstanden hat. Aber ich fühle genau das Gegenteil. Sie hat recht: Cassie hat Quentin nicht im *Holy Cow* kennengelernt. Andererseits, wo dann? Und warum hat sie gelogen? »Trotzdem danke.«

Brittany geht ein paar Schritte weg, dreht sich dann aber noch mal um. »Es tut mir ehrlich leid, was passiert ist«, sagt sie. »Cassie war ein wildes Mädchen, aber ich mochte sie.«

Unser Haus riecht noch genau gleich, auf diese seltsame Altes-Haus-Art gut. Wie Lavendel mit einem Hauch Ahornsirup. Und ich möchte von etwas so Vertrautem getröstet werden, aber ich bin nur traurig. Als wäre sogar der Geruch nur eine Lüge.

Gideon und ich sitzen nebeneinander auf dem Sofa und starren auf den versiegelten Brief von Mom. Der Milchshake aus dem *Holy Cow*, den ich zu schnell getrunken habe, liegt mir schwer im Magen. Gideon ist hinaufgegangen, um mir den Brief zu holen, weil ich immer noch nicht so weit war, mein Zimmer zu betreten. Unten fühle ich mich sowieso schon von Erinnerungen überschwemmt, und sogar die guten sind schrecklich. Vielleicht vor allem die guten.

Während ich Gideon von Mom erzählt habe, bin ich wieder ganz neu wütend geworden. Ich habe mich irgendwie von Rachels Erklärungen einlullen lassen, die jetzt, da ich sie an Gideon weitergegeben habe, schon viel weniger wahr klingen. Ich meine, unser Dad ist verschwunden und unsere Mom baut ein Bündnis auf? Das mag nobel sein. Vielleicht fühlt sie sich sogar als Heldin. Aber wir brauchen sie jetzt zu Hause.

»Soll ich ihn für dich aufmachen?«, fragt Gideon, nachdem wir schon echt lange dagesessen haben.

»Nein, ich mach's«, erwidere ich.

Meine Hände zittern, als ich den Umschlag endlich aufreiße. Es hängt zu viel davon ab, was sie zu sagen hat. Aber was auch immer drinsteht, es reicht nicht. Wie könnte es? Als ich sehe, dass es nur ein einzelnes Blatt Notizblockpapier ist, nur ein paar kurze Absätze, wird mein Herz noch schwerer. Gideon und ich lesen gemeinsam.

17. Juni

Liebe Wylie,
Rachel hat Dir hoffentlich so viel wie möglich darüber erzählt, was passiert ist und warum. Ich kann nur sagen, dass ich alles tue, damit Ihr von jetzt an sicher seid. Ich habe schon Leute gefunden, die uns helfen, unter anderem eine Senatorin, die Du unbedingt kennenlernen musst. Sie ist toll. Außerdem gibt es noch eine Neurowissenschaftlerin, mit der Dein Dad zusammengearbeitet hat. Echte Menschen, die klug und engagiert sind und hilfsbereit.
Du bist sicher wütend, und ich weiß, dass nichts, was ich hier schreibe, den Schmerz, den ich Dir zugefügt habe, wiedergutmachen kann. Aber Du sollst wissen, dass ich das alles nur getan habe, um Dich zu beschützen und weil ich Dich liebe.
In der Zwischenzeit wird Dir Rachel helfen. Ich bin ihr so dankbar. Gott sei Dank für mein »Alte-Damen-Yoga«, wie Du es gern bezeichnest, denn wenn sie und ich einander dort nicht über den Weg gelaufen wären, wäre ich an dem Abend nie auf die Idee gekommen, zu ihr zu gehen. Aber sie war die perfekte Wahl. Lass Dir auf jeden Fall von ihr helfen. Sie hat mir buchstäblich das Leben gerettet. Sie weiß, was zu tun ist. Und sag Gideon, dass ich ihn liebe.

Der Brief ist noch schwerer zu lesen, als ich dachte. Wenn ich mir vorstelle, dass sie sich in unser Haus geschlichen hat, nachdem ich sie gesehen habe. Zu fühlen, wie dumm und verzweifelt ich ihr immer noch verzeihen, irgendeine vernünftige Erklärung finden möchte. Ich komme mir vor wie eine Idiotin.

»Könnte sie irgendwas sagen, damit du ihr verzeihst?«,

frage ich. Zum Teil, weil ich möchte, dass er mir sagt, dass ich es tun sollte.

Gideon denkt eine Weile darüber nach. »Wahrscheinlich«, sagt er. »Wer im Glashaus sitzt – du weißt schon. Willst du damit sagen, du kannst ihr nicht verzeihen? Ich meine, auf keinen Fall?«

»Ich weiß es nicht.« In diesem Moment wird mir bewusst: Ob ich Mom verzeihen kann oder nicht, ist nicht einmal meine größte Sorge. Ich weiß nur nicht so recht, was dann. »Ich rufe bei Jasper zu Hause an, vielleicht erreiche ich ihn.«

»Glaubst du, er weiß was?«, fragt Gideon.

»Nein«, antworte ich. »Aber er kennt mich.«

Jaspers Mom geht beim dritten Klingeln ran. »Hallo?« Sie ist jetzt schon sauer. Als wären wir mitten in einem Streit. Und sie weiß noch nicht mal, dass ich es bin. Wenn ihr das klar wird, kann es nur noch abwärtsgehen.

»Kann ich bitte mit Jasper sprechen?«, frage ich fröhlich.

»Er ist nicht hier«, schnauzt sie.

Wenn ich es mir recht überlege, weiß sie genau, wer ich bin. »Oh, ich, ähm, ich hab's auf seinem Handy versucht, und es geht nicht …«

Tödliche Stille. Sie weiß auch, dass Jaspers Handy nicht funktioniert. Vielleicht ist sie sogar der Grund dafür.

»Könnten Sie ihm bitte sagen, dass Wylie angerufen hat?«, frage ich. »Und dass ich zu Hause bin?«

»Ich sage ihm überhaupt nichts.«

Klick.

Sie hat einfach aufgelegt. Ich umklammere das Handy, mir tut die Brust weh. Ich weiß, dass ich es nicht persönlich nehmen sollte. Aber das ist leichter gesagt als getan.

Als es an der Tür klingelt, habe ich immer noch das Handy

in der Hand. Ich wünsche mir eine glückliche Wendung: Es ist Jasper! Aber ich weiß schon, dass es nicht stimmt.

»Ich schaue, wer da ist«, bietet Gideon an und steht auf, um aus dem Fenster zu spähen. Er dreht sich zu mir um. »Rachel.«

Gideon öffnet die Tür, und Rachel betritt den Flur – wie üblich in einem eleganten, perfekt geschnittenen schwarzen Hosenanzug und teuer aussehenden High Heels mit zwölf Zentimeter hohem Blockabsatz. Rachels Tausend-Dollar-Rockstar-Schuhe sind ihr »Fick dich« an die anwaltlichen Gepflogenheiten. Irgendwie sieht es an ihr mutig aus.

»Schön zu sehen, dass du es nach Hause geschafft hast«, sagt sie, und es blitzt kurz auf. Aber ihr Gefühl ist sofort wieder weg, bevor es richtig da war, und im Moment bin ich eindeutig zu kaputt, um ihm nachzujagen. »Ich wollte nur mal nach euch sehen und sichergehen, dass alles okay ist.«

Ich starre sie an. »Ich habe gerade hier gesessen und die Nachricht gelesen, die mir meine nicht tote Mom dagelassen hat. Also definiere ›okay‹.«

»Oh, ach so«, sagt sie und blickt an mir vorbei. Verwirrt. (Vielleicht.) Blitz. Bitzel. Weg. »Na ja, ich bin vorbeigekommen, um dich an die Kautionsbedingungen zu erinnern: das Stadtgebiet von Newton. Wenn du dagegen verstößt, auch aus Versehen, können sie es im Prozess gegen dich verwenden, ganz zu schweigen davon, dass sie dann sofort deine Kaution aufheben. Das ist es nicht wert.«

»Ich hab nicht vor, irgendwohin zu gehen«, sage ich. Auch wenn ich mir jetzt schon ziemlich sicher bin, dass das wieder eine von meinen Lügen ist.

»Gut. Außerdem haben wir heute die ersten Auskünfte von der Staatsanwaltschaft bekommen«, fährt Rachel fort, froh, das Thema wechseln zu können. Jetzt sind ihre Gefühle stabil, laut und deutlich: ruhig, souverän, konzentriert. So sind sie nur, wenn wir über meinen Fall sprechen. »Sie sind, sagen wir mal, interessant.«

»Wie, interessant?«, fragt Gideon, weil ich zu langsam reagiere.

»Sie sind dünn«, sagt sie jetzt selbstzufrieden. »Erinnerst du dich noch an die Streichhölzer, die sie beim ersten Verhör angeblich hatten?«

»Was ist mit denen?« Ich fühle ein leichtes Flattern in meiner Brust. Die Streichhölzer haben mich ehrlich belastet, von Anfang an. Wenn sie wirklich Streichhölzer unter meinem Bett gefunden haben, habe ich Sorge, dass ich Teresa vielleicht wirklich etwas Schlimmes angetan habe und mich nur nicht erinnere. Denn in einem kleinen düsteren Winkel meines Gehirns traue ich mir immer noch nicht ganz.

»Anscheinend sind sie verschwunden.« Rachel schüttelt ungläubig den Kopf. »Ich weiß nicht, ob sie sie verloren haben oder nie hatten oder was. Aber sie sind weg.«

»Das ist gut, oder?«, fragt Gideon mit einem Blick zu mir.

Ich habe Angst, dass es einen Haken gibt. »Heißt das, sie lassen die Anklage fallen?«

Rachel schüttelt wieder den Kopf. »Ich würde keine vorschnellen Schlüsse ziehen. Sie haben immer noch Beweise, dass das Feuer im Krankenhaus vorsätzlich gelegt wurde. Es war ›aus brennbaren Materialien hergestellt‹. Was wohl heißt, wer auch immer es gelegt hat, brauchte kein Streichholz.«

»Vielleicht Teresa?«, frage ich. Ich habe viel über die Aufregung nachgedacht, die ich bei Teresa in den seltsamsten Momenten gespürt habe. Als wüsste sie, dass etwas Großes kommen würde.

»Ich bin mir ziemlich sicher, dass sie immer noch dich im Hinterkopf haben.«

»Brennbare Materialien? Sie haben mich auf der Brücke geschnappt«, sage ich. »Ganz zu schweigen davon, dass sie mir alles weggenommen haben. Wie hätte ich überhaupt etwas – was auch immer – haben können, um ein Feuer zu legen?«

Rachel holt tief Luft und senkt den Blick, als zögerte sie, mir den Rest zu sagen. Um meine Gefühle zu schonen. Nein, als wüsste sie, dass sie das fühlen *sollte.* Kein Blitz. Kein Knistern. Ich glaube nicht, dass sie etwas fühlt. »Ihre Theorie ist Jasper. Du weißt ja, sie haben ihn auf Band, als er sich zu dir reingeschlichen hat.«

Für einen ganz kurzen Moment fühle ich mich von Jasper verraten. Auch wenn ich weiß, dass er nichts damit zu tun hatte. Das ist die wahre Gefahr der himmelschreiendsten Lügen: Irgendwie klingen sie, als könnten sie doch wahr sein.

»Aber er hat nicht …«

»Offenbar ist egal, was wirklich passiert ist«, sagt Rachel. »Es zählt, was sie einer Jury weismachen können.«

»Dann sorg dafür, dass das nicht passiert!«, schnauzt Gideon. Er ist sauer. Wahrscheinlich mehr wegen Mom. »Ist das nicht dein Job?«

Wut. (Vielleicht.) Blitz. Knister. Weg. Das ist nachvollziehbar. Sie hat Mom das Leben gerettet, mich aus dem Gefängnis geholt. Was soll sie noch alles tun?

»Ich habe in dieser Sache keinen uneingeschränkten Einfluss«, sagt sie vorsichtig und ruhig, und so viel ist auf jeden Fall klar. »Ich werde mein Bestes tun, aber es werden normale Menschen mit ihren eigenen unvollkommenen Meinungen beteiligt sein – Geschworene, die Staatsanwaltschaft. Diese Leute treffen willkürliche, dumme Entscheidungen.«

»Hat die Polizei Quentin eigentlich gefunden?«, frage ich, teils um das Thema zu wechseln, teils weil ich mir jetzt, da ich wieder draußen bin, wirklich mehr Sorgen darum mache, wo er sein könnte.

Rachel schüttelt stirnrunzelnd den Kopf. Aber ich fühle einen Anflug von etwas. Blitz, dann weg. Ich bin mir aber ziemlich sicher, dass es Schuldgefühle sein könnten.

»Du hast sie doch gebeten, ihn zu suchen, oder? Du hast ihnen gesagt, dass er im Gefängnis war, dass er lebt?«

»Ich habe eine Ermessensentscheidung getroffen, Wylie.«

»Was? Du hast mir gesagt, du kümmerst dich darum!«, schreie ich und habe dummerweise das Gefühl, gleich weinen zu müssen. »Er könnte überall sein!«

Ängstlich. So fühle ich mich wirklich. Dass Quentin lebt und da draußen ist, macht mir Angst. Ich will ihm diese Macht nicht geben. Aber es ist so.

»Meinem *Ermessen* nach könnte es aussehen, als wärst du seine Komplizin, wenn wir zugeben, dass Quentin dich im Gefängnis besucht hat, Wylie. Am Ende könnten sie dich sogar mit Cassies Tod in Verbindung bringen, was, wie du weißt, eine weitere Theorie von ihnen war – dass du schon mal ein Mädchen durch Feuer getötet hast.« Rachel starrt mir unverwandt in die Augen. Ruhig. Fest. Kontrolliert. »Sie hätten Quentin wahrscheinlich sowieso nicht gefunden. Dafür fehlen ihnen die Mittel. Es tut mir leid, dass ich dich angelogen habe. Aber ich dachte wirklich, es sei zu deinem Besten.«

Kurz frage ich mich, ob sie glaubt, ich hätte mir Quentin nur eingebildet oder erfunden, dass er da war. Ich habe Jasper nicht erzählt, dass Quentin bei mir war, dass ich sicher weiß, dass er lebt. Und das ist der wahre Grund, denke ich. Ich hatte Angst, dass es vielleicht gar nicht passiert ist.

»Aber was, wenn Quentin unseren Dad entführt hat?«, frage ich.

»Er hat euren Dad nicht entführt«, sagt Rachel. Schuldgefühle. (Vielleicht.) Blitz. Knister. Weg. Aber da fühlt sie sich hundertprozentig sicher. Andererseits könnten sich Leute, die sich vollkommen sicher sind, auch total irren. Das habe ich als Outlier gelernt. »Und falls doch, das schwöre ich dir, Wylie, mache ich es zu meiner Lebensaufgabe, ihn persönlich ausfindig zu machen und dafür zu sorgen, dass er dafür bezahlt.«

Ungeduld. (Vielleicht.)

Blitz. Knister. Weg.

»Muss nicht wenigstens jemand die ganze Sache im Krankenhaus erklären? Das NIH zum Beispiel oder dieser Doktor Cornelius?«, zwingt sich Gideon zu fragen, obwohl – oder vielleicht weil – er sich bei allem schämt, was Cornelius angeht. »Muss er sich nicht für irgendwas verantworten?«

Rachel zuckt die Achseln. »Die Regierung hat anscheinend alles gesagt, was sie über den Zwischenfall im Krankenhaus zu sagen hat. Das hat mir jemand aus der Rechtsabteilung des NIH und jemand von der Staatsanwaltschaft gesagt.«

»Das können sie nicht machen, oder?«, fragt Gideon.

»Wenn die Regierung schreit: ›Im Namen der Sicherheit‹, kann sie so ziemlich alles tun, was sie will. Abgesehen davon können wir das ausfechten, wenn wir wollen, aber später. Im Moment muss ich mich darauf konzentrieren, dass Wylie nicht ins Gefängnis kommt.«

»Und unseren Dad finden«, füge ich entschieden hinzu.

»Natürlich«, bestätigt Rachel. Blitz. Weg. So schnell, dass ich noch nicht einmal raten kann. Ich frage mich, ob sie meinen Dad schon aufgegeben hat.

Rachel steht auf und sieht auf ihre Uhr von Cartier. »Leider habe ich ein Meeting, bei dem ich schon vor einer Viertelstunde hätte sein müssen. Wir sollten uns den Rest später erzählen, Wylie. Ach, das hätte ich fast vergessen.« Kurz vor der Tür bleibt sie stehen, wühlt in ihrer Handtasche und zieht ein paar Blätter heraus. »Deine Mom hat mir E-Mails geschickt, damit ich sie dir weiterleite. Ich habe sie ausgedruckt. Ich lasse sie dir hier.« Sie legt sie auf den Beistelltisch neben der Tür. »Ach, und sie braucht die Fotos, die du aus meinem Haus mitgenommen hast.«

Mist. Die Fotos meiner Mom. Ich hätte sie gar nicht nehmen dürfen. Aber jetzt ärgert es mich, dass sie Mom so wichtig sind. Wir haben im Moment so viel wichtigere Probleme – zum Beispiel die Frage, wo Dad ist.

»Ich habe die Fotos nicht mehr«, sage ich. »Ich musste schwimmen, um von den Agenten wegzukommen.«

»Also hast du …«

»Ich musste sie zurücklassen«, sage ich. Und das stimmt. Mehr werde ich aber nicht sagen. Selbst wenn Riel die Fotos noch hat – was unter diesen Umständen fraglich ist –, ist sie jetzt untergetaucht. Ich könnte sie unmöglich finden. Oder vielleicht will ich auch nur nicht. Nicht einfach Mom alles geben, was sie will.

»Oh, verstehe.« Rachel versucht, beiläufig zu klingen. »Keine Sorge. Das ist nicht so schlimm. So wichtig sind die Bilder auch wieder nicht.«

Doch als sie mich von der Tür aus noch einmal anlächelt, fühle ich eines laut und deutlich: Nichts könnte weiter von der Wahrheit entfernt sein.

THE WASHINGTON NATIONAL

AUF EINEM NOCH UNGEKLÄRTEN GEBIET DER WISSENSCHAFT KÖNNTE ES ZU EINEM KAMPF ZWISCHEN ERFAHRUNG UND INNOVATION, FURCHT UND OPTIMISMUS KOMMEN

20. Mai

Es ist die Frühphase. Man kann das Rennen um die Wählerstimmen noch nicht einmal offiziell ein Rennen nennen, aber die potenziellen Kandidaten für das Amt des Präsidenten sind bisher höchst unterschiedlich.
Auf der einen Seite gibt es mögliche Kandidaten wie Lena Harrison, die Senatorin aus Kalifornien, die im jüngsten Streit um die Gesundheitsreform und erweiterte Bürgerrechte zu Prominenz gelangt ist. Am anderen Ende des Spektrums befindet sich Senator David Russo, der sich nach einer bemerkenswerten Militärkarriere dem Rechtsausschuss des Senats für die Streitkräfte angeschlossen hat, wo er mit strengem Blick die nationale Sicherheit überwacht. In jüngster Zeit hat sich sein Fokus allerdings auf die Privatsphäre der Bürger verschoben, was selbst in seiner eigenen Partei einige aus dem Konzept gebracht hat.
Lana Harrison sagt, Russos Ziel sei – ungeachtet seiner Rhetorik – das genaue Gegenteil. Russo wolle die Freiheit des Einzelnen einschränken, nicht schützen. Die eigentliche Frage ist also: Wem werden die Wähler glauben?

Jasper

Jasper greift nach seinem Handy, um den Wecker auszustellen. Er hat so tief geschlafen, dass er kurz überlegen muss, wo er ist: im Wohnheim des Boston College. Ja, richtig. Jasper und sein Mitbewohner Chance haben es sich angewöhnt, nach dem frühmorgendlichen Eishockeytraining noch mal eine Runde zu schlafen. Wenn man achtzehn ist und vor halb sechs Uhr morgens wach sein muss, dann drei Stunden auf dem Eis, tut man so was.

Als er endlich das Handy in der Hand hält, tippt Jasper auf das Weckersymbol.

»Ich lasse nicht zu, dass dieses Mädchen dein ganzes Leben an die Wand fährt«, hat ihn seine Mom angeschnauzt, nachdem man Wylie ins Gefängnis verschleppt hatte. Als sie Wylie die Schuld gab, dass er nicht ans BC ging. »Sie ist beschädigte Ware. Bitte sag mir, dass ich dich gut genug erzogen habe, damit du das erkennst.«

In seiner Brust breitet sich die Wut aus, während er sich daran erinnert, wie wichtig seiner Mom das Eishockey-Camp ist, weil sie sich irgendwelche Illusionen von der NHL macht und von dem Geld, das damit hereinkäme. Moment. Nein. Das sind nicht die wahren Gefühle seiner Mom. Das hat ihm Wylie mehr als einmal gesagt: Die Sorge und Liebe seiner Mom sehen nur aus wie Zorn. Eigentlich ist *er* ihr wichtig, nicht das Eishockey. Sagt Wylie zumindest. Jasper schafft es immer noch nicht ganz, ihr zu glauben.

Wenn seine Mom nur wüsste, dass Wylie ihre größte Fürsprecherin ist. Aber wenn er ihr das sagen wollte, müsste er zugeben, dass er bei Wylie im Gefängnis war. Und das wäre keine so gute Idee. Seine Mom würde in Panik verfallen, in wütende Panik. Jetzt, da sie glaubt, Wylie sei kein Thema mehr, ist sie schon viel entspannter geworden. Und ja, ins Eishockey-Camp zu fahren, wie es sowohl Wylie als auch seine Mom wollten, war eine gute Entscheidung. Hier ist er richtig. Das glaubt Jasper jetzt auch. Zumindest meistens.

Jasper legt sein nagelneues iPhone vorsichtig auf den Schreibtisch, der in dem kleinen Doppelzimmer, das er sich mit Chase teilt, neben sein Kopfende gequetscht ist. Das neue Handy war ein Geschenk seiner Mom, bevor er ins Camp fuhr. Sie konnte es sich bestimmt nicht leisten, und es sollte seine Belohnung sein, weil er »das Richtige« tat. Deshalb fühlte er sich jedes Mal, wenn er mit Wylie sprach, besonders schuldig.

Als er sich aufsetzt, quietscht sein Bett laut, und Chance macht das fiese, feuchte Geräusch, das er immer macht, wenn er aufwacht: wie ein überraschter Scooby-Doo. Das meiste von dem, was Chance sagt und tut, ist irgendeine Abwandlung von Scooby-Doo.

»Mach das Ding aus!«, nuschelt Chance in sein Kissen, wie er es jeden Tag tut. Als wäre der Wecker nicht schon aus. Als wäre Jasper eine üble Nervensäge. Aber Chance verlässt sich darauf, dass Jasper ihn morgens und am Nachmittag noch mal weckt, denn sonst würde Chance den ganzen Tag schlafen. Jasper ist natürlich gern der Typ, auf den man sich verlassen kann. Und das ist das Tolle am College: Man kann sich entscheiden, nur seine besten Seiten zu zeigen.

Abgesehen von den Geräuschen ist Chance echt in Ordnung. Geradeheraus. Er kommt aus Terre Haute in Indiana, nicht gerade berühmt für Eishockey, aber laut Chance gibt es das dort auch. Er sagt, dort gäbe es hauptsächlich Mais und nette Leute, und früher hätte Jasper das langweilig gefunden. Aber im Moment klingt Langeweile eigentlich gar nicht so schlecht.

»Dein Problem ist, dass du zu viel denkst, Jasper«, sagt Chance gern. »Du solltest mehr leben und weniger denken, Mann.«

Und bei Chance scheint das zu funktionieren. Er ist am Boston College, um Eishockey zu spielen, sich zu betrinken und Mädchen zu finden. In dieser Reihenfolge. Alles, was nicht in diese drei Kategorien passt, wirft er einfach weg wie eine verbogene Reißzwecke. Chance glaubt, das Leben sei einfach, also ist es das auch. Jasper dagegen ist sich bei nichts sicher. Außer bei Wylie. Was sie angeht, ist er sich jeden Tag sicherer.

Wylie ist der Grund, warum er schließlich beschlossen hat, vor der Saison ans BC zu gehen, und nicht nur, um sich davon abzulenken, dass sie weg war. Wylie hatte Jasper schon damals, als sie ihn kaum kannte, gesagt, er müsse ans Boston College. Und sie ist nie davon abgewichen.

Als das alles im Krankenhaus passiert war, kam Jasper zu spät ins Trainingscamp. Es war nicht leicht, den Hockeytrainer des Colleges zu überzeugen, ihm eine Chance zu geben. Jasper beschloss, sich an die Wahrheit zu halten: Cassie und Wylie in dem Camp in Maine und die Sache auf der Brücke und dann das Krankenhaus. Das alles kam in einem Schwall aus ihm heraus. Der Coach hatte die zotteligen Augenbrauen zusammengezogen und ihm zugehört. Als Jasper endlich mit seiner wilden Geschichte fertig war, blieb der Coach irre lang still. Als würde er gleich irgendeine große Wahrheit verkünden.

»Okay.« Mehr sagte er schließlich nicht und sah Jasper dabei direkt in die Augen. »Aber wenn du von jetzt an ein Spiel oder eine Trainingseinheit verpasst, wenn du irgendeinen Scheiß baust, bist du weg. Du hast verdammtes Glück, dass Samuel mit einer Gehirnerschütterung ausfällt. Ich habe keine Wahl, ich muss dich nehmen, obwohl du ein bisschen psychotisch klingst. Geh davon aus, dass du deine Chancen schon alle verbraucht hast.«

Chancen. Da war es schließlich. Wie der Vater, so der Sohn. Der Richter hatte damals, als er Jaspers Dad wegen schwerer Körperverletzung zu fünfzehn Jahren verurteilt hatte, so ziemlich dasselbe gesagt. »Es tut mir leid, Mr Salt, aber Sie haben Ihre Chancen verspielt.«

Und er hatte nicht unrecht. Jaspers Dad war öfter verhaftet worden, als Jasper zählen konnte. Und was er an dem Abend getan hatte, war viel schlimmer gewesen als alles andere vorher. Es war nicht nur böse. Es war unmenschlich.

Der Typ vor ihnen fuhr wie ein Vollidiot, wechselte ständig die Spur, wurde langsamer, dann bremste er abrupt. Sie konnten sehen, dass er telefonierte. Dumm, ganz eindeutig. Aber erst als Jaspers Dad so hart auf die Bremse treten musste, dass ihm die Zigarette in den Schoß fiel, rastete er aus.

»Nein, Dad!«, hatte Jasper ihm nachgerufen.

Aber er war schon ausgestiegen.

»Nicht«, hatte Jasper in dem leeren Auto geflüstert, während er seinen Dad durch die Windschutzscheibe beobachtete, wie er zu dem anderen Auto ging und den Fahrer durch die Fensterscheibe anschrie. Aber er sah nur zu. Denn er war damals erst zwölf. Und mit zwölf konnte man nicht viel tun.

Jasper war ehrlich erleichtert gewesen, als der andere Mann ausstieg und viel größer war als sein Dad. Groß genug, dachte er, um leicht mit Jaspers Dad fertigzuwerden. Aber die Wut, das lernte Jasper an diesem Abend, kann einem Riesenkräfte verleihen.

Als Jasper aus dem Auto heraus war und schrie: »Aufhören! Aufhören! Dad, hör auf!«, waren die Fäuste seines Dads blutverschmiert und der Mann lag auf dem Boden und rührte sich nicht mehr.

All die Jahre später versucht Jasper immer noch, sich nicht vorzustellen, wie das Gesicht des Typs hinterher ausgesehen hatte – uneben, nass und knallrot. Aber das Gesicht seines Dads sucht ihn spät in der Nacht viel schlimmer heim. Denn es sieht seinem eigenen viel zu ähnlich.

»Auf eine Art bin ich wie er«, sagte Jasper während eines seiner vielen Besuche bei Wylie im Gefängnis.

Es wäre als Ort nicht Jaspers erste Wahl für ein Date gewesen, aber er gewöhnte sich daran. Das Gute war, sie hatten hier keine andere Wahl, als sich wirklich kennenzulernen. Und Jasper war es egal, wo er saß, Hauptsache mit Wylie. War ihm das bei anderen Mädchen auch schon so gegangen? Vielleicht. Jasper verknallte sich schnell und oft – da hatte seine Mom recht. Aber das hieß nicht, dass es diesmal mit Wylie nicht anders sein konnte. Dass es nicht besonders war.

»Du bist überhaupt nicht wie dein Dad«, sagte Wylie.

»Komm schon, der Junge, den ich bei Level99 gewürgt habe, der Junge, den ich in der Schule geschlagen habe. Ich raste ziemlich oft aus.« Jasper starrte Wylie so eindringlich an, dass seine Augen zu brennen anfingen. »Ich bin vielleicht nicht genau wie mein Dad, aber ich bin mir nicht sicher, ob ich so anders bin.«

Und es bedeutete Jasper etwas, dass sie nicht so tat, als wäre es anders. Er wollte, dass sie das Schlimmste von ihm kannte (auch die Teile, die sogar er selbst hasste) und dass er ihr trotzdem wichtig war.

»Also ist es egal. Selbst wenn es so ist, kannst du immer noch selbst entscheiden, was du daraus machst, wie du bist«, sagte Wylie schließlich. »Das hat mir Dr. Shepard gesagt, zum Thema Outlier sein und Ängste und so. Es gibt nicht nur Schwarz und Weiß, Jasper. Jemanden schlagen zu wollen ist nicht dasselbe, wie es zu tun. Und jemanden einmal oder sogar zweimal zu schlagen heißt nicht, dass du jemand sein musst, der auf ewig schlägt. Es gibt auch noch viele Grautöne auf der Welt.«

Da blickte Jasper zu Wylie auf. Er war sich nicht sicher, ob sie wirklich glaubte, was sie da sagte. Aber er war sich sicher, dass er sich jetzt noch mal anders in sie verknallte als je zuvor. So richtig. Dass er vielleicht schon richtig verliebt war.

Statt mit Chance zu trainieren, geht Jasper heute nach Hause. Seine Mom hat ihn seit Beginn des Sommercamps jeden Tag gebeten, bei ihr zu Hause vorbeizukommen, und er ist ihr ausgewichen. Zum Teil, um es ihr heimzuzahlen. Auch wenn seine Mom laut Wylie ihr Bestes tut. Und er selbst sollte besser als jeder andere wissen, dass das Beste nicht immer so gut ist, wie man selbst gehofft hat.

»Oh, du bist da!«, ruft seine Mom aus, während sie die Tür aufreißt, als hätte sie dahinter auf ihn gewartet. Sie freut sich so, dass sie auf den Zehenspitzen wippt. Jasper fühlt sich wie ein Arsch. Er hätte früher kommen sollen.

»Ja«, sagt er und tritt ein. »Hier bin ich.«

»Na dann schauen wir mal, was ich zu essen für dich habe.« Seine Mom eilt in Richtung Küche, als wäre sie nicht gerade erst von einer Doppelschicht im Krankenhaus nach Hause gekommen. Als wäre sie nicht eigentlich so kaputt, dass sie kaum noch stehen kann. »Ich glaube, ich habe Lasagne. Aber es könnte ein bisschen dauern, bis sie heiß ist. Ach, du hättest mir sagen sollen, dass du heute kommst. Dann hätte ich etwas Besonderes gekocht. Wie wäre es mit gegrillten Käsesandwiches?«

Jasper nickt. »Klingt gut.« Er hasst gegrillte Käsesandwiches. Das wollte sich seine Mom nie merken. Es ist schon richtig so, dass er jetzt zur Strafe eins essen muss.

Ein paar Minuten später sitzt Jasper da und starrt auf das Sandwich, das er nicht will. Aber seine Mom beobachtet ihn, und er ist ja nur hier, damit es ihr besser geht. Dann kann Jasper auch wenigstens das blöde Sandwich essen. Er nimmt einen großen Bissen und kippt Wasser hinterher, um es hinunterzuspülen.

»Wie war das Training heute Morgen?«, fragt seine Mom. Sie klingt nervös. Wahrscheinlich hat sie Angst, dass sie Jasper einen Grund geben könnte, nicht wiederzukommen. »Sind die anderen Jungs im Team immer noch okay?«

Jasper nickt. Sie sind wirklich okay. Alles ist okay. Manchmal muss er sich trotzdem daran erinnern. »Die Preseason ist gut, wirklich gut. Du hattest recht«, sagt er. »Chance, mein Mitbewohner, ist ein netter Typ. Der Coach ist super. Eisenhart. Aber super.«

Seine Mom nickt und zwingt sich zu einer Art Lächeln. »Das ist schön«, sagt sie, aber ihre Stimme bricht.

»Mom, was ist los?«

Plötzlich packt sie Jaspers Hand, und er zuckt zurück. Ihre Finger sind eisig, knochig. Plötzlich so alt. »Ich will nur nicht, dass du abgelenkt wirst, das ist alles. Besonders nicht nach allem, was passiert ist, und nachdem du so viel Arbeit reingesteckt hast, dein Leben wieder in die richtigen Bahnen zu lenken.«

»Abgelenkt wodurch?«, fragt er. »Ich habe doch gerade gesagt, alles ist gut.«

»Von was auch immer.« Seine Mom wendet fahrig den Blick ab.

Jasper kann zwar gar keine Gefühle lesen, aber sie ist eine furchtbar schlechte Lügnerin.

»Ich sage ja nur. Du machst deine Sache gut. Das ist nicht schlecht. Wir sollten es dabei belassen.«

Jasper zieht die Augenbraue hoch. »Mom, was ist los?«

»Nichts ist los!«, schreit sie und dreht eine Serviette so fest, dass sie reißt. Dann springt sie auf und fängt an, das Geschirr zu spülen. »Ich mache mir nur Sorgen um dich. Das tun Mütter.«

Das ist ihre Art der Liebe. Das ist ihre Art der Liebe, wiederholt er innerlich. Aber es ist einfach so schwer zu glauben.

»Mom, ich weiß, du willst nur das Beste für mich«, sagt er. »Und du hattest auf jeden Fall recht damit, dass ich ins Hockeylager und an die BC gehe. Das gebe ich total zu. Es ist echt gut für mich dort. Also danke, dass du mich dazu ermutigt hast.«

Sie holt hörbar Luft, dann lächelt sie ihn an. Ihre Augen sind feucht. »Ich bin so froh.«

»Und ich bin ehrlich zu dir. Also sei du auch ehrlich zu mir. Warum bist du so angespannt? Was ist los?«

Seine Mom holt noch einmal tief Luft, blickt auf den Tisch hinab, verschränkt die Arme. »Sie ist raus«, sagt sie schließlich.

»Wer ist raus?« Jaspers Herz hat zu klopfen angefangen.

Seine Mom blickt zu ihm auf und schüttelt den Kopf, in ihren Augen schimmern jetzt die Tränen. »Dieses Mädchen«, sagt sie, während ihr die Tränen doch noch über die Wangen rinnen. »*Das* Mädchen.«

»Wylie?«, schreit Jasper fast. »Sie ist aus dem Gefängnis raus?«

Seine Mom nickt. »Sie hat hier angerufen«, sagt sie widerstrebend.

»Was? Wann?« Jasper schnappt sich sein Handy und tippt mit harten Bewegungen durch die Anrufliste. »Mich hat sie nicht angerufen.«

»Nicht lange her. Ein paar Stunden. Sie hat deine neue Nummer nicht.«

»Du hast sie ihr doch gegeben, oder?«

»Nein«, sagt seine Mom fest.

»Warum nicht?«, schreit Jasper.

»Um dich zu schützen!«, ruft sie aus, als wäre das völlig offensichtlich. »Und ich weiß, dass es nicht leicht für dich wird, dich von ihr fernzuhalten. Aber es ist schon Wochen her, seit du sie das letzte Mal gesehen hast. Du hast es dir schon abgewöhnt. Ein klarer Bruch. Mehr brauchst du nicht. Verwickle dich nicht wieder darin. Du bist rausgekommen, Jasper. Belass es dabei.«

Aber Jasper steht schon. *Sie ist raus. Sie ist raus.* Etwas anderes kann er nicht denken. »Ich muss gehen.« Er läuft fast zur Tür.

»Jasper!«, ruft seine Mom ihm nach. »Du hast jetzt eine echte Chance. Wirf dein Leben nicht wieder für ein Mädchen weg!«

Jasper zwingt sich, ruhig zu bleiben, während er sich an der Tür umdreht. Er kann das. Er kann Nein sagen, aber nett bleiben. Respektvoll.

»Ich bin vorsichtig, Mom«, sagt er, öffnet die Tür hinter sich und macht einen Schritt rückwärts. »Aber ich muss Wylie sehen, sofort.«

Das Gesicht seiner Mutter ist nass von Tränen.

»Jasper!«, ruft sie ein letztes Mal, als er durch die Tür tritt. »Warum brauchst du sie alle so unbedingt?«

Jasper versucht sich zu sammeln, während er in seinem alten roten Jeep zu Wylies Haus fährt – der Wagen gehört jetzt offiziell ihm, seit er seinem Bruder fünfhundert Dollar dafür gezahlt hat. *Warum brauchst du sie alle so unbedingt?*, hallt es in seinem Kopf wider. Im Allgemeinen hat seine Mom nicht unrecht. Nur in diesem speziellen Fall Wylie irrt sie sich.

Jasper bleibt an einem Stoppschild nahe der Innenstadt von Newton stehen und fängt den Blick eines Cops auf, der dort parkt und auf Leute wartet, die einfach durchfahren. Eine Erinnerung: Sei vorsichtig. Aber Jasper kann das. Er kann Wylie haben und selbst auf dem richtigen Weg bleiben. Es muss kein Entweder-Oder sein.

Auch wenn es an ihm nagt, dass Wylie nicht einmal erwähnt hat, dass sie vielleicht rauskommt. Er hat sie gerade erst gesehen, und sie sagt kein Wort? Jasper will nicht verletzt sein. Will nicht misstrauisch sein. Aber er ist es.

Nach weiteren fünf Minuten Fahrt hält Jasper wieder an – diesmal an einer roten Ampel, bevor er nach rechts in Wylies Stadtteil abbiegt. Der Stadtteil, der so viel schöner ist als der von Jasper. Diese Unterschiede zwischen ihm und Wylie sind nicht wichtig. Zumindest bisher nicht. Andererseits waren sie bis jetzt auch gemeinsam in einer eigenen Welt. Was, wenn es in der echten Welt anders ist? Was, wenn Wylie ihm deshalb nicht erzählt hat, dass sie rauskommt? Hat sie Zweifel?

Hinter Jasper hupt es. Die Ampel ist grün, und er sitzt hier, versunken in dem Gewirr aus *Wylie liebt mich. Sie liebt mich nicht.* Er erschrickt, tritt hart aufs Gas und lässt die Kupplung los. Der alte Jeep zögert, bevor er einen Satz nach vorn macht.

Fast sofort knirscht es scheußlich, dann ein Schrei. Jaspers Blick schießt nach oben, während es hinter ihm wieder hupt.

»Mist«, keucht er und schaltet den Ganghebel auf Parken. Fahrig tastet er nach der Tür. »Oh, Mist.«

Mit zitternden Händen und klopfendem Herzen springt er heraus und rennt nach vorn um den Jeep herum.

»O Gott, hat er jemanden angefahren?«, ruft ein Mann irgendwo hinter ihm. »Heilige Scheiße.«

Als Erstes sieht Jasper das Fahrrad. Das Vorderrad ist verbogen, ansonsten ist es aber noch am Stück. Und dann das Mädchen, das auf dem Boden sitzt und sich das Knie reibt. Ihre Augen sind offen. Sie atmet.

Endlich lässt er die Luft entweichen.

»Geht es dir gut, Schätzchen?« Eine alte Frau eilt an Jasper vorbei und kniet sich neben das Mädchen. »Steh nicht auf. Du musst dir Zeit lassen. Hast du dir den Kopf angeschlagen? Vielleicht hast du eine Gehirnerschütterung.«

Die Frau hat kurze graue Haare und ein altbackenes Zeltkleid. Sie dreht sich um und wirft Jasper einen hasserfüllten Blick zu. »Hast du mit deinem Handy gespielt? Das hast du, oder? Du hättest jemanden umbringen können! Sie könnte tot sein!«

»Es tut mir leid. Geht es dir gut?«, fragt Jasper das Mädchen.

Sie sieht an sich herab. »Ja, ich glaube …«

»So dumm!«, mischt sich der alte Mann ein, der von hinten herangeeilt kommt.

»Sie haben mich angehupt«, sagt Jasper ruhig, obwohl er weiß, dass es dumm und sinnlos ist, sich mit ihnen anzulegen.

»Ich rufe einen Krankenwagen. Und die Polizei!«, blafft die Frau und zieht ihr Handy heraus. Angewidert mustert sie ihn von oben bis unten. »Was für ein Mensch bist du bloß?«

»Es war ein Unfall!«, schreit Jasper zurück, sein Gesicht ist heiß. »Ein Fehler. Das passiert!«

»Dumm, das bist du.« Der Mann kommt näher, spuckend und rotgesichtig. »Bist du dumm?«

»Hören Sie auf damit, Mann«, knurrt Jasper mit geball ten Fäusten. Er schluckt den Impuls hinunter. *Schlag ihn nicht, er ist alt. Schlag ihn nicht, er ist alt*, wiederholt er wie ein Mantra. Aber er weiß nicht so genau, ob es wirkt. Er kann den Schlag schon spüren, den Aufprall.

»Hören Sie auf zu schreien! Bitte!«, ruft das Mädchen zur Verblüffung des alten Paars. Sie wedelt mit den Händen. »Es war meine Schuld. Ich bin bei Rot rübergefahren.« Sie steht unsicher auf. In ihrer teuer aussehenden Hightech-Fahrradkleidung sieht sie hübsch und fit aus, sie hat sogar Old-School-Schweißbänder um die Handgelenke und zum Glück einen Helm auf. Als sie ihn abnimmt, fallen ihr lange, dunkle Haare über die Schultern. »Bitte rufen Sie nicht die Polizei. Sonst sind meine Eltern sauer auf mich, weil ich nicht aufgepasst habe. Sie nerven mich sowieso die ganze Zeit damit. Außerdem geht es mir gut.«

Jasper spürt eine schuldbewusste Welle der Erleichterung. Unter den Umständen wäre er froh, wenn sie nicht die Polizei riefen. Seine Mom würde behaupten, das sei der Beweis, dass Wylie ihn ablenkt. Der Coach könnte es womöglich als die letzte vertane Chance sehen.

»Es tut mir wirklich leid«, bringt Jasper heraus und schaut dem Mädchen zum ersten Mal in die Augen. Sie schimmern zwischen Haselnussbraun und Golden, wie zwei kleine Kaleidoskope. So etwas hat er noch nie gesehen. Eine Sekunde lang vergisst er, was er sagen wollte. »Ähm, ich habe dich nicht gesehen.«

»Na ja, natürlich hast du sie nicht gesehen«, schnaubt die Frau.

»Ihr Kids und eure verdammten Handys«, fügt ihr Mann hinzu.

»Ich war nicht am Handy«, sagt Jasper, und zwar ziemlich nett, angesichts dessen, wie aggressiv sie waren. »Ich war kurz abgelenkt, und dann haben Sie gehupt – ich weiß nicht, was passiert ist. Sie hat gesagt, sie ist bei Rot drübergefahren.«

»Es war echt meine Schuld«, bestätigt das Mädchen und stemmt sich das Fahrrad auf die Schulter. Das Vorderrad ist zu verbogen, fahren kann sie damit nicht mehr. »Ich bin so viele Ampeln nicht gewöhnt.«

»Ich fahre dich nach Hause«, bietet Jasper an. »Wir können dein Rad hinten draufwerfen.«

Er findet es schrecklich, nicht sofort zu Wylie zu fahren.

Aber was hat er für eine Wahl? Er hat dieses Mädchen *angefahren*.

»Wenn jemand sie fährt, dann sollten wir das machen«, sagt die Frau. »Und du solltest ein paar Fahrstunden nehmen.«

Das Mädchen sieht der Frau direkt in die Augen. »Danke, dass Sie angehalten haben«, sagt sie ruhig, aber scharf. »Aber wenn Sie vielleicht aufhören könnten zu schreien, das wäre toll. Ich weiß, dadurch fühlen Sie sich besser, aber es hilft mir nicht. Ich habe schon Kopfschmerzen. Und vielleicht sollten Sie sich weniger Sorgen um mich machen und mehr darüber, warum Ihr Mann so genervt war, dass er sich überhaupt erst so auf die Hupe gelehnt hat.«

»Ach.« Die Frau weicht entrüstet zurück. Sie winkt ihrem Mann mitzukommen. »Gehen wir. Die passen zueinander.«

Und damit marschieren die beiden zurück zu ihrem Buick.

»Danke«, sagt Jasper, als das Paar endlich davonfährt.

Das Mädchen zuckt die Achseln. »Die größten Idioten verbringen immer die meiste Zeit damit, mit dem Finger auf andere zu zeigen.«

Jasper lächelt. Damit hat sie recht. »Jedenfalls, sorry noch mal. Ich bin wirklich froh, dass dir nichts passiert ist. Ich hätte besser aufpassen müssen.«

Sie neigt den Kopf zur Seite. »Du scheinst wirklich Spaß daran zu haben, dich selbst zu bestrafen. Ich sagte, ich bin bei Rot drübergefahren.«

Jasper spürt, wie er rot wird. Am liebsten möchte er sich die Hände vors Gesicht halten. »Lass mich dich nach Hause fahren«, sagt er. »Dann komme ich aus meinen Schuldkomplexen wieder raus.«

Sie wirft einen Blick auf ihr kaputtes Fahrrad. Schließlich nickt sie. »Okay.«

Erst als Jasper ihr Fahrrad auf seinen Jeep geladen hat und endlich losfährt, denkt er wieder an Wylie. Aber vielleicht hat die Verzögerung auch etwas Gutes. Dann kann er sich erst einmal beruhigen. Er wünscht sich wirklich, er könnte Wylie anrufen und ihr sagen, dass er unterwegs zu ihr ist. Aber praktischerweise ist ihre Nummer nicht in seinem nagelneuen iPhone gespeichert. Seine Mom ist wirklich gut.

»Aus irgendeinem Grund konnten sie deine Kontakte nicht rüberziehen«, hatte sie gesagt, als sie es ihm gab.

Aber zu dem Zeitpunkt war ihm das egal gewesen. Wylie telefonierte vom Gefängnis aus nicht gern. Sie sagte, es sei zu peinlich, die Leute warteten in der Schlange und hörten zu. Er hätte sie dort sowieso nicht auf dem Handy anrufen können. Wylies Handynummer war die einzige, die ihm wirklich wichtig war, aber während Wylie weggesperrt war, spielte es keine Rolle, dass er sie nicht hatte. Jetzt schon.

Aber das ist in Ordnung. Er wird dieses Mädchen absetzen, wo immer sie hinwill, dann wird er ruhig und langsam zu Wylies Haus zurückfahren. Und er wird sich konzentrieren. Denn auch wenn es ihm widerstrebt: Dass er das Mädchen angefahren hat, war eine Erinnerung daran, dass schlimme Dinge passieren können, wenn man abgelenkt ist. Sogar durch jemanden, den man liebt.

»Ich bin übrigens Lethe«, holt das Mädchen Jasper in die Wirklichkeit zurück. Er ist im Schneckentempo die Hauptstraße von Newton entlanggekrochen, schon *wieder* völlig abgelenkt.

»Ich bin Jasper«, erwidert er. »Wohin, Lethe?«

»Ich bin am BC. Der Campus ist nur …«

»Ich weiß, wo er ist«, sagt Jasper zu nachdrücklich. »Ich meine, ich habe auch gerade dort angefangen, Preseason im Hockey-Camp.«

Lethe lächelt zaghaft und deutet auf sich. »Lacrosse.«

Und Jasper fühlt dieses vertraute Ziehen – es ist Schicksal. Er weiß, das ist dumm, *er* ist dumm, weil er mit irgendeinem Mädchen, das er *auf dem Weg zu Wylie* angefahren hat, eine Verbindung spürt, und sei sie auch noch so kurz. Aber alte Gewohnheiten lassen sich nur schwer ablegen. Und keiner ist perfekt. Nicht Jasper. Nicht Wylie. Im Moment kann er nur höflich und verantwortungsbewusst sein und das Mädchen, das er angefahren hat, nach Hause bringen. So schnell er kann.

»Lacrosse?«, fragt er und konzentriert sich wieder auf die Straße. »Das ist cool. Ich hätte dich für eine Rennradfahrerin gehalten.«

»Ich wäre auch echt lieber Radfahrerin«, sagt Lethe. »Aber es gibt keine Rad-Stipendien für Mädchen. Und ich bin zufällig echt gut im Lacrosse. Also sagen meine Eltern einfach: ›Mach das‹, weil sowieso egal ist, wer ich bin und was ich will.«

Jasper hält an einer roten Ampel und dreht sich zu ihr um. Sie wirkt verlegen.

»Tut mir leid, ich klinge wahrscheinlich wie ein verzogenes Gör«, sagt sie. »Ich bin dankbar, versteh mich nicht falsch. Ich bin nur echt sauer. Klingt das irgendwie nachvollziehbar?«

»Total«, sagt Jasper. Lethe beschreibt genau, wie er sich gerade fühlt. »Meine Mom arbeitet sich den Arsch ab, um mir alles zu geben. Aber ich wünsche mir trotzdem, ich hätte, keine Ahnung, mehr Möglichkeiten oder so.«

Lethe dreht sich um und sieht Jasper lange an. »Genau«,

sagt sie. »Weißt du, nicht viele Leute wollen das zugeben. Immer, wenn ich so etwas sage, fühle ich mich am Ende wie ein Monster.«

Jasper zuckt lächelnd die Schultern. »Ich habe wenig Ansprüche.«

Sie nickt. »Wenn du also am BC bist, was wolltest du hier so weit weg?«

»Ich wollte zu einer Freundin«, sagt er.

»Oh, ich möchte dich nicht aufhalten«, sagt sie. »Wenn sie dich erwartet.«

Hat Lethe dieses »sie« gerade auf eine Art ausgesprochen, die etwas heißen sollte, oder hat Jasper sich das nur eingebildet?

»Tut sie nicht«, sagt er. »Ich wollte sie überraschen.«

»Oh«, sagt Lethe – so, als wollte sie noch etwas fragen, tut es aber nicht.

Danach schweigen beide, während Jasper zum Campus fährt. Schließlich deutet Lethe auf ein Tor weiter vorn. »Ich bin in Mavis Hall. Du kannst mich da an der Ecke absetzen. Es geht schneller, wenn ich von da aus durchgehe.«

Jasper parkt in zweiter Reihe. »Ich hole dein Rad.«

Erst als Jasper das Rad von der Ladefläche hebt, sieht er, wie kaputt es wirklich ist: völlig unbrauchbar. Als Lethe aussteigt, schauen sie es gemeinsam an.

»Ich lasse es reparieren«, sagt er und dreht sich zu ihr um. Ihre Augen schimmern in der Sonne. »Damit würde es mir besser gehen.«

»Nein, ich kann einfach …« Doch dann runzelt sie die Stirn. »Kann ich einfach okay sagen?«

Jasper lächelt. »Ich hab dich *angefahren*. Du kannst sagen, was du willst.«

»Dann fangen wir mit der Fahrradreparatur an.«

Und als Lethe diesmal lächelt, leuchtet ihr ganzes Gesicht. Sie streicht sich die Haare aus den Augen und senkt den Blick. An einem Handgelenk hat sie eine Ledermanschette. So etwas hätte Cassie auch getragen. Cassie. Wylie. Lethe? *Warum brauchst du sie alle so unbedingt?* Aber seine Mom irrt. Er ist nur höflich zu diesem Mädchen. Sie haben hier eigentlich nichts weiter. Jasper möchte mit Wylie zusammen sein. Sie ist ihm sehr wichtig.

Nachdem Jasper das Fahrrad wieder in den Jeep geladen hat, tauschen er und Lethe Nummern aus. Dann folgt ein langes, unangenehmes Schweigen, in dem Jasper Lethe beinahe sagt, dass er eigentlich in Wylie verliebt ist und nur nett sein und ihr Rad reparieren will. Zum Glück schafft er es, den Mund zu halten.

»Ich rufe dich an, sobald das Rad fertig ist«, sagt er stattdessen. »Viel Glück beim Lacrosse.«

»Danke.« Lethe lächelt und dreht sich zum Tor um. »Viel Glück beim Eishockey.«

Wylie

»Das Krankenhaus hat dein Handy geschickt«, sagt Gideon, als ich endlich wieder nach unten komme. So lange wie eben habe ich noch nie geduscht. Er legt das Handy vor mich auf den Couchtisch. »Ich habe es noch für dich aufgeladen. Ich meine, wahrscheinlich sind jetzt Dutzende Tracking-Apps und so ein Mist drauf, deshalb solltest du vielleicht kurz in deine Nachrichten schauen, aber danach sollten wir es verbrennen.«

Dass Gideon daran gedacht hat, mein Handy aufzuladen, scheint mir plötzlich das Netteste zu sein, das jemals irgendwer für mich getan hat. Ich versuche, nicht zu weinen, während ich es anstarre.

»Danke«, bringe ich heraus.

Als ich es einschalte, schwappen hundertsechsunddreißig Nachrichten herein. Neunzig Prozent davon sind von Jasper, alle aus den vierundzwanzig Stunden nach dem Moment, als er sah, wie sie mich auf der Brücke schnappten, bis er sich endlich ins Krankenhaus geschlichen hatte und mich fand, alles Varianten von »Wo bist du?« oder »Geht es dir gut?«.

Keine der Nachrichten ist von heute. Inzwischen ist es schon halb drei Uhr nachmittags, und ich habe noch nichts von ihm gehört. Vielleicht hat seine Mom ihm nicht gesagt, dass ich angerufen habe, allerdings kann ich das kaum glauben – ich *fühle*, dass er weiß, dass ich raus bin. Und trotzdem hat er nicht angerufen, ist nicht gekommen, um nach mir zu sehen. Gegen meinen Willen nagt das an mir.

Nachdem ich Jaspers alte Nachrichten weggeklickt habe, bleiben noch dreiundzwanzig ungelesene übrig. Ein paar der anderen sind von Gideon. Sie sind reingekommen, während ich im Krankenhaus war, nachdem er an dem Morgen so wütend auf Dad und mich aus dem Haus gestürmt war. Bevor er wusste, dass etwas Schlimmes passiert ist.

Gideon sieht die Nachrichten auch. »Warte, ähm, ich glaube, ich würde nicht …«

»Ist schon in Ordnung«, sage ich, denn ich weiß auch, dass das, was er mir da zu sagen hatte, vermutlich nicht sehr nett war. »Ich lösche sie.«

»Aber lies die von Dad«, sagt er und zeigt darauf.

»Oh.« Ich bin überrascht. »Das ist seltsam.«

Sie wurde an dem Tag verschickt, als er entführt wurde, aber um drei Uhr nachmittags, nachdem ich vom Krankenhaus aus mit ihm telefoniert hatte. Da wusste er schon, dass ich mein Handy nicht mehr hatte. Warum sollte er mir dann Nachrichten schicken? Als ich sie antippe, habe ich ein ganz schlechtes Gefühl.

Es ist nur ein Wort: **Cassie**. Das ist alles. Mich schaudert.

»Was soll das heißen?«, fragt Gideon. »›Cassie‹?«

»Ich weiß es nicht.«

Atme, ermahne ich mich. *Atme.* Aber das ist nicht leicht, bei allem, was ich jetzt weiß. Erst zieht es mich zu Cassies Haus, dann zum *Holy Cow*, und jetzt ist hier eine SMS von meinem Dad, in der nur Cassies Name steht? Das muss irgendwie zusammenhängen. Ich habe nur Angst herauszufinden, wie.

Jasper. Jetzt will ich ihn *wirklich* hierhaben. Nur er kann verstehen, warum mir das solche Angst macht. Er war dabei, als Cassie starb. Er war bei mir im Krankenhaus und als wir im Dunkeln von Russos Haus wegschwammen. Aber ich kann jetzt nur zum Campus gehen und ihn suchen, etwas anderes bleibt mir nicht übrig. Und das werde ich wohl tun müssen, nur wäre es mir viel lieber, wenn er einfach vor meiner Tür auftauchen würde. Aber warum? Was glaube ich, was ich dort vorfinden werde? Ein anderes Mädchen? Ich wünsche mir, ich wäre sicherer, dass ich mir nicht genau deswegen Sorgen mache.

Ich wende mich wieder den ungelesenen SMS zu und hoffe, sie lenken mich ab. **Wylie, Dr. Shepard hier. Ich bin immer für dich da, wenn du reden willst. Du kannst jederzeit anrufen.** Fünf Tage später, während ich immer noch im Gefängnis war, kam eine weitere: **Wylie, Dr. Shepard noch mal. Langsam bin ich ein bisschen besorgt, weil du zwei Sitzungen verpasst hast. Konnte auch deinen Dad nicht erreichen. Bin sicher, es geht dir gut. Wollte nur kurz nachfragen.** Und dann eine Letzte von ihr, vor einer Woche – nachdem ich eine Woche weggesperrt war: **Habe mit Gideon gesprochen. Habe gehört, was passiert ist. Komme dich besuchen.**

//

»Geht es dir gut?«, fragte Dr. Shepard, während ich mich im Besucherraum ihr gegenübersetzte. »Entschuldigung, das war eine dumme Frage. Sicher ist ›gut‹ nicht die beste Beschreibung. Wie fühlst du dich?«

Dr. Shepard legte die Hände auf die Tischplatte. Und ich hätte sie so gern berührt. Ich wünschte mir so verzweifelt eine Bestätigung, dass alles gut werden würde. Ich wollte irgendein Versprechen durch ihre Haut sickern spüren. Aber Berührungen waren nicht erlaubt, und ich hatte Dr. Shepard auch noch nie angefasst. Abgesehen davon konnte sie mir so ein Versprechen auch gar nicht geben.

»Ich war das nicht«, sagte ich.

»Natürlich nicht«, erwiderte sie.

Und sie war sich dessen so sicher – ohne die Spur eines Zweifels. Davon musste ich weinen. Plötzlich und heftig. Ich hatte mir solche Mühe gegeben, mich zusammenzureißen, hatte nicht einmal geweint, seit sie mich verhaftet hatten. Aber sobald die Tränen zu fließen begannen, konnte ich sie nicht mehr aufhalten. Bald schluchzte ich so laut, dass ein Wärter herüberkam, um nachzusehen, was los war. Zum Glück ging er einfach weiter.

»Tut mir leid«, sagte ich, als meine Tränen langsam versiegten und ich wieder Luft bekam.

»Du musst dich nicht entschuldigen.« Dr. Shepard drückte verbotenerweise kurz meine Hand. »Ich würde auch weinen, wenn ich hier drin wäre.«

»Ich kann meine Ängste nicht mehr kontrollieren«, sagte ich. »Ich weiß gar nicht mehr, wie es ist, tief Luft zu holen.«

»Das ist verständlich«, sagte Dr. Shepard. »Du hattest nie weniger Kontrolle über deine Umgebung. Wie kommst du damit zurecht?«

»Gar nicht, anscheinend.« Ich zuckte die Achseln. »Einmal wäre ich fast ohnmächtig geworden. Ein Wärter sagte, wenn ich das tue, stecken sie mich in Einzelhaft.«

Vor Zorn riss Dr. Shepard die Augen weit auf. »Nein, nein, nein«, sagte sie kopfschüttelnd.

Wow, sie war echt sauer. Sie sah sich im Raum um, als suchte sie nach jemandem, den sie angreifen konnte.

»Das wird auf keinen Fall noch mal passieren. Dafür werde ich sorgen. Sie sind gesetzlich verpflichtet, sich um deine Angststörung zu kümmern. Auf *gar* keinen Fall können sie dich dafür bestrafen.« Um sich zu beruhigen, holte sie tief Luft. »Aber bis dahin sollten wir uns darauf konzentrieren, was du tun kannst. Ich weiß, die Atemübungen wirken bei dir nicht immer. Aber hier hast du nur eingeschränkte Möglichkeiten. Wie wäre es mit Visualisierung? Das haben wir einmal gemacht, oder? Das, wo man sich einen Ort vorstellt, der einen glücklich macht?«

»Mein glücklicher Ort?« Ich versuchte zu lächeln.

Dr. Shepard lächelte auch. »Ja, dein glücklicher Ort. Ob du es glaubst oder nicht: Es funktioniert.«

»Ich weiß nur nicht mehr so recht, wo der ist«, sagte ich, und Dr. Shepard nickte nur. »Darf ich Sie etwas fragen?«

»Natürlich.« Sie war dankbar für die Möglichkeit, mir vielleicht eine Antwort auf etwas bieten zu können.

»Ich weiß, Sie dürfen mir wegen der Schweigepflicht keine Einzelheiten nennen, warum sie bei Ihnen war oder so, aber wie haben Sie Teresa kennengelernt?«

Dr. Shepard zog die Augenbrauen hoch. »Teresa?«

»Ihren Nachnamen kenne ich nicht. Sie war mit mir im Krankenhaus. Angeblich war sie Ihre Patientin. Das war das Mädchen, das bei dem Brand ums Leben kam.«

Dr. Shepard schaute skeptisch drein.

»Sie wohnte bei ihrer Großmutter? Klein, mit einer großen Brille. Sie hat sogar von Ihrem roten Sessel gesprochen.«

»Es tut mir leid, Wylie. Ich hatte nie eine Patientin namens Teresa. Daran würde ich mich erinnern, so heißt meine Mutter.«

»Also haben Sie nie Patienten zu meinem Dad zum Testen geschickt?« Das hatte ich mir schon gedacht.

»Meine Patienten?« Die Vorstellung schien sie zu schockieren. »Das wäre unethisch, zumindest potenziell. Ganz zu schwiegen davon, dass es sicher die Forschungsergebnisse deines Dads verfälscht hätte, wenn er für ein psychologisches Experiment nur Probanden benutzt hätte, die schon in Therapie waren.«

Erst in diesem Moment wurde mir klar, wie viel davon ich selbst erfunden hatte. So viele falsche Verbindungen, so viele mit falschen Schlussfolgerungen ausgefüllte Lücken. Nein, keine Schlussfolgerungen. Teresa hatte Dr. Shepard selbst erwähnt. Das hatte ich nicht erfunden.

»Oh«, sagte ich, während ich mir Mühe gab, meine Gedanken einzufangen, bevor sie sich noch mehr verstörende Erklärungen zusammensponnen.

»Es tut mir leid, Wylie«, sprach Dr. Shepard weiter. »Ich komme mir vor, als hätte ich dich enttäuscht.«

»Ist schon in Ordnung«, sage ich. »Ich war schon vorher ziemlich enttäuscht.«

Als es zum zweiten Mal an der Tür klingelt, zucken Gideon und ich zusammen. Dass Rachel so schnell zurückkommt, kann nichts Gutes bedeuten.

»Es könnte Jasper sein«, bietet Gideon hoffnungsvoll eine Erklärung an.

»Ich glaube nicht«, sage ich, während ich zur Tür gehe, um daneben aus dem Fenster zu schauen.

Dann blinzle ich angestrengt. Aber leider steht da draußen, als ich die Augen wieder öffne, immer noch Jaspers Mom auf der Veranda. Und sie sieht immer noch stinksauer aus. Ich lege die Hand an die Türklinke und hole tief Luft. Als ich die Tür schließlich aufreiße, tue ich es, wie man ein Pflaster abreißt.

Ein Feuerball aus Wut – ihrer Wut – trifft mich mitten in die Brust.

»Ich sage das nur einmal«, beginnt Jaspers Mom mit bebender Stimme. »Lass ihn endlich in Ruhe, verdammt noch mal.«

»Wie bitte?« Ich schaue mich in der irrationalen Hoffnung nach ihm um, als würde er sich vielleicht hinter ihr verstecken.

»Wage es *ja* nicht, mich für dumm verkaufen zu wollen. Er kommt hierher, um dich zu sehen. Das weißt du genauso gut wie ich.«

Verteidige dich!, befiehlt mir meine innere Stimme. Aber wie? Ich verstehe nicht mal, warum ich angegriffen werde.

»Ich habe nicht mit Jasper gesprochen«, sage ich. »Deshalb habe ich Sie doch angerufen, wissen Sie noch? Seine Nummer funktioniert nicht.«

»Wie dumm von mir zu glauben, ein verdammtes neues iPhone würde dich davon abhalten, ihn zu finden.« Angewidert schüttelt sie den Kopf. Dann sticht sie mit dem Zeigefinger nach mir. »Natürlich musstest du mich anrufen. Weil du weißt, dass ich meinen Sohn nicht anlügen kann. Du wusstest, ich musste es ihm sagen.«

Mein Herz bleibt kurz stehen. Jasper weiß wirklich, dass ich draußen bin, und ist nicht sofort hergekommen? Er hat mir noch nicht mal geschrieben. Vielleicht gibt es dafür tausend gute Gründe. Vielleicht. Aber ich bin nur verletzt.

»Ich habe ihn nicht gesehen«, wiederhole ich. »Und ich habe auch noch nicht mit ihm gesprochen.«

»Noch nicht, genau«, faucht sie. »Aber du hast es vor. Das weiß ich. Merkst du nicht, dass es gar nicht um dich geht? Jasper will euch Mädchen retten, weil er sich nur dann wohl in seiner Haut fühlt. Weil er einmal einen Fremden nicht retten konnte, den sein Vater verprügelt hat. Er versucht, etwas wiedergutzumachen, das er nicht einmal getan hat. Das ist das Problem, wenn man für die Sünden eines anderen büßen will. Man zerreißt sich nur selbst.«

Und ich kann sie nur blinzelnd anstarren, denn das klingt *genau* nach Jasper. Deshalb war er mit Cassie zusammen: um sie zu retten. Das hat er mir sogar gestanden, während wir nach Maine gerast sind. Und Jasper fühlte sich wirklich schuldig, weil er dem Mann damals nicht geholfen hat. Bin ich jetzt die neue Cassie? Einfach wieder ein kaputtes Mädchen, das er retten kann? Wie konnte ich das nur übersehen?

»Ich weiß, es ist meine Schuld, dass er so ist«, spricht Jaspers Mom weiter. »Ich habe die schlechte Entscheidung getroffen, seinen Vater zu heiraten. Aber ich kann das alles nicht ändern. Ich kann Jasper nur jetzt beschützen. Und das werde ich ganz sicher tun.« Sie kommt einen Schritt näher, drückt mit der flachen Hand gegen die Tür, damit ich sie ihr nicht vor der Nase zuschlagen kann, und sieht mich so merkwürdig an. Mit einer Eindringlichkeit, die sich anfühlt, als griffen Finger von innen nach meinen Rippen. Ich überlege, wie weit sie wohl gehen würde, um ihren Sohn zu beschützen. Wie weit sie gehen würde, um mich loszuwerden. »Du hast ihn schon einmal fast zerstört. Ich will verdammt sein, wenn ich das noch mal zulasse.«

»Okay«, sage ich.

Aber was meine ich damit? Dass ich mich wirklich von Jasper fernhalten werde, weil sie es will? Wie lange? Für immer? Seltsamerweise bin ich einen kurzen Moment lang erleichtert. Als hätte ich Angst gehabt, unsere knospende Romanze würde ihren natürlichen Lauf nehmen und mir das Herz brechen. Wenn ich mich jetzt davor drücke, habe ich es einfach schneller hinter mir.

»Okay? Was soll das heißen, ›okay‹? Du musst doch etwas tun!«, schreit sie so laut, dass ich zusammenzucke. Ihre Liebe zu Jasper ist so roh und grenzenlos und so merkwürdig dicht an der Raserei. Es nimmt mir den Atem. »Sag ihm etwas, das er glauben muss. Damit er ein für alle Mal wegbleibt. Dass du dich in einen anderen Jungen verliebt hast, zum Beispiel. Das wird funktionieren.«

»Sie wollen, dass ich Jasper absichtlich wehtue?«

»Oh, *bitte*! Das pikst ein paar Tage, aber wenn er dafür vor lebenslangen Schmerzen bewahrt bleibt, nehme ich das jederzeit in Kauf. Würde er dir irgendetwas bedeuten, würdest du das auch so sehen. Er wäre schon mal fast *gestorben*, weil er dich beschützen wollte. Reicht das nicht? Und bevor du jetzt ganz geschmeichelt und verwirrt bist, weil ich ›du‹ sage: Wenn *du* es nicht wärst, dann wäre es eine andere. Es ist immer irgendwer.«

Das ist eine Lüge. Ihre erste. Jaspers Mom macht sich Sorgen, dass ich etwas Besonderes sein könnte. Dass es diesmal vielleicht anders ist. Deshalb ist sie so neben der

Spur. Und dieses winzige verräterische Zeichen, das mein Outlier-Ich so deutlich lesen kann, ändert alles. Meine Schuldgefühle, die sie so einfach gegen mich verwenden kann, verschwinden augenblicklich, und mir fällt wieder ein, was mein Instinkt mir von Anfang an gesagt hat: dass ich mich verteidigen soll.

»Nein«, sage ich so klar und ruhig ich kann.

»Nein?«, schreit sie. »Was meinst du mit Nein? Du hast gerade okay gesagt!«

»Ich habe es mir anders überlegt.« Ich zwinge mich, ihrer wachsenden Wut fest gegenüberzutreten. »Das werde ich Jasper nicht antun. Mir ist er auch wichtig, und ich werde ihm nicht absichtlich wehtun, nur weil Sie es wollen. Außerdem muss es gar nicht sein, dass Jaspers Leben automatisch den Bach runtergeht, nur weil er mit mir zusammen ist. Es könnte auch etwas Gutes haben.«

Zum Teil versuche ich, mir das selbst einzureden. Es funktioniert auch fast.

»Etwas Gutes?« Mit zusammengebissenen Zähnen mustert sie mich von oben bis unten. »Weißt du, ich war mal mit jemandem verheiratet, der auf Kaution draußen war. Die ganze Zeit, um genau zu sein. Jeder kann einen Kautionsverstoß melden: Alkohol, Drogen, Ausgangssperre, das sind die Klassiker. Ich müsste nur sagen, ich hätte dich irgendwo gesehen, wie du Bier kaufen wolltest, und du wärst sofort wieder weggesperrt. Problem gelöst.«

Mein Gesicht fühlt sich heiß an. »Das würden Sie nicht tun.«

Sie lacht wütend, ihre Augen blitzen. »Du kannst es ja drauf ankommen lassen.«

»Sie sollten jetzt gehen.« Gideon stellt sich schützend vor mich. »Wylie hat nichts falsch gemacht. Sie muss nicht tun, was Sie sagen. Und sie muss sich das hier nicht anhören.«

»Wenn sie nicht wieder ins Gefängnis will, schon«, sagt Jaspers Mom jetzt selbstbewusster. Die Drohung mit der Kaution ist ihr gerade erst eingefallen. Aber jetzt hält sie sie umklammert wie eine Waffe. »Entscheide, was du willst, Wylie. Aber sag nicht, ich hätte dich nicht gewarnt.«

Das meint sie ernst. Sie würde sich eine Lüge ausdenken, damit es aussieht, als hätte ich gegen meine Auflagen verstoßen. Und ich darf das Risiko nicht eingehen, wieder ins Gefängnis geschickt zu werden. Nicht jetzt, wo Dad immer noch verschwunden ist und niemand sonst sich besonders dafür interessiert, dass er gefunden wird. Jasper würde das verstehen. Das wird er ganz sicher. Wenn ich es ihm erkläre. Und dann wird alles gut. Jetzt werde ich sagen, was ich sagen muss. Und später wird noch Zeit sein, alles wieder hinzubiegen.

Zu dumm, dass ich das alles nicht wirklich glaube.

»Was genau soll ich Ihrer Meinung nach tun?«, frage ich.

»Nur einen Zettel schreiben.« Jaspers Mom versucht, lässig zu klingen, aber sie will den Handel jetzt unbedingt besiegeln. »Etwas ganz Deutliches. Mach für euch beide einen klaren Schnitt. Einen Neuanfang.«

»Okay, ich schicke ihm …«

»Nein«, unterbricht sie mich. »Sofort. Du musst es jetzt tun.«

Jasper wird es verstehen, sage ich mir selbst noch mal. Ich werde diesen Zettel schreiben, und sobald kein Risiko mehr besteht, dass meine Kaution widerrufen wird, erkläre ich ihm alles. Dann ist es gut. Leider klingt es auch diesmal nicht überzeugender.

Ich bitte sie mit einer Handbewegung herein. »Gideon, könntest du Jaspers Mom ins Wohnzimmer bringen?«

»Ich bleibe gern hier stehen«, sagt sie. Jetzt ist sie aufgeregt.

»Ich kann nichts schreiben, wenn Sie mir im Nacken sitzen«, widerspreche ich. »Gehen Sie mit Gideon ins Wohnzimmer oder wieder hinaus, ist mir egal. Aber hier können Sie nicht stehen bleiben.«

Sie unterdrückt mühsam den Drang, mich anzuschnauzen. Stattdessen hebt sie beschwichtigend die Hand. »Das Wohnzimmer ist gut. Danke.«

Als sie und Gideon weg sind, starre ich auf das leere Blatt. Mir will nichts einfallen. Ein kleiner Teil von mir hat aber angefangen zu überlegen, ob Jaspers Mom recht hat. Dass es Jasper vielleicht ohne mich wirklich besser geht. Aber ein größerer Teil von mir hält den Brief immer noch für eine dumme Idee und glaubt, dass er etwas Schreckliches in Gang setzen wird. Etwas, das noch schlimmer ist als das Ende von mir und Jasper.

Outlier-Regel Nr. 7: Zu wissen, dass etwas Schlimmes passieren wird, heißt nicht, dass man weiß, was es ist.

Trotzdem weiß ich nicht so recht, was ich für eine Wahl habe. Jaspers Mom wird ihre Drohung wahrmachen. Sie wird alles tun, um ihn zu beschützen. Und mein Dad braucht mich da draußen noch. Jetzt kann ich nur tief Luft holen, anfangen zu schreiben und beten, dass das, was ab jetzt passiert, so sein soll.

Lieber Jasper,
jetzt, wo ich draußen bin, wird mir klar, dass meine Gefühle für Dich nicht echt sind. Ich habe es mir nur eingebildet, weil ich jemanden brauchte, der das alles mit mir durchsteht. Jemanden, der das mit dem Camp und dem Verlust von Cassie versteht. Irgendwann habe ich das mit noch mehr verwechselt.
Aber ich habe keine romantischen Gefühle für Dich. Noch nie. Wir sind nicht die Richtigen füreinander. Wir haben nichts gemeinsam außer dem, was wir da oben in Maine verloren haben. Und ich will nicht mit jemandem zusammen sein, der mich nur retten will, damit er sich selbst überzeugen kann, ein guter Mensch zu sein.
Es tut mir leid. Aber ich möchte Dich nicht belügen. Das mit uns ist vorbei.
Wylie

Als ich fertig geschrieben habe, brennt meine Brust, und die Tränen haben angefangen zu fließen. Bevor ich ins Wohnzimmer gehe, wische ich mir das Gesicht ab. Ich will Jaspers Mom nicht die Genugtuung verschaffen.

Gideon lehnt auf der anderen Seite des Raums an der Wand, den Blick besorgt auf mein Handy gerichtet, während Jaspers Mom vom Sofa aufsteht. Sie ist so voller Hoffnung, es macht mich rasend. Ich habe ihr noch nicht mal den Brief hingehalten, als sie auch schon herübergeeilt kommt und ihn mir aus der Hand reißt.

»Sie können ihn lesen, wenn Sie …« Aber sie tut es schon. »Ich habe nichts von einem anderen Typ geschrieben. Jasper wüsste, dass das eine Lüge ist.«

Aber ich frage mich schon, ob ich noch hätte schreiben sollen, dass er ohne mich besser dran ist, um den Schlag abzumildern. Der Gedanke, dass ihm so wehgetan wird, ist schrecklich. Aber ich weiß auch, er würde mich nur überzeugen wollen, dass ich mich irre.

»Okay, danke«, sagt sie, schon auf dem Weg zur Tür.

Ich erwarte, dass sie sich noch einmal umdreht, bevor sie geht. Dass sie mir etwas im Austausch für das Stück meines Herzens anbietet, das ich mir gerade herausgerissen habe. Aber die Haustür knallt schon zu.

Dann sagt Gideon etwas. Ich höre die Worte nicht. Ich starre immer noch hinter Jaspers Mom her.

Er sagt es noch mal. Diesmal legt er mir dabei die Hand auf den Arm.

»Hey, kennst du diese Nummer?« Gideon hält mir mein Handy hin. Auf dem Bildschirm ist ein Text zu sehen.

Hallo? Ruf mich auf dieser Nummer zurück, steht da. Die Nachricht ist von vor zwei Wochen und hat eine Vorwahl aus der Bostoner Gegend.

»Nein, ich kenne die Nummer nicht«, sage ich, während ich mit dem Finger über den Bildschirm streiche. Ich habe insgesamt sechs Nachrichten von dieser Nummer, alle ohne eine Antwort von mir.

Sie beginnen neugierig: **Hallo?** Werden drohend: **Was ist eigentlich los mit dir? Ist dir dein Dad egal?**

Die Letzte kam vor vier Tagen.

»Was glaubst du, wer das ist?«, fragt Gideon, und ich wünschte wirklich, er klänge nicht so besorgt. Dass er nicht so besorgt *wäre*.

»Ich habe keine Ahnung«, sage ich. »Warte, von derselben Nummer gibt es eine Mailboxnachricht.«

Ich spiele die Aufzeichnung ab – sie wurde vor drei Tagen hinterlassen – und schalte den Lautsprecher ein.

»Ich hab immer noch sein Handy«, sagt die Stimme. »Schon vergessen? Das von deinem Dad. Keine Ahnung, wo du bist, aber sein Handy ist jetzt tot. Ruf mich auf der Nummer hier an. Und dann musst du herkommen und es holen. Dein Dad braucht dich. Du solltest mich anrufen. Bald.«

Das Handy meines Dads, es ist doch keine Sackgasse. Ich tippe schon auf den Rückrufbutton, als sich Gideon vorbeugt. »Bist du sicher, dass das eine gute Idee ist?«

»Nein«, sage ich, während das Telefon zu klingeln beginnt.

Es ist sowieso egal. Fast sofort startet eine Bandansage: *Die von Ihnen gewählte Nummer ist nicht vergeben.*

EndOfDays Blog NEWS:
Neuer Blogeintrag!

25. Mai

Liebe EndOfDays-Leser,
ab heute gibt es zusätzlich zum Blogbeitrag noch Links zu allen Neuigkeiten, die Ihr braucht! Natürlich nur von den zuverlässigsten Quellen.

»Senator David Russo: Ein Leben unter Opfern«, McCann-Report
»Das Komitee der Streitkräfte und der Kampf für ein sichereres Morgen«, Daily National
»Warum uns Privatsphäre so wichtig sein sollte«, Daily National
»Cybersicherheit: Informieren Sie sich«, Freedom Sentinel
»Egal, was es kostet: Senator Russo und die Cyber-Grenze«, McCann-Report

Riel

Es ist später Nachmittag, als die Feuerwehr endlich fertig ist. Die Flammen breiten sich von Leos Zimmer ausgehend schnell in dem alten Harvard-Wohnheim aus. Die Feuerwehr hat es sofort geschafft, Leos Zimmer zu löschen; es tobte im Rest des Gebäudes weiter. Riel weiß das, weil sie schon seit Stunden von einer Nische in einem Gebäude in der Nähe aus ungesehen zuschaut.

Am Anfang versuchte sie panisch, jemanden zu finden, der ihr sicher sagen konnte, dass Leo nicht drin war. Inzwischen, so viele Stunden später, haben ihr mindestens acht verschiedene offizielle Leute versichert, dass das Gebäude leer ist – sie haben überall nachgesehen. Es gab keine Verletzten. Das hat sie ein bisschen beruhigt.

Aber Riel wird erst völlig überzeugt sein, dass Leo in Sicherheit ist, wenn sie von ihm hört. Bisher hat sie ihm schon mindestens drei Dutzend Nachrichten geschickt. Keine Reaktion. Und er war auf dem Heimweg. Eigentlich müsste er inzwischen hier sein. Er müsste schon seit Stunden hier sein.

Es darf nicht sein, dass Leo etwas passiert ist. Denn das ist alles Riels Schuld. Sie war vorgewarnt. Klute hat ihr gesagt, sie solle sich aus »dem Ganzen« heraushalten. Er hat gesagt, Leo würde »bezahlen«. Und natürlich stochert sie trotzdem online wegen dieser Fotos herum, und bumm:

Sein Zimmer geht in Flammen auf. Und sie hat nur einen beschissenen Beitrag zu dem Thema gefunden. So dumm.

Erst als das letzte Feuerwehrauto wegfährt, vibriert endlich ihr Handy. **Alles okay? Hing in einem endlosen Meeting mit einem Betreuer fest. Warum so viele Nachrichten?**

Er lebt. Leo lebt. Gott sei Dank.

Während sie eine Antwort tippt, ist Riel ganz schwindlig vor Erleichterung. **In deinem Zimmer hat es gebrannt. Mir geht's gut. Aber du solltest hinkommen. Sofort.** Falls jemand sie beobachtet, sieht es besser aus, wenn Leo da ist. Und Riel nicht.

Okay. Komme. Sicher, dass bei dir alles klar ist?

Ja, mir geht's gut. Will dich nur sehen.

Und jetzt hat Riel eine zweite Chance, das Richtige zu tun: Leo beschützen. Und dafür muss sie verschwinden. Riel kommt aus dem Alkoven, in dem sie sich versteckt hat, und geht die Treppe hinunter. Vor dem Gebäude treibt sich immer noch eine ziemliche Menschenmenge herum. Sie schlängelt sich in Richtung des nächsten Campustors durch.

»Entschuldigung!«, ruft Riel und schiebt sich weiter. Schrecklich, wie verängstigt sie klingt. Sie fühlt sich auch immer noch so, obwohl sie jetzt weiß, dass Leo in Sicherheit ist. Sie schluckt. Holt tief Luft. »Entschuldigung.«

Riel ist fast durch die Menschenmenge durch, als sie spürt, wie etwas ihren Unterarm umklammert. Als sie hinschaut, sieht sie eine Hand; am Handgelenk dieses Lederarmband. Mist. Der Mann aus dem *Brew*. Sie wusste, sie kannte ihn. *Mach eine Szene!*, befiehlt sie sich. *Mach eine Szene.*

»Lassen Sie mich los!«, schreit sie so laut, dass ihr Hals brennt, und reißt ihren Arm weg. Aber sein Griff ist zu fest. Er zieht sie näher an sich.

»Wo sind die Fotos?«, flüstert er ihr heiser ins Ohr. Aber nicht wütend, nicht wie Klute. Dieser Mann fühlt nur kühle, harte Konzentration. Er hat den Hut tief ins Gesicht gezogen, sodass sie sein Gesicht immer noch nicht gut sehen kann. Aber was sie sehen kann, kommt ihr nicht bekannt vor, höchstens vage. Riel erkennt auch seine Stimme nicht. Und doch kennt sie ihn, da ist sie sich sicher. Von irgendwo. Irgendwie.

»Lassen Sie mich los!«, schreit sie noch einmal, sogar noch lauter. So laut sie kann.

Leute haben sich umgedreht. Eine junge Frau – dünne blonde Haare, große Brille – tritt vor. Sie hat keine Angst, sich einzumischen.

»Hey, Sie!«, ruft sie und deutet auf Riel und den Mann. »Lassen Sie sie los!«

Jetzt starren auch noch andere. Der Mann lockert den Griff, lässt aber nicht los. Doch es reicht. Riel reißt sich los und verschwindet in der Menge.

Sie läuft zum nächsten Tor, dreht sich nicht um, wird nicht langsamer, bis sie den Hof ganz durchquert hat. Als sie sich schließlich doch umschaut, ist der Mann aus dem *Brew* nirgends zu sehen. Dann ein kleines Aufflackern des Zweifels. Als ließe Riel das Wichtigste zurück. Wieder sucht sie die Menge nach dem Mann ab, hofft auf einen zweiten Blick. Aber er ist nicht zu sehen.

Irgendwann entdeckt sie aber jemanden. Weit weg. Agent Klute steht am Rand der Menge vor Leos Wohnheim und starrt sie direkt an.

Riel umklammert ihre Tasche mit dem Laptop und Wylies Fotos, wirbelt herum, rennt in die andere Richtung durch eine Gasse zwischen zwei Wohnheimen zum nächsten Tor, dann auf die Straße hinaus. Sie wird in die nächste

U-Bahn-Station abtauchen. Oder im Gewirr der krummen Gassen von Cambridge verschwinden. Riel weiß, wie man abhaut, wenn es sein muss. Sie ist genial darin, nicht gefunden zu werden.

Ein letztes Mal blickt sie sich auf der Treppe zur U-Bahn um. Kein Agent Klute. Kein Mann mit Armband. Nichts als der Rauch, der in der Ferne von Leos Wohnheim aufsteigt.

Und Riel. Wieder einmal ganz allein.

Unten in der Station nimmt Riel die erste U-Bahn. Sie fährt, wie sich herausstellt, Richtung Beacon Hill mit seinen überteuerten Boutiquen und teuren Cafés. Wenn man verschwinden will, ist das so gut wie jeder andere Ort.

Nachdem sie ausgestiegen ist und als sie den belebten Gehweg entlanggeht – voller schicker alter Damen und Mütter in Yogahosen, die teure Kinderwagen schieben –, sieht sich Riel wieder prüfend um. Immer noch kein Agent Klute, kein Mann mit dem Armband. Überhaupt keiner. Auf der Hälfte der Newbury Street entdeckt sie ein Schild: *Trident Booksellers & Café*. Sie hat das Gefühl, die ganze Zeit auf dem Weg hierher gewesen zu sein: kostenloses WLAN, ein Café, fürsorgliche Büchermenschen, die bestimmt eingreifen, wenn jemand versucht, sie wegzuschleppen.

Im Inneren ist die Buchhandlung ein fröhliches Stadthaus mit viel aufgearbeitetem Holz und handgeschriebenen Schildern. Es riecht nach Kiefer. Hinter der Kasse steht ein Mädchen mit hohem Pferdeschwanz und eckiger Brille mit dickem Gestell. Als Rachel eintritt, liest sie: *Die Farm der Tiere*. Riel schlüpft auf dem Weg zum Café an ihr vorbei, und sie lächelt.

Riel muss ihr Handy checken. Auf dem Weg von der U-Bahn zur Buchhandlung hat es dreimal vibriert: sicher drei Nachrichten von Leo. Er ist jetzt wahrscheinlich auf dem Campus und findet sie nicht. Sie muss ihm sagen, dass er sich keine Sorgen machen soll, ihm erklären, warum sie weg ist. Aber sie bringt es noch nicht über sich. Denn sie wird sich auch verabschieden müssen. Für immer. Oder zumindest für eine Weile. Zu Leos Bestem.

Einen Stock höher im Café bestellt sich Riel den teuersten Kaffee auf der Karte und hofft, damit länger ungestört sitzen zu können, dann zieht sie sich in eine Ecke zurück, wo sich niemand anschleichen kann. Sie öffnet ihren Laptop. Es ist natürlich ein Risiko, wieder online zu gehen. Aber es ist auch riskant, keine Antworten zu bekommen. Zum Beispiel auf die Frage, was zum Teufel ihr Großvater mit der ganzen Geschichte zu tun hat. Und die erste Regel jeder Aufklärungsmission? Ein weites Netz auswerfen. *Senator David Russo*, tippt sie.

Der erste Artikel, der aufpoppt, ist ein Artikel aus dem *Cigar Aficionado*, einer Zeitschrift für Zigarrenliebhaber, erst vor ein paar Stunden online gestellt. Es ist ein Steckbrief ihres Großvaters und seiner Uhrensammlung. Riel erinnert sich, dass ihre Mutter einmal davon gesprochen hat, aber es klang damals eher wie eine Beleidigung. Mehr Aufmerksamkeit für diese dummen Zeitmesser, als er je einem echten Menschen gewidmet hat, so was in der Art. Laut Artikel hat ihr Großvater kürzlich auch noch angefangen, Kompasse zu sammeln, nachdem er einen als Geschenk von einem Konzern bekommen hat, in dessen Vorstand er vor Jahren einmal saß, lange bevor er Senator war.

»Ich liebe meine Uhren, aber sie gehen immer nach«, zitiert ihn der Artikel. »Kompasse finden auch unter den härtesten Bedingungen immer den geografischen Norden.«

Zu dem Artikel gibt es auch ein Foto von ihm. Draußen in seiner Werkstatt mit seinem Werkzeuggürtel an; er sieht aus wie ein gütiger alter Großvater, der seine Zeit der Reparatur kaputter Dinge widmet. Das hat natürlich nichts damit zu tun, wie er wirklich ist. Während Riel das Foto betrachtet, wird ihr eiskalt.

Sie schließt den Artikel und kehrt zu ihrer Suche zurück, prüft sie auf eine Verbindung zwischen ihrem Großvater und den Outliers. Sie sucht nach einem Beweis, dass er wirklich hinter Agent Klute steht, hinter alldem. Etwas, das außerdem darauf hindeutet, warum er die Fotos so dringend haben will, dass er bereit ist, dafür zu töten. Denn selbst wenn er gewusst hätte, dass Riel und Leo nicht im Zimmer waren: Das Wohnheim selbst war voller Leute. Ein Brand war ein großes Risiko.

Aber alles nach ihrem Großvater zu durchkämmen ist nicht leicht; im letzten Jahr sind eine *Menge* Artikel über ihn erschienen. Einer sticht allerdings heraus. Es geht um eine kritische Rechnung für Militärforschung vor dem Senatsausschuss der Streitkräfte, die Forschung soll gegen zukünftige Eingriffe in die Privatsphäre der Bürger schützen. Der Artikel selbst ist so schlecht geschrieben, dass er ihr wahrscheinlich deshalb ins Auge fällt. Einfach ein Haufen Wörter, die aneinandergereiht wurden, damit sie beeindruckend klingen, aber auf nicht viel hinauslaufen. Der Artikel führt zu einem anderen über ihren Großvater, der jahrelang im Ausschuss für die Streitkräfte saß. Er ist eine einzige Lobhudelei. So vollkommen übertrieben, dass es sich nicht einmal liest, als wäre es echt. Als Riel sich schließlich durch alle Ebenen beider Artikel klickt, findet sie zufällig einen Blog, der mit beiden verlinkt ist – EndOfDays – und der aussieht, als betreue er einen Haufen Nachrichtenseiten, doch als Riel ein bisschen tiefer gräbt, stellt sich heraus, dass er die

Inhalte anscheinend alle selbst herstellt. Erst als sich Riel zu ihrer ursprünglichen Suchliste zurückklickt, entdeckt sie endlich das, was am meisten zählt, in einer seriösen Zeitung: »Senator Russo gibt offiziell seine Kandidatur fürs Amt des Präsidenten bekannt.«

Riel hält die Luft an, während sie die Überschrift noch einmal liest. Erst eine Woche alt. Es lag zwar vermutlich immer im Bereich des Möglichen, dass ihr Großvater fürs höchste Amt kandidiert. Aber ungefähr so, wie es immer im Bereich des Möglichen liegt, von einem Auto angefahren zu werden. Über etwas so Schreckliches denkt man nicht zu genau nach.

Riels Handy vibriert, eine neue Nachricht.

Wo bist du? Alles OK?, schreibt Leo. **Antworte bitte. Ich kriege langsam echt Angst.**

Schnell tippt sie eine Antwort: **Alles OK. Aber du musst ECHT vorsichtig sein. Du bist in Gefahr. Tauch erst mal unter. Ich liebe dich.**

Als sie auf Senden tippt, zieht sich Riels Magen zusammen. Zum ersten Mal hat sie Leo gesagt, dass sie ihn liebt, jetzt, da sie sich verabschiedet. Sie hätte nicht so viel Zeit verschwenden dürfen. Sie hätte Leo früher sagen sollen, was sie fühlt – als es noch eine Chance darauf gab, dass es zählt.

Riel nimmt ihr Handy auseinander, holt die SIM-Karte heraus und bricht sie in der Mitte durch, während sie zum Mülleimer geht. Als die Karte mit einem hohlen Geräusch in dem Eimer aufschlägt, zuckt sie zusammen.

Auf dem Weg zurück zu ihrem Tisch versucht sie wieder, sich den Mann aus dem *Brew* ins Gedächtnis zu rufen, den mit der Mütze, der sie gepackt hat. Beide Male konnte sie nicht viel von seinem Gesicht sehen. Aber es war auch gar nicht sein Gesicht, das sie erkannt hat. Es war sein Körperbau, seine Haltung. *Wo? Wer?* Und dann, plötzlich, weiß sie es.

Kendall.

»Das ist Kendall. Der Typ von der Polizei«, hat Brian gesagt, während sie den Livestream über die Ereignisse in dem Camp anschauten. Da war Riel Quentin gegenüber schon misstrauisch, deshalb hatte sie Brian die Kameras anbringen lassen, bevor er ging. »Warte, was hat er da in der Hand?«

»Ein Gewehr«, sagte Riel, und Übelkeit stieg in ihr auf.

Alles Weitere passierte so schnell: Kendall außerhalb des Bilds, ein Knallgeräusch, eine verletzte alte Frau taumelte ins Bild. Riel war diejenige, die die Polizei ins Camp schickte. Anonym natürlich. Da hatte Level99 den Kamera-Feed schon gekappt, sie durften nicht riskieren, dass man sie aufspürte. Erst Stunden später fingen sie Gespräche auf dem Polizeikanal ab: Alle im Camp waren tot.

Kendalls Gesicht war in dem Video nicht leicht auszumachen. Aber wie er sich mit dem riesigen Gewehr bewegte, war unvergesslich. Geschmeidige, kraftvolle Souveränität. Das war er im *Brew* und dann später vor Leos Wohnheim, als er sie packte. Da ist sich Riel sicher. Und zu wissen, dass der Mann, der sie gepackt hat, derselbe ist, der all diese unschuldigen Menschen getötet hat, sollte ihr Angst machen. Aber in Wahrheit ist sie erleichtert. Hoffentlich bedeutet das, Kendall ist auf ihrer Seite. Dass sie es fühlen kann, auch wenn die Beweislage dünn ist. Denn im Moment sind Leute auf ihrer Seite Mangelware.

Riel war elf und Kelsey acht, als sie ihren Großvater kennenlernten.

»Ihr Mädchen erinnert euch an euren Großvater«, hatte ihre Mom mit scharfem Unterton gesagt. »Ach, wartet, nein, natürlich nicht, denn er hat euch ja nie kennengelernt. Was willst du hier?«

»Kann ich nicht vorbeikommen und meiner Tochter Hallo sagen?«, fragte ihr Großvater breit lächelnd, während er so mit seinem Mantel in ihrem Wohnzimmer stand.

Ihr Mom verschränkte die Arme. »Na ja, das kommt drauf an.«

Als er nicht wieder gehen wollte, lud sie ihn am Ende zum Abendessen ein, aber er erklärte immer noch nicht, warum er gekommen war. Sie bot es ihm ganz offensichtlich nur pro forma an, damit er wieder ging. Aber er nahm sie trotzdem beim Wort. Er gab seinem Fahrer durch die offene Tür ein Zeichen, der dann die ganzen zwei Stunden mit laufendem Motor in seinem glänzenden schwarzen Mercedes sitzen blieb.

Das Abendessen war schrecklich, endlos und peinlich – ihre Mutter machte höflich Konversation, während ihr Vater schweigend vor Wut schäumte. Und das Gefühl war gegenseitig: Ihr Großvater sah ihren Dad kein einziges Mal an.

Nach dem Essen durften die Mädchen aufstehen. Sie setzten sich auf die oberste Treppenstufe und lauschten. Warteten darauf, dass das schreckliche Geheimnis ihres Großvaters enthüllt würde. Ganz sicher war er aus einem bestimmten Grund da, dessen waren sich die Mädchen sicher.

»Wirkt er irgendwie …«, begann Kelsey flüsternd.

»Böse?«, beendete Riel ihren Gedanken. Von ihrem

Großvater ausgehend hatte Riel nur ein kaltes, totes Nichts gefühlt. Wie zähflüssiger Teer. »Ja, ich würde aufpassen, wenn ich ihn lese. Womöglich bleibt dein Herz stehen.«

»O nein, ich habe unser Buch unten liegen lassen«, sagte Kelsey. Riel hatte ihrer Schwester eingeschärft, vorsichtig mit ihrem Tagebuch umzugehen. Auch wenn sie nicht wusste, warum. Riel war sich sicher, dass sie es nicht aus den Augen lassen sollten.

»Ist okay, ich glaube, sie sind fertig«, sagte sie, denn sie wusste, es brachte jetzt nichts, die supersensible Kelsey zurechtzuweisen. »Er geht bestimmt bald.«

Aber ihr Großvater ging nicht – wie es ihre verblüfften Eltern sicherlich beide gewünscht hatten, als sie sich entschuldigten, um in die Küche zu gehen und das Geschirr zu spülen. Stattdessen ging er ins Wohnzimmer, wo sie ihn herumgehen hörten. Er nahm Dinge in die Hand und legte sie wieder hin.

»Also, der Grund, warum ich hier bin«, begann ihr Großvater schließlich, als ihre Eltern wiederkamen. »Ich wollte euch Bescheid sagen, dass ich für den Senat kandidiere.«

»Was?«, lachte ihr Dad.

»Ja, Senator von Arizona.« Ihr Großvater meinte es todernst. Und er war sauer, weil ihr Dad lachte. Seine Wut schoss die Treppe herauf wie eine Kugel.

»Du bist gerade erst dort hingezogen«, sagte ihre Mom.

»Es sind schon fast zehn Jahre«, sagte er. »Lange genug, dass es mein Zuhause ist.«

»Senator?« Die Missbilligung ihres Dads war zu Wut angewachsen. Und sie fühlte sich heiß und scharf an, sogar bis ganz hinauf zur obersten Treppenstufe. »Warum?«

»Ich glaube, ich habe eine echte Chance zu gewinnen.« Ihr Großvater klang sehr selbstgefällig. »Und dass ich es mal versuchen müsste.«

»Weil du eine Chance zu gewinnen hast?«, schnaubte ihr Dad. »Klingt wie ein toller Grund dafür, dein Leben in den öffentlichen Dienst zu stellen.«

»Nicht nur eine Chance zu gewinnen«, korrigierte ihn Großvater. »Eine *echte* Chance. Ich weiß natürlich nicht sicher, dass ich gewinne. Aber wenn man nicht antritt, kann man es auf keinen Fall.«

»Also ist es ein Spiel?« Die Stimme ihrer Mom war traurig; Riel verstand nicht, warum.

»Bei einem Spiel geht es um Glück«, sagte er. »Das hier ist eher ein Wettkampf der Fähigkeiten. Der Gewinner bekommt alle Vorzüge.«

So ging es hin und her, der Schlagabtausch dauerte eine gefühlte Ewigkeit, bis alle höflichen spitzen Bemerkungen aufgebraucht waren und nur noch die unhöflichen übrig waren.

»Es ist schon spät«, sagte ihr Großvater schließlich, kurz bevor sie zu den unhöflichen übergingen. »Ich glaube, ich sollte gehen. Ich hoffe aber, ich kann auf eure Unterstützung zählen. Ich kann mir vorstellen, es könnte Fragen geben, Interviewanfragen an euch und so was. Du und deine Schwester seid jetzt meine einzige Familie.« Tödliches Schweigen folgte. Riel konnte sich vorstellen, wie ihre Mom ihren Großvater ungläubig anstarrte. »Also gut, dann finde ich selbst hinaus.«

Ihr Großvater blickte auf dem Weg nach draußen

die Treppe hinauf. Sein Blick begegnete dem von Riel. Der schwere Teer füllte wieder ihre Lungen.

»Unwissenheit ist Stärke«, sagte er mit einem Lächeln, und dann reckte er die Faust in die Luft.

Nur drei Wörter, die keinen Sinn ergaben. Aber sie fühlten sich böse an, eisig. Brutal. Riel bekam eine Gänsehaut.

Unwissenheit ist Stärke, googelt Riel jetzt. Nach all ihren Recherchen über ihren Großvater sind ihre Gedanken daran hängen geblieben. Das muss etwas zu bedeuten haben. Und es wird ihre letzte Suche sein, das schwört sie sich. Mehr dürfen es auch nicht werden. Ihr läuft die Zeit davon. Sie will Leo nicht noch mehr in Gefahr bringen, indem sie online herumstochert, wo sie nicht stochern sollte. Im sperrangelweit offenen WLAN der Buchhandlung könnte man ihre Suche viel zu gut nachvollziehen. Was sie sonst noch braucht, wird sie auf andere Art herausfinden müssen. Doch bevor sie noch länger darüber nachdenken kann, was sie als Nächstes tun soll, taucht es schon auf. Ganz oben in ihren Suchergebnissen: *Die zehn besten Zitate aus dem Roman* 1984.

Riel schließt die Augen. Scheiße. Das Buch. *Ihr* Buch. Das hatte ihr Großvater getan, als er an dem Abend im Wohnzimmer allein war. Er hatte ihr blödes Buch gelesen. Daher weiß ihr Großvater, Senator Russo, von den Outliers: von Riel. Oder nicht direkt von den Outliers, aber von der Vorstellung. Der Same wurde in seine Gedanken gelegt. Die Möglichkeit. Schon damals vor langer Zeit.

Riel steht jetzt und starrt auf ihren Laptop, eine Hand

vor dem Magen. Sie kann sich gar nicht erinnern, aufgestanden zu sein, es ist aber so. Sie sieht sich in dem Buchhandlungscafé um – kein Kendall oder Klute, keine sonstige Bedrohung. Nur eine Mutter mit ihren Kindern auf der anderen Seite. Sonst hat sich nichts verändert.

Und doch ist alles anders. Riel sieht es jetzt. Die Zeit läuft rückwärts. Der Anfang ist das, was Riel für das Ende gehalten hat.

Dieser Moment mit ihrem Großvater passierte lange vor irgendwelchen Studien von Dr. Lang. Was hat der charmante Senator Russo mit den unschuldigen Plappereien zweier kleiner Mädchen gemacht? Etwas Schreckliches, so viel weiß Riel. Jetzt muss sie herausfinden, was – aber so, dass Leo nicht in Gefahr gerät.

Sie schiebt ihren Laptop in die Hülle, und als die Frau von ihrem jüngeren Kind abgelenkt ist, lässt sie auch ihn in den Mülleimer fallen, bevor sie das Café verlässt und wieder nach unten geht.

»Alles gefunden, was du gesucht hast?«, ruft das Mädchen hinter der Kasse vorn im Laden, als Riel auf dem Weg zur Tür an ihr vorbeikommt.

Irgendwas ist komisch an ihrer Art, es zu tun. Riel hinterherzurufen, als sie schon fast draußen ist. Als ginge es um viel mehr, als selbst ihr klar ist.

Riel hält inne, dreht sich noch mal um. Was braucht sie, was dieses Mädchen ihr geben könnte? Warum spürte dieses Mädchen den Drang, es ihr anzubieten? Sie ist hier in einer Buchhandlung. Ein Buch. Ein Autor. Das ist es, ganz sicher.

»Könntest du etwas für mich nachschauen?«, fragt Riel.

»Klar«, antwortet das Mädchen und geht zu ihrem Computer.

»Rosenfeld«, sagt Riel und buchstabiert es für sie. »Das ist ein Autor. In dem Buch ging es um irgendwas mit Militär.«

»Klar, kein Problem«, sagt das Mädchen, wendet aber den Blick nicht von Riel ab, verengt besorgt die Augen. »Alles in Ordnung?«

Das Mädchen ist ganz sicher ein Outlier.

»Ich weiß nicht«, sagt Riel, denn das ist die beschissene Wahrheit.

»Ja.« Das Mädchen nickt, als verstünde sie das voll und ganz. Sie wendet sich wieder dem Computer zu. »Rosenfeld. Da ist es.« Sie dreht den Bildschirm, damit Riel es selbst sehen kann. »*Privatkrieg: Wie Fremdvergabe das Militär verändert.* Das steht im Regal mit den aktuellen Sachbuch-Taschenbüchern. Komm, ich helfe dir suchen.«

Wylie

Detective Oshiro sitzt in unserem Wohnzimmer und beäugt mich und Gideon nervös. Es ist kurz nach halb fünf am Nachmittag, und er sieht uns schon die ganze letzte Viertelstunde so an. Er war schnell da, nachdem ich angerufen hatte, aber jetzt will er am liebsten zur Tür rennen. Das fühle ich laut und deutlich.

Ich habe versucht, ihm weit genug zu erklären, was los ist, damit er uns hilft, Dads Handy zu orten, aber nicht so viel, dass er total in Panik gerät. Das ist leichter gesagt als getan. In der Geschichte, die Oshiro über mich kennt, bin ich die trauernde Tochter einer toten Mutter. Was irgendwie immer noch stimmt, zumindest der Teil mit dem Trauern. Also habe ich nicht vor, ihm zu erzählen, dass Mom eigentlich noch lebt. Dass ich, was die Wodkaflasche anging, am Ende doch recht hatte. Dass ich Oshiro leidtue, ist wahrscheinlich mein größter Trumpf.

»Aber, um das klarzustellen: Du bist doch auf Kaution draußen, oder?«, fragt er zögernd. »Legal?«

Er wäre nicht hier, wenn ich eine Flüchtige wäre. Das hat er schon entschieden. Aber genau deshalb vertraue ich ihm: weil er seine Grenzen hat. Oshiro war nicht bereit, mir die Unfallakte zu zeigen, solange er keine Erlaubnis dazu hatte, auch wenn ich nur ein Ja hören wollte. Das Richtige ist ihm am wichtigsten. Ich glaube, am Ende kommt uns das zugute.

»Ja, ich bin offiziell auf Kaution raus«, sage ich mit einem Seitenblick auf Gideon.

Er nickt pflichtbewusst.

»Außerdem hatte ich nichts mit dem Brand zu tun. Sie müssen mir das nicht glauben, aber es stimmt.«

Oshiro nickt unverbindlich. »Und du sagst, alles, was passiert ist, auch der Unfall deiner Mutter, hat irgendwie mit der Forschung deines Vaters zu tun?« Er versucht gar nicht erst, seine Skepsis zu verbergen. Davor habe ich auch Respekt.

»Ich habe noch keinen Beweis, aber ja«, sage ich. »Mein Dad ist aber offiziell vermisst gemeldet. Sie können die Polizei in D.C. fragen.«

»Das habe ich schon«, erwidert er. »Das ist der Grund, weshalb ich hier bin. Deine Geschichte ist überprüfbar. Zumindest ein Teil davon. Hör zu, Wylie, ich helfe dir, wo ich kann. Auf *legale* Art. Aber juristisch gesehen gehört dein Fall der Polizei in D.C. Ich kann das nicht einfach übernehmen.« Du meine Güte, ist er darüber erleichtert.

»Oh«, sage ich. Meine Kehle zieht sich so plötzlich zu, dass mir ein jämmerlicher kleiner Schluckauf entschlüpft. Es ist erbärmlich.

Oshiro atmet hörbar aus. »Hör zu, wie wäre es, wenn du mir erzählst, wobei genau du Hilfe brauchst? Und dann sehen wir weiter.«

»Wäre es möglich, eine Telefonnummer zurückzuverfolgen?« Ich halte ihm mein Handy hin und deute auf die Anrufliste. »Wir haben versucht, die Nummer zurückzurufen, aber sie ist jetzt nicht mehr erreichbar. Das ist die Frau, die in irgendeinem Laden in D.C. das Handy meines Dads gefunden hat, kurz nachdem er verschwunden ist. Oder zumindest hat sie das behauptet, als ich ihn angerufen habe und sie ranging. Von dieser Nummer hier hat sie noch ein paarmal angerufen und geschrieben, während ich im Gefängnis war. In einer ihrer Nachrichten sagte sie, mein Dad bräuchte mich.«

»Wer ist sie?«

»Ich weiß es nicht. Als wir das erste Mal miteinander gesprochen haben, hat sie mir einen Namen und eine Postfachadresse genannt. Ich habe sie aufgeschrieben, und wir haben sie der Polizei gegeben. Aber das war vor Wochen. Wenn man meinen Dad jetzt anruft, geht nur die Mailbox ran, und die ist voll. Ihr Name war irgendwas mit J – oder vielleicht L oder K. Es tut mir leid. Tut mir leid, ich erinnere mich nicht. Es ist so viel passiert. Aber ich weiß, die Polizei hat sie nicht gefunden. Das Handy meines Dads auch nicht. Ich muss es aber unbedingt finden. Es könnten … wer weiß, was darauf ist? Nachrichten, Notizen … vielleicht richtige Beweise, die dabei helfen, ihn zu finden.«

Detective Oshiro reibt sich das Gesicht. »Hast du die Polizei in D.C. schon nach dem Fall deines Dads gefragt?«, will er wissen. »So etwas Grundlegendes zu überprüfen, gehört eigentlich zum Standard.«

»Ich habe sie angerufen«, sage ich. Das stimmt. Okay, es war erst gerade eben, und ich war froh, als ich sie nicht erreichte. Aber es ist genau genommen trotzdem keine Lüge. »Sie tun sicher, was sie können, aber ich habe irgendwie das Gefühl, sie haben meinen Dad abgeschrieben. Sie haben ein Überwachungsvideo von ihm, auf dem er ›freiwillig‹ bei einem Kerl ins Auto steigt. Meine Anwältin hat mit ihnen geredet. Es kommt mir vor, als hätten sie beschlossen, dass er einfach weggelaufen ist. Aber das würde er nie tun. Das tut er uns nicht an. Schon gar nicht nach dem, was mit Mom passiert ist.«

Jetzt ist mir richtig schlecht, denn jetzt habe ich die Lüge überreizt, dass Mom tot ist. Außerdem erinnert es mich daran, was Mom wirklich getan hat: einfach weglaufen, freiwillig. Ich kann es immer noch nicht fassen. Oder vielleicht will ich es auch einfach nur nicht. Ich bin mir im Moment nicht sicher, ob ich das überhaupt noch unterscheiden kann.

Oshiro sieht mich eindringlich an. »Ich habe deinen Dad kennengelernt und stimme dir zu. Ich glaube auch nicht, dass er so etwas tun würde.« Er streckt die Hand aus. »Okay.«

»Okay?« Ich brauche einen Moment, bis mir klar wird, dass er mir damit bedeuten will, ich soll ihm das Handy geben. »Sie meinen, Sie werden die Anrufe zurückverfolgen?«

»Ich kann nichts versprechen. Die Technikabteilung hat eine Liste von vorrangigen Fällen, und angesichts dessen, dass dein Dad nicht einmal in unsere Zuständigkeit fällt … Es könnte ein paar Tage dauern. Mindestens.«

»Ein paar Tage?« Mein Herz wird schwer. »Ich … ich mache mir nur Sorgen, dass ihm vielleicht nicht mehr viel Zeit bleibt.«

Erst nachdem ich es ausgesprochen habe, wird mir klar, wie groß meine Angst davor ist. Es ist, als würde eine riesige Uhr in meinem Kopf die Sekunden herunterzählen. Oshiro seufzt wieder, dann reibt er sich noch ein bisschen die Stirn. Er ist auch nicht unbedingt von der geduldigen Sorte. Er ist sehr sorgfältig und unermüdlich.

»Es gibt noch eine andere Möglichkeit«, sagt er, jetzt schon voller Bedenken. »Es wäre nicht offiziell. Und ich verspreche nicht, dass ich es arrangieren kann …«

»Bitte, ja, alles«, sage ich. Die Verzweiflung brennt in meiner Kehle. »Egal, was es ist.«

»Ich werde es versuchen. Noch mal: keine Versprechen.« Oshiro steht auf und nickt. Ich fühle, wie er überlegt, ob er etwas Tröstendes sagen soll, und dann etwas anderes – beides bekomme ich nicht ganz zu fassen –, bevor er beschließt, nichts zu sagen. Ich bin ihm dankbar. »Ich melde mich, Wylie. Sei bis dahin vorsichtig, ja? Verstoß nicht gegen deine Kautionsauflagen. Denen ist egal, für wie gut du deine Gründe hältst.«

»Und jetzt?«, fragt Gideon, als Oshiro mit meinem Handy gegangen ist.

»Jetzt suchen wir Quentin«, antworte ich, aber nur halbherzig. Meine Gedanken wandern ständig zu ihm zurück, aber wo sollten wir überhaupt anfangen?

»Ich dachte, wir wüssten nicht mal seinen richtigen Namen«, sagt Gideon.

»Tun wir auch nicht. Wir wissen absolut nichts.«

»Oh«, sagt Gideon ein bisschen enttäuscht. Er glaubt immer noch, weil ich ein Outlier bin, müsste ich auf alles eine Antwort haben. »Vielleicht ist es besser so.«

»Aber«, sage ich zögernd. »Ich habe eine gute Idee.«

Ich wünschte nur, ich wäre selbst überzeugter davon.

Eine Querstraße vor dem Level99-Haus sehe ich schon das Schild: *D&G Construction*. Es steckt im Vorgarten in einem frischen Erdhaufen. Aber abgesehen von dem Schild und der Erde – die laut und deutlich »Umbau« schreien – sieht das Haus noch genauso aus wie vorher. Schiefe Treppe, verblasste blaugraue Farbe, der Türsummer mit seinen Zahlen für die Codes.

Ich hole tief Luft und versuche, mich an die Reihenfolge zu erinnern, während wir die Stufen hinaufsteigen. Im Auto habe ich absichtlich nicht geübt. Ich habe mir zu viele Sorgen gemacht, ich könnte die Zahlen ganz vergessen, wenn ich zu viel darüber nachdenke. Jetzt drücke ich die Zahlen einfach so, wie sie mir in den Kopf kommen. Dann warten wir. Eine Minute, zwei. Nichts.

»Das war beim letzten Mal auch so«, sage ich und versuche, nicht entmutigt zu sein. Ich war so entschlossen, Riel nicht wieder mit hineinzuziehen, indem ich sie Rachel gegenüber erwähnte. Aber aus irgendeinem Grund – vielleicht keinem guten – habe ich es mir plötzlich anders überlegt. Ich überlege immer noch, warum.

Noch mal gebe ich den Zahlencode ein, aber die Tür bleibt zu. Jetzt habe ich offiziell einen Knoten im Magen. Ich hatte auf Riel und Level99 gehofft. Wie sehr, wird mir erst jetzt klar, als alle Hoffnungen in sich zusammenstürzen.

Gideon beugt sich vor, um durchs Fenster zu spähen. Das Papier, mit dem die Fenster im Erdgeschoss von innen verklebt waren, ist weg. Man kann hineinschauen. »War es vorher auch leer?«, fragt Gideon mit von der Scheibe gedämpfter Stimme. »Es sieht nämlich aus, als wären sie ausgezogen. Da drin ist nichts.«

Ich sehe selbst nach. Die Möbel waren alt und abgewetzt, als ich mit Jasper da gewesen war. Aber es gab Möbel. Jetzt liegen da nur noch Wollmäuse und Staubflusen auf dem Boden herum.

»Ja, sieht aus, als wären sie weg«, sage ich.

Riel hat ja gesagt, jetzt, da Kendall weiß, wo sie sind, müsste Level99 vielleicht umziehen. Trotzdem habe ich nicht so ganz das Gefühl, dass sie weg sind. Wenn sie sich weigern, an die Tür zu kommen, ist das aber auch egal.

»Okay«, sagt Gideon. »Was jetzt?«

Als wir im *Delaney's* ankommen, ist es erst sechs Uhr abends, das ist früh für eine College-Kneipe. Sie ist leer bis auf einen unscheinbaren alten weißen Kerl – eher klein, Kakihose, weiße Haare –, der nicht weit von der Tür an der Bar sitzt. Eindeutig kein Student.

Das *Delaney's* sieht im schwindenden Tageslicht viel heruntergekommener aus als an dem Abend, als Jasper und ich da waren. Die rote Farbe blättert ab, die Tapete löst sich von der Wand. Es riecht auch ein bisschen komisch, vielleicht nach Erbrochenem. Das Gute ist, es ist kein Türsteher in Sicht.

Sobald wir durch die Tür sind, meldet Gideons Handy eine neue Nachricht. Er zieht es heraus und sieht darauf.

»Rachel«, sagt er, dann liest er laut vor: »›Ich hoffe, euch geht es gut zu Hause? Ich habe in der Zwischenzeit das hier von eurer Mom bekommen.‹« Er tippt auf den Bildschirm. »Es ist eine E-Mail. Nur an dich adressiert und nicht an uns beide, was eine echt nette Geste ist.« Aber Gideon ist mehr verletzt als verärgert. »Möchtest du sie lesen?«

»Ja, aber wenn wir hier fertig sind.« Allerdings muss ich ehrlich zugeben, ich bin mir gar nicht sicher. Nach jeder Erklärung meiner Mom geht es mir immer nur schlechter.

Da entdecke ich Leo am anderen Ende der Bar. Er trocknet Gläser ab und stapelt sie auf ein hohes Regal. Er sieht nicht herüber, während wir näher kommen, aber er muss uns hereinkommen gesehen haben. Und als wir fast da sind, fühle ich seine Feindseligkeit. Hoch und scharf, wie ein Stacheldrahtzaun.

»Ich muss nur mit ihr reden«, sage ich leise, als er immer noch nicht herschaut.

Ohne den Blick zu heben, schüttelt Leo den Kopf, und ganz kurz fühle ich, wie seine Verachtung von Herzschmerz überlagert wird. Ist Riel etwas passiert? Ich bete, dass es nichts mit Quentin zu tun hat. Es war eine Sache, Jasper nicht zu erzählen, dass Quentin lebt – aber Riel? Vielleicht hätte ich Gideon sofort bitten sollen, sie zu warnen, während ich noch im Gefängnis war.

»Du weißt schon, dass du nicht die Einzige bist, die in ihrem Leben Scheiße durchmachen muss«, speit Leo aus, als er mich endlich ansieht. »Riel ging es mal fünf Sekunden lang gut. Sie hat ihr Leben gelebt. Überlebt. Und dann bist du aufgetaucht und hast dich benommen, als würde sie dir etwas schulden.«

Ich hätte erwartet, dass ich mich schäme oder schuldig fühle, aber plötzlich bin ich nur noch sauer.

»Sie *schuldete* mir auch was.« Ich versuche, meine Wut im Zaum zu halten. Aber sie breitet sich aus wie Schaum. »Ihretwegen wurde ich in dem Camp fast umgebracht, schon vergessen? Ich nämlich nicht.«

Leo zögert mit einem Glas in der Hand, ihm schwirrt eine boshafte Antwort durch den Kopf. Aber statt sie laut auszusprechen sieht er, plötzlich misstrauisch, zu Gideon. Es lohnt sich nicht, Leo dazu bringen zu wollen, Gideon zu vertrauen. Er vertraut ja mir auch schon nicht.

»Kannst du uns kurz allein lassen?«, frage ich Gideon.

Der beäugt jetzt wiederum Leo. »Klar«, sagt er schließlich und geht ans andere Ende der Bar, wo er sich neben den alten Mann setzt.

»Quentin lebt«, sage ich, als Gideon weg ist. »Ich dachte, Riel sollte das wissen. Er könnte überall sein.«

»Kannst du sie nicht einfach in Ruhe lassen?«, fragt Leo.

»Hast du mich nicht verstanden? Quentin lebt, und ich weiß nicht, wo er ist. Riel könnte in Gefahr sein.«

Natürlich ist das nicht der einzige Grund, warum ich da bin. Es ist nicht einmal der Hauptgrund. Die hässliche Wahrheit ist, ich will, dass Riel, dass Level99 mir hilft, Quentin aufzuspüren. Und ja, falls Oshiro kein Glück hat, vielleicht dann auch noch das Handy meines Dads oder dieses Mädchen, das es hat. Andererseits: Wie schuldig soll ich mich fühlen? Riel ist ein Outlier. Das alles geht auch sie an.

»Ich sag dir gar nichts.« Leo starrt mich so kalt an, dass ich es fast im Gesicht spüren kann. »Aber ich könnte auch nicht, selbst wenn ich wollte.«

»Was meinst du damit?«

»Riel ist abgehauen«, sagt er, und ich fühle, wie sich seine Brust zusammenzieht. So sehr vermisst er sie. »In meinem Wohnheimzimmer hat es gebrannt. Und sie ist ausgeflippt. Versucht wahrscheinlich, mich zu schützen.«

»Es hat gebrannt?«

»Yep. Das meiste von meinem Zeug ist hinüber. Wir waren nicht da, als es passiert ist.«

Von vorn an der Bar ist lautes Gelächter zu hören. Es geht mir durch und durch. Sowohl Leo als auch ich schauen hin. Es sind Gideon und der alte Mann, anscheinend in ein Gespräch unter besten Freunden verwickelt.

»Du solltest gehen«, sagt Leo. »Du hast schon genug Ärger gemacht.«

Er macht sich hinter der Bar wieder an die Arbeit, stellt irgendetwas zu seinen Füßen ab, sodass er kurz nicht zu sehen ist. In diesen Augenblicken fühle ich seine Nervosität, einen schuldbewussten Stich. Es gibt noch etwas, von dem er glaubt, er sollte es mir sagen. Aber er ist hin- und hergerissen.

»Wenn du von ihr hörst, könntest du ihr dann …«

»Nein«, unterbricht mich Leo, als er sich wieder aufrichtet, und ich weiß nicht, ob ich mich langsam an seine Wut gewöhne oder ob er weniger wütend ist. Aber der Rückschlag ist nicht mehr so stark. »Ich richte ihr nichts von dir aus.«

»Nicht mal das mit Quentin?«

Ich warte darauf, dass er okay sagt, dass er zumindest zugibt, dass Quentin auf freiem Fuß besorgniserregend ist. Aber er arbeitet einfach weiter und ignoriert mich. Ich bleibe noch stehen, einen langen, peinlichen Moment.

»Also gut«, sage ich und wende mich in Richtung Tür.

»Hey!«, ruft Leo hinter mir her, als ich schon ein paar Schritte gegangen bin. »Nimm das mit hinten raus, wenn du gehst.«

Leo hat einen Kasten mit leeren Flaschen auf die Bar gestellt, und eine Sekunde lang glaube ich, das soll ein Scherz sein. Aber sein Gesichtsausdruck ist todernst.

»Wie bitte?«, frage ich.

»Bring das raus«, wiederholt er, als wäre es das Normalste auf der Welt, mich darum zu bitten. Als würde ich hier arbeiten.

Aber das Ganze ist so eigenartig, dass ich das Einzige tue, was mir einfällt. Ich sage: »Okay.«

Der Kasten ist leichter, als ich dachte, aber er stinkt so nach abgestandenem Bier, dass ich die Luft anhalten muss und hoffe, dass er nicht auf meine Schuhe tropft.

»Bring sie zum Recycling«, sagt Leo. »Alle. Du kannst den Kasten draußen stehen lassen. Mach ihn nur leer.«

Ich ziehe die Augenbrauen hoch, beiße mir aber auf die Zunge. Hauptsächlich, weil ich neben Leos Verachtung noch etwas anderes fühle: Entschlossenheit. Diese Bitte ist kein Zufall. Mein Bauchgefühl befiehlt mir zu tun, was er will, auch wenn ich es nicht verstehe. »Ja, ähm, klar.«

»Sag dem Typen, den du dabeihast, dass er nicht so viel reden soll.« Leo sieht mich eindringlich an. *Verschwinde. Verschwinde.* Das ist sein Gefühl. »Das ist besser für alle.«

Als ich zu ihm herüberkomme, sieht Gideon mir und dem Kasten mit den Flaschen entgegen. Er verzieht das Gesicht. »Was soll denn das?«

Ich zucke hilflos die Schultern und halte den Kasten unbeholfen von mir weg. Der alte Mann wirft mir einen Blick zu, sieht mir aber nicht in die Augen. Trotzdem fühle ich eine fürchterliche Kälte. Von ihm ausgehend oder wegen dem, was mir Leo von dem Feuer erzählt hat, oder weil ich nicht schon wieder in einer Sackgasse enden will. Im Moment weiß man das nicht so genau.

»Wir sollten gehen«, sage ich leise.

»Na klar.« Gideon dreht sich wieder zu dem Mann um – beiläufig, freundlich. Natürlich völlig ahnungslos. »Es hat mich gefreut, Sie kennenzulernen.« Er hebt die Faust. »Halten Sie die Ohren steif.«

»Was war denn das?«, frage ich, als wir draußen sind.

Gideon zuckt die Achseln. »Wir haben uns nur über eine Geschichte unterhalten, die in den Nachrichten war. Dass Kreditkartenfirmen alles über uns wissen. Wie das FBI. Sie sagten, sie könnten vorhersagen, wer wahrscheinlich ein Verbrechen begehen wird, sich scheiden lässt, alle möglichen verrückten Sachen, und das alles auf Grundlage der Einkaufsgewohnheiten.«

»Und ›halten Sie die Ohren steif‹?«

»Ach, er hat mir eine Brandrede gehalten, dass solche Sachen die Zivilisation, wie wir sie kennen, zerstören werden.« Gideon lacht. »Verrückter Verschwörungstheoretiker. Aber macht Spaß, mit ihm zu reden.«

»Klingt ja wahnsinnig lustig.«

Gideon nimmt mir den Kasten ab.

»Und was soll das mit dem Mülldienst?«

»Leo hat mich gebeten, die wegzuwerfen«, sage ich, und jetzt, vor der Tür, kommt es mir noch eigenartiger vor.

»Das ist ziemlich komisch, oder?«, fragt Gideon.

»Irgendetwas hat es jedenfalls zu bedeuten.«

Den Rest des Wegs in die Seitenstraße neben dem *Delaney's* gehen Gideon und ich schweigend. Wir kommen an der Stelle vorbei, wo Jasper und ich vor Wochen gesessen und gewartet haben. Jasper. Der Brief. Jedes Mal, wenn ich daran denke, was ich Jasper geschrieben habe, tut mir die Brust weh. Ich weiß nicht sicher, ob es unter den Umständen das Falsche war. Aber es war auch nicht richtig.

Als wir zu den Recyclingtonnen kommen, geht Gideon in die Hocke und fängt an, die Flaschen herauszuziehen und wegzuwerfen. Jetzt tue ich ihm leid. Also echtes Mitleid – so plötzlich und aus dem Nichts –, dass ich Mühe habe, nicht zu weinen.

»Vielleicht hatte der Alte nicht ganz unrecht.« Gideon versucht, fröhlich zu klingen.

»Was meinst du damit?«

»Manchmal sind Dinge schwerer zu verstehen, je mehr man sie durchschauen will.«

»Hat er das gesagt?«

»Nicht genau. Es war so ein Zitat: ›Unwissenheit ist Stärke.‹«

»Unwissenheit ist Stärke«, wiederhole ich. Und da ist es: Es steckt wie ein Pfeil in meinem Herzen. »Was soll das überhaupt heißen?«

Gideon zuckt mit den Schultern. »Vielleicht, weniger ist mehr. Glaube ich. Ich hab keine …« Er erstarrt, die Hand in der Kiste, und starrt hinein.

Ich beuge mich vor, habe Angst vor dem, was ich dort sehen könnte. »Was ist los?«

Gideon greift hinein und zieht einen Plastikordner mit Klappe heraus, zusammengehalten von einem Gummiband. »Ich weiß nicht.« Er hält ihn mir hin. »Aber dein Name steht drauf.«

Für: Wylie
Von: Schwimmlehrerin
Betreff: 2. Juli

Liebe Wylie,
ich weiß, Rachel wird Dir erklären, soviel sie kann, aber ich wollte Dir ein bisschen mehr darüber erzählen, warum ich nicht da bin. Ich versuche, Leute zu finden, die bereit sind, die Studie Deines Dads zu unterstützen, die helfen, sie zu verbreiten. Du weißt, man wird versuchen, sie zu unterdrücken, und ich glaube nicht, dass es diese Leute interessiert, wer dabei verletzt wird.
Ich habe Dr. Oduwole schon einmal getroffen, sie ist die Neurowissenschaftlerin der UCLA, mit der Dein Dad zusammengearbeitet hat. Ich muss sie noch mal treffen. Sofort. Gemeinsam werden wir einen Weg finden, wie wir die Forschung Deines Dads sofort veröffentlichen können. Deshalb muss ich im Moment hier draußen sein.
Rachel weiß aber, was sie tut. Sie hat mir das Leben gerettet. Und dann hat sie mich beschützt. Sie wird dasselbe für Dich tun.
Ich hab Dich sehr lieb. Später mehr.
XX,
Mom

Jasper

Jasper sitzt in dem kleinen Wartezimmer – vier Stühle, eine Topfpflanze und eine riesige Flasche Handdesinfektionsmittel neben einem Korb mit Stiften und ein paar Klemmbrettern.

Seine Verabredung mit Jason ist ihm erst wieder eingefallen, als er Lethe abgesetzt hatte. Und er hätte sie sausen lassen und wäre direkt zu Wylie gegangen, wenn er nicht außerdem fast genau gleichzeitig eine Nachricht von seinem Coach bekommen hätte: **Verpflichtende Teambesprechung 19:30 Uhr.** Da darf Jasper auf keinen Fall fehlen. Das wäre seine letzte vertane Chance. Und er kann nicht gerade behaupten, dass er Wylie und das Leben gut unter einen Hut bekommt, wenn er das zulässt.

Vor der Teambesprechung bleibt nicht genug Zeit, um zu Wylie zu fahren und rechtzeitig wieder da zu sein. Aber für seinen Termin ist genug Zeit. Also ist es vielleicht Schicksal. Jasper wird seine Sitzung mit Jason einhalten, zu seiner Besprechung gehen und sich *dann* das Mädchen holen. Denn ganz egal, was seine Mom denkt, er kann das schaffen – er kann mit Wylie zusammen sein und trotzdem sein Leben auf die Reihe bekommen.

Abgesehen davon ist Wylie wirklich gut für ihn. Jasper ist überhaupt erst zur Therapie im kostenlosen Beratungszentrum des Campus gegangen, weil sie es vorgeschlagen hat. Und nicht nur, um seine Schuldgefühle wegen Cassie und wegen dem, was auf der Brücke passiert ist, zu verarbeiten – auch wenn das an sich schon ein vernünftiger Grund war. Wylie fand, er sollte sich mit dem ganzen Ballast beschäftigen, den er wegen seines Dads noch mit sich herumschleppt. Und er wusste, dass sie recht hatte.

Nach einer Sitzung mit seinem Therapeuten – einem gechillten Typ mit Bart und Karohemd, der aussah, als würde er in seinem Keller selbst Bier brauen – fragte sich Jasper, warum er das nicht schon viel früher getan hatte. In zwei Wochen war er jetzt viermal bei Jason. Und es geht ihm viermal besser. Nicht, weil Jason unbedingt Antworten auf alles hat. Aber er hilft Jasper richtig gut, die Fragen zu finden.

»Vererbung ist kein Schicksal, Jasper«, sagte Jason in ihrer ersten Sitzung. »Dazu kommen Lebenserfahrung und, du weiß schon, freier Wille. Selbst wenn du die Neigung hast, zu schnell zu wütend zu werden, bist du nicht dazu verdammt, wie dein Dad zu enden.«

Jasper hatte schon oft versucht, sich das selbst einzureden, aber Jason war ein ausgebildeter Profi. Es von ihm zu hören, war anders.

»Hallo, Jasper.« Jason erscheint jetzt in der Tür zu seinem kleinen Büro. »Komm rein.«

Jasper macht es sich auf Jasons Couch bequem oder wenigstens, so bequem es geht. Die Therapie hilft ihm zwar, aber das heißt nicht, dass sie superangenehm ist.

»Wylie ist raus«, fängt Jasper an, bevor Jason überhaupt den Notizblock in der Hand hat. Jason kennt die ganze Geschichte – was in dem Camp mit Cassie passiert ist und dann auf der Brücke und dann später das im Krankenhaus. Und er hat es gut geschafft, nicht geschockt zu wirken oder skeptisch oder so, egal, wie er es womöglich wirklich sieht.

»Das hast du doch gehofft, oder?« Jasons Gesicht bleibt unbewegt, als hätte er keinerlei persönliche Meinung dazu. »Hast du sie schon gesehen?«

»Noch nicht. Ich war vorhin unterwegs zu ihr, aber dann habe ich ein Mädchen mit dem Auto angefahren.« Wenn man es laut ausspricht, klingt es viel schlimmer. Aber es ist trotzdem eine Erleichterung zuzugeben, was passiert ist. »Es geht ihr gut und alles, zum Glück. Sie sagt sogar, es sei ihre Schuld gewesen. Dass sie vor mir rausgefahren ist. Aber ich hab auch nicht aufgepasst.«

»Also fühlst du dich trotzdem verantwortlich?«

»Ich habe sie *angefahren*«, sagt Jasper. »Also ja. Ich meine, ich *bin* verantwortlich.«

»Selbst wenn der einzige Mensch, der dich davon freisprechen kann – die Person, die du angefahren hast –, sagt, es sei nicht so?«

Das ist keine Wertung, auch wenn es Jasper so vorkommt. Es ist eine ernst gemeinte Frage.

Er zuckt die Achseln. »Sie wollte nur nett sein.«

»Oder du redest dir absichtlich Schuldgefühle ein«, sagt er.

»Warum sollte ich?«, fragt Jasper. Kein *Auf keinen Fall!* Oder *Das kann nicht sein!* Er hat das Gefühl, Jason könnte recht haben.

»Ich weiß nicht. Was glaubst du?«

Das ist so ein Therapeuten-Ding. Man muss kein Genie sein oder lange in Therapie gehen, damit einem das auffällt. Sie stellen einem Fragen, auf die sie die Antwort sicher schon kennen. Es ist dumm. Aber, Mann, es funktioniert.

»Ich weiß nicht, warum«, gibt Jasper zu.

»Tja.« Jason denkt nach. »Irgendwelche Vermutungen?«

Jasper zuckt wieder mit den Schultern. Dann sagt er

das Einzige, was ihm einfällt: »Wahrscheinlich will ich den anderen zuvorkommen.«

Ach du Scheiße. Genau *das* ist der Grund. Wie konnte ihm das nur immer entgehen?

»Das klingt logisch«, sagt Jason.

»Müsste ich mich dann nicht besser fühlen?«, fragt Jasper. »Ich meine, jetzt, wo es mir klar wird … Müsste ich nicht erleichtert sein oder so?«

»Ich weiß nicht«, antwortet Jason. »Wie fühlst du dich damit?«

Jaspers Kehle fängt an zu brennen. »Traurig.«

»Trauer kann ein ganz guter Anfang sein, weißt du? Sie kann dich irgendwann zu etwas Gutem führen.«

Vielleicht, aber im Moment muss Jasper das Thema wechseln, denn er macht sich ernsthaft ein bisschen Sorgen, dass er sonst anfängt zu weinen. Und Therapie ist eine Sache, in der Therapie zu heulen eine andere. Außerdem muss er über Wylie reden. Jaspers Beziehung mit ihr ist jetzt das wichtigere Thema.

»Glaubst du, es ist falsch, Menschen zu brauchen?«, fragt Jasper. »Meine Mom sagt, ich brauche Mädchen zu sehr.«

Jason legt wieder nachdenklich den Kopf schief. »Ich glaube, das hängt davon ab, wofür du sie brauchst.«

»Damit ich mich besser fühle.« Das weiß Jasper, auch wenn er es seiner Mutter gegenüber nie zugeben würde.

»Die meisten Menschen genießen die Gesellschaft anderer. Daran ist nichts falsch.«

»Was, wenn ich sie brauche, damit ich mich wie ein guter Mensch fühle?«

»Dann würde ich sagen, wir sollten daran arbeiten, dass du dich auch unabhängig von ihnen wie ein guter Mensch fühlst. Du verdienst es. Aber dass du Wylie brauchst, heißt nicht, dass ihr beide nicht auch eine gute Beziehung führen könnt. Das eine schließt das andere nicht aus.«

Kaum hat Jason das gesagt, wird Jasper klar, dass es stimmt: Wylie ist das perfekte Mädchen *für ihn*. Und ja, vielleicht müssen sie an manchem noch arbeiten. Aber Wylie ist anders. Was sie beide verbindet, ist anders.

Als er Jasons Büro verlässt, ist Jasper in Hochstimmung. Jetzt ist er wirklich bereit, Wylie zu sehen. Er sieht auf die Uhr. Gerade genug Zeit, um noch kurz in seinem Zimmer vorbeizugehen, bevor er um halb acht zu seinem Coach muss, dann wird er direkt zu ihr fahren. Einer seiner Teamkameraden muss etwas verbockt haben – sich betrunken, sich geprügelt haben. Wenn es mit dem Eishockey zu tun hätte, wäre das Treffen nicht direkt nach dem Training an der Eisbahn. Aber der Coach hat etwas von einem kurzen Treffen gesagt. Jasper wird hingehen, wie es von ihm erwartet wird, und dann wird er sich auf den Weg zu Wylie machen.

Und ja, er ist ein bisschen nervös. Sich ohne einen Tisch dazwischen kennenzulernen, ohne Wärter, die in der Nähe lauern, wird für sie beide ungewohnt sein. Aber sie sind bereit.

Sobald Jasper oben in seinem Wohnheimflur ankommt, sieht er etwas an seiner Tür hängen. Er geht schneller, doch erst als er direkt vor seinem Zimmer steht, kann er sehen, dass es ein Umschlag ist, der von einem abgerissenen Stück Klebeband gehalten wird. In ungelenken Buchstaben steht Jaspers Name darauf.

Er zieht den Umschlag ab und rollt das Klebeband zwischen den Fingern zusammen, holt tief Luft, während er ihn aufreißt. Seltsame Briefe verheißen nie etwas Gutes. In letzter Zeit sind sie auf jeden Fall schlecht.

Lieber Jasper ... Sein Blick springt zu der Unterschrift unter dem Text: *Wylie.*

Ganz kurz macht Jaspers dummes Herz einen Satz, aber dann fängt er an zu lesen. Es ist eindeutig Wylies Handschrift. Jasper liest den Brief einmal, dann blinzelt er und starrt auf die schrecklichen Worte. Liest sie ein zweites Mal. Es klingt nicht wie Wylie. Aber es ist von ihr. Es ist zweifellos ihre Handschrift.

Jasper starrt immer noch auf den Brief – diesen beschissenen Brief – und versucht, ihn zu verstehen. Er will einfach, dass er weggeht.

Dann hört er am Ende des Flurs ein lautes Geräusch. Jaspers Blick schießt hoch, und er sieht gerade noch jemanden – Wylie vielleicht – schnell durch die Tür ins Treppenhaus hinausrennen.

»Warte!«, ruft er ihr nach. Seine Stimme hallt so verzweifelt in dem leeren Flur.

Er *ist* auch verzweifelt, während er zur Tür läuft. Aber er und Wylie können das immer noch hinbekommen. Sie hat nur Zweifel. Das ist total in Ordnung. Er hat auch welche. Aber er sieht so klar, was das mit ihm und Wylie sein könnte.

Die Tür am Ende des Flurs schnappt gerade sanft zu, als Jasper endlich dort ankommt. Aber er hört Schritte auf der Treppe.

»Wylie!«, ruft er hinunter.

Stille.

»Wylie!«, ruft er noch einmal. Aber er hört nur, wie unten die Tür ins Schloss fällt.

Streng vertraulich

An: Senator David Russo
Von: Architekt
Betreff: Recherchen zur Gegenseite
14. April

Was die Wahlkampfprognosen angeht, fehlt es bei den Themen Bewusstsein und Identifikation noch an Verbesserung. Laienhaft ausgedrückt, weiß der durchschnittliche Wähler nicht genug über Sie. 64 Prozent der Befragten assoziieren Sie nicht direkt mit diesen Themen. Zum Vergleich: 75 Prozent kennen den Namen Lana Harrison (CA), und 58 Prozent nennen Bürgerrechte als ihre vorrangigen Anliegen.
Um in einem landesweiten Wettbewerb Erfolg zu haben, sollten Sie sich aggressiv auf ein Ziel konzentrieren. Die Befragung zeigt, dass Ihre Aussagen zum Thema Privatsphäre und Sicherheit bei 75 Prozent der amerikanischen Öffentlichkeit Resonanz finden. Wir empfehlen daher, »Privatsphäre und Sicherheit« zu den Grundsäulen Ihres Wahlkampfs zu machen.
Bitte sehen Sie die Anhänge durch, dann können wir die Einzelheiten und weitere Befragungen bei unserem nächsten Treffen besprochen.

Riel

Am Eingang des Schwimmbads der Harvard University arbeitet ein Mädchen – hübsch, mit glatten braunen Haaren und sehr rosa Lippen. Abgesehen vom perfekten Make-up geht es dem Mädchen aber furchtbar. Riel fühlt es, sobald sich ihre Blicke treffen. Jemand hat ihr das Herz gebrochen. Das ist nur eine Sache an ihr, aber mehr braucht Riel nicht.

»Ich glaube, mein Freund ist hier, um sich mit einem Mädchen zu treffen, mit dem er mich betrogen hat.« Riel lehnt sich über den Tresen, als wären sie beide im selben Team. »Sie ist Schwimmerin. Ich habe keinen Ausweis dabei, aber ich muss sie unbedingt zusammen erwischen.«

Das Mädchen macht schon große Augen, da kommen zwei Jungs mit Sporttaschen über den Schultern hinter Riel durch die Tür. Sowohl Riel als auch das Mädchen werfen ihnen finstere Blicke zu, als sie ihre Ausweise vorzeigen. *Männer sind alle solche Arschlöcher.* Oder so was in der Art. Das fühlt das Mädchen, und in letzter Zeit würde Riel ihr nicht unbedingt widersprechen. Vielleicht nicht *alle* Männer, aber zu viele.

»Geh durch«, sagt das Mädchen. »Ich hoffe, du erwischst den Arsch.«

Riel kennt Marlys Nachnamen nicht und weiß auch nicht, woher sie kommt, aber sie weiß, dass sie es in der Highschool fast bis ins olympische Schwimmteam geschafft hat.

Ein bisschen mies kommt sich Riel schon vor, weil sie sich nicht die Mühe gemacht hat, Marly besser kennenzulernen, obwohl sie ihre treueste Helferin ist – abgesehen von Leo und Level99.

Leo hat Marly in Kunstgeschichte kennengelernt, aber sie hatte Psychologie als Hauptfach und viel Erfahrung mit Laborarbeit. Sie konnte Dr. Ben Langs Outlier-Test in eine Art Multiple-Choice-BuzzFeed-Quiz umformatieren. So etwas wie: »Bist du introvertiert?« oder »Welche Figur aus *Game of Thrones* bist du?« oder »Bei einer Zombie-Apokalypse würdest du …«

Das Quiz, das Marly entwarf, war »Bist du ein Outlier?«. Man bekam eine Auswertung – Outlier oder nicht. Außerdem erklärte es, was es bedeutete, Outlier zu sein. Das Quiz erweckte den Eindruck, als wären Outliers eine allgemein bekannte wissenschaftliche Tatsache, von der nur die Person, die das Quiz machte, noch nie gehört hatte. Am Ende machten den Test mehr als siebzehntausend Leute über Social-Media-Seiten und die einfache App, die Riel programmiert hatte. Viel mehr, als sie je erwartet hatten.

Sie stellten das Outlier-Quiz am 1. Mai online, zwei Wochen nachdem Quentin aufgetaucht war und Riel Ben Lang als Zielscheibe präsentiert hatte. Damals war Kelsey seit fast zwei Monaten tot gewesen. Aber es war noch vor der ganzen beschissenen Geschichte mit dem Camp. Und Riel wusste noch nicht, dass Quentin viel schlimmer war als einfach nur ein Arsch. Ihm zu helfen, war eine Möglichkeit für Riel gewesen, Dr. Ben Lang heimzuzahlen, was mit Kelsey passiert war. Seine geheimen Tests ins Internet zu stellen, eine weitere. Nicht dass Dr. Lang je davon erfahren hätte. Sofort nach der Geschichte im Camp nahm Riel alle Tests offline. Ob sie schnell genug war, wusste man nicht. Sie hatte nicht darüber nachgedacht, wen sie vielleicht in Gefahr brachte. Aber tief in ihrem Inneren hatte sie es gewusst. Deshalb erwähnte sie die Quiz nicht, als Wylie auftauchte und sie um Hilfe mit den Mädchen im Krankenhaus bat.

Das ist das Problem bei dieser Art von Trauer: Sie kann einen auffressen, aber vorher macht sie einen blind und rücksichtslos.

Riel hat einmal zu Wylie gesagt, sie wolle Gerechtigkeit für die Outliers. Deshalb hätte sie sich mit Quentin eingelassen. Und es stimmte. Aber irgendwann unterwegs entschied sie sich dann für ihre persönliche Rache.

Riel sitzt auf halber Höhe der Tribüne am Beckenrand. Die Luft ist feucht und riecht scharf nach Chlor. Marly in den Reihen dahingleitender Körper zu finden ist nicht schwer: Marly ist immer die Erste. Das weiß Riel, noch bevor Marly mit ihrer Schwimmkappe mit dem Aufdruck *M. Pérez* aus dem Becken steigt.

Marly ist auch Outlier. Als sie aus dem Wasser ist, dauert es nicht lange, bis sie fühlt, dass etwas – jemand – anders ist als sonst. Schließlich entdeckt sie Riel, erstarrt mit dem Handtuch in der Hand und funkelt sie wütend an.

Wow, sie ist echt sauer. Riel fühlt es bis zur Tribüne herauf. Mist. Sie hat nicht einmal daran gedacht, dass Marly wütend sein könnte, so sehr nimmt ihr eigener Mist sie in Anspruch.

Als Marlys Blick sich in ihren bohrt, achtet Riel darauf, ihre eigenen Gefühle nicht zu blocken. Wenn sie Marlys Hilfe will, muss sie sich im übertragenen Sinn wie ein Hund auf den Rücken drehen – ungeschützt und verletzlich.

Es ist nicht leicht. Während Marly näher kommt, brennt ihre Wut auf Riels Haut.

»Was willst du?«, ruft Marly schließlich absichtlich besonders laut zu Riel herauf.

Ein paar Meter weiter rechts sitzt ein Mann. Er beobachtet ihr Gespräch jetzt. Hört jedes Wort. Riel durchfährt es eiskalt. Könnte es sein, dass er ihretwegen hier ist? Dass er für ihren Großvater arbeitet? Aber nein, der war schon hier, bevor Riel ankam; er kann ihr nicht gefolgt sein. Er glotzt herüber, weil Marly so laut ist. Das ist alles. Trotzdem wünscht sich Riel ehrlich, Marly würde die Stimme senken. Sie würde sie darum bitten, wenn sie nicht überzeugt wäre, dass das Marly nur noch saurer machen würde.

Aber trotz ihrer Wut ist Marly die Richtige, da ist sich Riel immer noch sicher. Sie ist übertrieben ehrlich, und niemand wird sie je miteinander in Verbindung bringen – Riel hat sofort nach der Schießerei im Camp angefangen, sich von Marly zu distanzieren. Hinausekeln ist vermutlich die bessere Beschreibung. Nach dem Tod dieser ganzen Menschen hat Riel alles vergessen wollen. Es hätte auch funktioniert, wenn Wylie nicht aufgetaucht wäre und um Hilfe gebeten hätte, um diese Mädchen aus dem Krankenhaus zu holen.

Natürlich hätte Riel Marly, die *immer* getan hat, worum Riel sie bat, einen Teil davon erzählen können. Die wahre Frage ist jetzt, ob sie Marly dazu bringen kann, ihr zu verzeihen. Denn sie steht immer noch da und starrt zu Riel herauf, als hoffte sie, ihr damit körperlich wehtun zu können.

»Hör zu, ich verstehe, warum du …«

»Du *verstehst* es?«, fährt Marly sie an. »Was verstehst du denn deiner Meinung nach?«

Das ist eine Falle. Kein Zweifel. Marly hat die Arme verschränkt, das Gewicht auf einer Hüfte, als könnte sie es kaum erwarten, den Deckel zuzuknallen, sobald Riel hineingeht.

Aber unter Marlys Wut liegt auch Trauer. Das gehört zum Schwierigsten, wenn man ein Outlier ist: zu merken, dass jedes negative Gefühl nur eine Stufe vom Herzschmerz entfernt ist.

»Ich weiß nicht«, sagt Riel leise. Sie hebt beschwichtigend die Hände. Wenigstens ist das die Wahrheit. »Ich weiß gar nichts mehr.«

»Ich habe allen Scheiß gemacht, den du haben wolltest, und dann *Bämm!*« Marly deutet mit den Händen eine Explosion an. »Dann warst du weg. Ich dachte, nachdem diese Wylie aufgetaucht ist und nach dir gefragt hat, würde sich vielleicht etwas ändern … dass du dich wieder zusammenreißt. Ich dachte, wir würden endlich mit *deinem* Plan weitermachen, bei dem ich den ganzen Scheiß gemacht habe, um die Outliers zu finden, und du gar nichts. Aber nö, du warst einfach weg. Du hattest nie einen Plan für den Fall, dass wir sie wirklich finden, oder?«

Die Antwort ist Nein. Riel ließ es aussehen, als würden sie die Tests posten, Marly sollte die Mädchen mit den hohen Trefferzahlen kontaktieren – die echten Outliers –, und dann würden sie alle gemeinsam »etwas tun«. Aber in Wirklichkeit hat sie nie weiter gedacht als daran, Ben Lang zu ruinieren, indem sie seine ganze geheime Forschung überall verbreitete. Marly hat recht: Es gab nie einen Plan. Nach den Phasen eins und zwei kam nichts mehr, vor allem nicht, nachdem sie den Fehler gemacht hatte, Quentin zu helfen.

Riel geht langsam die Tribüne hinunter und wirft dabei noch mal einen Blick auf den Typen, der sie jetzt eindeutig nicht mehr beobachtet. Das hat er auch vorher nicht.

Unten angekommen steht sie vor Marly am Beckenrand, die Arme ausgebreitet, ungeschützt und besiegt.

»Es tut mir leid«, sagt sie.

»Es tut dir leid?«, fragt Marly mit einer neuen Welle Wut zurück. Sie bewegen sich in die falsche Richtung. »Glaubst du, das reicht?«

»Ich hab's verbockt. Ich habe dich ausgenutzt oder nicht genug geschätzt oder was auch immer. Du hast jedes Recht, sauer zu sein. Und ich habe keine gute Entschuldigung. Mir waren einfach andere Dinge als deine Gefühle wichtiger.« Riel erwartete nach diesem Geständnis eine gewisse Erleichterung. Aber nachdem sie es laut ausgesprochen hat, fühlt sie sich nur noch mieser. Sie holt tief Luft, reißt sich zusammen. »Und ich weiß, es macht es nur noch schlimmer, wenn ich dich noch mal um etwas bitte ...«

»Aber du bittest mich trotzdem, oder?«

»Ich habe keine andere Wahl.«

»Unglaublich.« Marly schüttelt angeekelt den Kopf, aber zum ersten Mal liegt darunter noch ein ganz schwaches Glimmen von etwas anderem. Hoffnung. Marly möchte immer noch so gern an Riel glauben. Ihr vertrauen. Will, dass dieser Moment jetzt alles Vorherige überschreibt. Jetzt fühlt sich Riel vollends wie ein Arsch. »Komm mit«, sagt Marly schließlich. »Du dürftest überhaupt nicht hier drin sein.«

Damit geht sie. Und Riel kann nur eines tun: ihr folgen.

Die Umkleidekabine ist leer. Um sicherzugehen, sieht Marly unter den Toilettenkabinen durch. Wenigstens sieht es nicht mehr so aus, als wollte sie Riel absichtlich den Wölfen vorwerfen.

»Weißt du, ich habe mindestens hundert von den Mädchen kontaktiert, die laut den Online-Quiz-Ergebnissen Outliers sind. Hast du eine Ahnung, wie lange das gedauert hat?«, fragt Marly, wartet aber nicht auf eine Antwort.

»Hab von der Stadtbibliothek Boston aus eine anonyme, nicht zurückverfolgbare Gmail-Adresse benutzt, wie du es mir gesagt hast. Und um auch wirklich Kontakt mit diesen Hundert aufzunehmen, musste ich *Tausenden* schreiben, die hohe Punktzahlen hatten. Buchstäblich. Mehr als eintausend Nachrichten. Und die meisten von ihnen haben bei der Registrierung nicht einmal echte E-Mail-Adressen angegeben, also bin ich Tag für Tag in diese blöde Bücherei gegangen, um E-Mails zu schreiben, die sowieso zurückkamen. Aber ich machte weiter, eine nach der anderen, und erklärte die verrückte Geschichte, alles, um dir bei deiner Sache zu helfen. Weil ich dachte, es wäre unsere gemeinsame Sache. Und dann, als ich sie endlich zusammenhatte und sie mir vertrauten, zumindest einigermaßen, warst du schon lange weg. Und ich dachte: *Keine Sorge, bleib dran, sie meldet sich ganz bald mit einem richtigen Plan.* Aber rate mal?«

Riel holt tief Luft. »Ich habe mich nicht gemeldet.«

»Genau!«, schreit Marly mit großen, glänzenden Augen. »Sechs Wochen lang kein Wort! Kein Plan, nur diese Wylie, die plötzlich aus dem Nichts bei meinem Training auftauchte. Sag mir ehrlich, hattest du je einen Plan?«

Jetzt kann Riel nichts weiter tun, als sie anzublinzeln, denn die Antwort ist Nein.

»Diese Mädchen fühlten sich allein, weißt du?«, redet Marly weiter, als Riel schweigt. »Sie hatten nicht alle Angststörungen oder Depressionen oder so, du weißt schon, diagnostizierbar. Aber sie waren zu sensibel oder zu emotional oder einfach falsch – das hat man ihnen ihr ganzes Leben lang gesagt. Und ich dann so: Ihr seid nicht nur gut so, wie ihr seid – das ist auch noch echt was Besonderes. Ihr seid Outliers. Und macht euch keine Sorgen, jetzt sind wir ja da. Aber dann haben *wir* sie auch noch im Stich gelassen.«

Marly dreht sich zu ihrem Schließfach um, reißt ein frisches Handtuch und Kleidung heraus. Sie versucht, ihre Wut wiederzufinden. Das ist einfacher als die Trauer. Aber als Outlier kann Riel trotzdem die Hoffnung dahinter fühlen. Sie ist der einzige Grund, warum sie weiterhin versuchen wird, Marly zu überzeugen, auch wenn scheinbar alles dagegenspricht.

Und deshalb ist das alles so wichtig. Die Outliers. Auch wenn man bedenkt, was Riel alles verloren hat, ist es trotzdem wert, dafür zu kämpfen, wer und was die Outliers sind. Denn zu wissen, was Menschen wirklich fühlen – zum Kern des Ganzen vorzudringen – kann vieles verändern. Dadurch könnte die Welt besser werden. Ehrlicher, hoffnungsvoller. Auch wenn es nicht eindeutig und perfekt ist. Auch wenn man diese Fähigkeit nie ganz ordnen und analysieren können wird.

»Wir können uns noch mal bei diesen Mädchen melden. Ich erkläre ihnen, dass es meine Schuld war, dass wir verschwunden sind«, sagt Riel.

»Warum sollten wir das tun?«, fragt Marly.

Riel zögert. Holt wieder tief Luft. »Weil sie vielleicht in Gefahr sind. Weil ich vielleicht in Gefahr bin.« Sie muss es jetzt einfach hinter sich bringen. Aufschieben bringt nichts. »Ich werde verfolgt. Wahrscheinlich von den Leuten meines Großvaters.«

»Deines Großvaters? Was hat der denn damit zu tun?«

Und so erklärt Riel in dieser leeren, feuchten Umkleidekabine, so gut sie kann, wie und warum ihr Großvater in alles verwickelt ist. Viel ist es nicht. Aber sie weiß, dass es mit ihr und Kelsey und ihrer Ausgabe von *1984* begann und dass es mit Wylies Fotos endet. Dazwischen steht ihr Großvater, der Senator wurde. Und Mitglied im Komitee der Streitkräfte ist. Und als Scheißpräsident kandidiert. Und sich vielleicht mit Wylies Dad getroffen hat. Und dann noch die Mädchen im Krankenhaus. Und dass Leos Wohnheimzimmer brannte, ohne dass es denjenigen interessierte, wer dabei umkam.

»Leos Zimmer hat gebrannt?«, flüstert Marly; jetzt hat sie wirklich Angst. Und sie hört ganz genau zu. »Geht es ihm gut?«

»Ja«, sagt Riel, auch wenn ihr klar ist, dass sie das gar nicht mehr sicher wissen kann. »Zumindest war es so. Aber ich habe immer noch die Fotos. Was bedeutet, dass ich glaube, dass sie immer noch hinter mir her sind – und damit auch hinter Leo. Ich weiß nicht, warum die Fotos so wichtig sind, dass man dafür ein Wohnheim voller College-Studenten niederbrennen sollte. Aber ich muss es herausfinden. Deshalb brauche ich deine Hilfe.«

»Meine Hilfe«, schnaubt Marly. Aber die Hoffnung nimmt jetzt mehr Raum in ihr ein und wächst stetig. »Wobei?«

»Als Bindeglied. Wenn ich erwischt werde, wenn ich wieder Verbindung zu Level99 und den anderen Outliers aufnehme, bringe ich Leo vielleicht nur noch mehr in Gefahr.«

»Und warum ich?«, fragt Marly. »Weil ich schon mal dumm genug war, dir zu vertrauen?«

»Nein.« Riel hält Marlys Blick fest. »Weil *ich dir* vertraue.«

In Marlys Wohnheimzimmer breiten Riel und Marly Wylies Fotos auf dem Bett aus. Alles in allem sind es elf, jedes so groß wie ein Blatt Papier und immer noch genauso uninteressant wie beim letzten Mal, als Riel sie angeschaut hat. Riel zählt sie noch einmal. Sie hätte schwören können, dass es ursprünglich zwölf waren. Sie macht sich Sorgen, dass sie eines davon vielleicht im *Brew* vergessen hat, aber sie kann sich nicht vorstellen, wie.

»Sind das Eimer?«, fragt Marly und zeigt in einer Reihe rundlicher weißer Gegenstände auf etwas, das wie ein Metallregal aussieht.

»Das dachte ich auch.« Riel sieht genauer hin. Wieder versucht sie, die Aufschrift zu entziffern. »So was wie Gips oder Farbe? Auf dem Bau oder so.«

»Hast du nicht gesagt, Wylies Mom sei Berufsfotografin?«, fragt Marly, hält ein anderes Foto hoch und betrachtet es mit gerunzelter Stirn.

»Ja.« Riel hält eines mit einer Reihe Computerbildschirme und einem Mann im Profil in den Fingern, der in den Raum gestikuliert, als würde er jemanden herumführen. Er scheint die Kamera nicht zu bemerken. Hinter den Computern sieht man ein Fenster und noch mehr Maschinen, in der Mitte so etwas wie einen Tisch, wie für Untersuchungen.

»Die sehen nicht gerade professionell aus«, sagt Marly skeptisch.

»Vielleicht hat sie sie heimlich gemacht«, sagt Riel. Es fühlt sich richtig an, aber trotzdem nicht wie die richtige Erklärung.

»Okay, also, was jetzt?« Marly blickt von den Fotos hoch.

»Dann hilfst du mir?«, fragt Riel zurück. Bisher hat Marly ihr erlaubt, mit in ihr Zimmer zu kommen, damit sie sich die Fotos anschauen kann, aber das war alles.

Marly denkt mit gesenktem Blick noch eine ganze Weile darüber nach. Schließlich nickt sie.

»Ja, ich helfe dir«, sagt sie. »Aber damit das klar ist: Ich tue es für die anderen Mädchen – die Outliers. Denn ich habe das Gefühl, ich schulde ihnen was. Dir schulde ich nämlich überhaupt nichts.«

Streng vertraulich

An: Senator David Russo
Von: Architekt
Betreff: Ausweise
20. April

Zusammenfassung: Die verfahrenstechnischen Einzelheiten für die geplanten Outlier-Ausweise werden so bald wie möglich umrissen, wenn die aktuelle Gefahr für die Vollständigkeit der Forschung erfolgreich unter Kontrolle gebracht ist. Die probatesten Reaktionen auf die erwarteten juristischen, wirtschaftlichen und praktischen Hürden für das Ausweisprogramm werden zu gegebener Zeit in Angriff genommen.

Jasper

Nachdem er Wylies Brief bekommen hat, fährt Jasper zwei Stunden lang herum.

Er würde sich selbst gern als jemanden sehen, der nach so einem Brief nicht mal in die Nähe des Menschen kommen würde, der ihn geschickt hat. Als einen Menschen mit Selbstachtung. Aber am Ende dieses ziellosen Herumfahrens ist Jasper doch so weit: Er fährt an Wylies Haus vorbei, mehr als einmal, wie ein doofes, liebeskrankes Hündchen. Gott sei Dank schafft er es, nicht anzuhalten.

Jasper würde sich außerdem gern als jemanden sehen, der sich, nachdem er peinlicherweise ein paarmal vorbeigefahren ist, dumm genug vorkäme, wenigstens nach Hause zu fahren und zu versuchen, sich zu sortieren. Anscheinend ist er aber auch so einer nicht. Zehn Minuten später geht er auf die Haustür eines anderen Mädchens zu. Ein Mädchen, in dessen Nähe er auf *gar* keinen Fall etwas zu suchen hat.

»Oh, hallo.« Maia sieht überrascht und verwirrt aus, als sie die Tür öffnet. Und dann ist es auch noch nach neun Uhr abends. Ziemlich spät, um vor jemandes Tür aufzutauchen. »Jasper, was tust du denn hier? Ich habe dich nicht mehr gesehen, seit … Komm rein, komm rein.«

Maias Haare sind blonder und länger, mit einem breiten roten Tuch zurückgehalten, und sie trägt einen gelben

Strampelanzug, der an jeder anderen idiotisch ausgesehen hätte. Aber an Maia sieht er gut aus, das ist nicht zu leugnen. Jasper findet es nicht überraschend, dass sie immer hübscher wird. Das ist bei Mädchen wie Maia so.

Ist er deshalb hier? Weil Maia hübsch ist? Er hat sich eingeredet, dass er tut, was Wylie wollte – herausfinden, wer das Tagebuch geschickt hat –, auch wenn sie ihm das Herz gebrochen hat. Zu dumm, dass ihm der wahre Grund nicht klar wurde, bevor er bei ihr klingelte.

»Na, komm schon rein.« Maia zieht ihn am nackten Arm, ihre Finger verharren kurz an seinem Bizeps. Darin ist Maia auch gut: Dinge machen und dabei so tun, als merkte sie es gar nicht.

Jetzt stehen sie in ihrem überwölbten Marmorfoyer mit seiner schicken Wendeltreppe, eiskalt, weil die Klimaanlage auf Hochtouren läuft. Jasper verschränkt die Arme, um sich warm zu halten, und überlegt, ob alle reichen Leute ihre Häuser gern so kalt haben.

»Also, was ist los?«, fragt Maia und legt den Kopf noch schiefer.

»Ich, ähm, bin nur vorbeigekommen, um zu fragen … Hast du mir mal was geschickt?«

Maia lacht, zieht das Kinn zurück, dann verengt sie die Augen, wodurch sie komischerweise noch süßer aussieht. »Was geschickt?«

Es gibt keine gute Erklärung für das Ganze, ohne dass es wie eine wilde Anschuldigung klingt, und das ist es ja auch irgendwie.

»Ein paar Seiten aus Cassies Tagebuch?«, fragt Jasper, und dann stockt seine blöde Stimme und reißt ein riesiges Loch in seinem Inneren auf. Schon zum zweiten Mal in zwei Stunden hat er das Gefühl, gleich weinen zu müssen. Aber das darf nicht passieren. Hier, vor Maia. Das wäre total erniedrigend.

»Hey, alles okay?«, fragt Maia. Sie führt Jasper zu einer Bank an der schicken Wendeltreppe. »Setz dich. Ich hab dir gar nichts geschickt. Woher sollte ich Cassies Tagebuch auch haben?«

Und was soll er dazu auch sagen: dass er glaubt, Maia sei so besessen von ihm, dass sie sich nach Cassies Tod irgendwie in ihr Haus geschlichen und gemeine, verletzende Seiten herausgerissen hat, damit Jasper besonders liebesbedürftig wird und mit Maia zusammen sein will?

Jasper schüttelt seinen dummen Kopf. »Ich weiß nicht.« Er lehnt sich vor und stützt die Ellbogen auf die Oberschenkel, legt den Kopf in die Hände. »Ich weiß gar nichts mehr. Ich versuche nur herauszufinden, wer mir die Seiten geschickt haben könnte. Das ergibt alles überhaupt keinen Sinn.«

Maia legt Jasper ihre warme Hand auf den Rücken und streichelt ihn. Es fühlt sich gut an. Besser, als es sollte. Und als Jasper zu ihr aufblickt, hält Maia seinen Blick fest. Einen Moment lang fragt er sich, warum er Maia nicht doch mal eine Chance gegeben hat. Vielleicht ist sie ja anders, als er dachte. Sie könnte sogar ein cooler Mensch sein. Und sie ist jetzt gerade so schön, dass Jasper seinen Herzschmerz gar nicht mehr spürt.

»Hast du mal daran gedacht, dass es vielleicht Wylie war?«, fragt Maia. »Ich meine, nichts für ungut, aber bei ihr stimmt schon lange etwas nicht. Du weißt ja, dass sie beim Psychodoc war, in der Mittelstufe oder so.«

Plötzlich ist Jasper wieder wach. Das war der Grund, warum er ihr nie eine Chance gegeben hat. Er weicht vor ihrer Berührung zurück, springt auf. Wie konnte er auch nur einen Augenblick lang über sie nachdenken? Steht er wirklich so neben sich?

»Das Einzige, was mit Wylie nicht stimmt«, sagt er, bevor er mit großen Schritten zur Tür geht, »ist, dass sie je mit dir befreundet war.«

Am Ende steht Jasper einfach vor Cassies Haus. Als wäre er jetzt auf Autopilot. Er hatte genauso wenig vor, hierherzukommen, wie er zu Maia wollte. Aber jetzt ist er hier. Und da drin gibt es vielleicht Antworten.

Wylie hatte recht, am besten sollte er Karen nach den Tagebuchseiten fragen. Sie war seit Cassies Tod immer nur nett zu ihm, aber er freut sich trotzdem nicht gerade darauf, sie zu sehen. Allerdings hat er nicht das Gefühl, noch eine Wahl zu haben. Zu wissen, woher die Tagebuchseiten kamen, wird ihm zumindest einen Vorwand verschaffen, wieder mit Wylie zu reden. Ja, ihm ist schon klar, dass das mit ein Grund ist. Es ist ein Grund für alles.

Jasper klopft laut an Cassies Haustür. Wartet. Klopft wieder. Wartet noch eine Weile. Es ist fast zehn Uhr abends. Vielleicht schläft Karen schon. Gerade will er aufgeben und zu seinem Auto zurückgehen, da geht die Haustür endlich auf.

Dahinter steht ein Mann mit einem ergrauten Pferdeschwanz und passendem Bart. Er trägt Shorts und ein hellgraues T-Shirt, auf dem steht: *Life's a Beach*. Einen Augenblick lang glaubt Jasper, das falsche Haus erwischt zu haben; er tritt sogar zurück, um die Hausnummer zu checken.

»Kann ich dir helfen, Sohn?« Ruhig, gelassen.

Das ist Vince, Cassies Dad, wird Jasper klar, sobald er »Sohn« gesagt hat.

Seine Haare sind länger, und er hatte bei der Beerdigung

keinen Bart. Aber Vince hat Jasper damals ein paarmal Sohn genannt, was der schöner fand, als er zugeben wollte. Aber es ist eigenartig, dass Vince hier ist. Er und Karen sind schon seit Jahren geschieden und nach dem, was Cassie erzählt hat, nicht gerade Freunde. Andererseits ändert sich das vielleicht auch, wenn man sein Kind verliert.

»Ähm, haben Sie vielleicht Cassies Tagebuch irgendwo gesehen?«, springt Jasper ins kalte Wasser. Sofort bereut er, nicht mit irgendeiner Einleitung angefangen zu haben. Zumindest hätte er erklären können, warum er nach dem Tagebuch sucht: wegen der Seiten, die ihm daraus geschickt wurden. So muss es ziemlich gruselig klingen, dass er Cassies Tagebuch haben will. Aber falls es Vince aus der Fassung bringt, zeigt er es nicht.

»Möchtest du reinkommen, Sohn?«, fragt Vince. Und dann auch noch so nett.

»Ja«, antwortet Jasper. »Danke.«

Vince bedeutet Jasper mit einer Handbewegung, sich aufs Sofa zu setzen, was irgendwie unangenehm ist, denn genau an der Stelle hatten er und Cassie zum letzten Mal Sex. Jasper hasst sich für diese Erinnerung. Vor allem, weil Vince ihn gerade direkt ansieht. Also fängt Jasper an zu reden, viel zu schnell.

»Jemand hat mir ein paar Seiten aus Cassies Tagebuch zugeschickt. Und ich habe gehofft, Karen könnte mir vielleicht sagen, wer das gewesen sein könnte. Das macht mich schon eine ganze Weile fertig.«

»O ja, Karen könnte es dir vielleicht sagen, aber sie kommt erst Ende nächster Woche wieder«, sagt Vince. »Zwei Monate in Europa. Klingt wahrscheinlich komisch, aber sie braucht Abstand.«

»Oh, okay«, antwortet Jasper.

»Das ist aber schon seltsam, das mit dem Tagebuch. Wir könnten einen Blick in Cassies Zimmer werfen.« Vince steht auf. »Weiß nicht, was wir da finden. Aber manchmal erkennt man nach dem ersten Schritt schon den Rest des Wegs.«

»Ja, danke«, sagt Jasper, erleichtert, dass es Vince nicht stört, dass er da ist. Andererseits wirkt Vince selbst auch ziemlich seltsam. »Das wäre gut.«

In Cassies Zimmer öffnen Vince und Jasper Schubladen, schauen in Ecken und unter Papierstapel und suchen ihr Tagebuch. Aber je mehr sie suchen und je weniger sie finden, desto leerer fühlt sich Jasper. Als wüsste er schon, dass das alles von Anfang an nicht die Lösung war.

»Oh, sieh mal hier«, sagt Vince schließlich und dreht sich mit einem kleinen schwarzen Buch in der Hand um. »Da ist es. Und ich hatte nicht mal eine Ahnung, dass Cassie Tagebuch schrieb.«

Doch als Vince es ihm hinhält, kann sich Jasper nicht überwinden, es zu nehmen. Plötzlich hat er zu große Angst davor, was er darin finden könnte. Was, wenn es sogar noch mehr Seiten darüber gibt, wie sehr Cassie Quentin liebte? Was, wenn es Stellen gibt, an denen sie schreibt, dass ihr Jasper überhaupt nichts bedeutet hat? Er weiß nicht, ob er das im Moment ertragen könnte. Nach Wylies Brief ist er zu dünnhäutig.

Aber Vince hält das Tagebuch immer noch in den Händen. Jasper muss etwas sagen. »Ich möchte eigentlich nur wissen, wer mir die Seiten geschickt hat, die ich schon bekommen habe. Ich will gar nicht mehr lesen.«

»Ach, na dann.« Vince lässt die Seiten durch die Finger

gleiten. »Es sieht wirklich aus, als würden hier Teile fehlen. Aber das sagt mir leider auch nicht, wer sie herausgerissen haben könnte. Wir müssen warten, bis Karen wieder da ist, und sie fragen, obwohl die Wahrscheinlichkeit hoch ist, dass sie es auch nicht weiß. Hier sind so viele von Cassies Freundinnen ein und aus gegangen. Und davor … na ja, wir haben nicht so gut aufgepasst, wie es wohl nötig gewesen wäre.«

Unten kracht etwas, gefolgt von einem Aufprall. Beide sehen erschrocken zur Tür.

»Eichhörnchen«, sagt Vince mit einem entnervten Kopfschütteln. »Die kommen über den Dachboden herein. Früher sind sie in den Wänden geblieben, aber in letzter Zeit haben sie es auch in den Keller geschafft. Ich gehe mal besser nach unten und schaue, ob die Tür zu ist. Sonst muss ich mir ewig Karens Vorwürfe anhören, wenn sie ganz ins Haus kommen.« Er legt das Tagebuch auf den Nachttisch. »Aber ich sage dir, das Tagebuch zu lesen, ist ein furchtbares Risiko. Die Gedanken anderer Leute sind genau das: Gedanken. Bekommst du immer noch Teile davon geschickt?«

Jasper schüttelt den Kopf. »Nein, es hat aufgehört.«

»Vielleicht ist das dann das Entscheidende«, sagt er freundlich, und Jasper ist wirklich erleichtert. »Dass es vorbei ist. Vielleicht solltest du es lieber auf sich beruhen lassen, Sohn. Glaub mir, ich kenne das. Manchmal ist das am schwersten.«

Zurück auf dem Campus geht Jasper direkt laufen. Geht nicht mal in seinem Zimmer vorbei. Wenn er nicht wenigstens ein bisschen von seinen Gefühlen verbrennt, könnte er explodieren. Es sind immer noch eine Menge Leute unterwegs, aber auf dem Weg in Bars oder zu Partys. Es ist elf Uhr abends. Viel zu spät zum Laufen. Trotzdem: Je schneller Jasper läuft, desto besser geht es ihm und desto weiter möchte er rennen.

Im Takt seiner Schritte auf dem Asphalt spielt er in seinem Kopf jeden Satz von Wylies Brief immer und immer wieder ab, wartet darauf, dass die Worte ihre Form verlieren. Als sie es nicht tun, versucht er stattdessen, überhaupt nicht an den Brief zu denken. Auch das funktioniert nicht. Wie konnte Wylie einfach beschließen, dass er nicht der Richtige für sie ist? Dass sie zu verschieden sind? Wer sagt, sie hätten versucht, gleich zu sein?

Mit am schlimmsten ist für ihn außerdem, dass Wylies Gründe, mit ihm Schluss zu machen, so sehr nach denen von Cassie klingen. Aber er überlegt auch, ob mit hineinspielt, wie er den Jungen bei Level99 gewürgt hat. Dennoch: Das war, bevor Wylie verhaftet wurde. Und trotzdem haben sie sich – in Zeithäppchen von jeweils sechsundzwanzig Minuten – im Besucherraum des Gefängnisses ineinander verliebt.

Oder nicht? Oder hat sich Jasper das auch nur eingebildet?

War was schön und gleichzeitig beschissen daran, dass er Wylie im Gefängnis besuchen musste? Sex war kein Thema. Sie durften sich nicht mal an der Hand halten, ganz zu schweigen von mehr. Jasper hat es irgendwie geschafft, das Gespräch trotzdem darauf zu lenken, aber es war Wylie, die den Köder schnappte.

»Du weißt, wie es ist, wenn man aus Versehen Sex

mit jemandem hat«, sagte Jasper. Er hatte ihr eine Geschichte von einem Freund erzählt, nicht mal seine eigene.

»Nö«, erwiderte Wylie. »Ich weiß es nicht. Ich hatte nie Sex. Mit niemandem.«

Wylie hatte nie Sex gehabt, Jasper schon. Offensichtlich mehr als einmal, Cassie eingeschlossen. Jetzt war das Thema auf dem Tisch, genau zwischen ihnen. Wylie starrte ihn auch noch an, als gäbe es in diesem Moment etwas Richtiges zu sagen. Und etwas Falsches. Aber Jasper hatte keine Ahnung, was was war. Noch nie hatte er sich so gewünscht, eine Antwort fühlen zu können. So konnte er nur Wylies Blick erwidern und hoffen, dass sie fühlen konnte, dass er das Herz am richtigen Fleck hatte, auch wenn er es total verbockte.

»Ist schon okay«, rettete ihn Wylie schließlich. »Du musst nichts sagen. Ich … ich wollte es dir nur sagen.«

»Oh«, sagte er und atmete hörbar aus. Und der Rest war ein Raten: »Ja, ich, äh, bin froh, dass du es mir gesagt hast.«

Wylie lächelte. »Ich auch.«

Jasper ist noch zwei schnelle Runden um den Campus gelaufen, als er ein Stechen im Knie spürt. Er darf nicht riskieren, es zu überlasten. Jetzt braucht er das Eis mehr denn je. Das Spiel. Den Schmerz. Andernfalls würde er womöglich am Ende doch noch jemanden schlagen.

Jasper biegt am Westtor des BC scharf links in Richtung seines Wohnheims ab und sieht dabei auf seine *Runkeeper*-App. Er sieht immer noch auf sein Handy, als er mit jemandem zusammenstößt, der in die Gegenrichtung unterwegs ist.

»Hey, pass doch auf!« Eine Mädchenstimme. Und da liegt sie am Boden und reißt sich wütend die Ohrstöpsel aus den Ohren. Einen Augenblick lang überlegt Jasper, ob er sie sich nur einbildet.

»Ach so? Hast du einfach Spaß daran, Leute über den Haufen zu rennen?«

Aber nein, sie ist es. Das Mädchen auf dem Fahrrad. Das Mädchen, das er schon einmal mit seinem Auto angefahren hat. Das Mädchen, dessen Fahrrad er zerstört hat. Mist. Das Fahrrad. Jasper hat vollkommen vergessen, es zu reparieren. Er hätte es unterwegs in einer Werkstatt abgeben sollen. Es liegt sogar immer noch in seinem Auto. Durch Wylies Brief hat er alles vergessen.

»Entschuldige, ich hab dich nicht gesehen«, sagt er und hofft, sie könnten das Thema Fahrrad einfach umschiffen.

»So langsam habe ich das Gefühl, das passiert dir öfter«, sagt sie. Und dann lächelt sie endlich.

»Sie haben gesagt, dein Fahrrad ist hoffentlich morgen fertig.« Die Lüge kam ihm einfach so über die Lippen. So viel zum Thema Fahrrad nicht erwähnen. »Ich kann es dir vorbeibringen.«

Das Mädchen kneift die Augen zusammen, als würde sie ihm nicht glauben. »Vorbeibringen? Wie kommst du darauf, dass ich dir meine Adresse gebe?«

Jasper spürt, wie er rot wird. Er weiß, sie macht Witze, aber er ist einfach dünnhäutig. »Oh, tja, dann …«

»Ähm, das war ein *Witz.*« Das Mädchen beugt sich vor. »Du solltest mal versuchen, lockerer zu werden.«

Jaspers Brust öffnet sich ein wenig, als wäre eine Blase, die sein Inneres ausfüllt, einfach geplatzt. Jetzt lächelt er richtig. »Ja, da könntest du recht haben. Auf jeden Fall, um genau zu sein.«

»Wie wär's, wenn du mich anrufst, wenn das Fahrrad fertig ist, und ich komme vorbei und hole es?« Flirtet sie mit ihm? Maia war eine Sache, aber dieses Mädchen ist weniger eindeutig. Seit Wylies Brief zweifelt er an seiner Fähigkeit, sogar die einfachsten Emotionen zu lesen. »Und vielleicht kannst du mich zum Abendessen einladen oder so. Du schuldest mir schließlich was.«

Und damit joggt Lethe davon. Jasper steht eine Weile da und sieht ihr nach, ihr langer Pferdeschwanz schwingt hin und her. Sie wirft noch einen Blick über die Schulter zurück und winkt. Als wüsste sie genau, dass er dasteht und ihr nachschaut.

Wylie

Am Morgen, nach einer furchtbaren Nacht fast ohne Schlaf, liege ich im Bett und denke über das Foto nach, das mir Leo gegeben hat oder besser: für mich versteckt hat. Es beschäftigt mich so, dass ich es nicht mal richtig genießen kann, wieder in meinem eigenen Zimmer zu sein.

Gestern Abend habe ich gewartet, bis wir sicher im Auto saßen, bevor ich den Ordner öffnete, den Leo für mich dagelassen hat. Darin lag ein körniges, schief aufgenommenes, zwanzig mal fünfundzwanzig Zentimeter großes Schwarz-Weiß-Foto von einem Auto. Eine schwarze Limousine, unbestimmbar bis auf das Nummernschild. Im Hintergrund war außerdem ein Schild mit der Aufschrift: *Für nähere Auskünfte bitte das Hauptbüro anrufen.* Es stand auch eine Telefonnummer dabei. Aber abgesehen von dem Schild und dem Nummernschild waren auf dem Foto nur das Auto und ein kleines Stück kontrastloser grauer Himmel.

»Was ist das?«, fragte Gideon.

»Eines von Moms Fotos, glaube ich«, antwortete ich. »Ich habe welche in einem Umschlag in Rachels Haus gefunden, nachdem ich aus dem Krankenhaus raus war. Mom muss sie bei sich gehabt haben, als sie verfolgt wurde. Ich erinnere mich nicht speziell an dieses eine Foto, aber es waren Fotos, die so aussahen.«

»Das sind die Fotos, nach denen Rachel gefragt hat«,

sagte Gideon. »Hast du nicht gesagt, du musstest sie zurücklassen?«

Ich nickte. »Bei Riel«, antwortete ich. »Das habe ich Rachel nicht gesagt, weil ich wohl nicht wollte, dass sie versucht, Riel zu finden. Ich frage mich, wo die anderen Fotos sind. Es war ein ganzer Stapel.«

»Vielleicht ist das hier das einzig wichtige?«, spekulierte Gideon.

Gestern Nacht kam mir das noch wie ein vernünftiger Gedanke vor. Aber als ich jetzt bei Tageslicht in meinem Bett liege, ist das anders. Es klopft.

»Herein!«, rufe ich.

Gideon öffnet die Tür, bleibt aber auf der Schwelle stehen. »Wir haben eine SMS von Oshiro bekommen«, sagt er, dann liest er laut vor: »›Ich habe Informationen für euch. Kommt in meine Wohnung: 72 Sleeper Street, PH-C. Seaport District. Zehn Uhr.‹« Er sieht mich an. »Was sollen wir machen?«

Gideon zögert zu Recht. Es ist ein bisschen eigenartig, dass Oshiro uns zu sich nach Hause bittet. Aber als ich in mir nach echten Zweifeln suche, nach einem Gefühl, dass wir vielleicht in eine Falle tappen, spüre ich nichts als die Zerrissenheit, alles über meinen Dad zu erfahren und nur die guten Nachrichten hören zu wollen.

»Wir gehen«, beschließe ich und stehe auf. »Definitiv.«

»Wie fühlt es sich an?«, fragt Gideon, als er den Wagen startet und in Richtung Oshiros Wohnung losfährt. In seiner Stimme schwingt keine Wertung mit. Er will es einfach nur verstehen. »Ich meine, Leute lesen zu können.«

Erst als ich darüber nachdenke, was ich ihm antworten soll, wird mir klar, dass ich nicht mehr nur Gefühle lese.

Fahr zu Oshiro. Das ist eine Intuition, unabhängig von einem einzelnen Menschen. Seit ich weiß, dass ich ein Outlier bin und ohne richtiges Training, bin ich vom Lesen von Leuten dazu übergegangen, Situationen zu lesen. Sehr viel besser, sehr schnell. Kein Wunder, dass sie sich solche Mühe geben, das einzuschränken. Uns einzuschränken. Wer weiß, was eines Tages aus uns werden kann?

»Manchmal fühle ich es körperlich, tief in mir. Zum Beispiel, dass du jetzt Angst hast, aber versuchst, keine zu haben – das kann ich fühlen. Als würde mein eigenes Herz schneller schlagen. Früher hat mich das verwirrt, aber jetzt erkenne ich den Unterschied zwischen den Gefühlen anderer und meinen eigenen. Und dann ist da noch meine eigene Angst, die ich aussortieren muss. Den Unterschied zwischen diesen drei Gefühlen kann ich immer besser erkennen. Außerdem habe ich, je besser ich lerne, Leute zu lesen, auch noch ein Bauchgefühl, was einfach Sachen angeht.«

»Was meinst du mit ›Sachen‹?«

»So was wie: Ja, fahr zu Oshiro«, sage ich. »Dabei lese ich aber niemanden.«

»Intuition«, sagt Gideon, und vielleicht wusste er das schon. Ich frage mich, ob er in Momenten, wo er weniger wütend auf unseren Dad war, mit ihm darüber gesprochen hat, wohin die Outlier-Forschung führen könnte.

»Aber der Teil – der mit der Intuition – ist nicht so einheitlich.« Während ich es Gideon erkläre, konkretisiere ich die Einzelheiten auch für mich selbst. »Manchmal habe ich recht damit, aber nur so ungefähr. Zum Beispiel hatte ich recht damit, dass Jasper daran dachte, sich etwas anzutun. Aber bevor ich zu der Brücke kam, hatte er es sich schon wieder anders überlegt, und es endete damit, dass ich gefangen genommen und in das Krankenhaus gebracht wurde. Das habe ich nicht kommen sehen. Es ist also nicht so, als würde mich meine Intuition immer aus Problemen heraushalten. Meine Intuition ist nicht idiotensicher.«

»Keine übersinnlichen Fähigkeiten.« Gideon lächelt, aber es ist ein trauriges Lächeln.

»Nein«, bestätige ich. »Und das ist ein ziemliches Problem. Ich meine, wie soll man beweisen, dass etwas echt ist, dass es wichtig ist, wenn man dabei sofort zugeben muss, dass es eher verschwommen ist? Das werden sie gegen uns verwenden. Das weiß ich.«

»Es gibt Leute, vor allem Kerle, die es versuchen werden. Aber das heißt nicht, dass sie damit Erfolg haben«, sagt Gideon. »Willst du wissen, wie es sich anfühlt, *kein* Outlier zu sein?«

»Wie?«

»Wie nichts.« Er zuckt die Achseln. »Das ist das Seltsame. Ich vermisse es überhaupt nicht. Ich laufe nur durch die Welt und entscheide mich auf Grundlage von Fakten, nicht von Gefühlen. Aber es fühlt sich nicht an, als könnte da noch mehr sein, weil ich nicht einmal weiß, wie sich dieses Mehr anfühlt. Und ich schwöre, ich kann mich nicht daran erinnern, jemals so was wie ein überwältigendes Gefühl gehabt zu haben, was ich tun sollte. Nicht einmal eines, das ich ignoriert habe.«

»Oh.« Plötzlich scheint der Graben zwischen uns unendlich zu sein. Gideon und ich sind Zwillinge. Wir haben so viel gemeinsam, fast alles. Nur das nicht. Und plötzlich habe ich das Gefühl, dass nur das zählt.

»Tue ich dir leid?«, fragt Gideon. Er will mich nicht provozieren, weder im Kopf noch im Herzen.

Ich zucke die Schultern. »Ich würde sagen, beides hat seine Nachteile. Und auch Vorteile.«

»Vielleicht«, sagt Gideon. »Aber ich glaube schon, dass die Leute einen Gewinner haben wollen werden. Eine Wahrheit. Schau dir diesen Blog an. Die Hölle kennt keine Wut wie die von Leuten, denen nicht passt, was Dads Forschung bedeuten könnte, selbst wenn sie sich das selbst ausdenken.«

»Ja, EndOfDays«, sage ich, während wir auf den Highway in Richtung Innenstadt fahren. Es ist schrecklich, wie der Name in meinem Kopf knallt wie ein Feuerwerkskörper. End. Of. Days. »Aber das ist nicht ... Das sind keine normalen Leute.«

»Nein«, stimmt mir Gideon zu. »Der ist ein Fanatiker. Ich mache mir nur Sorgen wegen der normalen Leute, denen das nicht klar ist und die auf ihn hören.«

Wir fahren in Oshiros Viertel. Es ist eines von denen, die sich von alten Fabriken zu neuen Luxus-Lofts umwandeln. Leere Gebäude zwischen hell erleuchteten Bistros und hippen Cafés. Es gibt sogar ein Arthouse-Kino, wo man wahrscheinlich Sojamilch-Cappuccinos an den Platz gebracht bekommt. Und in der Nähe hängt ein Rudel zugedröhnter weißer Kids in der Auffahrt vor einem mit Brettern vernagelten Lagerhaus herum, als wäre es eine Festung, die sie gerade eingenommen haben.

»In hundert Metern rechts abbiegen. Das Ziel befindet sich auf der linken Seite«, weist uns die Navi-Stimme an.

Das GPS zu benutzen ist nicht ungefährlich. Es könnte sein, dass uns schon jemand ortet. Aber wenigstens sind wir auf dem Weg zu Oshiro. Falls uns jemand verfolgt, kann es nicht schaden, wenn er weiß, dass wir einen Cop auf unserer Seite haben.

Schließlich biegen wir zwischen zwei Ziegelsäulen nach

links auf einen makellos sauberen Parkplatz ab. Hinten steht eine Reihe weißer Vans wie Servicefahrzeuge eines Luxushotels. Vor uns befindet sich ein sehr schickes umgebautes Loft-Gebäude.

Ich sehe mich um. »Nicht übel für einen Polizisten, oder?«

Und da ist es: ein ganz, ganz mieses Gefühl. Nicht meine Ängste und auch nicht Gideons Gefühle, die ich lesen kann. Es ist etwas anderes: ein schlechtes Gefühl wegen dieser Diskrepanz zwischen Oshiros schicker Wohnung und seinem Job. Warum das wichtig ist, weiß ich nicht. Aber es ist so. Es ist fast wie ein Echo.

»Hast du es dir doch anders überlegt?«, fragt Gideon, als er meinen misstrauischen Blick sieht.

»Nein.« Ich blicke noch mal an dem Gebäude hinauf, während ich die Autotür öffne. »Und ja.«

Der grauhaarige Portier mit dem kantigen Gesicht beäugt uns missbilligend über seinen Tresen in der glamourösen Lobby hinweg; er ist überzeugt, uns allein mit einem Blick wegfegen zu können.

»Wir sind mit Detective Oshiro verabredet?« Ich hätte es nicht wie eine Frage klingen lassen sollen. Schrecklich.

»Name?«, fragt er und beäugt mich noch eindringlicher.

»Ähm, Wylie.«

Der Portier holt tief und angewidert Luft, während er den Hörer in die Hand nimmt. Aber er wird freundlicher, als jemand rangeht, und als er spricht, klingt seine Stimme plötzlich sanft und höflich. Eine Frau, in die er verknallt ist – Oshiros Frau oder Freundin, schätze ich. »Hier ist eine Wylie, die zu *Detective* Oshiro will.« Das ist ein Codewort für *Sie kennt nicht mal seinen Vornamen.* Er mustert uns noch mal von oben bis unten. »Ja, kein Problem.« Er legt auf, will aber immer noch, dass wir gehen.

Und genau deshalb ist das Outlier-Dasein Segen, aber auch Fluch: Ich *muss* nicht so tief im Kopf des Portiers stecken. Ich *muss* nichts von seiner unerwiderten Liebe wissen. Es ist nicht nützlich. Aber ich weiß es trotzdem. Damit ich ihn überhaupt lesen kann, kommt das als Erstes. Als Outlier darf man nicht wählerisch sein.

Endlich deutet der Portier immer noch sehr mürrisch auf den Aufzug weiter hinten. »Penthouse C.«

Die Aufzugtüren gleiten auf und geben den Blick auf ein spektakuläres Loft frei: Holzbalken, freigelegte Ziegel und massenhaft Fenster.

»Ja«, sagt Gideon leise. »Vielleicht sollten wir sichergehen, dass es für all das eine Erklärung gibt.«

Eine Frau kommt beschwingt um die Ecke, groß und fit, mit ärmellosem T-Shirt und Jeans, ihre Bizepe sind definiert wie die einer Yogalehrerin. Ihre Haare sind hellbraun und zottelig, und sie hat ein umwerfendes Lächeln.

»Du musst Wylie sein«, sagt sie. Ihr Händedruck ist ein Schraubstock. Dann wendet sie sich Gideon zu und schüttelt ihm ebenfalls die Hand. »Und du bist Gideon. Ich bin Elizabeth, Evans Frau.«

Sie sagt es, als müsste mir das etwas sagen. Ich blinzle sie an.

»Ach, Detective Oshiro, meine ich. Entschuldigung, ich vergesse immer, dass er niemandem seinen Vornamen sagt. Wahrscheinlich hat er dir auch nichts von mir erzählt.«

Da kommt Detective Oshiro um die Ecke, er trägt Jeans und ein gut sitzendes T-Shirt. Ihn ohne seinen Anzug zu sehen ist, als würde er in Unterwäsche dastehen.

»Du hast ihr nichts von mir erzählt, oder?«, stichelt Elizabeth fröhlich.

»Können wir uns wenigstens hinsetzen, bevor du anfängst, mit mir zu schimpfen?«, fragt Oshiro.

»Es ist schön hier«, sage ich, als sie uns in ein weitläufiges, offenes Wohnzimmer mit noch mehr Fenstern führen. Sie ziehen sich um den ganzen Raum herum: Auf der einen Seite sieht man die Skyline von Boston, auf der anderen das Wasser. »Ich glaube, das ist die schönste Wohnung, in der ich je war.«

»Mein Job ist nicht annähernd so edel und gut wie der von Evan«, sagt Elizabeth, während sie sich auf eine Seite der modernen Eckcouchlandschaft setzt und die langen Beine im Schneidersitz verschränkt. Gideon und ich setzen uns ans kürzere Ende. »Aber man verdient nicht schlecht dabei.«

»Elizabeth arbeitet im Bereich Cybersicherheit für eine Kreditkartenfirma«, sagt Oshiro, und ich kann fühlen, wie er sie bewundert. Es geht weit über Liebe hinaus. »Ich dachte mir, sie könnte viel schneller herausfinden, was du brauchst, als ich über unsere Polizeikanäle.«

»Eine Kreditkartenfirma?«, frage ich. »Um das Handy meines Dads zu orten?«

»Kreditkartenfirmen könnten Raketen in den Weltraum schießen.« Elizabeth steht auf, um ein paar Ausdrucke von einem Sideboard zu holen. »Ich muss zugeben, so habe ich mir meine Berufslaufbahn nicht direkt vorgestellt, aber ich werde mich in nicht allzu ferner Zukunft zur Ruhe setzen und wie Evan den Leuten richtig helfen. Also, ich kann dir nicht genau sagen, *wer* dich angerufen hat. Es überrascht nicht, dass es ein bar bezahltes Wegwerfhandy war, aber ich kam in die Datenbank der Telefongesellschaft und …«

»Sie hat dafür eine Menge riskiert, wisst ihr?«, schimpft Oshiro. Ich weiß nicht so genau, ob das mir gilt oder Elizabeth. »Ich habe ihr gesagt, sie soll es lassen.«

»Danke«, sage ich und sehe dabei erst Elizabeth an und dann Oshiro, denn das scheint mir das zu sein, was er von mir erwartet. Dass ich dankbar bin. Nein, das ist es nicht. Er will einfach nur weniger besorgt sein. Am wichtigsten sind ihm Elizabeth und ihr Wohlergehen.

Elizabeth wirft ihm einen Blick zu. »Genug der Einschüchterung, Evan. Und hab ein bisschen Vertrauen. Ich bin gut, ich werde nicht erwischt.« Sie reicht mir die Papiere, die sie geholt hat. Es ist eine Adressliste, außerdem sorgfältig zusammengestellte Routen mit passenden Karten zu den jeweiligen Orten. »Das ist eine Liste der Orte, wo das Handy während der jeweiligen Anrufe und SMS war. Es fing in D.C. an und endete hier. Da wurde vor drei Tagen die letzte Mailboxnachricht hinterlassen.« Sie zeigt auf einen Punkt auf der Karte. »Das ist ungefähr eine Stunde von hier, in Framingham.«

»Aber du solltest nicht dort hinfahren«, sagt Detective Oshiro mit verschränkten Armen. Er hält sich zurück, bevor er noch etwas sagt wie: *Ich erlaube das nicht.* Aber er würde es gern sagen. »Du hast überhaupt keine Ahnung, was du da vorfinden wirst. Es wäre extrem gefährlich.«

Elizabeth lässt mich nicht aus den Augen, während sie sich wieder hinsetzt, diesmal näher bei mir. »Das glaubt er wirklich. Er wollte nicht mal, dass ich dir die Adresse nenne.« Sie wirft einen Blick zu Oshiro hinüber. »Aber wir haben uns darauf geeinigt, dass es nicht in meiner Hand liegt. Du hast ein Recht, die Adresse zu erfahren.«

»Nein, ich habe zugestimmt, nachdem ich zum zweiten Mal in D.C. angerufen hatte«, sagt er. »Weil die mir dort gesagt haben, der Fall deines Dads sei abgeschlossen.«

»Wie kann er abgeschlossen sein, wenn Dad immer noch verschwunden ist?«, fragt Gideon.

»Genau. Noch beunruhigender war, dass mich eine Viertelstunde nach meinem Anruf in D.C. mein Sergeant in sein Büro rief, um mir zu sagen, es gäbe eine Beschwerde über mich, weil ich mich in Ermittlungen eingemischt habe, für die ich nicht zuständig bin. Man sagte mir, wenn das noch mal vorkäme, könnte es mich den Job kosten.« Oshiro schüttelt den Kopf. »Ich weiß zwar nicht, wer da was vertuscht oder warum, aber ich bin mir sicher, nach deinem Dad sucht keiner. Es tut mir leid.«

Als ich von den Karten aufblicke, zieht sich meine Kehle zusammen. »Danke, dass Sie es mir gesagt haben.«

»Aber wir helfen euch«, sagt Elizabeth fröhlich und beugt sich vor, um meine Hände zu nehmen. »Also scheiß auf die Polizei von D.C..«

Ich bitte sie nur sehr ungern um noch etwas, so großzügig, wie sie jetzt schon sind. Aber ich habe keine Wahl.

»Sie haben schon so viel getan, ich weiß, aber darf ich Sie um noch etwas bitten …«

»Nein«, sagt Oshiro mit einem entschiedenen Abwinken. »Auf keinen Fall.«

»Evan«, widerspricht ihm Elizabeth ruhig, aber fest. »Natürlich darfst du, Wylie. Wir tun, was wir können. Sag uns alles, was du brauchst.«

»Können Sie herausfinden, wer hinter einem bestimmten Blog steckt?«, frage ich. »Er heißt EndOfDays.«

»EndOfDays?« Elizabeth zieht eine Grimasse. »Na, das ist ja ein fröhlicher Name. Das müsste ich hinbekommen, kein Problem. Aber bevor wir noch irgendetwas tun, wäre es vielleicht gut, wenn du einen neuen Gmail-Account eröffnest, damit wir eine einigermaßen sichere Möglichkeit haben, in Kontakt zu bleiben.« Sie winkt Gideon zu einem Laptop auf dem Couchtisch hinüber.

»Und könnten Sie vielleicht außerdem noch ein Nummernschild überprüfen?«, frage ich und wappne mich schon gegen Oshiros Reaktion.

»Ein Nummernschild?«, ruft er aus. Als hätte ich »Kokain« gesagt.

Elizabeth hebt beschwichtigend die Hand. »Evan, ruhig.« Dann wendet sie sich uns zu. »Heutzutage kann man sich nicht mehr so leicht in die Kfz-Zulassungsbehörde hacken wie früher, das meint er. Sie haben viel mehr Sicherheitsschranken, hauptsächlich wegen der Terrorismusgefahr.« Sie dreht sich zu Oshiro um. »Aber Evan, du kannst doch ein einziges Nummernschild nachschauen. Ganz offiziell. Das fällt keinem Menschen auf.«

Elizabeth legt lächelnd den Kopf schief: *Komm schon, Schatz.* Es ist *dieser* Blick. Genau wie der von Lexi bei Doug und von Mom bei Dad früher. Der Blick, bei dem Fakten viel weniger wichtig sind als Gefühle. So einen hätte ich vielleicht eines Tages bei Jasper aufgelegt, wenn ich ihm nicht diesen … Ich schiebe den Gedanken weg. Eines Tages – nachdem ich den Brief zurückgenommen habe – werde ich das tun.

Oshiro atmet laut und ärgerlich aus. Aber er ist Elizabeths Blick nicht gewachsen. »Also gut, was für ein Nummernschild?«, fragt er.

Ich angele das Foto aus meiner Handtasche und reiche es ihm. Oshiro wird nervös. »Das sieht aus wie ein Überwachungsfoto. Woher ist das?«

»Ich weiß es nicht«, sage ich.

Oshiro hält mir das Foto hin und zeigt anklagend auf das Auto. »Das ist ein Regierungsnummernschild. In was bist du da reingeraten, Wylie?«

»Ich weiß es nicht.« Mehr fällt mir dazu nicht ein. Und es ist so wahr, dass ich Angst bekomme, ich könnte in Tränen ausbrechen.

»Ich prüfe dieses Nummernschild unter einer Bedingung«, sagt Oshiro und legt das Foto auf den polierten Couchtisch.

»Was Sie wollen«, sage ich ohne Zögern.

»Ich komme mit.«

»Wohin?«, frage ich.

»Framingham«, gibt er zurück. »Denn ich weiß, da willst du hin. Und so gern ich es tun würde – ich kann dich unmöglich guten Gewissens allein dort hinfahren lassen.«

17. November

Heute kreuzte eine wahre Gläubige meinen Weg. Sie war neu bei uns und kam nach dem Treffen zu mir. Sie sagte mir, die Kämpfe, von denen ich der Gruppe erzählt hatte, hätten sie sehr berührt. Dass meine Hingabe, eine Aufgabe für mich zu finden, edel sei. Und dann erzählte sie mir eine herzzerreißende Geschichte über schlimme Dinge, die direkt vor meiner Haustür passiert waren. Da wusste ich, dass ich an dieser Stelle ansetzen sollte. In meiner Nähe. Mädchen helfen, die von ruhmsüchtigen Wissenschaftlern ausgebeutet werden, ist genau die Aufgabe, nach der ich gesucht habe.

Und wenn ich diese Mädchen von den Verfehlungen befreien kann, die ein Mann begeht, den ich einmal kannte, dann bin ich überzeugt, das wird mich weiterhin retten – einen Tag um den anderen.

Riel

Marly parkt eine Querstraße vom Level99-Haus entfernt auf einem der wenigen Schattenparkplätze. Das Haus sieht leer aus, aber Riel weiß, das ist es nicht. Sie hatte nach dem, was im Haus ihres Großvaters passiert war, daran gedacht, Level99 zu sagen, sie müssten ihr Hauptquartier verlassen. Sie alle hörten sich um, ob Level99 mit den Ereignissen in dem Camp in Verbindung gebracht wurde, aber es gab nichts. Überhaupt wurde kaum über das Camp geredet. Riel weiß, das sollte sie nicht überraschen, aber es ist trotzdem verblüffend, wie Dinge und Leute einfach so ausgelöscht werden können.

Und Riel muss immer noch vorsichtig sein, dass sie jetzt nicht jemanden zu Level99 führt. Sie glaubt zwar nicht, dass ihr irgendwer zu Marly gefolgt ist und noch weniger von Marly zu Level99. Aber wenn es um Leos Leben geht, will Riel keine Risiken eingehen. Falls einer der Handlanger ihres Großvaters – ja, es stimmt, da ist sie sich sicher, sie gehören zu ihm – sie dabei erwischt, wie sie Level99 auf den Fall ansetzt, wird das vermutlich nicht als »sich fernhalten« durchgehen. Dann könnte Leo in noch größerer Gefahr sein.

Aber sie muss sich mindestens einmal mit Marly dort sehen lassen, damit Brian Marly akzeptiert. Riel muss nur versuchen, möglichst unsichtbar zu bleiben. Der Plan ist, dass Marly zur Eingangstür geht und Riel sich hinten herum anschleicht.

»Was passiert, wenn ich den Code eingegeben habe?«, fragt Marly, dreht sich um und holt ihre Tasche vom Rücksitz. Sie hat sich in ein paar schweren Hanteln verfangen, darum muss sie daran zerren. Nachdem sie die Nacht in Marlys Zimmer verbracht hat, weiß Riel mit Sicherheit, dass sie eine Fitnessfanatikerin ist. Aber selbst dafür erscheint es Riel übertrieben, Hanteln im Auto zu haben.

»Immer bereit, spontan zu trainieren, was?«, fragt Riel mit einer Kopfbewegung zu den Hanteln.

»Ja, ich trainiere immer, wenn ich im Stau stehe«, sagt Marly achselzuckend.

»Ehrlich?«, fragt Riel.

»Nein, nicht *ehrlich*«, schnaubt Marly. »Die Gewichte gehören einer Freundin. Ich bringe sie nur zurück. Ich dachte, du wärst Outlier. Merkst du nicht, wenn jemand Witze macht?«

Marly hat recht: Riel ist so gestresst, dass sie ganz vernebelt ist. Und sie muss höllisch scharfsinnig sein. Sie muss nicht nur ungesehen zum Hintereingang des Level99-Hauses gelangen, sondern auch bereit sein, Brians blödsinniges Gerede aushebeln zu können, sobald sie drin ist. Bei Brian muss man sich immer um *sehr* viel Blödsinn kümmern.

Er will Riels offizieller Nachfolger werden, nicht nur ihr vorübergehender Vertreter, deshalb ist er ein noch größerer Arsch als sowieso schon. Dabei sollte er eigentlich alles versuchen, um Riel von sich zu überzeugen. Sie wird entscheiden, wer Level99 nach ihr leiten soll, egal, wann sie beschließt, zurückzutreten: heute, morgen, in zehn Jahren. Es gibt Momente, in denen sie das Gefühl hat, es ist schon so weit. Aber noch fühlt sie auch, dass sie dranbleiben muss – für Level99.

So oder so weiß sie jetzt schon sicher, dass ihr Nachfolger niemals Brian wäre. Brian ist ein unglaublich guter Hacker, das ist klar. Aber ein Hacker oder ein Anführer zu sein, ist nicht dasselbe. Außerdem ist er einfach ein Arsch. Der Gedanke, was passieren könnte, wenn die Macht von Level99 in die falschen Hände fällt, ist zu beängstigend.

Bennett Bara war kurz nach Kelseys Beerdigung bei Riel aufgetaucht. Er war ein alter Freund ihres Vaters, erst sein Professor als Student, dann jahrelang ein Nachbar und Laufpartner. Bennett kam oft zu Thanksgiving, die Mädchen hatten sich ein bisschen Geld verdient, indem sie bei ihm das Laub zusammenharkten. Er hatte ihnen immer Geburtstagsgeschenke gemacht, die etwas mit Wissenschaft zu tun hatten. Bennett hatte nie eine eigene Familie gehabt, und so hatte er ihre halb adoptiert, aber immer aufgepasst, sich nicht aufzudrängen.

Riel hatte nichts von Bennetts Verbindung mit Level99 gewusst, bis er an diesem Tag Ende März ankam und Riel bat, das Ganze zu leiten.

»Deine Eltern wussten es«, sagte er sachlich.

»Ehrlich?« Riel fühlte sich ein bisschen verraten, auch wenn sie wusste, dass das ziemlich lächerlich war.

»Dein Vater wollte für mich übernehmen«, sagte Bennett; die Auswirkungen seines fortgeschrittenen Bauchspeicheldrüsenkrebses waren jetzt deutlich sichtbar, als er sich mit großer Mühe in einen Sessel sinken ließ. »Ich habe die Übergabe vorbereitet, sobald ich die Diagnose hatte. Als ich noch viel Zeit hatte.«

»Oh«, sagte Riel, nicht erstaunt, dass ihr Dad helfen wollte, auch wenn sie sich ihn nicht am Ruder einer Gruppe junger Hacker vorstellen konnte. Er hatte nie Geduld mit Hipstern gehabt.

»Ja«, sagte Bennett. »Und jetzt möchte ich gern, dass du seinen Platz einnimmst, Riel.«

»Ich?«, fragte Riel, gleichermaßen in Panik und erfreut. Eigentlich hauptsächlich in Panik. »Warum ich?«

»Weil du die Beste für die Aufgabe bist, die ich kenne. Du studierst Computerwissenschaft im Hauptfach an der Harvard University«, sagte er. »Damit bist du mehr als qualifiziert und …«

»Ich *habe* Computerwissenschaft im Hauptfach studiert. Ich hab's abgebrochen, schon vergessen? Ich war nur drei Monate dort und habe nichts Nützliches gelernt. Kein Hacken oder so was. Es war viel Theorie. Das ist alles.«

»Offiziell hast du aufgehört. Ich hab's überprüft. Du und ich wissen, dass du jederzeit wieder willkommen wärst. Abgesehen davon sind Computerfähigkeiten wichtig, aber andere Dinge sind noch viel wichtiger«, fuhr er fort. »Ich muss sicher sein, dass die Verantwortliche Level99 nie zu ihrem eigenen Vorteil oder für eine unethische Sache ausnutzen würde. Ein gutes Urteilsvermögen ist die wichtigste Eigenschaft.«

»Und woher weißt du, dass ich ein gutes Urteilsvermögen habe?«, fragte Riel und hoffte dabei gleichzeitig, sich herauswinden zu können und fest verpflichtet zu werden.

Irgendwas war dran an der Tatsache, dass Bennett auftauchte und sagte, er bräuchte sie. Sie hatte schon vor, wieder einzusteigen, wenn sie so weit war. Vielleicht würde sie dadurch eher das Gefühl bekommen, es sei so weit.

»Ich weiß, dass dein Urteil richtig sein wird, denn du bist ein Teil deiner Eltern«, sagte er. »Das Gute ist tief in dir verwurzelt.«

Am Ende hatte Bennett recht gehabt. Und dass sie sich nach Kelseys Tod in die Sache mit Level99 stürzen konnte, hatte Riel wahrscheinlich das Leben gerettet. Sogar der Machtwechsel war viel einfacher gewesen, als Riel erwartet hatte. Das war das Gute an der strengen Hierarchie von Level99: Es gab keinen Streit um die Nachfolgeregelungen und das bescheidene Gehalt, das mit der Leitung einherging.

Niemand regte sich darüber auf, dass Riel von außen kam – der neue Anführer kam meistens von außen. Innerhalb von Tagen fühlte sich Riel, als wäre sie an der Spitze von Level99 geboren. Sie war auch verdammt gut darin. Und nach Kelseys Tod zählte außer Level99 und Leo nichts mehr für sie.

Jetzt waren es Leo und die Outliers. Sie brauchten sie noch dringender als Level99. Wahrscheinlich war es sowieso an der Zeit, dass sie weiterzog. Sie hatte sich wieder an der Uni eingeschrieben und entschlossen, im September in Harvard weiterzustudieren. Aber sie würde Level99 nicht Brian überlassen. Auf keinen Fall.

»Wenn du die Zahlen eingegeben hast, sag ihnen, Joseph Conrad hätte dich geschickt«, sagt Riel, während Marly die Autotür öffnet. »Wenn du drin bist, frag nach Brian. Sag ihm, ich komm von hinten rein. Er muss die Kellertür aufschließen.«

Geduckt schlüpft Riel zwischen zwei Gebäuden hindurch in die engen Hinterhöfe. Sie benutzt den Fluchtweg von Level99. Ziemlich schnell wird ihr klar, dass dieser »Fluchtweg« scheiße ist. Man müsste in den Gärten der Nachbarschaft über mehrere Zäune klettern. Wie sich herausstellt, ist es schon verdammt schwer, auch nur über einen Zaun zu klettern, vor allem in dieser Schwüle im Juli. Sie setzt in Gedanken *Neuen Fluchtweg suchen* ganz oben auf ihre Liste.

Als sie endlich im Garten von Level99 ankommt, ist sie außer Atem. Brian steht mit verschränkten Armen an der Kellertür und sieht wie üblich ein bisschen wie ein Habicht aus – weißblonde Haare, Schatten um die Augen, Hakennase und die Spielbrett-Tätowierung, von der Riel wünscht, er hätte sie nicht. Damit wirkt es so endgültig, dass er da ist.

»Na endlich«, schnauzt er und dreht sich zur Treppe um.

Er ist aber nicht sauer, weil er warten musste. Brian hat wirklich gehofft, Riel würde nie zurückkommen. Er war sich ziemlich sicher, dass er doch nicht nur die Übergangslösung war.

Riel folgt Brian in den Keller von Level99 zu dem vertrauten langen Tisch mit den über Laptops gebeugten Mittzwanzigern mit ihren Kapuzen und Ohrstöpseln, die alle nicht aufblicken. Das alles zu sehen überschwemmt sie mit einer Welle der Erleichterung. Es ist, als käme sie nach Hause.

Im Kontrast dazu steht Marly mit entsetztem Gesicht am anderen Ende des Raums. Wie auch immer sie sich Level99 vorgestellt hat – so nicht. Und es sieht auch wirklich wie ein Verlies aus und riecht auch so. Ein unwirtliches Verlies. Aber mit der Zeit mag man es – zumindest war das bei Riel so.

»Und, was geht?«, fragt Brian und setzt sich streitlustig an den Tisch, der immer Riel gehört hat. Natürlich mit Absicht.

»Ich bin wieder da«, sagt Riel. Es stimmt nicht. Aber Brian fühlt sich schon viel zu wohl.

»Du bist wieder da?« Brian versucht, lässig zu klingen. Aber er fühlt sich nicht so. Nicht im Entferntesten. »Ganz?«

»Mal sehen, aber im Moment brauche ich etwas«, erwidert sie. »Eigentlich mehrere Sachen.«

Und wo soll sie anfangen: Wylie, Kendall, die Outliers, Rosenfeld? Ihr Großvater? So viele Fragen, so wenige beschissene Antworten.

Riel fühlt, wie Brian versucht, die Lage am besten auszuspielen. Er weiß, er sollte nicht zu schnell nachgeben. Dass er nicht zu entgegenkommend sein darf, weil Riel sonst weiß, dass er sie einwickeln will. Aber mit Hilfsbereitschaft kann man sich gut mit ihr stellen. Auch das weiß er. Gott, er ist so verdammt durchschaubar.

»Tja, wir sind ziemlich beschäftigt«, entscheidet sich Brian für einen Kompromiss: Er ziert sich ein bisschen. »Der Präsidentschaftswahlkampf geht in die heiße Phase. Apropos: Ich wusste nicht, dass dein Großvater …«

Sie wirft ihm einen schnellen Blick zu. Nicht was Brian sagt, macht sie sauer, sondern sein Ton: Er ist einfach zu arschlochmäßig. »Nur damit das klar ist: Wer mein Großvater ist, war *nie* ein Geheimnis«, fährt sie ihn an.

Brian hebt beschwichtigend die Hände. »Wenn du das sagst.«

»Und was ich brauche, steht nicht zur Diskussion. Ich bin immer noch die Chefin, schon vergessen? Ihr müsst für mich herausfinden, wer Kendall wirklich ist, und ihr müsst ein paar Mädchen für mich ausfindig machen.«

»Mädchen?«, fragt Brian, als hätte sie ihn gebeten, Gänse zusammenzutreiben.

»Mädchen, die als Outliers identifiziert wurden.«

Brian kennt den Ausdruck natürlich. Er war auch dabei, als sie Quentin geholfen haben. Riel hat allerdings eine Grenze zwischen Level99 und den Outliers gezogen. Level99 hat Dr. Langs Forschung aufgespürt und sich in seine Daten gehackt, aber unter dem Vorwand, einen fiesen Wissenschaftler davon abzuhalten, Leute auszunutzen – ganz innerhalb ihrer Mission. Ihre Arbeit mit Marly und die Tests – das war alles ihre Freizeit. Sie konnte Level99 nicht für ihren persönlichen Rachefeldzug benutzen. Das ist jetzt allerdings anders. Jetzt geht es darum, unschuldige Mädchen zu schützen.

»Und Kendall?«, fragt Brian. »Du meinst den Typen, der die ganzen Leute umgebracht hat?«

»Ja, der. Aber bevor ihr damit anfangt, müsst ihr erst Wylie für mich überprüfen«, sagt Riel. »Als ich das letzte Mal von ihr gehört habe, war sie noch im Gefängnis. Ich muss sichergehen. Außerdem brauche ich die Adresse von dem Typen hier.«

Riel zieht ein paar gefaltete Papiere aus der Tasche. Eines mit dem Namen der Outliers aus dem Krankenhaus, das sie mit Wylie ausfindig gemacht hat, reicht sie Brian. Auf dem anderen stehen David Rosenfelds Name und der Titel seines Buchs. Das Buch ist besser – und beängstigender –, als sie dachte. Riel hat nicht viel davon gelesen, nur genug, um zu wissen, worum es hauptsächlich geht: Die Regierung ist in viel mehr kranken Scheiß verwickelt, als ihr klar war.

»Okay, das sind ungefähr zehn verschiedene Sachen«, sagt Brian. »Was springt dabei für mich heraus?«

»Was für dich herausspringt? Du verlierst nicht deinen beschissenen Job, wie wär's damit?«, schnauzt Riel. »Das war keine Bitte. Das war ein Befehl.«

Riel fühlt, wie Brian ungefähr zehn verschiedene Varianten runterschluckt, mit denen er ihr sagen möchte, sie könne sich ins Knie ficken. Stattdessen reibt er sich das Kinn und sieht sich um. Ein paar der jüngeren Hacker hören inzwischen zu. Sie kennen die Regeln: Riel ist der Boss. Sie würden Brian hochkant rausschmeißen, wenn sie nur ein Wort sagt.

Als ihr das einfällt, geht es Riel schon besser. Ihre Macht ist vielleicht auf diesen Ort hier beschränkt, auf diesen Moment. Aber Macht ist wie Feuer: Sie muss sich irgendwo entzünden, um sich auszubreiten.

»Also gut.« Brian senkt den Blick. »Wir schauen uns das an.«

»Was?«, fragt Riel.

»*Alles*«, antwortet Brian. »Das könnte aber eine Weile dauern. Es ist *viel.*«

»Dann fangt mit Wylie und den Outliers an«, sagt Riel und gibt Brian ein zweites Blatt Papier. »Das ist eine Liste mit dem, was wir über sie haben. Bei manchen sind es nur Namen, nicht alle E-Mail-Adressen sind echt. Sie müssen zu der Adresse oben auf der Seite kommen. Heute noch.«

Brian sieht auf die Uhr. »Heute? Und sie sollen irgendwo hinkommen? Sie kennen mich doch nicht mal.«

Er hat recht. Und sie fühlt, wie Marly sie beobachtet – *nicht so einfach, wie es aussieht, was?*

»Dann besorg uns einfach die Kontaktinformationen von allen«, sagt Riel. »Wir überlegen uns, wie wir sie da hinbekommen.«

Am frühen Nachmittag sitzen Riel und Marly in Marlys Zimmer auf dem Boden und warten. Am Ende haben sie zwei Stunden lang bei Level99 E-Mails an die Outliers verschickt. Marlys Text war ziemlich vage: Sie entschuldigte sich dafür, sich nicht gemeldet zu haben, beschrieb eine Bedrohung für die Outliers, sagte, sie bräuchten Freiwillige. Oh, und dass es keinen Grund zur Panik gäbe. Das war alles, mehr würden sie erfahren, wenn sie an diesem Nachmittag kämen.

Wenigstens war Wylie ziemlich einfach zu finden gewesen. Oder es war leicht herauszufinden, wo sie nicht war: im Gefängnis. Sie war auf Kaution freigelassen worden. Wo sie jetzt war, war ein Rätsel. Das machte Riel stolz. Sie hatte Wylie viel beigebracht. Aber Riel fühlte auch noch etwas anderes, wenn sie an Wylie dachte, etwas viel Düstereres. Etwas, das ihr gar nicht gefiel: Sorge.

Brian fand auch David Rosenfelds Adresse leicht. Komplizierter waren Kendall und die Wahrheit über ihren Großvater. Das würde mehr Zeit brauchen. Brian sagte, er würde weiterarbeiten und dann berichten. Riel hatte ihre Zweifel, wie viel Mühe er sich geben und mit welcher Wahrscheinlichkeit er Erfolg haben würde. Aber es war zu riskant, von Marly aus weiter herumzustochern. Was auch immer Brian finden würde, es war besser als nichts.

»Wie viele haben noch mal gesagt, dass sie kommen?«, fragt Riel und sieht auf die Uhr. Sie steht auf und fängt an, vor Marlys Tür auf und ab zu gehen. Sie macht sich Sorgen, dass es zu leicht war, die Outliers zusammenzutrommeln. Vielleicht kommt keine.

Marly zieht ein Blatt Papier aus ihrer hinteren Hosentasche. »Wir haben siebenundzwanzig von den fünfundsechzig hier aus der Gegend erreicht, auch die Mädchen von der Liste aus dem Krankenhaus«, sagt sie. »Einundzwanzig haben ihre Hilfe angeboten. Das sind fast achtzig Prozent, und das in nur ein paar Stunden.« Marly gibt sich die größte Mühe, das Positive daran zu sehen, und dreht die Zahlen auf die bestmögliche Art. Wenn man mit siebzehntausend Möglichkeiten anfängt, klingen einundzwanzig nach wenig. Trotzdem ist es tröstlich, dass Marly optimistisch bleibt. Eine muss es tun. »Kein schlechter Start. Heute Abend kommen nur elf hierher. Kurzfristig und so. Die Leute haben Eltern. Hast du so was wie eine Rede oder so vorbereitet?«

»Eine Rede?«, fragt Riel.

Es ist ihr nicht in den Sinn gekommen, aber Marly hat recht, eine gute Anführerin würde eine krass inspirierende Rede vorbereiten. Für ihren ersten Tag bei Level99 hatte Riel auch eine. Sie hatte sich solche Sorgen um den Respekt der anderen gemacht. Irgendwie hat sie jetzt völlig übersehen, dass sie faktisch die Anführerin dieser ganzen Outlier-Scheiße ist. Natürlich ist sie das. Und Marly ist ihre treue Stellvertreterin.

»Ja, eine Rede über die Outliers?« Marly ist enttäuscht, aber sie versucht, es sich nicht anmerken zu lassen. »Was das alles ist. Was es bedeutet. Was zum Geier dein Großvater deiner Meinung nach ausheckt.«

»Aber das weiß ich nicht«, sagt Riel und fühlt sich plötzlich ganz taub. »Ich habe noch keine Antworten auf irgendwas.«

»Du weißt trotzdem viel mehr als die anderen«, widerspricht ihr Marly. »Ein paar von denen wissen überhaupt nichts. Die Mädchen aus dem Krankenhaus nicht und die Vielleicht-Outliers …«

»Vielleicht-Outliers?«

»Ach, so nenne ich die Outliers, die wir mit unserem Test identifiziert haben«, sagt Marly ein bisschen verlegen. »Ich meine, wir wissen eigentlich überhaupt nicht, wie gut der Test war. Selbsteinschätzungen sind an sich ja eher fragwürdig. Das lernt man ja schon im Grundstudium. Diese Mädchen sind vielleicht Outliers, aber das ist nicht dasselbe, als wenn sie offiziell durch einen von Langs Tests festgestellt worden wären. Er hatte auch noch biologische Werte wie Herzfrequenz und so was mit drin. Nur um das klarzustellen: Ich bin auch ein Vielleicht-Outlier«, sagt Marly. »Mich hat niemand offiziell getestet.«

»Du bist *auf jeden Fall* ein Outlier«, sagt Riel. »Das fühle ich.«

Marly ist es peinlich, wie sehr sie sich danach gesehnt hat, dass von Riel zu hören. Aber Riel hat wirklich keine Zweifel. Zwischen ihnen fließen die Emotionen hin und her wie Ebbe und Flut, wobei Riel selbst auch nie getestet wurde.

»Jedenfalls«, fährt Marly fort, »haben die Vielleicht-Outliers wenigstens eine kleine Beschreibung bekommen, als sie unseren Online-Test gemacht haben. Aber nach den Mailwechseln mit den Mädchen aus dem Krankenhaus weiß ich, sie glauben immer noch, was man ihnen erzählt hat: dass es so etwas wie einen Terroranschlag gab.«

»Also wurden sie aus dem Krankenhaus geholt und haben einfach geglaubt, was man ihnen gesagt hat?«, fragt Riel. »Wenn sie wirklich Outliers wären, müssten sie doch eigentlich misstrauisch sein.«

Riel nimmt sich noch etwas vor: *Sag ihnen, sie sollen nicht so leichtgläubig sein.*

»Komm schon, du und ich, wir wissen, wie einfach es ist, das eigene Bauchgefühl zu ignorieren, wenn es einem alle Welt sagt«, sagt Marly. »Erklär ihnen jedenfalls ein bisschen.

Die Grundlagen, mehr muss es ja gar nicht sein. Damit wir alle dieselbe Basis haben.«

»Nur schade, dass ich ihnen nicht versprechen kann, dass alles gut wird.«

Marly zuckt die Achseln. »Falls sie wirklich Outliers sind, glauben sie dir sowieso nicht.«

Als das erste Mädchen ankommt, ist es fast zwei Uhr. Sie hat rote Locken unter einem roten Bandana und große Angst. Angst zu klopfen. Angst hereinzukommen, als Riel die Tür öffnet. Sie will hier sein. Sie will einfach bestätigt bekommen, dass Riel und Marly echt sind.

»Ich bin Elise«, sagt sie. »Ich war in dem Krankenhaus.«

Beim Wort »Krankenhaus« bricht ihre Stimme. Sie mag nicht gewusst haben, was da vor sich ging, aber wenigstens wusste Elise, dass es falsch war. Riel wertet das zu ihren Gunsten.

»Du bist hier richtig«, sagt Riel. Sie sollte das Gefühl bekommen, dass Riel die Wahrheit sagt. Darüber hinaus wird sie selbst damit klarkommen müssen. Alle diese Mädchen müssen lernen, ihre Gedanken zu beruhigen.

Riel ist bereit, vorzutreten und Anführerin zu sein; sie wird sogar irgendwie herausfinden, was sie sagen muss. Aber sie wird ihre Zeit nicht damit verschwenden, den anderen das Händchen zu halten.

Eine Stunde später sind alle da, insgesamt elf Mädchen. Einige sitzen auf Marlys Bett, andere stehen an der Wand aufgereiht, der Rest sitzt im Schneidersitz auf dem Boden. Einige haben skeptisch die Augen zusammengekniffen, andere sehen ängstlich aus. Alles in allem strahlen sie viel zu viele Gefühle aus; Riel kann nicht deutlich lesen, was jede von ihnen fühlt. Und das ist eigentlich in Ordnung. Riel weiß sowieso nicht, ob sie es so genau wissen möchte.

Drei von ihnen sind aus dem Krankenhaus: Elise, Ramona und Becca. Und schnell stellt sich heraus, dass sie alle einen von Ben Langs Folgetests gemacht haben. Zum Spaß (Ramona) oder für Geld (Becca). Elise dachte, es könnte ihr fürs College helfen – wie genau, weiß keiner. Die restlichen Mädchen sind Vielleicht-Outliers aus den Online-Tests. Alles in allem besteht die Gruppe aus sehr vielen Größen, Formen und Hautfarben. Sie haben verschiedene Klamottengeschmäcker und verschiedene Eigenarten: unerschrocken, ängstlich, albern. Manche sehen aus, als kämen sie aus reichen Familien; ein Mädchen ist fast obdachlos. Es ist beruhigend, wie unterschiedlich sie sind. Wenn sie nicht alle gleich sind, wird es schwieriger, sie einzugrenzen. Unmöglich, sie zu zerschlagen.

»Danke, dass ihr gekommen seid«, sagt Riel schließlich, als sie vor ihnen steht. »Wahrscheinlich wird euch manches von dem, was ich euch erzähle, ziemlich schräg vorkommen. Also hört mir zu, hört mir gut zu. Und dann fragt euch, ob ihr mir glaubt. Wenn ihr es immer noch für Blödsinn haltet: nichts für ungut, ehrlich. Ihr könnt jederzeit gehen. Wir wollen nur, dass ihr auf euer eigenes Gefühl hört. Bei allem. Deshalb sind wir hier.« Riel macht eine Pause und sieht sich im Raum um. »Ich möchte, dass euch klar wird, wie lange ihr eure wahren Gefühle ignoriert habt. Wie viel Energie ihr damit verschwendet habt, auf eine Welt zu hören, die euch schon sagt, dass ihr falschliegt, noch bevor ihr den Mund aufmacht. Stattdessen müsst ihr es für euch nutzen – was ihr fühlt, was euch wichtig ist. Nehmt eure eigene Wahrheit an. Wenn euer Gefühl euch jetzt also sagt, ihr sollt gehen, dann geht. Mir ist am wichtigsten, dass ihr eurem Instinkt folgt und aus dieser Tür hinausgeht.«

Danach lässt Riel zu, dass sich die Stille lang und unangenehm dehnt. Aber niemand rührt sich. Keinen Zentimeter. Kein einziges Mädchen.

»Also gut«, spricht Riel weiter, als klar ist, dass niemand gehen wird. »Willkommen. Ihr seid alle Outliers, wenigstens sind wir uns da ziemlich sicher. Und jetzt reden wir darüber, was zum Geier das bedeutet.«

Jetzt geht Riel in die Details. Sie bemüht sich, so gut wie möglich Dr. Langs Forschung zu erklären und auch, was »lesen« ist. Mehr als einmal sagt sie, dass Wylie die wissenschaftlichen Aspekte viel besser erklären könnte, wenn sie hier wäre. Riel gibt ihr Bestes und konzentriert sich auf die Grundlagen: Es gibt eine Studie, die beweist, dass es Outliers gibt, es gibt einen guten Grund zur Annahme, dass die Mädchen im Raum dazugehören und dass sie daher ihre Fähigkeiten und ihre Besonderheiten haben. Außerdem macht sie das zu einer Zielscheibe.

Vielleicht.

»Wo ist Wylie überhaupt?«, fragt das Mädchen namens Ramona.

»Sie war im Gefängnis. Sie dachten, sie hätte im Krankenhaus irgendein Feuer gelegt«, erklärt Riel. »Sie ist gerade erst auf Kaution freigekommen. Wo sie im Moment steckt, weiß ich nicht.«

»Oh.« Ramona überschwemmt eindeutig eine Welle aus Schuldgefühlen.

»Warum?«, fragt Riel. »Was ist los?«

Ramona sieht sich nach den anderen Mädchen um, aber sie starren sie nur ausdruckslos an. Sie spüren Ramonas

Schuldgefühle auch. In einem Raum voller Outliers ist nichts geheim.

»Spar dir die Mühe und lüg uns nicht an«, sagt Riel, bevor Ramona antwortet. Sie ist erleichtert über das Beispiel. »Und das gilt für euch alle. Ihr könnt andere Outliers nicht anlügen. Ihr könnt einander alle lesen. Wenn ihr hierbleibt, bringe ich euch bei, wie man blockt – was, um ehrlich zu sein, wahrscheinlich das Wichtigste überhaupt ist –, dann könnt ihr manches für euch behalten. Aber wenn jemand blockt, wisst ihr, dass diejenige vermutlich etwas verbirgt. Wer weiß, vielleicht finden wir eine andere, bessere Möglichkeit zu blocken, die nicht auffällt. Das würde auf jeden Fall helfen.« Riel wendet sich wieder an Ramona. »Du fühlst dich jedenfalls total schuldig wegen Wylie. Du kannst auch einfach gleich ausspucken, warum.«

Ramona senkt den Blick, jetzt eher traurig als schuldig. »Ich habe der Polizei erzählt, dass vielleicht Wylie das Feuer gelegt hat«, beginnt sie, dann blickt sie mit großen, verzweifelten Augen auf. »Ich meine, Wylie wollte uns im Krankenhaus nichts erklären, und dann passierten diese ganzen komischen Sachen, irgendwas mit einer Puppe und so. Sie rannte einem Typen hinterher und hat ihn mehr oder weniger umgeworfen. Sie war völlig chaotisch. Ich war mir nicht sicher, was das Feuer anging, aber wegen irgendwas hat sie auf jeden Fall gelogen.«

»Das hat sie wirklich«, erwidert Riel. »Damit hattest du recht. Du hast dich nur beim Grund total geirrt. Nächstes Mal könntest du dich vielleicht erst mal ein bisschen informieren, bevor du jemanden ans Messer lieferst.«

Ramona möchte am liebsten im Erdboden versinken, und Riel kommt sich vor wie ein Arsch. Sie ist die Letzte, die sich moralisch aufs hohe Ross setzen sollte.

»Na ja, jeder macht mal Fehler«, fährt Riel freundlicher fort – so freundlich sie kann. Dann lässt sie den Blick wieder über die Mädchen schweifen. »Aber von jetzt an unterstützen wir uns gegenseitig. Wir haben in dieser beschissenen Lage nur noch uns.«

Jasper

Als Jasper Lethes Fahrrad in der Werkstatt abgab, war es schon fast drei Uhr nachmittags. Sie sagten ihm, es werde nicht vor vier Uhr fertig sein, also hat er jetzt eine gefährlich lange Stunde totzuschlagen. Gefährlich vor allem, weil die einzige Werkstatt, die er kennt, in der Nähe von Wylies Haus liegt. Also fährt er jetzt noch näher heran, ist nur noch ein paar Straßen entfernt.

Er möchte nur noch mal einen letzten Blick auf Wylies Haus werfen, bevor er ganz mit ihr und dem, was zwischen ihnen beiden war, abschließt. Ein Abschluss, mehr nicht, das redet er sich ein, als er in ihre Straße einbiegt. Ihm ist sogar egal, ob er Wylie wirklich sieht. Es geht nur darum, ihr Haus zu sehen, um sich endgültig zu verabschieden.

Nur schade, dass sich Jasper seine jämmerliche Lüge nicht mal selbst glaubt, als er ihr Haus vor sich sieht.

Ihm entgeht auch nicht, dass er schon angefangen hat, alles kaputt zu machen, wie es seine Mom befürchtet hat – angefangen damit, dass er am Abend vorher die Teambesprechung verpasst hat.

»Mann, wo warst du?«, hat ihn Chance gefragt, als er um halb zwölf endlich vom Laufen zurückkam. »Der Coach war echt sauer.«

»Mist«, hat Jasper geantwortet und mit geschlossenen Augen den Kopf hängen lassen. Nachdem er extra dafür zurückgekommen war, hatte er Wylies Brief bekommen und es komplett vergessen. »Was hat er gesagt?«

»›Wo verdammt noch mal ist Jasper?‹ Das hat er gesagt. Ich habe gelogen und ihm was davon erzählt, deine Mom sei krank«, sagte Chance selbstzufrieden. »Danach sah es aus, als würde er es gut sein lassen, aber du brauchst vielleicht einen Beweis oder so was, dass sie krank war. Außerdem würde ich das nicht noch mal machen.«

»Danke, Mann. Ehrlich«, sagte Jasper.

Und er ist immer noch dankbar. Der Coach hat am Morgen beim Training eine Krankmeldung erwähnt, aber erst, nachdem er ihn eine zusätzliche Stunde gedrillt und dann die Umkleide putzen lassen hat. Hoffentlich kann er seine Mom dazu überreden, eine zu besorgen. Schließlich arbeitet sie im Krankenhaus. Natürlich muss er sich eine gute Erklärung ausdenken, warum er die Besprechung verpasst hat; eine, die nichts mit Wylie zu tun hat.

Nur dass ihm jetzt, wo er eine Querstraße von Wylies Haus entfernt in seinem Jeep sitzt, nicht besonders viel einfallen will. Jasper sieht keine Lebenszeichen in Wylies Haus. Als wäre es nach Mitternacht und nicht kurz nach drei am Nachmittag.

Okay, das war's. Niemand da, nichts mehr zu sagen.

Jasper will gerade am Haus vorbeirollen, als ihm die Haustür auffällt. Sie steht sperrangelweit offen, genau wie damals, als Wylie in diesem seltsamen Krankenhaus war und irgendwer das Haus verwüstet hat. Zumindest *das* muss er checken.

Er parkt ein Stück weiter auf der anderen Straßenseite, ungesehen zwischen zwei Autos. Dann beobachtet er das Haus eine Weile durch den Rückspiegel. Nichts. Nur die Tür steht eigenartig offen. Gerade überlegt er, ob er einfach aussteigen und die Haustür wenigstens schließen sollte, da erscheint ein Hüne mit einem Aktenkarton auf der Schwelle. Auf der Treppe bleibt er kurz stehen, schaut nach rechts und links, bevor er mit dem Karton zum Straßenrand geht. Dort wartet er, ein weißer Kastenwagen fährt heran und hält vor ihm. Er stellt den Karton hinten hinein und klettert auf den Beifahrersitz, als der Van auch schon weiterfährt.

Ach du Scheiße. Wer war das denn? *Was* war das? Höllisch verdächtig, *das* war es. Jasper folgt dem Kastenwagen, bevor er überhaupt darüber nachgedacht hat.

Vielleicht hofft ein Teil von ihm, wenn er diesem möglicherweise gefährlichen Hünen folgt, der nichts Gutes im Schilde führt, könnte er Wylie zurückgewinnen? Auf jeden Fall. Aber er weiß auch, dass das dumm ist. Nur schade, dass ihn das nicht abhalten wird.

Der Typ – oder wer auch immer den Kerl abgeholt hat – fährt lange, fast eine Stunde, darauf war Jasper nicht gefasst. Bald haben sie Newton und auch jedes Zeichen von Zivilisation hinter sich gelassen. Um sie herum gibt es nur noch Bäume und noch mehr Bäume.

Irgendwann biegt der Van von der Hauptstraße auf eine lange, unbefestigte Auffahrt ab, die zwischen den Bäumen verschwindet. Jasper fährt an der Einfahrt vorbei und parkt seinen Jeep außer Sichtweite. Jetzt kann er nur zu Fuß zurückgehen.

Er ist nicht ganz hundert Meter auf dem Weg voller Schlaglöcher entlanggegangen, als er schließlich in der Ferne zwischen den Bäumen zwei Lagerhäuser ausmachen kann. Sie sind lang und beige, eins hinter dem anderen. Aber hier draußen im Wald ist es so still und völlig ausgestorben. Das ist ein echt seltsamer Ort für Lagerhäuser, zumindest für solche, in denen irgendetwas Gutes vor sich geht.

Jasper geht vorsichtig weiter, bleibt am Rand des Wegs, versichert sich die ganze Zeit selbst, dass er, wenn nötig, jederzeit umdrehen, zwischen den Bäumen verschwinden kann. Noch sind die Lagerhäuser und das, was sich in dem Kastenwagen befindet, ein gutes Stück entfernt.

Als er schließlich Stimmen hört, bleibt er stehen. Nein, es sind keine *Stimmen*. Es ist *eine* Stimme. Die eines Mannes. Und er ist sich ziemlich sicher, dass er sie kennt – es ist einer der Agenten, die ihnen zu dem Haus in Cape Cod gefolgt sind. Das Gesicht des Typen hat er nie gesehen. Aber er wird die Stimme an der Haustür von Riels Großvater nie vergessen. Er hatte sie gehört, während er, Leo und Wylie sich im Arbeitszimmer versteckten. »Klute«, hatte Wylie hinterher gesagt. Anscheinend war er auch schon bei ihr zu Hause gewesen.

Als sich Jasper jetzt vorbeugt, kann er ihn sehen: Klute geht in dem Durchgang zwischen den Lagerhäusern auf und ab und telefoniert.

»Ja«, hört er ihn sagen. »Ich kümmere mich gerade darum.« Schweigen, während er seinem Gesprächspartner am anderen Ende zuhört. »Ja, da, wo wir besprochen haben. Werde ich. Ich bestätige, bevor ich gehe.«

Klute legt auf und verschwindet wieder aus Jaspers Sichtfeld. Einen Moment später riecht es leicht nach Rauch. Und dann ist Klute wieder da und geht ruhig zurück zum Van. Der Fahrer hat nicht einmal die Tür geöffnet. Jasper duckt sich ins Unterholz, als der Van zurückkommt.

Als er vorbeigefahren und nicht mehr zu sehen ist, hat sich der Rauchgeruch verstärkt. Er weckt Erinnerungen an Cassie und Schuldgefühle in Jasper. Während er schnell weitergeht, um nachzusehen, was da brennt, wird ihm übel.

Sobald er am ersten Gebäude vorbei ist, sieht er, was

es ist: Es hat die Größe des Pappkartons. Und als Jasper dicht genug heran ist, kann er es eindeutig erkennen. Die Schachtel ist kaum noch mehr als ein Haufen rauchender, schwarzer Asche. Was zum Geier wollte Klute da verbrennen und warum? Wenn er es aus Wylies Haus hat, kann das alles nichts Gutes bedeuten. Das muss Jasper Wylie wirklich sagen – sofort.

Bevor er sich zum Gehen wendet, späht er durch die Fenster des hinteren Lagerhauses. Es besitzt einen langen Mittelgang, an dem auf beiden Seiten Dutzende von kleinen Räumen liegen. Es sieht aus wie halb Büro, halb Gefängnis. Falls hier jemand arbeitet, ist es bestimmt ein Scheißjob. Aber nichts in diesem Lagerhaus sagt Jasper, warum zum Henker Klute so weit hier herausgefahren ist. Oder was er verbrannt hat.

Aber Brief oder nicht Brief – Jasper muss es Wylie erzählen. Sobald er sie findet.

Jasper fährt wieder bei Wylie vorbei, aber von ihr ist nichts zu sehen. Als er zum Campus zurückkommt, ist er so auf den Agenten und den Karton fixiert – und wie er es Wylie sagen soll –, dass er nicht mal bemerkt, dass er Lethes Fahrrad die Treppe hinaufgetragen hat, statt es vor seinem Wohnheim am Fahrradständer anzuschließen.

»Verdammt«, murmelt er oben an der Treppe. Er starrt immer noch das Fahrrad an, während er durch die Tür zum Flur tritt und fast mit Chance zusammenstößt.

»Mann!«, ruft Chance und springt zur Seite, bevor ihm Lethes Rad ans Schienbein knallt. Oben an der Treppe dreht er sich noch mal mit zusammengekniffenen Augen zu Jasper um. »Alter, du siehst scheiße aus. Alles klar?«

Nein, nichts ist klar. Und Jasper würde Chance gern alles

darüber erzählen. Aber wo anfangen? Er hat Chance noch nicht einmal von Wylie erzählt. Er wollte die Sache mit dem Gefängnis nicht erklären müssen; nicht, weil er sich schämte – das auf keinen Fall. Sondern weil es niemanden außer Wylie etwas angeht.

»Ja, alles cool«, sagt Jasper.

»Du hast gerade ein Mädchen verpasst.« Chance ist schon halb die Treppe hinunter. Er bleibt stehen und dreht sich noch mal um. »Sie kam vorbei und hat nach dir gesucht.«

»Was für ein Mädchen?«, fragt Jasper.

»Süß, wilder Blick. Ihren Namen hat sie mir nicht genannt. Ich habe ihr gesagt, ich sehe dich vielleicht nicht – ich habe ein heißes Date.« Er zwinkert. »Ich habe nicht vor, so bald wieder nach Hause zu kommen. Jedenfalls hat sie dir einen Zettel dagelassen. Und Kekse. Du hast Glück, dass ich gerade auf dem Weg nach draußen war, als sie hier war, sonst wären sie jetzt weg. Heb ein paar für mich auf. Du schuldest mir immer noch was.«

In seinem Zimmer stellt Jasper Lethes Fahrrad ab. Tatsächlich steht auf seinem Schreibtisch ein Pappteller mit einem Haufen Schokokeksen unter Klarsichtfolie. Noch während er auf den Zettel (nicht in Wylies Handschrift) starrt, den jemand drangeklebt hat, hofft er irrsinnigerweise immer noch, er könnte von ihr sein.

Lieber Jasper,
vielen Dank, dass Du mein Rad reparieren lässt.
Tut mir leid, dass ich vorhin so blöd war. War ein doofer Tag.
Xo,
Lethe

Nein, eindeutig nicht von Wylie. Aber das ist nett von Lethe. Und für einen ganz kurzen Augenblick ertappt er sich bei dem Gedanken: Vielleicht ist sie … Aber er reißt sich zusammen. Er zieht Lethe nur in Betracht, weil sie da ist. Verfügbar. Das ist eigentlich kein Grund, jemanden zu mögen.

Jasper holt tief Luft, löst die Plastikfolie und nimmt einen Keks vom Teller. Er beißt ein großes Stück davon ab und lässt sich auf seinen Schreibtischstuhl plumpsen.

Ach, was soll's. Wenigstens weiß er, dass er Probleme hat, oder? Und es ist ja nicht so, als würde er sofort losrennen und Lethe suchen, nur weil er sich ihretwegen eine Sekunde lang gut gefühlt hat. Vielleicht ist das ein kleiner Fortschritt, aber immerhin ist es einer.

Jasper steckt sich den restlichen Keks in den Mund und schließt die Augen. Jetzt ist er tierisch müde; ständig vor der Wahrheit davonzulaufen, hat ihn fertiggemacht. Es ist erst halb sechs, aber vielleicht sollte er einfach schlafen gehen, um fürs Morgentraining besonders ausgeruht zu sein. Da wird er nämlich auf jeden Fall Leistung bringen müssen. Und bei dem danach. Damit der Coach vergisst, dass er sauer auf ihn ist. Und morgen sieht vielleicht sowieso alles wieder ganz anders aus.

Jasper steht auf, um zum Bett zu gehen, aber zu schnell. Ihm wird schwindlig, und er verliert das Gleichgewicht. Der Raum dreht sich. Außerdem ist ihm kotzübel. Er streckt die Hand aus, um sich festzuhalten, greift aber in die Luft. Der Boden rutscht zur Seite. Dann sieht er nur noch die Decke. Sie bewegt sich.

Streng vertraulich

An: Senator David Russo, Komitee der Streitkräfte im Senat
Von: Abteilung Abwehrdienst, Immobilienabteilung
Betreff: Mietfortsetzung
5. Mai

Die Verlängerung Ihres Mietverhältnisses für die Immobilien 2642 in Massachusetts, 1754 in Arizona und 1619 in Washington, D.C., wurde bewilligt. Bitte reichen Sie die näheren Angaben für die Kostenplanung und die Ausschreibung für die jeweilige Innenausstattung so bald wie möglich ein.
Das Projekt hat die Sicherheitsstufe 1; es gelten die damit verbundenen Geheimhaltungsregelungen. Dies ist der letzte Informationsaustausch zu diesem Thema. Alle weiteren Unterlagen bezüglich der Nutzung dieser Immobilien werden allein durch Ihr Büro bearbeitet.

Wylie

Als wir schließlich Elizabeths Karten folgen und Boston in Richtung Framingham verlassen, ist es halb sechs Uhr abends. Oshiro bleibt dicht hinter uns. Wir haben uns darauf geeinigt, Gideons Handy loszuwerden, sobald wir aus dem Stadtgebiet von Boston heraus sind. Es wird nicht leicht, uns so völlig von allem abzuschneiden. Die E-Mails meiner Mom haben uns bisher nicht viel gesagt. Aber wer sagt, dass Rachel nicht vielleicht noch mehr schickt? Und die nächste könnte vielleicht endlich wichtig sein. Trotzdem ist es ein zu hohes Risiko, das Handy zu behalten. Es ist eine Sache, wenn uns jemand in Newton hin und her gefolgt ist. Aber jetzt darf uns niemand verfolgen.

Oshiro hat uns darum gebeten, erst am Ende dieses unendlichen Tags nach Framingham zu fahren. Er müsse zur Arbeit, sagte er. Wenn er nicht auftauche, könne das Verdacht erregen. Aber ich glaube, er hatte vor allem die Hoffnung, irgendetwas über Dad herauszufinden, damit wir überhaupt nicht hinfahren müssen. Anscheinend wurde daraus nichts. Wir hätten uns den Tag damit vertrieben, selbst herumzugraben, aber Oshiros Bedingung für seine Hilfe war, dass wir das lassen.

Also haben Gideon und ich den langen Tag einfach totgeschlagen, so gut es ging. Das hieß, wir waren im Kino in der Innenstadt – eine Doppelvorstellung mit alten Martial-

Arts-Filmen. Das war Gideons Beschluss – nicht dass es eine große Auswahl gegeben hätte.

»Halt da drüben an.« Ich zeige auf eine Tankstelle hinter einer kurzen Ausfahrt an einem belebten Teil des Highways.

Gideon tut mir den Gefallen und achtet darauf, dass Oshiro genug Zeit hat, uns zu folgen. Ich lehne schon aus der Wagentür und will gerade eilig das Handy wegwerfen, als ich eine Nachricht von Rachel bemerke.

Wo ist Wylie? Will hoffen, dass sie Newton nicht verlassen hat. Das verletzt ihre Kautionsvorschriften.

Hat sie nicht, ich schwöre, tippe ich zurück. Einen Moment lang zu tun, als wäre ich jemand anderes, ist irgendwie erleichternd.

Komm nach Hause, Gideon. SOFORT. Eure Mom wird bald hier sein. Dann braucht sie Wylies Hilfe. Sie hat auch noch eine Mail geschickt.

Es gibt einen Anhang, den ich eilig antippe und lese:

An: Wylie
Von: Schwimmlehrerin
Betreff: 2. Juli

Liebe Wylie,
bin auf dem Rückweg von Kalifornien. Ich kann es kaum erwarten, Dich zu sehen. Dr. Oduwole sagt, sie hätte Dad gesagt, die Outliers seien jetzt vielleicht nur deshalb sichtbarer geworden, weil wir seit relativ kurzer Zeit auf Technik zurückgreifen. Sie glaubt, das hat unsere Gehirnstruktur verändert, um genau zu sein: unsere grauen Zellen reduziert. Aber da ist noch was, Wylie. Sie hat das alles Dad gesagt. Er wusste es. Aber sie sagt, er wollte es geheim halten. Es ist

wirklich seltsam. Dr. Oduwole sagte, ihr sei dabei nicht wohl gewesen. Sie und Dad hatten deswegen großen Streit. Sie hatte den Verdacht, er könnte nebenher noch mit jemand anderem zusammenarbeiten und dass er vielleicht die Studie verkauft.
Ich sage nicht, dass Dad etwas falsch gemacht hat, aber Dr. Oduwole macht sich Sorgen. Und ich auch.
Ich hab Dich lieb,
Mom

Ich spüre eine Welle der Wut, gefolgt von einem schuldbewussten Stich im Bauch. Beschuldigt sie wirklich *Dad*? Und das nur, weil es irgendeine Ärztin gesagt hat? Mir ist egal, ob Dr. Oduwole mit Dad zusammengearbeitet hat oder nicht. Wir kennen sie nicht mal. Und Mom sollte eigentlich überhaupt nicht da draußen sein und Antworten suchen. Natürlich habe ich gut reden, während ich hier mit Gideon auf dem Weg in wer weiß was für eine Geschichte an dieser verlassenen Tankstelle sitze.

Okay. Bin bald wieder da, tippe ich als Antwort an Rachel.

GIDEON, ICH MEINE ES ERNST!! SOFORT!

Ich schalte das Handy aus.

»Rachel?«, fragt Gideon.

Ich nicke.

»Sie ist bestimmt sauer.«

»Yup«, sage ich und bin eigenartig zufrieden. Wie eine Zweijährige will ich einfach jemanden ärgern.

Mit einer Sicherheitsnadel hole ich die SIM-Karte aus seinem Handy, den Trick habe ich von Riel gelernt. Als ich sie schließlich raushabe, öffne ich die Tür wieder und werfe das Handy weg. Es landet laut klappernd am Boden einer leeren Mülltonne. Mit dem Geräusch erwacht fürchterliche Reue. Als würde ich mich komplett bei etwas irren. Ich weiß nur noch nicht, wobei.

Gideon und ich fahren noch eine halbe Stunde weiter, bis wir schließlich den Punkt auf der Karte von Elizabeth erreichen: die *American Legion Hall*, Framingham, Massachusetts. Von hier aus kam der letzte Anruf von dem Handy. Es ist ein kleines Backsteingebäude mit einem weißen Giebeldach vorn, wodurch es irgendwie aus dem Lot geraten aussieht. Oder vielleicht komme auch nur ich mir so vor. Ich gebe mir große Mühe, möglichst wenig zu fühlen. Denn wir haben keine Wahl – wir müssen das durchziehen.

Gideon stellt sich auf einen Parkplatz in der Nähe der Eingangstür. Oshiro parkt ein Stück weiter hinten im Schatten. Bevor wir losfuhren, haben wir ausgemacht, dass Oshiro draußen warten und unsichtbar bleiben würde. Er wird trotzdem nah genug sein, um es zu merken, wenn wir in Schwierigkeiten geraten oder nicht wieder rauskommen. Wir haben eine Viertelstunde, dann wird er uns folgen.

»Bist du dir sicher, dass du das immer noch machen willst?«, fragt Gideon, als ich die Hand nach dem Türgriff ausstrecke. Er fürchtet sich, das kann ich fühlen. Nein, es ist schlimmer als Furcht. Es ist Angst.

Ich lächle gezwungen. »Definiere ›wollen‹.«

»Ich meine es ernst.« Gideon macht eine Geste zu dem halb vollen, sehr dunklen Parkplatz. »Da drin sind eindeutig Leute. Ziemlich viele. Wir haben keine Ahnung, wer und warum. Es könnte eine Falle sein.«

»Ich weiß. Und ich weiß, die Person am Telefon weiß vielleicht überhaupt nichts über Dad. Womöglich will sie nur Geld von uns oder so was. Aber es ist unsere einzige

Spur.« Ich sehe wieder zu dem Gemeindezentrum hinüber und fühle keinen Anflug von Zweifel darüber, dass ich da reinmuss. »Wir sind auf der richtigen Spur. Und ich glaube, wir müssen weitergehen, wenn wir Dad finden wollen. Er braucht Hilfe.« Ich drehe mich wieder zu Gideon um. »Aber das sind alles nur ›Gefühle‹. Das sind keine konkreten Daten oder so. Das solltest du wissen, bevor du mitkommst.«

Während mich Gideon eindringlich anschaut, fühle ich den genauen Moment, in dem er ein bisschen ruhiger wird. Den Augenblick, in dem er beschließt, an mich zu glauben.

»Also gut«, sagt er und öffnet die Wagentür. »Das reicht mir.«

Wir betreten die wie ausgestorben daliegende Vorhalle. Die Wände bestehen aus dunklem Stein, der Boden aus geschliffenen Ziegeln, an einer Wand hängt eine lange Reihe Flaggen. Hier drin ist es kühl und ein bisschen klamm, wie in einem Keller. Auf ein paar Tischen stapeln sich alle möglichen Broschüren: Unterstützung bei Todesfällen, Dienstleistungen für Kriegsveteranen, Computerkurse für Ältere, Angebote fürs Rasenmähen und Hundeausführen – alles ohne erkennbaren Zusammenhang.

An der Wand gegenüber befindet sich eine geschlossene Doppeltür. Auf einem handgeschriebenen Schild steht: *Treffen 18 Uhr*. Hinter der Tür hören wir Stimmen, Gelächter, Gesprächsfetzen.

Gideon nickt, und ich öffne die Tür, mache mich auf Leute vom Militär gefasst – es ist schließlich eine *Legion Hall*. Soldaten, die hinterlistig sind wie Kendall, oder Riesen wie Agent Klute. Doch als mein Blick die Szene scharfstellt – alte Leute, junge Leute, mittelalte, rund und dünn, groß und klein –, hat es nur etwas von dem freundlichen Stimmengewirr kurz vor einer Gemeindeversammlung. Nein, vielleicht von einem Treffen der Anonymen Alkoholiker. Dabei denke ich an Cassies Dad, und meine Gedanken stocken. Es war so schrecklich, Vince auf Cassies Beerdigung zu sehen. Er war wegen Cassie so traurig und so wütend auf mich. Aber kann ich ihm einen Vorwurf machen? Nach dem, was Cassie passiert ist, mache ich mir immer noch selbst ein bisschen Vorwürfe.

Und wenn ich an Cassie denke, vermisse ich natürlich Jasper wieder. Dieser blöde Brief.

Erneut sehe ich mich zwischen den verschiedenen Gesichtern um. Sie lächeln, plaudern, begrüßen sich in kleinen Gruppen; keiner von ihnen scheint überhaupt bemerkt zu haben, dass wir hereingekommen sind. Es sind normale Kleinstadtmenschen, sie sehen nett aus, gastfreundlich. Stühle sind mit Blickrichtung auf ein leeres Podium an der Stirnseite aufgereiht; ein paar Leute sitzen schon. Auf der anderen Seite gibt es einen Tisch mit ein paar traurigen gekauften Keksen auf einem Pappteller neben Styroporbechern und zwei Packungen Orangensaft.

»Setzen wir uns«, sagt Gideon mit zusammengebissenen Zähnen. »Keine Ahnung, was das hier ist, aber es fängt gleich an.«

Er hat recht. Die Leute setzen sich alle langsam hin. Als wir schließlich alle sitzen und es ruhig geworden ist, fühle ich, wie meine Aufmerksamkeit nach links gezogen wird. Da drüben sitzen zwei Teenagermädchen: süße Tops, flache Riemchensandalen. Hübsch, aber nicht übertrieben. Sie stechen nur für mich heraus, denn als ich sie ansehe, habe ich das Gefühl, ich übersehe etwas Wichtiges. Das Wichtigste.

»Hallo, alle miteinander!«, ruft ein Mann von vorn. Er

hat gut frisierte, grau melierte Haare, trägt ein schickes weißes Leinenhemd und eine teure Uhr. Viel edler als der größte Teil des Publikums. »Wie immer freuen wir uns sehr, dass ihr da seid. Wie die meisten von euch wissen, bin ich Bruder John. Und nein, ich bin nicht wieder da. Ich helfe heute Abend nur aus. Hoffentlich kann ich die Fackel noch ein paar Tage weitertragen. Ich weiß, wie beliebt die Treffen hier geworden sind, seit ich vor ein paar Monaten meinen Abschied genommen habe. Aber das nehme ich nicht persönlich, keine Sorge.«

Strahlend sieht er sich im Raum um. Echte Freude – die fühlt er. Trotz all der Leute im Raum und obwohl er so weit weg ist, strahlt sie von ihm ab wie ein Scheinwerfer. Während sein Blick in unsere Richtung schwenkt, wappne ich mich. Ich erwarte, dass sein Blick hängen bleibt, wenn er uns nicht erkennt. Aber er bewegt sich einfach weiter, ruhig, gelassen. Einladend.

»Heute Abend möchte ich gern mit etwas von Sir Isaac Newton beginnen: ›Die Schwerkraft erklärt die Bewegung der Planeten, aber sie kann nicht erklären, wer die Planeten in Bewegung gesetzt hat.‹ Dieses Zitat ist meiner Meinung nach für unsere Mission besonders relevant. Denn Wissenschaft und Spiritualität können natürlich nicht nur einfach friedlich nebeneinander existieren, nein, sie können einander bereichern. Das war immer unser Ziel.«

Er spricht weiter. Über Glauben und Beweise, Überzeugungen und Fakten. Und er ist ein guter Redner, mit einer schönen, beruhigenden Stimme. Und es hören auch alle wirklich aufmerksam zu. Dieses Treffen ist zwar auf jeden Fall irgendwie spirituell, aber keine offizielle Religion. Zumindest keine traditionelle. Aber ganz bestimmt eine freundliche. Die Freundlichkeit im Raum nimmt zu, je mehr er redet. Ich habe noch nie Leute in einem Raum so gelesen: alle mit einer einzigen positiven Emotion. Es ist überwältigend, aber auf die bestmögliche Art.

Bald treibe ich auf ihr wie in einem warmen Pool. Schwerelos und frei; der Raum verschwindet. Eine lange Minute, dann zwei.

Da werde ich mit einem Ruck geweckt. Als ich mich umschaue, haben alle die Köpfe geneigt und die Augen geschlossen. Stille.

»Zum Licht«, sagt Bruder John.

»Zum Licht«, wiederholen alle anderen.

Und plötzlich ist der Zauber gebrochen. Das wilde Durcheinander von Emotionen der Leute flutet heran – Kinder, Stress, Arbeit, *Ich habe Hunger*, *Mir ist kalt.* Bruder John winkt mit den ausgestreckten Armen wie ein Engel. Langsam stehen die Leute auf und haben sich bald im Raum verteilt.

»Ist das alles?«, flüstere ich. »Ist es schon vorbei?«

»›Schon‹?«, fragt Gideon. »Ich dachte, das endet nie!«

»Oh, ich wurde wohl abgelenkt.«

»Es gibt aber Kekse«, sagt Gideon. Als ich verwirrt dreinblicke, zieht er die Augenbrauen hoch. »Das hat er gesagt: ›Wir sind fertig, aber bleibt doch gern noch und nehmt euch einen Keks.‹ Von dem Saft hat er nichts gesagt, nur von den Keksen, und das macht das Ganze, wenn du mich fragst, nur noch zwielichtiger. Ich meine, er hätte auch sagen können: ›Kommt auf die dunkle Seite, wir haben Kekse.‹«

Ich stehe auf, weil alle anderen schon stehen. »Möchtest du einen Keks?«, frage ich.

»Ähm, nein, ich möchte keinen Keks«, sagt Gideon, als hätte ich jetzt völlig den Verstand verloren. »Wer weiß, was da drin ist.«

»Wieso drin?«, frage ich. Ich kann ihm einfach nicht folgen. Irgendwie fühle ich mich so benommen.

»Wylie, was ist los? Du wirkst weggetreten.«

»Wie lange hat er genau geredet?«

»Vielleicht eine halbe Stunde«, sagt Gideon. »Und die ganze Zeit hat er sich um dieselbe Idee gedreht, dieses Ding mit der Wissenschaft und der Religion als Einheit. Was, um ehrlich zu sein, langsam so klang, als würde er den Teil mit der Wissenschaft eigentlich ausblenden. Aber von mir aus, jeder so, wie er meint. Alle anderen fanden es anscheinend total toll.«

»In Menschenmengen kann ich normalerweise nichts lesen«, sage ich. »Aber das hier war wie ein einzelner Aufschrei. Es war« – meine Stimme stockt – »etwas Riesengroßes.«

»Bist du sicher, dass du nicht schon einen Keks gegessen hast?« Gideon sieht mich mit schmalen Augen an. Es soll ein Witz sein. Irgendwie. »Pass auf, ich will hier raus, und wir sind schon ewig über unser Zeitlimit mit Oshiro. So viel zum Thema, dass er nach uns sieht. Willst du noch versuchen, was über Dads Handy rauszufinden, bevor er wirklich reinkommt?«

Gideon hat recht. Ich muss mich konzentrieren. »Wir sollten zuerst mit den Mädchen da drüben reden«, sage ich und zeige auf die beiden, die vorhin meine Aufmerksamkeit geweckt haben.

»Okay, du gehst voraus.« Gideon ist erleichtert. Eigentlich will er nur so schnell wie möglich hier weg.

Die Mädchen sitzen nebeneinander über ein Handy gebeugt am anderen Ende des Raums. Eine hat hüftlange, ganz glatte blonde Haare und sehr weiße Haut, die andere hat kurze hellbraune Locken und Sommersprossen. Sie scheinen über ein Halbnackt-Selfie von jemandem auf Snapchat zu debattieren.

»Sie hätte es aber auch photoshoppen können«, sagt die Blonde. »Ich sage ja nur, es wäre möglich.«

»Ich glaube nicht«, widerspricht das Mädchen mit den Locken. »Niemand ist so gut mit Photoshop.«

Aus der Nähe kann ich fühlen, dass diese Mädchen nichts von der träumerischen Reinheit der restlichen Gruppe haben. Von außen sind sie härter und darunter roh und heiß. Wie Fels über einem geschmolzenen Lavakern. Eindeutig keine wahren Gläubigen.

»Oh«, sagt das lockenhaarige Mädchen schließlich und blinzelt zu mir herauf.

Es ist kein Hallo – eindeutig nicht –, aber es signalisiert, dass ich dran bin mit Reden.

»Hi«, fange ich an, doch dann wollen keine Worte mehr herauskommen. Plötzlich kommt es mir vor, als stünde zu viel auf dem Spiel. Diese Mädchen haben uns etwas so Wichtiges zu erzählen. Zu wichtig, um es zu vermasseln. Deshalb kann ich nur starren, sonst nichts.

»Hey«, sagt Gideon schließlich, um die Leere zu füllen. Er hebt lächelnd die Hand. »Ich bin, ähm, Gideon.«

Die Mädchen lächeln durchtrieben und beugen die langen Körper wie zwei Vögel bei der Gefiederpflege. Und da, zum ersten Mal *überhaupt*, bemerke ich, wie gut aussehend Gideon ist.

»Ich bin Grace«, sagt das Mädchen mit den blonden Haaren und kauert sich nach vorn, als wollte sie sich zierlicher machen.

»Jennifer«, sagt die andere, und dann wechseln die beiden Mädchen einen Blick. Ich fühle, wie sie innerlich kichern. *Er ist so süß.*

»Könnt ihr uns sagen, was das hier ist?« Gideon umschließt den Raum mit einer Handbewegung und schafft es dabei ganz gut, neugierig und vielleicht ein bisschen besorgt zu wirken, aber ohne Vorurteile.

»Ist das ein Treffen der Anonymen Alkoholiker?«, frage ich. Meine Stimme klingt so scharf. Ich wünsche mir, ich hätte nichts gesagt.

»Ein AA-Treffen?« Jennifer zieht ein Gesicht, als wäre ich eine Idiotin.

»Die zusammengewürfelten Leute, der Saft«, sage ich, obwohl meine Beweise für die AA-Theorie jetzt dünn wirken.

»Ein AA-Treffen wäre *viel* interessanter«, sagt Grace sehnsüchtig mit Blick über die Menge der Leute, die immer noch herumwimmeln. Niemand scheint es eilig zu haben, wieder zu gehen.

»Aber ehrlich«, stimmt Jennifer zu, dann blickt sie zu mir auf. Nachdrücklicher, fast wie ein Vorwurf. »Warum kommt ihr auf ein Treffen, wenn ihr noch nicht mal wisst, worum es dabei geht?«

»Jemand hat uns von hier aus angerufen«, sage ich.

Wenigstens wird meine Stimme langsam wieder fester. Und ich habe absichtlich nicht erwähnt, dass der Anruf von dem verschwundenen, möglicherweise gestohlenen Handy unseres ebenfalls verschwundenen Dads gemacht wurde, denn sonst könnte es klingen, als würden wir nach jemandem suchen, der ein ernstes Verbrechen begangen hat. Dann kämen sie womöglich auf die Idee zu lügen.

»Während der Treffen telefoniert niemand«, sagt Grace ernsthaft. »Das ist eine Regel. Also …«

»Es war vor ein paar Tagen«, unterbreche ich sie. »Vielleicht war es nicht mal bei einem richtigen Treffen. Ich weiß nicht mehr genau, wann.«

»Na ja, hier treffen sich viele. Das ist eine Art Gemeindehalle, die sind für Gruppentreffen da, weißt du?« Jennifer verdreht die Augen. »Die Pfadfinderinnen und ihre Moms treffen sich auch hier.« Speziell zum Thema Pfadfinderinnen fühle ich, wie in Jennifer kurz die Eifersucht aufflackert. Als wünschte sie sich, sie hätte damals auch die Möglichkeit gehabt, eine zu werden.

»Oh«, sage ich verzagt. Meine Kehle fühlt sich eng an.

Jetzt, da wir auf eine Sackgasse zuschleudern, wird mir klar, dass ich zu große Hoffnungen hierauf gesetzt habe.

»Hast du einen Namen?«, fragt Grace.

»Einen Namen?« Ich möchte ihnen nicht sagen, wer ich bin.

Jennifer und Grace wechseln wieder einen Blick. »Ähm, von demjenigen, der dich *angerufen* hat?«, fragt Grace.

»Ach so, nein«, sage ich. »Ich kann mich nicht erinnern.«

»Ich gebe dir mal einen freundschaftlichen Rat«, sagt Jennifer. »Ich würde an deiner Stelle hier nicht so den Eindruck machen, als stünde ich neben mir. Wenn die Leute hier beschließen, dass du ›Hilfe‹ brauchst, zwingen sie dich, sie anzunehmen. Du hast Glück, dass der eigentliche Typ nicht hier ist. Der ist gnadenlos. Das sind keine schlechten Menschen, zumindest die meisten nicht. Eigentlich sind sie sogar ziemlich gute Menschen, so im Vergleich zu anderen. Aber sie halten nicht so viel von Grenzen.«

»Wer ist der eigentliche Typ?«, fragt Gideon.

»Wie Bruder John, aber auf Steroiden«, antwortet Jennifer und winkt ab. »Manchmal hat man fast das Gefühl, die Leute hier glauben nicht die Hälfte von dem Mist, den er verzapft. Sie finden nur die Gemeinschaft und das alles gut. Aber der Neue ist voll dabei.«

»Das stimmt«, ergänzt Grace ernst. »Wenn der erst mal

anfängt, hört er gar nicht mehr auf mit seinem ›Ich kann euch retten‹-Scheiß. Damit wird er manchmal richtig aufdringlich. Also, nicht sexuell aufdringlich. Er lässt nur nicht locker. Das ist eigentlich nur noch gruseliger. Aber ein paar von den Mädchen, die wir kennen, mögen ihn. Ich habe keine Ahnung, warum.«

»Was für Mädchen mögen ihn?«, fragt Jennifer Grace.

»Ich weiß nicht, Sophie-Ann zum Beispiel«, erwidert Grace plötzlich nervös. »Also vielleicht auch nur ein Mädchen. Aber sie hing mit ihm rum.«

Jennifer schießt einen Blick auf Grace ab. Irgendetwas ist mit dieser Sophie-Ann, daran besteht kein Zweifel. Ich muss mich auf sie konzentrieren, auch wenn das nicht der Name ist, den mir das Mädchen am Telefon genannt hat. Ich kann mir nicht vorstellen, dass sie ihren echten Namen benutzt hätte.

»Na ja, es war ein Mädchen, das uns angerufen hat. Vielleicht war es Sophie-Ann«, sage ich. »Wer auch immer das ist: Sie hat auch das Handy von unserem Dad.« Das kann ich nicht ewig auslassen.

»Das Handy von eurem Dad?«, fragt Grace neugierig. Jennifer dagegen sieht aus, als würde sie gleich aufstehen und gehen. »Sie hat es geklaut?«

»Um genau zu sein, sagte sie, sie hätte das Handy gefunden«, sage ich. »Aber wir müssen sie trotzdem unbedingt finden, denn wir brauchen das Handy meines Dads. Er ist verschwunden. Und wir sagen bestimmt nicht, dass Sophie-Ann oder wer auch immer das Handy hat, etwas damit zu tun hat. Wir wollen nur das Handy, mehr nicht. Vielleicht hilft es uns bei der Suche nach ihm.«

»Na ja, und *wir* haben schon gesagt, hierher kommen viele Mädchen.« Jennifers Stimme und ihre Gefühle sind eiskalt.

Ich denke kurz darüber nach – die Stimme war markant. Sie klingt immer noch in meinem Kopf nach.

»Warte, sie hatte einen krassen Bostoner Akzent«, versuche ich es, erleichtert, dass ich etwas Nützliches hinzuzufügen habe. Erstaunlich, dass mir das erst jetzt eingefallen ist. »So lang gezogen und so.«

Grace klatscht aufgeregt in die Hände. »Das ist bestimmt Sophie-Ann!« Sie dreht sich zu Jennifer um. »Oder? Die redet doch irgendwie so.«

Jennifer starrt Grace ungläubig an. »Meine Güte, Grace.« Sie schüttelt den Kopf. »Wir gehen besser, bevor du noch mehr Mist erzählst.«

Grace sieht verwirrt aus, dann verlegen, steht eilig auf und stellt sich hinter Jennifer. Sie versteht vielleicht nicht, warum, ist aber bereit zuzugeben, dass sie im Unrecht ist.

»Wo finden wir Sophie-Ann?«, frage ich. »Wisst ihr das?«

»Nö«, antwortet Jennifer augenblicklich. Eine Lüge. Oder so etwas. Denn komischerweise scheint beides sowohl zu stimmen als auch nicht zu stimmen. »Komm, Grace. *Sofort.*«

Jennifer macht einen Schritt und zerrt Grace am Arm mit.

»Tut mir leid«, sagt Grace, bevor sie ihr brav folgt. »Aber Mrs Porter, unsere Pflegemutter, sagt, wir dürfen nicht über sie reden. Ich kann euch ihre Adresse geben …«

»Gr…«

»Wir wohnen im drei-neunzehn Culver Side Drive.«

»…ace!« Jennifer lässt jetzt mit geschlossenen Augen den Kopf hängen. »Das geht auf deine Kappe, Grace«, sagt sie leise auf dem Weg zur Tür. »Ganz allein.«

»Komm schon, Jennifer!«, ruft Grace, als sie hinter ihr zur Tür hinauseilt. »Du bist doch nicht wirklich sauer, oder?«

Erst als wir wieder draußen im Vorraum sind, fällt mir auf, dass ich Grace und Jennifer nach dem Namen der Gruppe hätte fragen sollen. Grace hat uns die richtige Adresse von Mrs Porter gegeben, glaube ich, aber es könnte trotzdem sein, dass wir sie zurückverfolgen müssen.

Zum Glück fegt gerade ein Hausmeister den Vorraum. Er ist jung – vielleicht zwischen zwanzig und dreißig – und schiebt einen Besen. Ich gehe zu ihm hinüber.

»Entschuldigung, wissen Sie, wie das Gruppentreffen heute Abend hier heißt?«

Aber der Hausmeister macht einfach mit seiner Arbeit weiter. Erst als ich ein zweites Mal gefragt habe, wird mir klar, dass er Kopfhörer in den Ohren hat. Ich wedle mit der Hand vor seinem Gesicht herum, und er erschrickt, lächelt dann aber strahlend zu mir herauf.

»Entschuldige.« Lachend zeigt er auf seine Kopfhörer. »Ich habe gerade den Podcast gehört. Du weißt schon, der Neue? Heutzutage braucht jeder einen Podcast, oder?« Als er diesmal lächelt und den Kopf schüttelt, fühle ich, wie vertrauensselig er ist. Wie eine unverschlossene Tür. »Zuerst war es mir ein bisschen zu krass, aber ich höre es mir jetzt seit einer Stunde an, und so langsam klingt es echt verdammt logisch. Meine Freundin würde sagen, so soll dieses Zeug auch wirken. Es macht einen mürbe. Sie ist eher der misstrauische Typ.«

»Was meinst du mit ›dieses Zeug‹?«, frage ich. »Was ist das?«

Und genau in dem Moment, bevor er antwortet, spüre ich, wie ein Zug auf mich zurast. Keine Zeit mehr, zur Seite zu springen.

»Es geht um das Kollektiv. Aber der Podcast heißt EndOfDays«, sagt er und steckt sich die Kopfhörer wieder in die Ohren. »Und wenn ich jetzt so drüber nachdenke, ist es trotzdem ein bisschen krass. Sagt meiner Freundin nicht, dass sie recht hat.«

Gideon und ich verlassen eilig die Halle und laufen auf Oshiros Auto zu, das jetzt zum Teil hinter einem weißen Van verschwunden ist. Mir stehen die Nackenhaare zu Berge. *EndOfDays. Das Kollektiv. EndOfDays. Das Kollektiv.* Irgendwie habe ich es kommen sehen, oder? Sie haben Dads Handy. Sie haben Dad. Irgendwie habe ich es gespürt, ich habe nur nicht alle Puzzleteile zusammengesetzt. Außerdem weiß ich immer noch nicht, wer »sie« sind. Quentin? Das scheint mir noch nicht der Schlüssel zu sein, nur eine weitere Umdrehung des Türknaufs.

Als wir uns Oshiros Auto nähern, erwarte ich, dass es mir besser geht, aber ich fühle mich nur noch schlimmer. Ich muss aber glauben, dass Oshiro irgendeine Idee hat, was wir jetzt tun können. Ich kann mir nicht vorstellen, wie irgendwer behaupten könnte, mein Dad wäre »freiwillig« mit jemandem mitgegangen, der zu einer Gruppe gehört, die zumindest teilweise am Tod von Cassie schuld ist. Und daran, dass ich auch fast umgebracht worden wäre. Und wenn die Leute noch so wenig Interesse daran haben, dem Ganzen auf den Grund zu gehen. Bisher bleibt die Geschichte im Camp weiterhin eine von vielen ungeklärten Tragödien. Doch für die Leute ist sie abgeschlossen, sie halten es für unwahrscheinlich, dass so was noch mal vorkommt.

»Ach du Scheiße.« Gideon erstarrt, als wir um den Kastenwagen herumkommen. Durch die Heckscheibe von Oshiros Auto sehen wir ihn zur Seite lehnen. »Kein Wunder, dass ihm egal war, wie lange wir brauchen. Er schläft, verdammt noch mal. So viel zum Thema beschützen.«

Nein, denke ich. Ich kann mich nicht rühren. *Er schläft nicht.* Aber ich bringe kein Wort heraus.

Der Rest läuft schrecklich langsam ab. Gideon geht vor mir zur Fahrerseite. »O mein Gott«, sagt er.

Als ich nah genug bin, sehe ich das zersplitterte Fenster; am Rahmen hängen noch Scherben. Und hinter dem gezackten Loch sitzt Detective Oshiro, reglos und blutend.

Streng vertraulich

An: Senator David Russo
Von: Architekt
Betreff: Registrierung durch Identitäts-Armband und deren Durchsetzung
11. Mai

Wenn auch die Bedrohung durch die Studie leider noch nicht eingedämmt ist, rechnen wir in Kürze mit einer Lösung. Wir empfehlen, trotzdem weiterzumachen.

Wie bereits besprochen, prognostiziert unser Modell, dass das Hauptproblem einer erfolgreichen Einführung eines Programms zur Identifizierung und Beobachtung der Bevölkerungsuntergruppierung der »Outliers« die Zustimmung sein wird. Falls ein Mitglied der Zielgruppe sich nicht freiwillig bereit erklärt, schlägt unser Modell die folgenden Sanktionen als die effektivsten vor.

Erste Zuwiderhandlung: Das Subjekt wird für nicht unter drei Tage unter Hausarrest gestellt.
Zweite Zuwiderhandlung: Das Subjekt bekommt eine Gefängnisstrafe von nicht unter drei Tagen.
Dritte Zuwiderhandlung: Das Subjekt bekommt eine Gefängnisstrafe von nicht unter drei Monaten.

Vierte Zuwiderhandlung: Unsere Modelle gehen davon aus, dass weniger als ein Prozent der Zielgruppe eine vierte Zuwiderhandlung begehen wird. Wir empfehlen eine Gefängnisstrafe von nicht unter zwei Jahren.

Die Strafen könnten zwar anfänglich auf Einwände wegen möglicher Bürgerrechtsverletzungen stoßen, wir glauben aber, dass eine fortgesetzte, strategische Werbekampagne, die sich auf Sicherheit und Gefahrenabwehr konzentriert, zu einer schrittweisen Unterstützung dieser Maßnahmen führen wird.

Für den größtmöglichen Nutzen sollte diese Herangehensweise unserer Meinung nach in einer frühen Phase des Wahlkampfs etabliert werden, sobald die Zielpopulation öffentlich identifiziert ist.

Riel

Wie sich herausstellt, wohnt David Rosenfeld in Beacon Hill, gar nicht so weit vom *Trident Booksellers & Café* entfernt, was vielleicht der Grund ist, warum es Riel überhaupt erst an diesen Ort gezogen hat. Es ist früher Abend, als sie mit der Karte, die Brian für sie ausgedruckt hat, dort ankommt und schließlich Rosenfelds umgebautes Kutscherhaus in einer kleinen Seitenstraße findet. Die Sonne ist noch nicht untergegangen, aber dort unten ist es schon ziemlich dunkel.

Es gibt einen guten Grund zur Annahme, dass *dieser* David Rosenfeld der Rosenfeld ist, dessen Name auf dem Umschlag steht. Aber vielleicht tauchte sein Name auch auf, weil er der Typ ist, den man am ehesten meiden sollte. Das ist der wahre Grund, warum Riel darauf bestand, selbst hinzugehen, auch wenn sie dabei gesehen werden könnte. Nach allem, was Marly für sie getan hat, kann Riel sie nicht so in Gefahr bringen.

Wenigstens weiß Riel, dass es Leo noch gut geht. Laut Level99 gab es regelmäßige Aktivitäten über Leos Kreditkarte, was darauf schließen lässt, dass er sein Leben normal weiterlebt. Zumindest im Moment.

Riel holt noch mal tief Luft und klingelt an Rosenfelds Haustür. Dann wartet sie. Und wartet. Und wartet. Aber Rosenfeld ist zu Hause. Riel fühlt, dass er da drin ist und sie beobachtet. Dass er darauf wartet, dass sie wieder geht.

Riel klingelt noch einmal, versucht, sich weiter vorzufühlen. Falls Rosenfeld Angst hat – und Riel kann es fühlen, was eine echte Erleichterung ist, wenn man die Alternativen bedenkt –, muss sie dafür sorgen, dass es gefährlicher für ihn ist, sie draußen stehen zu lassen, als sie hereinzubitten.

»Ich wollte Ihnen nur danken!«, ruft Riel, so laut sie kann, auch wenn es ihr gar nicht passt, dass sie damit auch Aufmerksamkeit auf sich lenkt. Sie hofft einfach, dass es schnell funktioniert. »Für die ganzen Informationen! Ich glaube, wir haben jetzt genug!«

Natürlich wird sofort die Tür aufgerissen und Riel so kräftig hereingezerrt, dass ihr Kopf nach hinten schnalzt. Im Haus kracht sie gegen irgendetwas.

»Verdammt!«, schreit sie und hält sich das schmerzende Schienbein, während hinter ihr die Tür zuknallt. »Was soll der Scheiß?«

»Du fragst *mich*, was der Scheiß soll?!«, brüllt Rosenfeld. Und wow, er ist echt sauer hinter seiner eckigen schwarzen Brille, das sieht Riel, als ihre Augen nicht mehr so tränen. Sauer genug, um einen Augenblick lang darüber nachzudenken, was es bräuchte, um sie mit bloßen Händen zu erwürgen. Er stützt sich schwer auf einen Gehstock, aber sie ist sich sicher: Das würde ihn nicht aufhalten. Tatsächlich könnte es sein, dass er ihr damit schon eins übergezogen hat. Sie macht einen Schritt rückwärts, damit er es nicht noch mal tun kann.

»Ich habe Fotos, auf denen Ihr Name steht«, sagt sie. »Ich wollte Sie nur danach fragen. Ach, und ich habe Ihr Buch gelesen. Es ist wirklich gut.« Die letzte Bemerkung ist ein schwacher Versuch, ihn mit Schmeichelei für sich zu gewinnen, was bei ihm bestimmt oft funktioniert. Oder es würde zumindest funktionieren, wenn er nicht so sauer wäre.

»Mein Buch?« Natürlich tendiert Rosenfeld den Bruchteil einer Sekunde lang dazu, weich zu werden. Aber er schluckt das Gefühl runter. Kopfschüttelnd streckt er die Hand nach der Tür aus, um sie wieder zu öffnen. »Nein, danke. Raus hier. Wenn du Fragen hast, ruf Hope Lang an.«

»Hope Lang ist tot«, sagt Riel.

Rosenfeld erstarrt und schließt die Augen. Die Hand hat er immer noch an der Tür. »Ach, zum Teufel damit.«

Ohne ein weiteres Wort dreht sich Rosenfeld um und geht den Flur entlang. Er bittet Riel nicht, ihm zu folgen, aber sie tut es trotzdem. Sie hat keine Wahl. Trotz ihres Gefühls, dass Rosenfeld ihr immer noch mit Freuden wehtun würde.

Der hintere Teil von Rosenfelds Haus öffnet sich zu einer schönen, frisch umgebauten Küche und einem offenen Wohnzimmer hin, inklusive Kamin und Dachfenster, alles viel hübscher, als man von außen vermutet hätte. Und es ist auch noch komplett frei von Krimskrams, abgesehen von einem perfekt geordneten Bücherregal und Dutzenden Aktenordnern, die wie die Soldaten in erweiterbaren Metallregalen an der gegenüberliegenden Wand in Reih und Glied stehen. Riel starrt sie an. Die Aktenordner sind wichtig. Was auch immer sich darin befindet.

»Sie wussten nicht, dass Hope tot ist?«, fragt sie.

»Hör mal, ich habe Glück, dass ich selbst noch lebe. Ich habe es mir zur Aufgabe gemacht, über niemanden mehr etwas zu wissen.« Rosenfeld deutet mit seinem Stock zur Hintertür. »Also raus, da entlang. Das ist sicherer als vorn.«

»Aber ich bin …«

Rosenfeld unterbricht sie mit erhobener Hand. »Nein«, sagt er. »Kein Wort mehr. Ich will nichts weiter wissen. Raus.«

»Nein.« Riel setzt sich auf die Couch und verschränkt trotzig die Arme. »Ich bleibe hier.«

Rosenfeld kommt näher, er ist noch wütender und umklammert seinen Stock fester. Ja, mit dem hat er ihr vorhin auf jeden Fall eine verpasst. Und er wird es definitiv wieder tun. »Vielleicht hast du mich missverstanden. Das ist keine Bitte. Verschwinde.«

»Wenn Sie mich noch mal anrühren, schreie ich mir die Lunge raus. Und ich gehe trotzdem nicht.« Riel zieht die Fotos aus ihrer Tasche. »Also, sehen Sie? Ihr Name steht hier auf dem Umschlag mit den Bildern.«

»Und das hätte mich vermutlich fast umgebracht«, sagt er mit einer Geste zu seinem Bein.

»Was meinen Sie damit?«

»Hope Lang hat mir nur von diesen Fotos *erzählt*. Am Telefon. Ich kannte sie nicht. Ich war Experte für eine ihrer Reporterfreundinnen. Jedenfalls habe ich die Fotos noch nicht einmal gesehen. Nur ein kurzer Anruf. Und dann *bumm*!« Er klatscht laut die Handballen aneinander. »Ich wurde auf einer Kreuzung überfahren. In der Notaufnahme hatte ich einen Herzstillstand. Massive innere Blutungen.« Er schüttelt den Kopf, aber Riel fühlt einen winzigen Zweifel. Er ist sich nicht mehr so sicher, dass er sie rauswerfen will. Er ist sogar ein ganz kleines bisschen neugierig. »Die Ärzte sagen, es ist ein Wunder, dass ich überlebt habe. Und ich würde es auch gern dabei belassen.«

Die Aktenordner. Riel fühlt sich wieder von ihnen angezogen, wahrscheinlich, weil Rosenfeld sich Sorgen macht, weil sie sie ansieht. Darin ist etwas. Sie deutet darauf.

»Aber Sie hatten es schon recherchiert«, sagt sie. Es ist geraten. Ein letzter Schuss ins Blaue. »Sie haben sicher etwas herausgefunden.«

Rosenfeld sieht sie mit zusammengekniffenen Augen an. Misstrauisch, was sie schon zu wissen scheint, aber irgendwie möchte er auch, dass ihn jemand fragt. Er will nicht der Einzige sein, der es weiß. Deshalb geht er näher an die Ordner heran und senkt den Blick. Dann atmet er hörbar aus, und mit seinem Atem entweicht auch der Zorn.

»Weißt du, ich habe meine ganze Karriere dem Aufdecken dessen gewidmet, was unsere Regierung an krankem Mist anstellt – alles unter dem Deckmantel, Kriege zu gewinnen. Oder einfach nur zu gewinnen, Punkt. Aber jetzt habe ich akzeptiert, dass sie gewinnen. Immer. Und ich möchte wirklich ungern dafür sterben.«

»Wenn Sie mir nicht helfen, sterben aber vielleicht andere Leute. Unschuldige. Teenager. Sie hatten noch nicht mal die Chance, ihr Leben zu leben. Sie haben nichts falsch gemacht«, sagt Riel. Und plötzlich ist er da: der Riss in Rosenfelds steinharter Schale, und sein weicher Kern fließt nur so heraus. Sie muss einfach weiter dranbleiben. »Bitte, wir brauchen Ihre Hilfe wirklich. Was ist das da auf den Fotos? Warum ist es meinem Großvater so wichtig?«

»Deinem Großvater?«

»Senator David Russo«, bestätigt sie. »Und wenn es Ihnen dann besser geht: Ich glaube, er hat auch versucht, mich umzubringen. Ich bin mir ziemlich sicher, dass er es weiterhin versuchen wird.«

»Senator Russo ist dein Großvater?«

»Yep.«

»Also gut, na schön. Ich sehe mir die Fotos an, aber nur, weil es wirklich mies ist, Russo als Großvater zu haben.«

Riel sitzt schweigend da, während Rosenfeld mehrmals die Fotos durchblättert und sie genau studiert.

»Siehst du das?«, fragt er schließlich und zeigt auf ein kleines Verkehrsschild hinter etwas, das ein Wachhäuschen sein könnte. »Ich war mir nach dem, was Lang sagte, nicht sicher, aber jetzt bin ich es: Auf diesen Fotos ist die WSRF.«

»Was ist die WSRF?«

»Die *Watuck Soldier Research Facility*, eine militärische Forschungseinrichtung«, erklärt er, dann zeigt er auf seine Aktenordner. »Aufgrund dessen, was mir Lang am Telefon erzählte, hatte ich es auf sie und noch einen anderen Ort eingegrenzt. Sie sagte, sie wolle Fotos schicken, aber dann hatte ich den Unfall. Und nicht dass ich es danach noch gewollt hätte, aber ich habe nie wieder von ihr gehört. Jedenfalls befindet sich diese Straße in der Nähe der WSRF.«

»Aber ich verstehe das nicht. Wenn Hope Lang diese Fotos gemacht hat, müsste sie nicht wissen, wo sie war, als sie sie aufgenommen hat? Warum mussten Sie ihr das sagen?«

»Ich habe nicht behauptet, dass sie die Fotos gemacht hat«, sagt Rosenfeld. »Sie hat sich zwar auch ziemlich bedeckt gehalten, aber ich hatte das Gefühl, sie wusste wirklich nicht, was sie da hatte.«

»Oh«, macht Riel; irgendwie kommt es ihr vor, als wüsste sie immer weniger, je mehr sie erfährt. »Und was genau ist die WSRF?«

»Das ist eine Forschungseinrichtung, die offiziell vor ein paar Jahren geschlossen wurde. Was aber nur bedeutet, dass sie noch aktiv und inzwischen in Privatbesitz ist. *Compass Industries* – die machen nur so einen Mist. Wenn sie die richtig kranken Studien durchführen wollen, gründen sie ein Netz von Briefkastenfirmen, ausdrücklich zu dem

Zweck, so eine Einrichtung zu betreiben. Und wenn sie dann fertig sind mit ihren kranken Studien, wird die Briefkastenfirma geschlossen und verschwindet. Als hätte es das alles nie gegeben. Und schon gar keinen, gegen den man Beschwerde einlegen könnte. Man kann niemanden stoppen und keinen verklagen.«

»Was für kranke Studien?«

»Alles Mögliche.« Rosenfeld erwidert ihren Blick unverwandt. »Deshalb wollen sie es von den offiziellen Staatskosten getrennt halten. Keine Rechenschaft, keine Aufsicht durch die anderen nervig korrekten Regierungsbehörden. Erinnerst du dich zum Beispiel an die Tests, die sie in den Sechzigern mit LSD gemacht haben?«

»LSD?«, fragt Riel.

Rosenfeld schüttelt angewidert den Kopf. »Siehst du? Als hätten sie nie stattgefunden. Das Militär wollte wissen, ob man LSD im Kampf gegen feindliche Soldaten einsetzen kann«, sagt er. »Aber dafür brauchten sie lebende Versuchspersonen, weil man eine komplett innerliche psychologische Erfahrung nur schwer, du weißt schon, anhand von Versuchen mit Ratten hochrechnen kann. Also stellte die militärische Forschungsabteilung einen Haufen Leute zusammen, von denen sie glaubten, keiner würde sie vermissen oder auf sie hören. Manche starben, andere hatten psychische Zusammenbrüche und trugen bleibende Schäden davon. Und sie wurden erwischt. Höhere Militärangehörige gingen ins Gefängnis, es wurde eine strenge Aufsicht der militärischen Forschung eingeführt. *Militärische* Forschung. Eine Privatfirma dagegen? Vor allem, wenn sie alles schwarz macht? Die hat sehr viel mehr Spielraum, wenn du also deine Ruhe haben willst …«

»… dann vergibst du den Auftrag nach außen.«

Rosenfeld lächelt ehrlich erfreut. »Jetzt verstehst du es. Firmen wie North Point …«

»North Point?«

»Das ist eine der Briefkastenfirmen von Compass Industries, von denen ich gesprochen habe«, erklärt er mit einem Nicken zu seinen Ordnern hin. »North Point wollte herausfinden, wie man PTSD als Waffe einsetzen kann, und hat dabei einigen kranken Mist angestellt. Denn das bedeutet, dass du bei den Leuten zuerst mal PTSD auslösen musst.« Rosenfeld betrachtet wieder die Fotos, bleibt an einem hängen und hält es sich dicht vor die Augen. »Aber North Point gibt es jetzt nicht mehr. Als hätte es die Firma nie gegeben. Siehst du? Sieh dir das an. Das ist ein verräterisches Anzeichen für etwas Verdächtiges.« Er legt den Finger auf das körnige Bild von den Baueimern.

»Mörtel oder so was, nicht wahr?«, fragt Riel. »Das Baugewerbe ist ein verräterisches Zeichen?«

»Mörtel? Nein, nein, das ist eine Nahaufnahme.« Er schaut noch einmal prüfend darauf. »Das sind Medikamentenbehälter. Ich garantiere dir, die WSRF hatte nie die Freigabe der Arzneimittelbehörde für eine Studie damit. Sie würde die Voraussetzungen nie erfüllen. Also tun sie es einfach trotzdem und leugnen es. Wenn die Ergebnisse sowieso nie veröffentlicht werden sollen, kann man das machen.«

Riel hat jetzt das sehr ungute Gefühl, dass sie genau deshalb trotz des Risikos unbedingt selbst hierherkommen wollte. Dass sie das alles hören musste.

»Was für Medikamente?«, fragt Riel. Ihre Stimme klingt dünn, sie macht sich auf alles gefasst.

Rosenfeld blinzelt wieder mit zusammengekniffenen Augen auf die Fotos. »Man kann den Namen auf den

Behältern nicht gut erkennen«, sagt er. »Aber ich bin mir ziemlich sicher, dass es eine Art Morphin ist.«

»Wissen Sie schon, wie sie gestorben ist?«, hatte Riels Tante im Krankenhaus gefragt. Der Arzt war nett und jung, mit einem nervösen Lächeln und einer zögernden Art, die Riels Tante rasend machte.

»Eine Drogenüberdosis«, sagte er. Er stand direkt vor Riel, aber sie hörte ihn, als wäre er sehr weit weg. »Tut mir leid, ich dachte, das hätte Ihnen schon jemand gesagt.«

»*Das* wissen wir«, sagte ihre Tante. »*Was* für Drogen?« Denn für ihre Tante gab es gute Drogen und schlechte, schändliche. Sie wollte wissen, ob sie diese Unannehmlichkeit mit ihrer Nichte ihren Freunden und Arbeitskollegen gegenüber erwähnen konnte oder ob sie das Ganze für sich behalten sollte.

»Wir gehen von einem Opiat aus«, sagte er unbehaglich.

»Ein Opiat?« Die Worte ihrer Tante trieften vor Missbilligung. »Könnten Sie das genauer ausführen?«

»Wir brauchen den Bericht, bevor wir mit Sicherheit etwas sagen können«, sagte der Arzt. »Aber es liegt nahe, dass es ein Morphin war.«

Riels Tante wandte sich Riel zu. »Morphin?« Als wäre sie diejenige, die es genommen hatte, und nicht Kelsey. »Mein Gott, was war bloß mit ihr los?«

»Geht's dir gut?«, fragt Rosenfeld. Wie lange redet er schon? Riel hat nicht zugehört. »Ich könnte mich auch irren. Das alles ist größtenteils nur Vermutung. Ich meine, ich irre mich selten, aber man weiß ja nie … Sagt dir das alles etwas? Du bist plötzlich sehr blass geworden, und ich kann es wirklich nicht gebrauchen, dass du mir hier drin ohnmächtig wirst, also …«

»Ja, es sagt mir was.« Riel nickt. »Etwas Schreckliches.«

15. Mai

So sollte das nicht laufen. Mein Plan sah ganz anders aus. Jetzt liege ich nachts wach und versuche, mich nicht in meinem Glauben erschüttern zu lassen. Ich versuche, mich wieder der Sache zu widmen. Mein eigener Verlust hat nichts daran geändert. Aber er ist schwer zu ertragen. Wut und Trauer sind verwirrende Zwillinge.

Aber ich weiß jetzt, was ich tun muss, mehr als je zuvor: beenden, was ich angefangen habe. So kann ich etwas aus diesem Verlust machen. Er soll nicht vergebens sein.

Ich halte immer noch das Geschenk in Händen, das ich bekommen habe. Ich muss es ehren, indem ich meine eigenen Versprechen halte. Sichergehen, dass die Schuldigen bezahlen. Eine Ewigkeit im Höllenfeuer.

Wylie

Wir laufen zur Halle zurück. Oshiro braucht sofort Hilfe. Er hatte Blut seitlich an der Brust – aber er atmete noch. Er lebt noch.

Als wir wieder in den Vorraum stürmen, ist der Hausmeister noch da, immer noch mit Kopfhörern. Er hört uns nicht hereinkommen und schreckt zusammen, als ich zu ihm laufe und ihn mit beiden Händen packe.

»Rufen Sie die Polizei! Und einen Krankenwagen!«, schreie ich. »Jemand wurde verletzt!«

»Was?« Er sieht sich verwirrt um. »Was meinst du? Wo?«

»Ein Mann wurde in seinem Auto angeschossen. Auf dem Parkplatz!«, schreie ich wieder. »Rufen Sie einen Krankenwagen! Sofort! Ich glaube, er stirbt!« Beim letzten Wort bricht meine Stimme. Es könnte sein, dass Oshiro stirbt, weil er mir helfen wollte.

»Ach du meine Güte.« Jetzt kommt mit einem Ruck plötzlich Leben in den Hausmeister, er angelt in seiner Tasche nach seinem Klapphandy. Durch die Glastür späht er zum Parkplatz. »Welches Auto ist es?«

»Das rote«, sage ich. »Es parkt direkt neben dem weißen Van.«

»Was für ein Van?«, fragt er. »Ich sehe keinen Van.«

Und er hat recht. Als ich hinschaue, ist der Van verschwunden.

Als wir sicher sind, dass der Krankenwagen unterwegs ist, schlüpfen Gideon und ich wieder hinaus und eilen zu unserem Auto zurück. Inzwischen hat sich der Vorraum mit besorgten Mitgliedern des Kollektivs gefüllt. Ich höre den Hausmeister hinter uns herrufen: »Hey, wo wollt ihr hin?«

Aber wir drehen uns nicht um, werden nicht langsamer. Wir können nicht bleiben. Wenn mich die Polizei hier findet – entgegen meiner Kautionsauflagen außerhalb von Newton –, werde ich wieder ins Gefängnis gesteckt. Ganz zu schweigen davon, dass derjenige, der auf Oshiro geschossen hat, sicher auch hinter uns her ist. Aber wenn das stimmt, warum hat er uns nicht erschossen, als wir da draußen ohne Deckung neben dem Auto standen? Und haben sie uns über Gideons Handy gefunden? Oder sind sie uns schon von Anfang an gefolgt? Denn ich habe keine Zweifel, dass unseretwegen auf Oshiro geschossen wurde. Meinetwegen. Dabei hat er sich noch solche Gedanken gemacht, weil er uns half. Als ich die Wagentür öffne, beuge ich mich vornüber; ich habe Angst, ich muss mich hier und jetzt auf dem Parkplatz erbrechen.

»Komm schon«, sagt Gideon. »Wir müssen los.«

Wir fahren vom Parkplatz und halten außer Sichtweite ein Stück die Straße hinunter. Von hier aus können wir die Rettungsfahrzeuge kommen sehen, sind aber weit genug weg, dass uns niemand sieht. Bald blitzen Lichter auf, Leute eilen hin und her. Dann arbeiten sie fieberhaft an Oshiro. Wenigstens sind sie ruhiger, als sie ihn zum Krankenwagen bringen. Als hätten sie alles unter Kontrolle. Oshiro ist hoffentlich stabil. Und hoffentlich bleibt es auch so.

»Glaubst du, Oshiro kommt wieder in Ordnung?«, frage ich Gideon. Ich habe kein klares Gefühl, ob er überleben wird.

Gideon dreht sich zu mir um. »Die Wahrheit?«, fragt er.

»Ich glaube schon«, antworte ich, auch wenn ich mir nicht sicher bin, ob ich bereit dafür bin.

»Nein«, sagt er. »Ich glaube, überhaupt nichts kommt wieder in Ordnung.«

Mrs Porters Haus liegt eine Viertelstunde von der Halle entfernt in einem viel heruntergekommeneren Teil von Framingham. Wir haben darüber diskutiert, ob wir nach Hause fahren sollen, aber so leid mir tut, was mit Oshiro passiert ist – wir müssen trotzdem unseren Dad finden. Jetzt mehr denn je. Und das heißt, wir müssen Sophie-Ann finden. Inzwischen bin ich mir sicherer als je zuvor, dass sie diejenige war, die angerufen hat.

Je weiter wir die gewundenen Straßen entlangfahren, desto enger stehen die Häuser zusammen und desto verlotterter werden sie. Trotzdem hoffe ich weiterhin, dass sich alles irgendwann besser anfühlen wird. Dass *ich* mich besser fühle. Und ich habe auch wirklich das Gefühl, dass wir in der richtigen Richtung unterwegs sind, buchstäblich und im übertragenen Sinn. Aber richtig ist natürlich nicht dasselbe wie tröstlich. Oder gefahrlos.

EndOfDays und das Kollektiv arbeiten immer noch irgendwie mit Quentin zusammen? Oder *ist* Quentin vielleicht EndOfDays? Dieser Gedanke kommt mir nicht zum ersten Mal. Aber es fühlt sich trotzdem nicht ganz richtig an. Jetzt wünsche ich mir, ich hätte gefragt, wie der »normale Typ« aussieht. Denn meiner Meinung nach *ist* er Quentin. Ich muss nur hoffen, dass wir Sophie-Ann bei Mrs Porter finden und dass sie Dads Handy hat und außerdem ein paar echte Antworten.

Mehr als einmal fühle ich auf dem Weg zu Mrs Porters

Haus, dass Gideon überlegt, ob er etwas sagen soll. Und mehr als einmal entscheidet er sich dagegen. Er sagt nichts, bis wir fast da sind.

»Dieser EndOfDays-Blog ist ...« Er zögert. »Ich habe ihn gelesen, weißt du? Und er ist echt schlimm, wer auch immer ihn geschrieben hat.«

Ich schließe die Augen und atme ein. Ich will die Einzelheiten nicht wissen. Sie werden alles nur noch schwerer machen. Aber Gideon muss es mir sagen. Das fühle ich. »Wie schlimm genau?«

»Zuerst hat der Typ nur von ›Hütern des Friedens‹ und so was geredet. Er hielt nichts von wissenschaftlicher Forschung wie der von Dad, und er hat Dad auch namentlich erwähnt. Aber nachdem dann das in dem Camp passiert ist, war es, als wäre er übergeschnappt. Ab da nannte er das, was er tat, ›die Abrechnung‹. Er war nicht mehr nur ein bisschen daneben, sondern komplett mordlüstern. Von ›Hütern des Friedens‹ war plötzlich keine Rede mehr, sondern von ›Soldaten Gottes‹.«

»Soldaten?«, frage ich. »Das klingt nicht sehr spirituell.«

»Ich glaube, das ist es auch nicht«, sagt Gideon. »Egal, worum es diesem Typen wirklich geht, ich glaube nicht, dass es irgendwas mit Gott zu tun hat.«

Mrs Porters Briefkasten ist verrostet und steht ziemlich schief. Nicht gerade einladend, als Gideon und ich in die Einfahrt fahren. Trotzdem bin ich erleichtert, dass wir endlich da sind. Vielleicht hört jetzt mein Magen auf zu rebellieren – ich habe die ganze Zeit versucht, mir einzureden, dass mein schlechtes Gefühl nicht unbedingt den Schweregrad von Oshiros Zustand widerspiegelt. Aber Selbstverleugnung ist nicht einfach, wenn man Outlier ist.

Mrs Porters Einfahrt endet vor dem Haus – keine Garage, kein eindeutiger Parkplatz. Links hat jemand eine Miniaturwindmühle hingepflanzt, die aussieht, als wäre sie von einem Minigolfplatz geklaut. Dazwischen, mitten im Hof, türmen sich ein großer Haufen ausrangierter Matratzen, Möbel, Kleider und ein paar zu Bruch gegangene Bettrahmen zu einem Scheiterhaufen der Hoffnungslosigkeit. Mrs Porters Haus ist kein glücklicher Ort. Das kann ich laut und deutlich lesen.

»Sollen wir ein Signal ausmachen oder so was?«, fragt Gideon. »Du weißt schon, wenn wir drin sind und einer von uns das Gefühl hat, irgendwas stimmt nicht? Wahrscheinlich hauptsächlich du. Du wüsstest es auf jeden Fall vor mir.«

Ich drehe mich zu ihm um. »Hier stimmt wirklich was nicht«, sage ich. »Das ist jetzt schon ziemlich offensichtlich.«

Gideon holt tief Luft und blickt wieder zu dem Haus auf. »Ja, aber mit einem Codewort würde ich mich besser fühlen. Wie wäre es mit ›Pfannkuchen‹?«

»›Pfannkuchen‹?«, frage ich. In der Welt der Raffinesse und Intrigen ist Gideon eindeutig neu. »Wie wäre es mit ›Es ist heiß hier drin‹ oder ›Mir ist echt heiß‹, irgendwas in der Art?«

Gideon nickt erleichtert. »Heiß. Alles klar. Klingt gut.«

Auf Mrs Porters schiefer Vortreppe stehen wir in dem matten Lichtkreis einer Glühbirne. Es wirkt hier seltsam kalt, wie eine von diesen verdächtigen Stellen im Meer, die auf eine Bedrohung hinweisen – einen Hai, eine reißende Strömung. Wenn ich die Wahl hätte, würde ich in die andere Richtung schwimmen. Aber Mrs Porter ist unsere einzige

Verbindung zu Sophie-Ann. Und Sophie-Ann ist unsere einzige Verbindung zu Dads Handy. Und das Handy ist immer noch unsere einzige Verbindung zu ihm.

Er braucht uns mit jeder Minute, die vergeht, mehr. Das fühle ich.

Also klingle ich und bin überrascht, als die Klingel wirklich zu hören ist.

Einen Augenblick später wird laut der Bolzen des Schlosses zurückgeschoben, und auf der Innenseite fällt eine Kette herunter. Als die Tür schließlich einen Spalt aufgeht, klingt es, als bräche sie auseinander. Mrs Porter wird nicht froh sein, uns hier zu sehen. Ich weiß nichts über sie, und doch habe ich dieses ganz sichere Gefühl.

Natürlich ist auch gleich ein wütendes »Runter von meiner Treppe!« zu hören, noch bevor ein Gesicht dazu auftaucht. »Egal, zu welchem Mädchen ihr wollt, daraus wird nichts! Es ist spät, also husch!«

Mrs Porter ist mittleren Alters, in einer hellblauen, hoch geschnittenen Jeans, die eine eindrucksvolle Wampe betont, und hat steife blonde, wie ein Helm geschnittene Haare. Dieses Bellen ist ihre bevorzugte Taktik: erst zuschlagen, hinterher Fragen stellen. Und meistens funktioniert das auch. Mrs Porter ist eine Tyrannin – eine große, ängstliche Tyrannin. Ich muss hart und stark rüberkommen und sie aus dem Konzept bringen.

»Lassen Sie uns rein, oder wir zeigen Sie an«, sage ich ruhig und starre ihr direkt in die Augen. Ich muss nicht wissen, was genau sie getan hat, um das sichere Gefühl zu haben: eine Menge.

Sie verzieht die Oberlippe. »Was wollt ihr?«

Bemerkenswerterweise nicht: *Anzeigen, wofür?* Denn sie hat schon was im Kopf.

»Wir müssen Sophie-Ann finden«, sage ich. »Sie hat etwas von uns.«

»Ha«, sagt sie, aber merkwürdig matt, und dann dreht sich Mrs Porter ohne ein weiteres Wort um und geht nach hinten durch. Sie sagt uns nicht, wir sollen ihr folgen. Aber sie hat die Tür offen stehen lassen – eine deutlichere Einladung bekommen wir vermutlich nicht.

Im Inneren riecht das Haus so nach Körper, dass ich durch den Mund atmen muss, um nicht zu würgen. Wir gehen vorsichtig und wachsam in die Richtung, in die Mrs Porter verschwunden ist. Mrs Porter ist nicht die einzige Gefahr in diesem Haus, da bin ich mir sicher. Die Frage ist, ob sie uns dort hinführt.

Schließlich holen wir sie in der fettverschmierten Küche mit gelblich-beiger Tapete und ungespültem Geschirr in der Spüle ein. Überall liegen offene Essensverpackungen herum, Mäuse und Insekten gibt es wahrscheinlich auch. Ich schaue absichtlich nicht so genau hin. Mrs Porter steht am Herd, einem uralten, verrosteten Gerät, und zündet den Gasbrenner mit einem Feuerzeug an. Sie setzt einen Topf Wasser auf.

»Also, Sophie-Ann …«, beginne ich.

Mrs Porter wendet sich vom Herd ab und verschränkt die Arme. »Sie ist nicht hier«, sagt sie. Schon das ist eine Lüge. Nein, keine Lüge – nur irrwitzig unvollständig.

»Ich glaube Ihnen nicht«, sage ich. »Und wie ich schon sagte, wenn Sie uns nicht die Wahrheit sagen, zeigen wir Sie an.«

»Ja klar, wofür denn?«, schnauzt Mrs Porter.

Mist, ich wusste es, zweimal dieselbe Drohung ist zu hoch gepokert.

»Sie zwingen die Mädchen, die Sie pflegen, zu religiösen Versammlungen zu gehen«, platze ich heraus. Es ist das Erste, was mir einfällt, und kommt sofort aus meinem Mund. bevor ich ganz über die Konsequenzen nachgedacht habe.

»Oh, bitte!« Sie lacht und scheint das ehrlich lustig zu finden. Außerdem ist sie erleichtert, was bedeutet, dass das, was sie wirklich getan hat, viel, viel schlimmer ist. »Ich gehe nicht mal zur Kirche. Noch nie.«

»Ähm, das Kollektiv?«, sagt Gideon.

»Wer hat euch davon erzählt?« Ihr finsterer Blick wandert von Gideon zu mir und wieder zurück. »Kommt ihr gerade von dort? Jennifer und Grace sind heute Abend dort, oder?«

Verdammt. Ich will Jennifer und Grace keine Probleme machen. Ich habe nicht nachgedacht. »Wir waren heute Morgen dort«, sage ich und bete, dass ich überzeugend klinge. »Der neue Typ, der die Treffen leitet, hat es uns erzählt. Er sagte, Sophie-Ann lebt hier.«

»Der. Der hat nicht recht. Kein bisschen.« Sie schnaubt empört. »Jedenfalls ist das keine Religion. Es ist eine Gruppe von gleich gesinnten Leuten.«

»Nennen Sie es, wie Sie wollen. Das kann die Fürsorge klären«, gebe ich zurück. »Oder sagen Sie uns, wo Sophie-Ann ist. Unser Dad ist verschwunden, und wir glauben, Sophie-Ann hat sein Handy.«

Mrs Porter grinst boshaft. »Na, dann würde ich sagen, ihr seid am Arsch.« Sie sieht nach, ob das Wasser schon kocht. Als sie sich wieder umdreht, ist sie viel ruhiger, gefasster, fast, als hätte sie jetzt Spaß an dieser Sache. »Sophie-Ann ist tot.«

Mir ist übel, mein Herz hämmert so, dass es sich anfühlt, als würde es platzen. *Nein, nein, nein! Sie war unsere einzige Chance.*

»Was ist passiert?«, fragt Gideon.

»Sie wurde drüben in Watuck von einem Auto überfahren«, sagt Mrs Porter. Sie schaltet den Herd aus, als hätte sie sich anders überlegt, was sie machen wollte.

Kein Unfall. Kein Unfall. Kein Unfall.

»Wann?«, frage ich. »Wo?«

»Vor ein paar Tagen«, antwortet sie, dann richtet sie einen krummen Finger auf mich. Jetzt, da die Katze aus dem Sack ist, wird sie trotziger. »Und bevor ihr auf irgendwelche Ideen kommt, ich habe das alles gemeldet, wie es sich gehört. Ich schätze, Sophie-Ann hat sich auf einer Party betrunken, konnte nicht mehr geradeaus gucken und ist auf die Straße gestolpert. Das sind keine süßen Schulmädchen, wisst ihr? Sie sind wie Straßenköter. Sie kommen, sie essen was, schlafen, dann gehen sie wieder. Alle: Sophie-Ann, Lethe, Teresa, sie sind …«

»Teresa?«, frage ich. Mir wird schwindlig. »Ziemlich klein, mit sehr großer Brille?«

»Könnte sein«, sagt Mrs Porter. »Sucht ihr die jetzt auch?«

»Ich möchte sie sehen, ja. Teresa wohnt hier?«

»Sie ist auch nicht mehr hier.« Sie verzieht das Gesicht. »Aber ich habe es der Fürsorge gemeldet, als sie weglief, wie ich es soll. Und das war vor Wochen.« Mrs Porter schüttelt den Kopf. »Ich schwöre, sie rufen immer noch ihretwegen an. Hätte wenigstens ins Büro gehen und sich für mündig erklären lassen können, so wie Lethe. An einem von ihren letzten Tagen hier hatte Lethe da oben noch irgendein anderes Mädchen, hat sie völlig zugedröhnt. Das mein ich: Diese Mädchen brüten das Böse aus. Kleine Bakterien.«

»Sie sind ein furchtbarer Mensch«, sagt Gideon, als hätte er es nicht einmal vorgehabt. Die Worte platzen einfach heraus.

»Vielleicht«, erwidert Mrs Porter. »Aber ich bin ein furchtbarer Mensch, der zur Schicht muss. Mein Sohn hat mir eine Arbeit in der Anlage hier in der Straße besorgt, und die werde ich bestimmt nicht wegen euch zwei Arschlöchern verlieren.«

Da ist hinter uns ein Geräusch zu hören, der Dielenboden knarrt. Ein Mensch. Der schreckliche Jemand, den ich schon vorher im Haus gefühlt habe. Direkt hinter uns. Ich bekomme Gänsehaut.

»Ach, da ist ja Freddy. Das ist mein Stichwort. Wie ich schon sagte, ich komm bestimmt nicht zu spät.«

Als ich mich langsam zu Mrs Porters Sohn umdrehe, hält ruckelnd die Welt an. *Atme!*, ermahne ich mich. Aber es nützt nichts. Da steht er, genau vor mir, nur Zentimeter entfernt. Der Wolf. Der Wärter aus dem Krankenhaus, der mich umbringen wollte. Jetzt bekommt er doch noch seine Chance.

»Es ist heiß hier drin, Gideon«, schaffe ich es zu flüstern. »Sehr, sehr heiß.«

Streng vertraulich

An: Senator David Russo, Komitee der Streitkräfte, Forschungsstelle
Von: WSRF, Sonderprojekte
Betreff: Protokoll X / Nutzung der Spezialbevölkerung
22. Mai

Nach den Befunden der militärischen Forschungseinrichtung Watuck schlagen wir weitergehende Forschungen dazu vor, wie diese Fähigkeiten durch Stress, Hunger, Schmerz und andere Formen des Unbehagens beeinflusst werden könnten. Blocken scheint der fruchtbarste Weg für weitere Forschungen zu sein. Wir gehen davon aus, dass wir bereits mehrere entscheidende Alternativen entwickelt haben, die sich als nahezu hundertprozentig sicher erweisen dürften.

Jasper

Als Jasper die Augen öffnet, ist es dunkel. Pechschwarze Nacht. Bis er ein paarmal geblinzelt hat, ist er sich fast sicher, dass seine Augen noch geschlossen sind. Wo verdammt noch mal ist er? Und was ist verdammt noch mal passiert?

Jasper versucht, sich zu bewegen, aber seine Arme stecken hinter seinem Rücken fest. Er windet sich nach links und rechts, bekommt sie aber nicht frei. Jetzt fangen seine Handgelenke und Schultern an zu pochen.

Er denkt zurück: Chance, dann das Fahrrad, dann sein Zimmer. Er war so benommen auf dem Weg ins Bett. Er muss ohnmächtig geworden sein. Und jetzt das.

Jasper schaukelt mit Schultern und Körper vor und zurück, unter ihm quietscht laut das Bett oder die Liege, auf die man ihn gelegt hat. Als er es endlich geschafft hat, sich aufzusetzen, tut ihm der Kopf weh. Und je angestrengter er in die Dunkelheit starrt, desto schwärzer wird sie. Er wartet weiter darauf, dass sich seine Augen daran gewöhnen, aber sie können sich an nichts festhalten. Schließlich stemmt sich Jasper hoch und steht.

Die Platzangst setzt schnell ein. Nicht weil der Raum so klein ist – das weiß Jasper nicht –, sondern weil er nicht weiß, was mit ihm ist.

Doch er muss ruhig bleiben. Sich zusammenreißen. Er

wird schon herausfinden, was los ist. Aber sein Kopf fühlt sich so vernebelt an, als würde er gerade wieder nüchtern. Als hätte man ihm Drogen verabreicht.

»Hallo?«, ruft Jasper. Nicht verzweifelt oder laut. Einfach eine normale Stimme. Er hofft, wenn er ruhig klingt, wird er weniger ausflippen. Seine Stimme ist allerdings heiser, und sein Hals brennt, als wäre er viel länger weg gewesen, als er weiß.

Als niemand antwortet, schlurft Jasper langsam vorwärts, dreht sich zur Seite, hofft, dass er mit der Schulter zuerst dagegenstößt, falls da etwas vor ihm ist. Er muss den Umriss des Raums spüren, in dem er sich befindet. Endlich stößt er an eine Wand. An sie kann er sich mit dem Rücken lehnen. Eine Richtung, aus der sich niemand an ihn heranschleichen kann.

Die Wände sind kühl und rau, vielleicht eine Betonmauer, nur eine Seite fühlt sich wie ein Drahtzaun an. Die Luft ist auch feucht. Ein Keller. Das würde die Dunkelheit erklären. Erst an der letzten Wand spürt Jasper endlich eine Tür. Er dreht sich um und tastet mit den gefesselten Händen nach dem Knauf. Doch als er ihn endlich in die Finger bekommt, rührt er sich nicht.

»Hallo?« Diesmal schreit Jasper und tritt gegen die Tür.

Stille.

»Ist da jemand?«

Stille.

»Was soll der Scheiß hier?!«

Noch mehr Stille.

»Fickt euch!«

Er rammt die Tür mit der Schulter. Es fühlt sich so gut an, dass er es gleich noch einmal tut. Und dann wieder, und jedes Mal denkt er daran, wie gern er denjenigen umbringen möchte, der ihn hier eingesperrt hat. Aber mit der Schulter gegen die Tür rammen wird schnell richtig unangenehm, und bald tut seine Schulter so weh, dass Jasper sich Sorgen macht, er könnte sie sich ernsthaft verletzt haben.

Wylie. Das muss mit ihr und den Outliers oder ihrem Dad zu tun haben, oder? Alle Wege, die damit anfangen, dass man geschnappt oder eingesperrt wird, enden irgendwie dort. Aber das ist alles. Mehr kann Jasper nicht erraten.

Irgendwann setzt er sich wieder, und da es sonst nichts zu tun gibt, legt er sich wieder hin. Und konzentriert sich auf das Ein und Aus seiner Atemzüge. Versucht, sich durch die Stille und Dunkelheit nicht ersticken zu lassen.

Es ist ein Geräusch, das ihn weckt, das Öffnen einer Tür. Und so viel Licht flutet den Raum, dass seine Augen einen Moment brauchen, um sich an die Helligkeit zu gewöhnen. Schnell sieht sich Jasper in dem Raum um: klein, quadratisch, Betonwände, Drahtzaun an einer Seite, Metallregale an der Wand dahinter, in denen sich Aktenkisten stapeln.

Und dann kommt sie durch die Tür.

Lethe. Jasper fühlt sich den Bruchteil einer Sekunde lang erleichtert – so etwas wie: *O mein Gott, Lethe ist hier, jetzt wird alles gut.* Aber das ist lächerlich. Lethe ist nicht gefesselt. Sie sieht jetzt auch anders aus, älter, weiser. Zufriedener. Als er sie kennenlernte, wirkte sie ein bisschen kantig. Jetzt ist diese Kante scharf wie eine Klinge.

Die Kekse. Natürlich. Deshalb ist er ohnmächtig geworden.

Jasper spart sich die Mühe, sich zu fragen, wie er auf Lethe hereinfallen konnte. Er wollte ihr die Rolle einfach abkaufen – so ist das passiert. Er konnte nicht anders. Das ist immer die Quintessenz.

»Bind mich los!«, fordert er. »Sofort.«

»Ja, sorry, aber nein«, erwidert Lethe. »Ich möchte meine Gliedmaßen gern intakt behalten. Du hast ein ernstes Jähzorn-Problem, mein Freund. Das kann ich dir sagen, und ich habe schon ziemlich schlimme Menschen kennengelernt.«

»Was ist das hier?«

»Ein Haus.« Sie macht eine Geste. »Der Keller eines Hauses. Keine Sorge, wir haben dich nicht weit weggebracht. Und danke, dass du deine Zimmertür nicht abgeschlossen hast. Hätte alle möglichen Probleme machen können, wenn wir hätten einbrechen müssen.«

»Wer bist du?«

»Damit hättest du einsteigen sollen. ›Oh, wow, wer bist du wirklich?‹ Überrascht, aber du weißt schon, neugierig«, sagt sie. »Mit dieser Wut einzusteigen ist so abschreckend.«

»Wer bist du?«, fragt Jasper noch mal. »Warum hast du mich hergebracht?«

»Ganz ehrlich, in gewisser Weise bist du hier gelandet, weil du so besessen von Wylie bist«, sagt sie.

»Wovon redest du da, verdammt?«

»Ich wollte an dich herankommen, dich dazu bringen, mir beiläufig zu sagen, wo Wylie ist. Dich aus der Sache heraushalten«, erklärt Lethe. »Aber du bist so besessen von ihr, ich habe es nicht mal geschafft, deine Aufmerksamkeit mehr als fünf Sekunden auf mich zu lenken. Also mussten wir zu Plan B übergehen. Beschissene rohe Gewalt.«

»Ich bin nicht besessen«, sagt Jasper, obwohl er weiß, dass es darum wohl kaum geht.

»Du magst das ja wirklich glauben, Jasper. Aber das Ding ist: Weil ich Outlier bin, kann ich alle deine Gefühle lesen, auch die, von denen du gar nichts weißt«, fährt Lethe fort und sieht ihm unverwandt in die Augen. »Glaub mir: Du bist von Wylie besessen.«

»Also bist du Outlier«, sagt Jasper. Jetzt wünscht er sich, er hätte Wylie besser zugehört, als sie ihm vom Blocken erzählte. Aber er wird das ausprobieren, woran er sich noch erinnern kann. Er soll sich eine Kiste vorstellen …

»Spar dir die Mühe«, sagt Lethe ein bisschen gereizt. »Du kannst mich nicht blocken. Ich fühle, dass du es versuchst. Ich bin zu gut, und du hast keine Ahnung, was du tust.«

»Wie spät ist es?«, fragt Jasper. »Wie lange bin ich schon hier?«

»Nur ein paar Stunden. Es ist ungefähr acht Uhr abends, glaube ich. Ich war mir sicher, du würdest viel länger weg sein, so viel Shit, wie ich in die Kekse gepackt habe.«

»Was willst du von Wylie?«, fragt Jasper und versucht wieder, die Arme auseinanderzuziehen. Selbst gefesselt könnte er Lethe aus dem Weg schubsen und an ihr vorbeilaufen.

»Ich bin übrigens nicht allein«, sagt sie. »Bevor du an Flucht denkst. Er ist direkt vor der Tür und viel nervöser als ich. Hat sogar ein Küchenmesser von oben mitgebracht. Unter uns: Er ist ziemlich unbrauchbar, aber solange deine Hände gefesselt sind …« Sie schüttelt sich. »Jedenfalls wollen wir nur etwas, das Wylie hat. Wir rühren sie nicht an. Wir müssen sie nur finden.«

»Verpiss dich«, sagt Jasper. »Ich würde dir nie helfen.«

Lethe sieht verblüfft und irgendwie sauer aus. »Wow, du musst sie wirklich unbedingt beschützen, hm? Das ist keine Liebe, weißt du das? Das ist Dummheit.«

»Ich habe sowieso keine Ahnung, wo Wylie ist. Sie hat mit mir Schluss gemacht.« Jasper versucht, den Schmerz hinunterzuschlucken, bevor Lethe Zeit hat, ihn zu genießen. »Ich habe sie nicht gesehen.«

Natürlich könnte er sich den Kopf darüber zerbrechen, wo Wylie sein könnte. Aber er hat nicht vor, seine Gedanken dahin wandern zu lassen. Sonst folgt Lethe ihnen.

»Jasper, mal ernsthaft, ich fühle schon wieder, wie du versuchst, Dinge nicht zu denken. Das ist süß, aber so gottverdammt durchschaubar.« Lethe schüttelt den Kopf. »Wenn dir egal ist, ob du verletzt wirst, macht es dir dann vielleicht etwas aus, wenn jemand anderes verletzt wird? Deine Mom zum Beispiel?«

»Meine Mom?«, fragt Jasper. »Ist das dein Ernst?«

»Ja, ist es«, gibt Lethe zurück. »So wichtig ist es leider. Wir brauchen nur ein paar Fotos, die Wylie hatte. Von mir aus kann Wylie uns die Fotos geben, dann könnt ihr beide gemeinsam in den Sonnenuntergang reiten. Sie ist ein nettes Mädchen, und die Vergangenheit ist doch egal. Ich will nur weiterleben. Die Fotos brauche ich als Versicherung. Sonst bin ich als Nächste dran.«

Erst da sieht Jasper das Unendlichkeitstattoo an Lethes Handgelenk. Es war die beiden Male, die Jasper sie vorher gesehen hat, von einer Ledermanschette überdeckt. In seinem Kopf hört er Wylies Stimme in der Gasse hinter dem *Delaney's*: *Sie hat so ein Tattoo am Handgelenk.* Das ist Lethe: die »falsche Kelsey« aus dem Krankenhaus, von der Wylie erzählt hat. Die dritte der ursprünglichen Outliers. Scheiße, er ist wirklich ein Idiot.

»Ich habe einmal ein paar Fotos gesehen. Bevor Wylie verhaftet wurde. Aber ich habe keine Ahnung, wo sie jetzt sind«, sagt Jasper, während er fieberhaft versucht, an Dinge zu denken, die er sagen kann und die stimmen. Dann sieht es vielleicht so aus, als würde er ihr helfen, ohne dass er Wylie in Gefahr bringt. »Wir hatten sie mal, aber dann mussten wir wohin schwimmen, deshalb hat

Wylie sie dort gelassen. So muss es sein. Sie hatte sie nicht dabei.«

»Wo gelassen?«, fragt Lethe. Sie ist misstrauisch. Aber wenigstens sagt Jasper wirklich die Wahrheit. Das muss sie fühlen. »Wo hatte sie sie?«

»In einem Haus auf Cape Cod«, sagt Jasper; das erscheint ihm sicher genug. »Senator Russo, so hieß der Typ, dem es gehört.«

»Mist«, sagt Lethe.

Da öffnet sich die Tür zum zweiten Mal. Als Jasper sich umdreht, sieht er jemanden in der Tür stehen, den er erkennt, aber sein Gehirn weigert sich, etwas zu sehen. Und dann brandet es in ihm auf: Angst, befeuert von Wut.

Quentin. Er ist hier. Der Mensch, der Cassie umgebracht hat, der auch Wylie umgebracht hätte. Jasper wird Quentin töten. Jetzt sofort. Bei dem bloßen Gedanken spürt er einen kranken Rausch. Das Atmen fällt ihm schwer.

»Hat er gerade gesagt, Russo hat die Fotos schon?«, fragt Quentin. »Was um Himmels willen sollen wir jetzt machen?«

Quentin sieht eingefallen aus, als hätte jemand die Luft aus ihm rausgelassen. Einfach zu überwältigen. Oder einfacher. Jasper ballt die Fäuste, als er sich Quentins Hals zwischen ihnen vorstellt. Jasper wird ihn ganz sicher umbringen. Er muss nur ruhig genug bleiben, um die Chance zu bekommen.

»Was soll das, du Idiot?«, schreit Lethe Quentin an. Dann wendet sie sich wieder Jasper zu. »Und du halt dich mal schön zurück, mein Großer. Weißt du noch, was ich über das Messer gesagt habe? Das habe ich nicht erfunden. Wir wollen doch alle nicht, dass hier jemand verletzt wird. Wir brauchen dich schließlich noch.«

»Du bist nicht tot«, sagt Jasper zu Quentin.

»Hat dir Wylie das nicht gesagt? Sie wusste es. Ich hab sie im Gefängnis besucht.« Quentin lächelt dreist, dann schüttelt er den Kopf. »Diese Kleine und ihre Geheimnisse.«

Jasper ist blöderweise verletzt und kann nicht mal versuchen, das vor Lethe zu verbergen. Warum sollte Wylie ihm nicht erzählen, dass Quentin noch lebt? Zum Glück bohrt Lethe nicht in Jaspers verletzten Gefühlen herum; sie ist zu beschäftigt damit, Quentin wütend anzustarren.

»Ich bin gerade mal beschissene drei Minuten hier drin«, faucht Lethe mit verschränkten Armen. »Und wir haben Fortschritte gemacht, bevor du hereingeplatzt bist und es plötzlich nur noch um dich ging.«

»Was für Fortschritte?«, fragt Quentin. »Du hast doch gehört, was er gesagt hat: Wylie hat die Fotos nicht. Das Ganze war völlige Zeitverschwendung.«

»Weißt du was? Ich frage mich immer wieder, warum zum Geier ich dir erlaube, an mir zu kleben.«

»Kleben?«, schnauzt Quentin. »Wie brauchen einander, schon vergessen?«

Lethes Nasenflügel blähen sich, während sie auf den Boden sieht und überlegt. Dann streckt sie Quentin ruhig die Hand hin. »Gib mir das Messer. Wir werden ihn los, und ich überlege mir etwas anderes.«

»Ernsthaft?«, schreit Jasper. Er will nicht in Panik geraten, tut es aber. »Du willst mich *umbringen*? Sie werden rausfinden, dass du es warst.«

Auch wenn sich Jasper nicht so ganz sicher ist, wie.

»Da gibt's nichts rauszufinden. Nicht, wenn sie dich hier in Wylies Keller finden«, sagt sie. »Bei ihrer Liste von Leuten, die sie umgelegt hat, werden sie glauben, sie war's.«

Wylies Keller. Jasper blickt zu dem Regal an der anderen Wand und liest eines der Etiketten: *EEW, Durchgang*

10. September. Die Akten von Dr. Ben Lang. Lethe hat nicht unrecht, sie werden Wylie verdächtigen. Das tun sie jetzt schon.

Quentin zieht ein kurzes Küchenmesser aus der Tasche und betrachtet es, bevor er es widerstrebend Lethe aushändigt. Das Messer ist wirklich kurz. Man müsste sehr oft zustechen, um jemanden damit umzubringen. Lethe umklammert es und kommt näher. Jasper muss sich einen Grund ausdenken, warum sie ihn brauchen. Und zwar schnell.

»Warte, warte!«, schreit Jasper. »Ich weiß vielleicht doch etwas.«

»Was?«, fragt Lethe skeptisch.

»Ich habe gesehen, wie ein Typ einen Aktenkarton von hier zu so Lagerhäusern irgendwo im Nichts gebracht hat«, sagt Jasper. Vielleicht ist das ja was. Es könnte auf jeden Fall etwas sein. »Er ist so eine Art Regierungsagent oder so. Klute heißt er, glaube ich. Das könnten die Fotos gewesen sein. Ich weiß es nicht. Vielleicht hat sie sie zurückgeholt.«

»Was für Lagerhäuser?«, fragt Quentin.

»Ich habe keine Ahnung.« Zum Glück ist das die Wahrheit. »Aber Klute hat den Karton dort hingebracht und angezündet. Ich weiß die Straßennamen und das alles nicht mehr so genau. Ich bin ihm gefolgt, und es war da draußen, irgendwo im Nirgendwo. Aber ich glaube, ich könnte euch hinführen.«

Lethe liest ihn mit zusammengekniffenen Augen. Gott sei Dank sagt Jasper die Wahrheit.

»Also gut«, sagt Lethe schließlich. »Du zeigst uns, wo es ist. Und falls die Fotos dort sind – und nicht total zerstört –, lassen wir dich gehen.« Dann kommt sie näher und drückt ihm die Messerspitze an die Nase. »Und wenn du uns verarschst, machen wir dich stattdessen da draußen alle. Mitten im Nichts. Wo dich keiner jemals findet.«

EndOfDays Blog

12. Juni

Ich bin nur ein einzelner Mensch. Aber erleuchtet durch Rechtschaffenheit kann ein Mann eine mächtige Dunkelheit aufhalten.

ES IST EIN GRÄUEL, EIN SCHANDFLECK DER MENSCHHEIT, VERSUCHE AN JUNGEN MÄDCHEN DURCHZUFÜHREN. ES MUSS EIN FÜR ALLE MAL GESTOPPT WERDEN. MAN MUSS SIE AUFHALTEN. EGAL, WAS ES KOSTET. ICH WERDE DIE SACHE DURCHZIEHEN UND ES STOPPEN. ICH MUSS.

Gehet hin in Frieden, ihr alle. Ins Licht.

Riel

Marly wartet schon ungeduldig, als Riel wieder in ihr Zimmer kommt. Ramona und Elisa warten auch, sie sitzen auf der Bettkante wie kleine Kinder, die auf den Beginn der Zirkusvorstellung warten. Riel bemüht sich, nicht sauer zu werden; sie sind so aufgedreht. Sie können ja nicht wissen, warum ihr der Kopf schwirrt.

Die Droge, die sie in der WSRF an Mädchen getestet haben, war Morphin. Morphin hatten sie auch für die Mädchen in dem Krankenhaus bestellt. Riel hat eine E-Mail gefunden, in der Wylie das erwähnte. Kelsey starb an einer Überdosis Morphin. Das ist alles ein viel zu großer Zufall.

Riel glaubt vielleicht nicht, dass ihr Großvater Kelsey buchstäblich eine Nadel in den Arm gestochen hat. Aber sie zweifelt nicht daran, dass er für ihren Tod verantwortlich ist.

»Was ist los mit dir?«, fragt Marly, denn es ist wohl offensichtlich, dass etwas nicht stimmt.

Aber Riel schüttelt nur den Kopf. *Nicht jetzt*, meint sie. Marly scheint es zu kapieren. In der Zwischenzeit ist Ramona quer durch den Raum zu dem Handy gegangen, das auf Marlys Schreibtisch liegt. Sie hält es triumphierend hoch. »Das dürfte dich aufheitern!«

»Was ist das?«, fragt Riel Marly und nicht Ramona.

Riel traut Ramona nicht, darum geht es. Und ja, das liegt daran, dass Ramona Wylie verraten hat. Es ist eine Sache, über eine weiße Weste zu reden. Es ist nicht immer einfach, auch eine zu haben.

»Das Handy deines Großvaters«, kommt Ramona Marly mit einem breiten Grinsen zuvor. »Und darauf ist wahrscheinlich genug Zeug, dass sein ganzer Scheißplan in die Abendnachrichten kommt.«

»Um das klarzustellen: Wir wissen noch nicht sicher, was drauf ist«, sagt Marly. »Und es ist gesperrt. Aber es ist wirklich sein privates Handy. Ich schätze mal, da ist eine *Menge* drauf.«

»Wie habt ihr …?« Riel starrt das Handy ungläubig an.

»Weil wir toll sind«, sagt Ramona.

»Und wir hatten Glück«, fügt Elise hinzu. »Wir sind von hier aus direkt zu Russos Wahlkampfbüro gegangen und haben uns als Freiwillige beworben, wie du sagtest, und dann tauchte nach einer Stunde plötzlich dein Großvater einfach so dort auf, um ›mit der Truppe zu reden‹. Sie sagten, er hätte Sitzungen hier in der Stadt.«

»Sitzungen«, schnaubt Riel. Ihr Großvater macht sich nicht mal die Mühe, sich zu verstecken. »So kann man es wahrscheinlich auch ausdrücken.«

»Kaufen ihm die Leute seinen Scheiß eigentlich wirklich ab?« Ramona steckt sich andeutungsweise den Finger in den Hals. »Das ist nämlich echt eklig.«

»Abkaufen? Die Leute lieben es«, sagt Riel scharf. Es ist wichtig, dass sie das wissen. Dass keine von ihnen es je vergisst. »Sehr viele, um genau zu sein. Euch kommt das vielleicht wie offensichtlicher Bullshit vor, weil ihr Outliers seid. Aber die Leute glauben am liebsten das, was sie glauben wollen.«

»Schön für sie«, sagt Elise. »Es wäre vielleicht einfacher, nicht alles durchschauen zu können.«

»Kurzfristig gesehen wäre es einfacher«, wendet Marly ein. »Am Ende muss man sich aber immer der Wahrheit stellen.«

»Jedenfalls«, fährt Ramona fort; sie will unbedingt zu dem Teil der Geschichte kommen, in dem sie die Heldin ist. »Jedenfalls haben sie ein paar von uns in so einen Raum mit einer großen Menschenmenge gebracht, und dein Großvater …«

»Nenn ihn einfach Russo, um Himmels willen«, unterbricht Riel sie. »Er hat nichts mit mir zu tun. Hatte er noch nie.«

»*Russo* ging also im Raum herum«, fährt Ramona fort. »Er hatte das Handy in der Hand, weil er Selfies mit Freiwilligen machte. Oder er es versucht hat. Es ging eigentlich nur um die Show. Er wollte wohl lustig sein oder so.«

»Und er machte diese ganzen schlechten Altherrenwitze, wie hip er sei und so.« Elise schüttelt sich.

»Nur dass die meisten Freiwilligen es ihm abgenommen haben.« Ramona verdreht die Augen. »Jedenfalls wurde Russo von so einem Typ abgelenkt, der ihm erzählte, er sei so toll, und er legte das Handy kurz weg und …« Ramona sieht zu Elise hinüber, die die Augenbraue hochgezogen hat. »Okay, genau genommen hat Elise es sich geschnappt. Aber ich habe seine Sicherheitsleute abgelenkt, damit sie damit zur Tür rausflitzen konnte. Sie krochen immer noch auf dem Boden herum und suchten sein dummes Handy, als ich selbst abgehauen bin – und ich wurde nicht mal gefragt, wohin ich will.«

Da klopft es laut an Marlys Tür, alle schrecken zusammen.

»Hast du seine SIM-Karte rausgenommen?«, fragt Riel.

»Ja, natürlich«, beruhigt sie Marly und legt ihr die Hand

auf die Schulter. »Das ist Level99. Ich habe sie gebeten, das Handy abholen zu kommen. Schien mir sicherer, als es ihnen zu bringen.«

Marly öffnet die Tür, und Brian tritt ein, jetzt schon gereizt. Er konnte es von Anfang an nicht leiden, Riels Botenjunge zu sein. Jetzt, wo er dazu degradiert wurde, den Anweisungen ihrer Freundinnen zu folgen, passt es ihm noch weniger. Aber vielleicht geht es bei seiner bösartigen, angespannten Ausstrahlung auch gar nicht darum. Ehrlich gesagt hat Brian so wirre, miese Gefühle, dass Riel sich nicht sicher ist. Und sie ist sich gern sicher. Aber ohne Brians Hilfe ist das Handy nichts wert.

Marly reicht Brian das Handy und die SIM-Karte. »Wir brauchen alles Belastende oder möglicherweise Belastende von dem Ding.«

Brian mustert das Handy, dann steckt er die SIM-Karte in die Tasche. »Belastend? Geht es ein bisschen genauer?«

Als er zu Riel herübersieht, fühlt sie nur arrogante Herablassung. Brian kann sie nicht mal vorübergehend im Zaum halten. Er muss wissen, dass Riel sie lesen kann. Vielleicht will er das sogar. Riel ist schon aufgesprungen, bevor sie es selbst merkt.

»Sei kein Arschloch«, knurrt sie Brian an. »Wenn du nach all der Zeit nicht weißt, wie etwas Belastendes aussieht, suche ich mir jemand anderen, der es macht.«

Brian senkt den Blick und wird rot. Riel fühlt, wie Marly, Ramona und Elise hinter ihm stumm jubeln. Aber eigentlich ist er eher sauer als verlegen. Außerdem ist er immer noch ziemlich selbstgefällig.

»Nö, ist schon gut«, sagt Brian mit zusammengebissenen

Zähnen und dreht das Handy in der Hand. »Ich bin schon dran.«

Für einen kurzen Moment denkt Riel darüber nach, ihm das Handy ihres Großvaters wieder abzunehmen. Aber wieder denkt sie: Ohne die Hilfe von Level99 ist das Handy nichts wert.

»Ach ja, und wir haben auch Kendall gefunden«, fügt Brian hinzu, als er sich schon wieder zur Tür umdreht. »Oder den Typen, der sich für ihn ausgegeben hat.«

Riels Herz schlägt schneller. »Ehrlich?« Sie war sicher gewesen, das würden sie nie schaffen. »Wo?«

Brians Blick schnellt zum Boden. »Na ja, ich meine, genau genommen hat Kendall wohl mich gefunden«, sagt er. »Der Typ hat bei mir zu Hause gewartet. Meine Mom hat ihn reingelassen. Es war gruselig.«

»Du wohnst immer noch bei deiner Mom?«, zwitschert Ramona theatralisch. »Bist du nicht fünfundzwanzig oder so?«

Riel wirft Ramona einen warnenden Blick zu, und sie hebt die Hände und flüstert ein tonloses »Sorry«.

»Dreiundzwanzig!«, faucht Brian zurück. »Und wir sind nicht alle reich geboren.«

»Was hat Kendall gesagt?«, fragt Riel.

»Er hat mich gebeten, dir das hier zu geben.« Brian reicht ihr einen kleinen gefalteten Zettel. »Das war's. Ich habe versucht, ihn zu fragen, wer er ist, aber er wollte mir nicht antworten. Ich hab's nicht gelesen.«

Eindeutig eine Lüge. Sie mustert Brian eindringlich.

»Na gut, okay, ich hab's gelesen. Aber nur, um sicherzugehen, dass es nichts total Krankes ist.«

Riel faltet den Zettel auf und sieht eine Uhrzeit – halb neun Uhr abends – und eine Wegbeschreibung mit dem

Auto und dann zu Fuß zu irgendeinem Ort. Darunter eine Warnung: *Komm allein!*

Riel fährt mit Marlys Auto weg von Boston, nach Süden in Richtung Connecticut, und sie weiß jetzt schon, dass sie zu spät kommen wird. Es dauert nicht lange, bis die Wegbeschreibung sie von dem hell erleuchteten Highway auf eine kleinere Straße führt, dann noch eine Weile auf eine richtig schmale zweispurige, gewundene, die sich tief in den Wald schlängelt. Es geht schon auf acht Uhr abends zu und ist fast dunkel.

Je weiter sie fährt, desto weniger sicher ist sich Riel, dass sie irgendeine ihrer erhofften Antworten bekommen wird. Trotzdem wird sie Kendall treffen, das ist sicher, auch allein. Riel hielt Wylie für eine Riesenidiotin, weil sie Kendall vertraute. Aber von der Sekunde an, als er Riel in der Menschenmenge angefasst hat, wusste Riel dasselbe wie Wylie: Kendall meint es gut.

Sie muss noch zehn Minuten durch Wald und noch mehr Wald fahren, bis sie endlich die beschriebene Abzweigung entdeckt: die dritte links, eine Sackgasse, kein Straßenschild. Langsam biegt sie ab und parkt am Rand der Sackgasse. Von hier aus soll sie einen Trampelpfad finden, der in den Wald führt, und ihm folgen. Dann, vierhundert Meter weiter, wird sich der Pfad zu einer Lichtung hin öffnen. Hoffentlich zumindest.

Riel bleibt im Auto, bis sie die Lücke zwischen den Bäumen entdeckt. Der Pfad. Schwer zu glauben, dass sie ihm allein und im Dunkeln folgen wird. Aber sie wird. Auf jeden Fall. Dabei ist ihr jetzt so viel Angst in die Brust gekrochen, dass sie fast daran erstickt. Aber was ballt sich direkt neben dieser Angst zusammen? Gewissheit.

Nachdem sie ausgestiegen ist, geht Riel eilig mit der Taschenlampe in der Hand den schmalen Pfad entlang, während die Äste nach ihren Armen und Beinen krallen. Sie versucht, nicht darüber nachzudenken, was vor ihr liegt oder wer ihr vielleicht folgt. Nach kurzer Zeit sieht sie endlich weiter vorn etwas. Zwei lange Gebäude auf einer kleinen Lichtung. Riel bleibt stehen und starrt in die Dunkelheit. Ganz normale Lagerhäuser, aber hier draußen, mitten im Nichts, konnen sie nichts Gutes bedeuten. Und Kendall hat sich seinen Treffpunkt nicht zufällig ausgesucht.

Riel holt noch einmal tief Luft, bevor sie einen Schritt in Richtung der Lagerhäuser macht, und …

Eine Hand hat sich über ihren Mund gelegt. Riel schreit laut, rau und animalisch. Aber der Laut wird von den starken Fingern gedämpft. Sie versucht auch, sich zu befreien, aber die Hand hält sie zu fest. Sie kann nicht mal den Kopf bewegen.

»Pssst!« Ein geflüstertes Knurren in ihrem Ohr. Etwas Hartes drückt ihr in den Rücken. Eine Pistole? Kann das sein? »Hör auf zu schreien!«

Und so tut Riel, was man ihr sagt. Die Hand ist immer noch da, das Etwas, das vielleicht eine Pistole ist, wird immer noch an ihre Wirbelsäule gerammt. Während sie auf das hintere Lagerhaus zugeschoben wird, versucht sie, den Menschen hinter sich zu lesen. Das muss Kendall sein. Hofft sie. Wer auch immer es ist, er fühlt nichts, was sie lesen könnte, nur die Konzentration auf die Aufgabe.

»Mach auf«, sagt er, als sie die Tür zu der Lagerhalle erreichen. »Geh rein.«

Im Inneren der Halle wird Riel so hart weitergeschubst, dass sie stolpert. Als sie das Gleichgewicht wiederhat und sich umdreht, sieht sie neben der Tür Kendall stehen, der durch die Fenster in die Dunkelheit starrt. Das Mondlicht unterstreicht die Linien seines entschlossenen Gesichts und die Muskeln seiner angespannten Arme unter dem engen Shirt. Er sieht auf jeden Fall aus wie jemand, der, ohne zu zögern, diese Leute in dem Camp damals umgebracht haben könnte. Riel könnte er jetzt auch ganz leicht umbringen und würde trotzdem nichts dabei fühlen. Aber das ist Schwachsinn. Riel hat getan, was er wollte.

»Was soll der Scheiß?«, ruft sie.

»Ich musste sichergehen, dass dir niemand gefolgt ist.« Kendall sieht immer noch unverwandt in den Wald.

»Ich bin nicht doof. Ich war vorsichtig«, sagt Riel, während sie sich im Lagerhaus umsieht und versucht, sich zurechtzufinden. Vorne gibt es einen leeren Raum mit staubigem Betonboden. An beiden Enden Fensterfronten, an der Seite keine. Dazwischen ein langer Korridor mit vielen Türen. »Was ist das hier, verdammt?«

»Vorsichtig genug gibt es nicht«, sagt Kendall, ohne Blickkontakt herzustellen. Er geht weiter und überprüft das Innere des Gebäudes. Wie eine Maschine – schnell und methodisch. Es ist nicht geschauspielert und geht völlig mühelos. Es ist ein Reflex.

»Was ist das hier?«, fragt Riel noch einmal.

Kendall antwortet nicht. Stattdessen geht er den Korridor entlang und überprüft auch die andere Seite. Auf dem Rückweg öffnet er sämtliche Türen und sieht in die Zimmer.

»Wer zum Geier *bist* du?«, fragt Riel, als Kendall immer noch kein Wort sagt. Sie versucht wieder, ihn zu lesen. Aber

Kendalls einziges echtes Gefühl ist immer noch Konzentration – sonst scheint er nichts zu fühlen. »Ich meine, wer bist du in *Wirklichkeit*?«

Endlich hört Kendall mit seiner Durchsuchung auf, stellt sich breitbeinig und mit den Armen an den Seiten hin und starrt Riel an. Natürlich hat er eine echte Pistole in der Hand, die hat er Riel wahrscheinlich an den Rücken gedrückt.

»Ich bin niemand«, sagt Kendall, und das meint er ernst. Schlicht und vollkommen. »Sie haben Jahre gebraucht, um mich dazu zu machen.«

»Du arbeitest für meinen Großvater?«

»Nicht im engeren Sinn.«

»Für wen dann?«

»Militärgeheimdienst. Denen berichte ich. Aber sie würden meine Existenz leugnen.« Er sagt es ganz neutral, als wüsste er schon, dass es egal ist. Dass *er* egal ist. »Sie fungieren als Mittelsmänner. Ich gehe, wohin sie mich schicken. Normalerweise werde ich nicht eingeweiht, warum. Nur, was. Aber das hier, das habe ich mir angeschaut. Und ja, es geht auf deinen Großvater zurück. Das alles.«

Endlich ist für einen kurzen Augenblick etwas aufgeflackert. Bedauern. Ganz tief unten ertrinkt Kendall darin. Irgendwo da drin ist ein echter Mensch.

»Du hast all die Leute in dem Camp erschossen«, sagt Riel leise.

Kendall schüttelt den Kopf. »Ich sollte es tun, aber die erste Zielperson, die mir über den Weg lief, war eine alte Dame. Sagte etwas von wegen sie sei Krankenschwester, fragte, ob ich verletzt sei und Hilfe bräuchte. Ich glaube, sie dachte, wir seien in Vietnam oder so.« Die Erinnerung scheint ihn zu quälen. »Nach all den Jahren, nach allem, was ich getan habe – sie war meine rote Linie. Sie hatte keine Ahnung, was los war. Ich habe versucht, den anderen Agenten, der mit mir dort war, auszuschalten, damit er den Job nicht zu Ende bringen konnte. Klute war sein Name. Was ich am meisten in meinem Leben bedaure, ist, dass ich nie freies Schussfeld auf ihn hatte.«

»Also nehmen wir mal für eine Sekunde an, ich würde dir glauben – was willst du jetzt?«, fragt Riel. »Warum hast du mich hergeholt?«

»Dort in der Einrichtung waren Mädchen. Junge Mädchen. Ich habe sie dort gesehen.«

»Du meinst im Boston Hospital?«

Er zieht ein verwirrtes, verärgertes Gesicht. »Nein, vor dem Krankenhaus. In der WSRF«, sagt er. »Ich war dort lange, bevor ich in das Camp in Maine geschickt wurde.«

»Die WSRF«, wiederholt Riel. Ihr ganzer Körper ist angespannt und wappnet sich gegen die Wahrheit, für die sie nie bereit sein wird. *Morphin. Morphin. Morphin.*

»Ja, das ist eine Forschungseinrichtung«, sagt er. »Wo die Ärzte viel mehr vor uns geredet haben, als sie gesollt hätten. Ich schätze mal, sie dachten, wir wären zu dumm, um es zu verstehen. Zuerst haben sie ausprobiert, ob sie dieses ganze Outlier-Ding imitieren konnten, indem sie Halluzinationen bei uns auslösten. So haben sie es nicht genannt, aber das war es. Dann haben sie es mit Stressfaktoren versucht – Schmerz, Schlafentzug –, um herauszufinden, ob es irgendwie lernbar ist. Als alles nicht funktionierte, ging es nur noch ums Blocken.«

»Woher hatten sie die Mädchen zum Testen?«, fragt Riel und denkt dabei natürlich an Kelsey.

Er zuckt mit den Schultern. »Die wurden bezahlt. Sie brauchten eine Menge Mädchen, um einen einzigen Outlier rauszufiltern. Die meisten waren keine. Das waren alles Mädchen, die keine großen Möglichkeiten hatten. Die nicht vermisst werden würden, falls die Tests schiefgingen. Und das kam ständig vor. Ein paar davon waren hinterher völlig durch. Sie haben sehr viele verloren.«

Riel holt tief Luft, versucht zu schlucken. Sie hat noch nicht alle Punkte miteinander verbunden, aber so ist Kelsey gestorben. Es hatte etwas mit der WSRF zu tun. Das Letzte, was Riel will, ist vor Kendall zu weinen, aber es ist zu spät.

»Wie lang lief das schon?« Riel versucht, ihre raue Stimme zu ignorieren. »Wann hat das angefangen?«

Kendall zuckt die Achseln. »Vor ein paar Jahren. Drei oder vier.«

Riel wird Übelkeit erregend schwindlig. Wie in einem Zug, von dem sie dachte, er würde fahren, dabei war es die ganze Zeit der Zug neben ihr.

»Jahre?«, wiederholt sie. »Aber Ben Lang hat erst …«

»Ben Lang war nicht der Anfang«, sagt Kendall und wedelt dabei mit dem Zeigefinger. »Er war das Ende. Danach konnte Russo es nicht mehr geheim halten. Er war der Erste, der sie Outliers nannte, aber das ist alles. Ich hoffte, Langs Frau, die Reporterin, würde etwas mit den Fotos anstellen, die ich ihr geschickt habe. Aber sie wusste nicht mal, was sie hatte, bevor sie versuchten, sie auch umzubringen.«

Riel hat so viele Einzelheiten falsch verstanden. Ihr Großvater hat damit angefangen, nicht Dr. Lang. Es waren Kendalls Fotos, nicht die von Hope. Das erklärt, warum Hope nicht wusste, was die WSRF war.

»Sie *haben* sie umgebracht«, sagt Riel.

»Nein, nein«, widerspricht Kendall. Als wäre jetzt Riel

die Verrückte. »Sie lebt noch. Aber nur, weil der Architekt es so will.«

»Der Architekt?«

Kendall zuckt wieder mit den Schultern. »Wer auch immer der Architekt ist, er steht hinter den meisten Dingen, die Russo tut. Die Strategie.« Er macht eine Geste in Richtung Lagerhaus. »Das hier eingeschlossen. Er sorgt dafür, dass die Drecksarbeit gemacht wird, damit Russo sich die Hände nicht schmutzig machen muss. Und das muss man ihm lassen – es funktioniert. Russo war ein unbedeutender Senator, und jetzt kandidiert er für das Amt des Präsidenten. Sieht aus, als könnte er sogar gewinnen.«

»Bist du dir sicher, dass der Architekt noch lebt?«, fragt sie und denkt dabei an Quentin. Aber sie hat bereits ihre Zweifel.

»Ich glaube schon. Aber seit dem Camp bin ich mir bei nichts mehr sicher. Ich war größtenteils untergetaucht. Sie mögen es nicht, wenn wir Befehle nicht befolgen.«

»Aber du hast den Zettel unter Leos Tür durchgeschoben, oder?«, fragt Riel. »Du warst im Krankenhaus bei Wylie.«

Kendall zuckt die Achseln. »Ich wollte euch beide warnen. Dachte mir, das wäre das Mindeste, was ich tun kann.«

»Und was ist das hier nun?«, fragt Riel.

Kendall holt hörbar Luft und sieht sich um, während er ein Stück zurückgeht und sich an ein Fenster lehnt. »Sie werden Dutzende von diesen Dingern gebaut haben, bevor irgendwer es merkt. Sie verlassen sich darauf, dass sie immer ein paar Schritte voraus sind. Wenn ein Unkraut erst einmal Wurzeln geschlagen hat, ist es nur noch schwer auszurotten. Es ist leichter, etwas zu verteidigen, das es schon gibt. Aber sie machen erst sauber: das Camp, Wylie, ihr Dad. Sie werden alle Spuren verwischen.«

Das ist die Wahrheit, soweit Kendall sie kennt. Und Riel hat das schreckliche Gefühl, dass es der Realität sehr nahekommt.

»Ich verstehe immer noch nicht, was das hier sein soll.«

»Die nächste Phase«, sagt Kendall. »Es wird …«

Etwas knallt leise. Kendall ist erstarrt. Riel sieht nach unten, fürchtet, dass sie vielleicht auf eine Scherbe getreten ist. Dann hört sie einen dumpfen, schweren Aufprall.

Kendall ist vornüber auf den Boden gefallen.

»Oh, Mist.« Sie hastet zu ihm. »Kendall, bist du …?«

Noch ein Knall. Und dann noch einer. Riel kommt am Boden auf. Mist. Scheiße. Kugeln. Es sind Kugeln, die Löcher in die Scheiben brechen.

Und die erste hat Kendall direkt in den Hinterkopf getroffen.

Wylie

Als wir es endlich in die Stadtbibliothek von Watuck geschafft haben, zittere ich immer noch. Die Bibliothek ist fast leer, was um zwanzig vor neun abends wenig überrascht. Trotzdem ist es ein reizender und bezaubernder Ort – ganz neu, aber auf alt gemacht, sodass er zur restlichen pittoresken Innenstadt passt. Außer uns ist nur noch ein Kunde da, ein alter Mann, der Zeitung liest, und drei junge, attraktive Angestellte – zwei Frauen, ein Mann – hinter dem Tresen, die miteinander plaudern. *Sie waren alle schon hier*, ermahne ich mich. *Sie konnten nicht wissen, dass wir herkommen. Sie haben uns nicht verfolgt.*

Ich glaube auch nicht, dass der Wolf uns verfolgt. Inzwischen wäre er hier. Trotzdem werde ich das Bild nicht los, wie er da in Mrs Porters Küche vor uns stand. Grauen. Das habe ich gefühlt. Es hat mich beinahe erstickt.

Sobald ich das Wort »heiß« ausgesprochen habe, rannte Gideon zu Mrs Porters Tür. Er war von Anfang an so nervös, dass er im selben Moment bereit war, als ich das Wort sagte. Ich war ihm dicht auf den Fersen. Und ich schaute nicht zurück, bis wir sicher im Auto eingeschlossen waren.

Der Wolf folgte uns nur bis auf die Treppe vor dem Haus. Dann ragte er da in der Tür auf und blinzelte mich an. Er sah so viel schwächer aus ohne seine Security-Uniform, im Lichtschein der einsamen Glühbirne. Das machte die Tatsache, dass jemand ihn mit der Bewachung der Mädchen in dem Krankenhaus beauftragt hatte, nur noch erschreckender.

Obwohl der Wolf nicht hinter uns her ist, fühle ich mich verfolgt. Dass ich mich in der Stadt befinde, in der Sophie-Ann starb, macht es nicht besser. Aber die Bibliothek war die beste Wahl, um herauszufinden, was es über Sophie-Anns Unfall zu erfahren gibt. Vor allem, falls wir die Bibliotheksleute fragen müssen; sie könnten Wissen aus erster Hand besitzen. Und auch wenn es im Moment nicht gerade das Sicherste ist, online zu gehen, brauchen wir Informationen über Sophie-Ann. Aber wir haben nicht viel Zeit. Die Bibliothek schließt um neun.

Als Gideon und ich zu den Computern gehen, versuche ich, den Raum besser zu lesen. Es gibt nichts Auffälliges, abgesehen von den beiden Bibliothekarinnen, die definitiv miteinander flirten. Der alte Typ schläft. Außerdem könnte derjenige, der auf Oshiro geschossen hat, da draußen warten, um auch uns zu erschießen. Auf jeden Fall. Aber wenigstens ist er nicht in der Bibliothek. Zumindest noch nicht. Wir müssen einfach hoffen, dass der schreckliche Grund, warum diese Leute uns von dem Parkplatz wegfahren lassen haben, immer noch gilt.

Diese Leute. Dass der Wolf damit zu tun hat, hat meine Vermutungen über sie nur noch komplizierter gemacht. Ich war so auf Quentin konzentriert, als Verbindung zwischen dem Camp, dem Kollektiv und Sophie-Ann und der Frage, wo mein Dad ist. Aber jetzt auch noch das Krankenhaus? Unwahrscheinlich. Das war eine Operation mit offizieller Unterstützung. So etwas konnte nur jemand wie Senator Russo durchführen. Und Russo könnte auch den Fall einer vermissten Person in DC unter den Teppich kehren.

»Lass uns als Erstes bei Elizabeth nachfragen«, sage ich. »Ich möchte sichergehen, dass es Oshiro gut geht.«

»Hältst du das wirklich für eine gute Idee?«, fragt Gideon. »Was, wenn es nicht so ist?«

Er hat recht, das habe ich mir noch nicht richtig eingestanden. Ich hoffe, das liegt daran, dass ich weiß, dass es nicht stimmt, aber sicher bin ich mir nicht.

»So oder so muss ich es wissen. Und ich will ihr sagen, dass es mir leidtut.«

Gideons Finger fliegen über die Tastatur und öffnen das E-Mail-Konto, das er bei Elizabeth eingerichtet hat. Zwei neue Nachrichten von LizzyBusy123, aber zwischen ihnen ist noch eine dritte, bei der ich sofort ein schlechtes Gefühl habe: Der Absender ist nur eine Ziffernfolge, und die Betreffzeile ist leer. Vielleicht Spam. Aber der ekelhafte Aufruhr in meiner Magengegend hat diese Möglichkeit anscheinend schon verworfen.

Gideon fängt mit der Mail von Elizabeth an, die ankam, bevor auf Oshiro geschossen wurde. Er will mich schützen, für den Fall, dass in Elizabeths neuerer Mail schlechte Nachrichten stehen.

EndOfDays wurde vor Jahren in Deutschland gegründet. Es lag zwei Jahre lang brach, bis die URL vor neun Monaten von einem völlig anderen Internetanbieter in Massachusetts weiterverwendet wurde. (Das passiert bei verlassenen Blogs ständig.) Es blieb aber ruhig, bis vor einem halben Jahr in Florida neue Posts geschrieben wurden. Dann, vor zwei Monaten, ging es von Florida wieder zurück nach Massachusetts. Unter anderem nach Framingham und Watuck.

Sogar Newton: Ein paar wurden von der Adresse 412 Juniper Street aus gepostet.

Hoffe, das hilft. Falls er wieder postet, sage ich Dir sofort Bescheid, damit Du weißt, wo er ist.
Xx Elizabeth

Mein Blick bleibt an *412 Juniper* hängen. Ich hoffe immer noch, dass ich es mir nur einbilde – aber nein, es steht definitiv da.

»Was ist los?«, fragt Gideon.

»Das ist Jaspers Adresse.«

Jasper, der im Krankenhaus war, kurz bevor die Babypuppe auftauchte. Und nicht lange bevor Teresa starb. Jasper, der irgendwie an allen Orten war, an denen in dieser ganzen Sache irgendetwas Wichtiges geschehen ist. Aber nein. Nein. Das heißt nicht, dass er etwas damit zu tun hat. Das heißt nur, irgendwer will, dass ich das glaube.

»Jasper?«, fragt Gideon ebenfalls ehrlich ungläubig. »*Er* ist EndOfDays?«

»Ist er nicht«, sage ich, während ich mich selbst nach Zweifeln durchforste. Aber da ist keiner, keine Spur. Es ist eine Falle, damit Jasper schuldig aussieht.

»Könnte es jemand sein, bei dem er wohnt?«

»Jaspers Bruder ist ziemlich daneben. Und seine Mom – ich glaube nicht, dass sie überhaupt einen Computer hat.«

»Aber bleibt dann nicht nur Jasper übrig?«

Ich tue Gideon leid. Sehr, sehr leid. Wie schon mal, vor dem *Delaney's*. Nur dass es diesmal schlimmer ist.

»Es ist nicht Jasper«, sage ich scharf, dann sehe ich Gideon fest in die Augen. »Das ist auch kein Wunschdenken. Ich weiß, dass er das nicht gepostet hat. Und nein, ich habe keine andere Erklärung dafür. Vielleicht sollten wir einfach … Sehen wir uns ihre andere Mail an.«

Die zweite Nachricht von Elizabeth wurde erst vor einer Stunde geschrieben, nachdem wir Oshiro gefunden haben:

Evan wird wieder gesund. Mach Dir keine Vorwürfe. Er wollte mitkommen und Dir helfen. Aber Du solltest nach Hause kommen. Sofort. Es ist gefährlich da draußen. Das soll ich Dir ausrichten.
Xx Elizabeth

Ich lasse die Luft ausströmen, die ich angehalten habe; so laut, dass die Bibliothekare herüberschauen. Ich blicke nicht vom Computer auf.

»Schön zu hören, dass es Oshiro so weit gut geht«, sagt Gideon.

»Auf jeden Fall.«

»Sie hat recht, wir sollten nach Hause gehen«, sagt Gideon.

»Kannst du die letzte Mail öffnen?«, bitte ich ihn, ohne darauf einzugehen. »Die in der Mitte.«

Ich habe immer noch ein ganz furchtbares Gefühl dabei, noch bevor Gideon draufklickt. Und dann steht es auf dem Bildschirm:

Beeil dich. Deinem Dad läuft die Zeit davon. Das Ende ist nah.

Mein Herz hämmert so wild, dass es mich schüttelt, während Gideon und ich stumm auf den Bildschirm starren. Aber egal, wie lange wir hinstarren, das ist die ganze Botschaft. Keine Erklärung, keine Einleitung. Nichts, was sie weniger bedrohlich machen würde.

»Womit beeilen?«, fragt Gideon leise.

»Ich weiß nicht«, antworte ich, dabei ist die Mail für mich eindeutig eine Falle.

»Wie kann man uns sagen, wir sollen uns beeilen, und dann nicht, wohin wir kommen sollen?«, fragt Gideon, als wäre das die eine und einzige Ungerechtigkeit dieser ganzen Sache.

»Schreib zurück«, sage ich. »Frag, wohin wir kommen sollen.«

»Wir schließen in fünf Minuten!«, ruft eine der Bibliothekarinnen, während Gideon tippt.

»Und jetzt such noch schnell nach Sophie-Ann«, sage ich. »Vorher können wir nicht gehen.«

»Ja, ja«, sagt Gideon, der noch versucht, sich auf die Antwort zu konzentrieren, dann öffnet er ein neues Suchfenster. »Okay.«

Innerhalb von Sekunden erscheint eine Liste von Artikeln über den Unfall: »Sophie-Ann Payne, eine Einwohnerin aus dem benachbarten Framingham, wurde, als sie spät in der Nacht am Rand eines nahe gelegenen Highways ging, von einem Wagen erfasst und tödlich verletzt.« Irgendwie hat das Ganze aber einen vorwurfsvollen Unterton. Eine Frage schwebt zwischen den Zeilen: Was hatte Sophie-Ann um diese Zeit da draußen zu suchen? Und ein Mädchen wie sie? Was erwartete sie? In einigen Artikeln bleibt die Frage weniger unausgesprochen. Einer davon zitiert sogar eine »vertrauliche Quelle«, die angeblich sagte, Sophie-Ann sei vermutlich »in den Verkehr gestolpert«, weil sie so viel Party mache. Die Quelle klingt verdächtig nach Mrs Porter.

Dann kommt der Bericht der Toxikologie. Das ist der neueste Artikel, erst von diesem Morgen. Die Überschrift: »Ist das Highway-Mädchen ein weiteres Opfer der wachsenden Opioid-Epidemie?« Und der Untertitel: »Mädchen aus Framingham hatte Morphin im Blut.«

Mein Blick bleibt an dem Wort »Morphin« hängen.

Genau das wollten sie den Mädchen im Krankenhaus geben. Mir auch, nehme ich an. Das ist kein Zufall, das weiß ich.

Laut dem Artikel ist Sophie-Ann – so high, dass sie verwirrt war – auf die Straße gelaufen, wurde von einem Wagen erfasst und kam ums Leben. Das ist natürlich keine Entschuldigung für die Fahrerflucht. Aber Sophie-Ann – ein verwirrtes Pflegekind mit bekannten Verhaltensproblemen, so high, dass sie kaum geradeaus schauen konnte – war auch schuld.

Aber eine Zeile in dem Artikel sticht besonders hervor: »Sie starb auf einem einsamen Teilstück des Sunset Highways kurz hinter Meile sieben in der Nähe der ehemaligen militärischen Forschungseinrichtung Watuck.«

»Die Einrichtung«, sage ich und lege den Finger an den Bildschirm, bevor ich den Artikel ausdrucke. »Das ist wahrscheinlich das, worüber Mrs Porter gesprochen hat: die Einrichtung, in der sie arbeiten. Die militärische Forschungseinrichtung Watuck. Google das mal.«

Halb gehe ich davon aus, dass wir nichts dazu finden. Aber innerhalb von Augenblicken haben wir eine ganze Menge. Die WSRF war einmal eine Regierungseinrichtung, in der die modernste Forschung von PTSD-Behandlung über Cyberkriegsführung bis hin zu psychologischen Verhörtechniken durchgeführt wurde. Dann wurde sie vor drei Jahren von einer Privatfirma namens Compass Industries übernommen und kurz darauf geschlossen. Die WSRF klingt nicht nach militärischen Standards; hier könnte Forschung über die Outliers genau hinpassen.

»Da arbeiten sie also«, sagt Gideon mit einem schweren Seufzen. »Eine Einrichtung, die angeblich geschlossen wurde. Na, das ist ja gar nicht verdächtig.«

»Such nach Quentin und der WSRF«, sage ich, aber ich spüre die Enttäuschung schon bitter in der Kehle.

Gideon versucht mehrere Varianten von Quentins Namen und der *Watuck Soldier Research Facility*, findet aber nichts heraus. Dann versucht er es nur mit Dr. Quentin Caton und erhält ein paar Einträge – alles Zitate von unserem Dad oder in Zusammenhang mit ihm, in denen Quentin als sein hervorragender Forschungsassistent gelobt wird. Denn Quentin Caton existierte nicht, bevor er Dad kennenlernte, zumindest nicht unter diesem Namen. Das wusste ich schon. Aber von diesen ganzen Artikeln, in denen Dad Quentin lobt, wird mir trotzdem schlecht.

»Wie ist es mit WSRF und Senator Russo?«, frage ich mit einem Blick zu den Bibliothekaren, die am anderen Ende des Raums schon die Lichter ausmachen.

Bei dieser Suche kommt nur ein Link heraus – ein Artikel von vor drei Jahren mit nur einer Erwähnung einer Studie zu PTSD, die vom Komitee der Streitkräfte genehmigt wurde. Senator Russo wird zitiert: »Forschung ist absolut wesentlich für die Gesundheit unserer Soldaten und die Sicherheit unseres Landes. Mithilfe von hochmodernen Einrichtungen wie der WSRF nimmt das Militärwesen ständig Neuerungen vor.« Und am Ende steht ein weiterer Name auf der Liste der Ärzte der WSRF: Dr. Cornelius.

Ich beuge mich vor und suche nach Russo und Cornelius im selben Zusammenhang, damit Gideon nicht den Namen Cornelius tippen muss.

Sofort habe ich es: ein wiederverwendetes Foto einer Firmenklausur von Compass Industries von vor zwölf Jahren, anscheinend bevor Riels Großvater überhaupt Senator war. In dem Artikel geht es um Dr. Cornelius im Zusammenhang mit einem Buch, das in den späten Neunzigern erschienen ist. Die Bildunterschrift lautet: *Die Vorstandsmitglieder von Compass Industries David Russo und Dr. Peter Cornelius.*

Wir fahren sehr schnell auf dem Sunset Highway zur WSRF und hoffen, die Stelle zu finden, wo Sophie-Ann gestorben ist. Mit jeder Minute kommt es mir vor, als würde uns die Zeit ausgehen. Ich habe überlegt, direkt zur WSRF zu fahren und uns umzusehen – aber sogar ich weiß, dass es zu gefährlich ist, direkt zu dem Ort zu fahren, von dem wir wissen, dass dort der Wolf sein wird.

Ich nehme den Ausdruck des Artikels und lese laut vor: »Sie starb auf einem einsamen Teilstück des Sunset Highways kurz hinter Meile sieben in der Nähe der ehemaligen militärischen Forschungseinrichtung Watuck.«

Da sehen wir auch schon klar und deutlich das Schild von Meile sechs. »Warte, fahr langsamer.« Ich zeige auf eine Stelle, wo sich der Seitenstreifen zu einem Oval aus Kies und Erde neben dem Highway krümmt. »Fahr da drüben raus.«

Gideon fährt auf den Kies und sieht nervös in den Rückspiegel, sagt aber nichts. Er fühlt aber eine Version von *Ich halte das für keine gute Idee.* Das weiß ich. Und ich frage mich mal wieder, ob irgendwas davon wirklich fair ist.

»Damit das klar ist: Ich *weiß* nicht, was ich hier suche. Nur dass ich suchen soll«, sage ich. Und es ist die Wahrheit – nicht mehr und nicht weniger. Ich werfe Gideon einen Seitenblick zu, mache mich auf Einwände, Bedenken oder Fragen gefasst, fühle aber nur Verständnis, Mitgefühl und Liebe – so viel, dass mir der Atem stockt.

»Ist okay.« Gideon nickt und sucht im Handschuhfach nach einer Taschenlampe. Während er sich in der Dunkelheit umschaut, nickt er grimmig. »Denn im besten Fall irrst du dich, und es gibt nichts zu finden.«

Schweigend gehen wir zu Meilenstein sieben. Die Nachtluft ist gruselig – warm und schwer. Der Nebel ist so dicht, dass er das Licht der nahen Straßenlaterne verschluckt. Es gibt kaum einen Seitenstreifen, deshalb gehen wir im Gänsemarsch am Straßenrand. Es ist, als könnte jeden Moment ein Auto aus dem Nichts kommen, als wartete vielleicht sogar irgendwo eines genau darauf. Als wir vor uns eine Gruppe von drei Bäumen sehen und dahinter Meilenstein sieben, bin ich erleichtert.

»Das ist es.« Ich gehe auf direktem Weg auf die Bäume zu. »An dieser Stelle ist es passiert.«

Angst. Ich fühle sie, noch bevor wir da sind. Aber außer ein paar winzigen Glassplittern am Straßenrand, die von überallher stammen könnten, deutet nichts auf einen Unfall hin.

»Komm«, sage ich. »Wir sollten nicht stehen bleiben.«

Schweigend gehen wir weiter, bis ich schließlich unwillkürlich von der Straße abbiege und durch eine andere Lücke zwischen den Bäumen gehe. Da hinten, wo die Straßenlaternen von den Bäumen verdeckt werden, ist es plötzlich sehr, sehr dunkel.

»Warte, ich leuchte dir«, sagt Gideon und richtet die Taschenlampe vor mich. »Sag du, wo es langgeht.«

Wir suchen weiter, gehen tiefer und tiefer in den Wald, über ein paar Felder und wieder in ein Waldstück. Gideon ist die ganze Zeit hinter mir und bewegt den Taschenlampenstrahl hin und her. Irgendwann hebe ich einen langen

Stock auf und fege damit über den Boden, in der Hoffnung, dass ich etwas finde – ich weiß nicht mal, was. Aber ich finde nichts als Erde, Steine und Blätter. Ab und zu blicke ich über die Schulter zurück, um sicherzugehen, dass wir uns nicht verlaufen haben.

Ungefähr fünf Minuten später verschwindet das Licht vor mir plötzlich, und ich bin in Dunkelheit getaucht.

»Wylie«, sagt Gideon mit merkwürdig erstickter Stimme hinter mir.

Als ich mich umdrehe, sehe ich, dass er das Licht zur Seite gerichtet hat. Es beleuchtet hohes Gras rechts von uns, wo das Feld langsam in Sumpf übergeht. Zwischen dem Gras kann man Pfützen sehen. Aber so erstarrt, wie Gideon dasteht, wird mir klar, dass er etwas Besonderes gesehen hat. Und ich fühle, dass er Angst hat. Totales Grauen.

»Gideon, was ist los?«, frage ich mit klopfendem Herzen und zitternden Händen. »Ich sehe nichts.«

Wortlos bewegt Gideon den Strahl der Taschenlampe, als wollte er etwas besonders hervorheben. »Da«, flüstert er und macht einen Schritt, um das Licht direkter auf drei verschiedene Stellen in dem grasbewachsenen Wasser zu richten. Drei besondere Stellen, die er mir zeigen möchte. »Und da. Und da. Da ist was im Wasser.«

Ich sehe angestrengter hin. Und dann sehe ich es endlich. Oder besser: Ich sehe sie. Hände. Drei Hände. So weit voneinander entfernt, dass keine davon mit einer anderen zum selben Körper gehören kann. Drei Hände von drei verschiedenen Menschen.

Nein, Mädchen. Drei Mädchen. Outliers. Dessen bin ich mir jetzt schon entsetzlich sicher. Die Leichen von Mädchen, die man im Sumpf versenkt hat. Mädchen, die umgebracht wurden. Tot zurückgelassene Outliers.

Jasper

Jasper lässt die Augen geschlossen. Versucht, ruhig zu bleiben. So leicht ist das gar nicht im Dunkeln und wenn sein Körper vibriert. Und dann der Krach. Es ist so verflucht laut hier drin.

Lethe und Quentin haben Jasper in den Kofferraum gestopft, nachdem er ihnen ungefähr gesagt hat, wo die Lagerhäuser sind. Der Plan ist, ihn rauszuholen, wenn sie in der Nähe sind, damit er ihnen den Weg zeigen kann. Erst wollte Jasper sie dazu bringen, ihn loszubinden, aber das nützte nichts. Lethe kann zu deutlich lesen, wie gern Jasper sie beide umbringen will.

Irgendwann schläft Jasper von der Vibration und den geschlossenen Augen ein. Er wacht wieder auf, als die Wagentüren zuknallen. Sie sind kurz vor dem Ziel. Bald werden Quentin und Lethe wissen, dass außer Asche nichts mehr übrig ist, selbst wenn Fotos in dem Karton gewesen sein sollten. Jasper hat aufgepasst, dass er nicht daran denkt, damit Lethe es nicht erfährt. Und zu den Lagerhäusern zu fahren war wenigstens eine Möglichkeit, aus dem Keller herauszukommen, eine vorübergehende Lösung. Weiter hat Jasper noch nicht geplant. Er hat gehofft, dass ihm noch irgendeine tolle Idee kommen würde, irgendein grandioser Fluchtplan. Aber es kam nichts.

Endlich öffnet sich der Kofferraum einen Spalt. Das Licht

darin geht an und taucht die Gestalten draußen in Finsternis. »Wir sind in der Nähe«, sagt Quentin. »Setz dich auf den Beifahrersitz und zeig uns den restlichen Weg.«

»Ich weiß nicht, ob ich es wiederfinde«, schindet Jasper Zeit, nachdem ihn Quentin und Lethe herausgehievt haben.

»Das will ich dir aber geraten haben«, droht Quentin. »Sonst endet das hier nicht gut.«

»Alter, das endet doch so oder so nicht gut«, erwidert Jasper. »Hab ich recht?«

»Für dich vielleicht nicht.« Quentin zuckt die Schultern. »Aber ich komm aus der Sache raus. Wie immer. Und dann, wer weiß? Vielleicht finde ich Wylie wieder.« Das ist eine Drohung.

Jasper wirft ihm einen finsteren Blick zu. »Halt dich bloß von ihr fern«, knurrt er mit zusammengebissenen Zähnen. *Quentin töten. Quentin töten.* Er kann es fast schmecken.

Quentin lächelt. »Ich halte mich von ihr fern, wenn du uns zu den Lagerhäusern führst und uns hilfst, die Fotos zu finden.«

Am Ende findet Jasper den Weg zu den Lagerhäusern ziemlich leicht wieder. Doch während sie näher und näher kommen, betet er für irgendeinen Ausweg, dass irgendwas passiert und diesen ganzen Wahnsinn stoppt. Aber nichts tut sich.

»Da geht's lang.« Jasper deutet auf die Einfahrt. »Glaube ich.«

»Glaubst du?«, fragt Lethe, während sie abbiegt.

»Ich bin mir sicher«, ergänzt Jasper, und es stimmt. Er ist sich außerdem sicher, dass dies seine letzte Chance ist, die Lage noch zu drehen. »Warum helft ihr nicht einfach

Wylie, arbeitet zusammen und beschützt die anderen Outliers oder so? Steht ihr nicht auf derselben Seite?«, fragt er, als die Lagerhäuser in Sicht kommen. »Gemeinsam könntet ihr …« Er weiß nicht mal genau, was er sagen will. Er kann sich nicht vorstellen, dass Wylie etwas mit Lethe zu tun haben will. »Ihr könntet mit der ganzen Outlier-Sache irgendwas Gutes machen.«

»Ich habe im Krankenhaus versucht, mit Wylie über eine Zusammenarbeit zu reden«, sagt Lethe. »Sie wollte nichts damit zu tun haben.«

»Womit zu tun haben?«, fragt Jasper. »Vielleicht hat sie es nur nicht verstanden.«

»Oh, sie hat es sehr wohl verstanden«, sagt Lethe. »Denk an Outliers als Juryberaterinnen oder als Croupiers im Casino. Oder noch besser: mit einem Sitz im Vorstand einer Firma. Wir könnten Leuten Geld einbringen, eine Menge Geld. Und wir sind sogar noch wertvoller, wenn wir selten sind. Wenn es weniger von uns gibt.« Lethe zuckt die Achseln. »Aber Wylie wollte nur alle ›retten‹. Sie will nicht einsehen, dass die Welt das nicht zulassen wird.«

»Das liegt an Leuten wie ihm.« Jasper nickt zu Quentin nach hinten. Er hofft, Spannungen zwischen ihnen auszulösen. Dass er sich dann davonstehlen kann. »Vielleicht würde Wylie das alles anders sehen, wenn du nicht Jagd auf ihre beste Freundin gemacht hättest, nur um an sie ranzukommen.«

»Was?« Quentin lacht, und es klingt echt. »Nein, nein, nein, Cassie hat *mich* in die Sache hineingezogen, nicht andersrum.«

»Das ergibt doch überhaupt keinen Sinn«, widerspricht Jasper.

»Es mag keinen Sinn ergeben, mein Freund, aber es ist

definitiv die Wahrheit«, bestätigt Quentin. »Cassie gehörte zum Kollektiv, bevor ich überhaupt damit in Verbindung kam. Sie kam zu mir ins Labor. Und sie hatte schon den Plan, Lang zu erledigen. Sie hat mich mit meinem ›geschönten Lebenslauf‹ erpresst, dabei mitzuspielen, sagte, sie würde mich bei Lang verpetzen, wenn ich mich weigere. Und wenn ich mitmachte, könne sie mich zu einem richtig berühmten Wissenschaftler machen. Aber das war alles Schwachsinn.«

»Aber ich war dort. Du warst derjenige …«

»Hör zu, ich will nicht behaupten, ich hätte mich in dem Camp nicht hinreißen lassen. Dass mir die Rolle, die ich spielte, nicht gefallen hätte. Es hat Spaß gemacht, der Kopf des Ganzen zu sein«, sagt Quentin. »Aber der ganze Plan, Wylie zu schnappen, um an Lang ranzukommen, *das* hat mit Cassie angefangen. Natürlich war sie das nicht allein. Zumindest nicht alles. Aber ich habe nur getan, was sie gesagt hat.«

Quentin sagt noch mehr, aber Jasper hört nichts mehr, denn in seinem Kopf schallt es nur: *Cassie, Cassie, Cassie.* Er hat sich die ganze Zeit so schuldig gefühlt, weil er diese ganzen verletzenden Dinge gesagt hat, kurz bevor sie starb. Was für ein schlechter Mensch sie sei und alles sei ihre Schuld. Und jetzt hat er die Wahrheit vor sich: Cassie war von Anfang an darin verwickelt.

»So, genug in Erinnerungen geschwelgt«, sagt Lethe, als sie vor den Lagerhäusern anhält. »Bringen wir es hinter uns. Zeig uns, wohin er die Schachtel gebracht hat. Und wer weiß? Vielleicht darfst du dann gehen.«

»Ihr lasst mich nicht gehen, egal, was ihr findet«, sagt Jasper.

»Es gibt eine Chance«, sagt Lethe. »Und das ist sehr

viel mehr, als du hattest, während du im Keller eingesperrt warst.«

Vor dem Auto leuchtet ihnen Quentin mit seinem Handy; das blassblaue Licht erinnert Jasper daran, wie Wylie ihnen den Weg leuchtete, als sie aus dem Diner in den Wald davonrannten. Aber diesmal ist er sich ziemlich sicher, dass es keinen Ausweg geben wird.

Als sie schließlich um die Ecke biegen, sieht er sofort, dass zwischen den Gebäuden sauber gemacht wurde. Umgeräumt. Die Schachtel ist weg, die Asche auch, was bedeutet, er kann so tun, als würde er danach suchen. Hoffen, dass ihm etwas einfällt.

»Wo ist sie?«, fragt Quentin.

»Mann, sie war genau hier, ich schwöre es«, sagt Jasper. Wenigstens ist seine Verwirrung echt, das müsste Lethe eigentlich fühlen. »Genau hier, ganz offen. Er ist nicht mal hiergeblieben, bis alles ganz verbrannt war. Und hier hinten war auch noch anderes Zeug. Jemand war hier und hat aufgeräumt.«

»Was für anderes Zeug?« Lethe klingt anders als vorher. Nervöser.

»Abfall, ein paar gestapelte Holzpaletten da drüben, und hier waren auch noch Dosen und solches Zeug.« Jasper sieht sich um und versucht, sich zu erinnern, was er genau gesehen hat. »Und vielleicht auch so was wie flach gemachte leere Kartons und zusammengebundene Zeitungen. Da drüben.« Immer noch mit gefesselten Armen muss Jasper mit der Schulter in die Richtung rucken. Als er sich umdreht, sieht er eine Bewegung hinten in dem Lagerhaus, das weiter von der Straße entfernt steht. Eine schattenhafte Gestalt. Zu groß für ein Tier.

»Was war das?«, fragt er und duckt sich, um besser sehen zu können.

»Was war was?« Quentin macht einen Schritt auf das hintere Lagerhaus zu.

»Ich weiß nicht.« Jasper späht angestrengter hin. »Ich glaube, ich habe da drin am anderen Ende jemanden gesehen.«

Quentin dreht sich zu Lethe um. »Sieh nicht *mich* an«, sagt er. »Das gehst *du* checken.«

»Beim letzten Mal war es abgeschlossen«, sagt Jasper.

»Yep«, sagt Quentin, der jetzt die Klinke ausprobiert. »Ist es immer noch.«

»Wie wär's, wenn du außen rumgehst und einen anderen Eingang suchst?«, fragt Lethe. »Ich bleibe hier und stehe Wache.«

»Was, hast du jetzt Angst?«, höhnt Quentin. »Sollen sich jetzt die Männer kümmern?«

»Keine Angst«, erwidert Lethe eisig. »Ich bin nur klug. Geh jetzt. Schwing deinen Hintern da rüber und schau nach.«

EndOfDays Blog

3. Juli

Das Ende der Welt steht bevor. Werden wir uns ihm mit Anstand und treu im Glauben stellen? Werden wir in unseren letzten Augenblicken den Plan akzeptieren können, den es für uns gibt, auch wenn wir etwas anderes gewollt hätten? Werden wir stark genug sein, die Schwachen, die Kranken, die Zerbrochenen, die Verblendeten und die Ungläubigen bis zu unserem endgültigen Bestimmungsort zu tragen?
Mir wird jetzt bewusst, dass ich mich in vielem geirrt habe. Dass ich zu viel gewagt habe, was mir nicht zustand. Aber ich muss glauben, dass meine Geschichte nicht so endet. Dass ich Gnade in diesem Versagen finden werde. Und Rettung. Dass ich das Opfer derer ehren kann, die ich liebe. Der Glaube gibt uns die Kraft, die Hand auszustrecken, während wir in die Flammen getragen werden.
Gehet hin in Frieden, alle miteinander. Ins Licht.

Wylie

Wir fliehen aus dem Sumpfgebiet, so schnell wir können, zurück in Richtung Newton. Weg von diesen Händen, die sich zum Himmel strecken. Am Ende haben wir sechs von ihnen entdeckt. Sechs Hände. Vielleicht hingen Körper daran, vielleicht auch nicht.

An der ersten Tankstelle, die wir finden können, drei Meilen weiter, halten wir an. Sie ist groß und neu, hat hell erleuchtete Zapfsäulen und einen riesigen, funkelnden Minimarkt; er erinnert mich an den *Freshmart*, in dem Jasper und ich Doug und Lexi kennengelernt haben, und an den Laden auf Cape Cod, wo wir später trockene T-Shirts gekauft haben, nur dass dieser hier schöner ist als die beiden anderen.

Beim Gedanken an Jasper überkommt mich wieder die Reue. Der Brief war ein hohes Risiko. Warum dachte ich, es würde so einfach, es zurückzunehmen? Selbst jetzt mache ich mir deswegen größere Sorgen als über einen Blog-Post, der irgendwie aus seinem Haus zu kommen schien.

»Dürfte ich Ihr Telefon benutzen?«, frage ich den Angestellten in dem Minimarkt. Er hat schlaffe blonde Haare und sitzt mit leerem Gesicht halb schlafend hinter dem glänzenden Tresen mit seiner gewaltigen Auswahl an neuesten Süßigkeiten.

Diesmal werde ich die Polizei rufen, obwohl ich ihr nicht

vollständig vertraue. Obwohl ich niemandem mehr vertraue.

»Telefon?«, fragt der Angestellte, als hätte er noch nie von so etwas gehört.

Ich deute auf das Festnetztelefon hinter dem Tresen. »Ja, Ihr Telefon. Mein Handy ist leer, und es ist ein Notfall.«

Ich habe nicht vor, ihm zu erzählen, was für ein Notfall es ist, oder zu erwähnen, dass wir keine Handys haben, weil wir sie weggeworfen haben, damit wir nicht verfolgt werden können. Falls irgendwas auch nur entfernt verdächtig klingt, wird sich der Typ weigern, uns zu helfen; nach zwei Sekunden in diesem Laden bin ich mir *dessen* ganz sicher. Ich muss vage bleiben. Ihn genug unter Druck setzen, um zu bekommen, was wir wollen, aber nicht so sehr, dass er Panik bekommt.

»Von mir aus«, sagt der Angestellte schließlich und gibt mir den Hörer. »Ich muss aber für dich wählen.« Er streicht sich die schlappen Haare hinter die Ohren. »Keine Kunden hinter der Kasse.«

»Neun, eins, eins, bitte«, sage ich möglichst lässig.

»Echt?« Der Angestellte zieht eine Grimasse, aber als ich seinen Blick nur unverwandt erwidere, wählt er.

»Neun, eins, eins, was für einen Notfall möchten Sie anzeigen?«, meldet sich die Telefonistin.

»Wir haben eine Leiche gefunden«, versuche ich, möglichst schnell zu reden, bevor mich jemand aufhalten kann. »Bei Meile sieben neben dem Sunset Highway.«

»Wovon redet sie?«, quietscht der Angestellte Gideon an.

Ich meide seinen Blick, während Gideon achselzuckend die Augen verdreht, als hätte er keine Ahnung.

»Eine Leiche?« Die Telefonistin klingt nicht besonders überrascht oder interessiert.

»Ja, einen toten Körper«, dränge ich und bemühe mich,

meine Stimme vertrauenswürdig klingen zu lassen. »Hinten im Wald, wo der Sumpf anfängt. Um genau zu sein, glaube ich, es könnten mehr als eine Leiche sein.«

»Mehr als eine?« Jetzt habe ich ihre Aufmerksamkeit.

»Ja«, wiederhole ich. »Es war dunkel, aber es sah so aus.«

»Und Sie haben das einfach zufällig entdeckt. Im Wald neben einem Highway. Um diese Uhrzeit?«

Zum Glück bin ich auf diese Frage vorbereitet. »Ich musste mal. Wir haben angehalten. Ähm, sorry.«

»Na ja«, sagt sie. »Sind Sie immer noch dort?«

»Nein, wir sind weggefahren, um ein Telefon zu suchen«, sage ich. »Meins war leer.«

»Okay, ich sehe hier in meinem System, wo Sie sind.« Mich erschreckt, wie schnell sie den Anruf zurückverfolgen können. Dabei fallen mir wieder unsere möglichen Verfolger ein. »Bleiben Sie, wo Sie sind. Ich schicke sofort einen Officer zu Ihnen. Und einen zweiten zu dem Meilenstein.«

»Danke.« Ich lege auf und drehe mich zu Gideon um. »Wir müssen sofort weg.«

»Hey!«, ruft uns der Angestellte nach, als wir fast an der Tür sind. »Stimmt das mit den Leichen?« Er sieht in die Dunkelheit, eher fasziniert als ängstlich. Eine ordentliche Verschwörung ist genau sein Ding, und wahrscheinlich auch die Vorstellung von Leichen. »Hier in der Gegend?«

Ich drehe mich noch mal zu ihm um. »Ja, es stimmt. Und sagen Sie es so vielen Leuten wir möglich. Bevor jemand sie verschwinden lässt.«

Gideon und ich schweigen auf der Rückfahrt nach Newton. Oder zum Campus des Boston College, um genau zu sein. Sophie-Ann ist tot, deshalb ist Jasper – ausgerechnet Jasper – jetzt unsere einzige mögliche Verbindung zu unserem

Dad. Jasper hat diese EndOfDays-Posts von seinem Haus aus nicht gemacht. Ich weiß, dass er es nicht war. Aber irgendjemand hat es getan.

»Und was glaubst du, was mit ihnen passiert ist?«, fragt Gideon. »Mit diesen … Mädchen? Wahrscheinlich Outliers, oder?«

Er hofft, dass ich mehr weiß als er. Dass ich ein Gefühl habe. Und vielleicht habe ich das sogar.

»Wahrscheinlich alles Mädchen. Vielleicht auch Outliers. Zumindest einige von ihnen. Ich glaube, jemand hat sie umgebracht, weil sie zum Problem wurden oder nichts mehr nützten. Die WSRF macht anscheinend irgendwelche Tests über Outliers oder an Outliers. Oder sie haben welche gemacht.«

»Und dann haben sie sie umgebracht?«, fragt Gideon.

»Oder sie sind aus Versehen gestorben«, antworte ich. »Mrs Porters Sohn, der Wolf – so habe ich ihn im Krankenhaus genannt –, bringt ihnen vermutlich einen steten Strom an Pflegekindern. Ich glaube, er war auch mindestens bei ein paar von denen im Krankenhaus dafür verantwortlich, dass sie da waren. Vielleicht hilft er ihnen, sie loszuwerden.«

»Aber er ist nicht das kriminelle Genie hinter der ganzen Sache.«

»Ich glaube nicht«, sage ich.

»Hast du vielleicht irgendeine Ahnung, wer es ist?«

»Noch nicht.« Ich wende mich ihm zu. »Aber ich glaube, ich werde es herausfinden.«

Wir brauchen nicht lange, bis wir das Wohnheim auf dem Campus gefunden haben, in dem die Preseason-Eishockeyspieler wohnen. Dann warten Gideon und ich vor der Hamilton Hall mit ihren weißen Säulen und der hohen

Vortreppe, bis jemand in einem BC-Eishockeyshirt herauskommt, ein netter, vollkommen ahnungsloser Junge mit Südstaatenakzent und riesigen Händen, der überhaupt kein Problem damit hat, uns hineinzulassen, als wir sagen, wir kämen wegen Jasper. Er sagt uns sogar, wo Jaspers Zimmer ist, obwohl es schon fast zehn Uhr abends ist und wir ihm nicht einmal sagen, wer wir sind.

Als wir im dritten Stock den Flur entlanggehen, überlege ich mir, was ich Jasper sagen soll. Ich muss ihn nach den EndOfDays-Posts fragen. Ich habe keine Wahl. Aber wer weiß, wie es Jasper nach meinem Brief geht oder was er sagen wird? Er könnte behaupten, er sei wirklich EndOfDays, nur um mir auch wehzutun.

Ein attraktiver blonder Junge kommt an Jaspers Tür. Er ist verschlafen, aber gastfreundlich.

»Was geht?«, fragt er, als könnte es sein, dass wir uns schon kennen. Er ist sich nicht sicher, aber er geht immer vom Besten aus.

»Wir suchen Jasper«, sage ich, gleichzeitig beruhigt und verwirrt von seiner Lockerheit.

»Ständig sucht irgendwer nach Jasper, Mann«, sagt er mit einem Kopfschütteln.

»Was meinst du?« Ich lege die Hand an Jaspers Türrahmen, falls sein Mitbewohner versucht, die Tür zu schließen, bevor er es erklärt hat.

Er wuschelt sich mit der Hand durch die sandfarbenen Haare. »Jasper, ähm, ist anscheinend verschwunden, um genau zu sein. Ich meine, noch nicht lange. Ein paar Stunden vielleicht. Ich persönlich würde nicht sagen, dass er verschwunden ist, aber seine Mom flippt aus.«

»Verschwunden?« Mein Herz schlägt schneller. Ich beuge mich vor. »Was redest du da?«

»Seine Mom glaubt, er wäre vielleicht abgehauen, mit jemandem, der nichts Gutes bedeutet, glaube ich«, sagt er.

Das bin dann wohl ich.

»Angeblich war er von Anfang an nicht unbedingt scharf drauf, hierherzukommen. Ich meine, ich habe davon nie was bemerkt. Aber das hat seine Mom gesagt. Und Mann, ist die sauer! Ich dachte schon, sie knallt *mir* eine, als sie vorhin hier war. Als wäre *ich* derjenige, der ihm gesagt hat, er soll abhauen. Falls das überhaupt passiert ist. Aber ich habe ihr gesagt, davor sei ein Mädchen hier gewesen und …«

»Was für ein Mädchen?«, frage ich zu barsch.

Gideon wirft mir einen ungläubigen Blick zu: *Eifersucht, jetzt?*

Jaspers Mitbewohner hebt beschwichtigend die Hände, er macht sich Sorgen, schon wieder in ein Wespennest gestochen zu haben. »Hör mal, vielleicht waren sie nur Freunde, ich weiß es nicht. Sie war heute Nachmittag hier und wollte zu Jasper. Er war nicht da, also hat sie Kekse dagelassen und gesagt, sie würde wiederkommen. Mehr weiß ich nicht.«

Kekse?

»Wie sah sie aus?«, frage ich schuldbewusst. Wir müssen es wissen, aber vielleicht ist das nicht der einzige Grund, warum ich frage.

»Lange Locken, große, grünlich-gelbe Augen«, sagt er. »Sie war hübsch. Ach, und sie hatte so ein Tattoo innen am Handgelenk. So eine Art Symbol.«

Mir bleibt das Herz stehen. Kelsey aus dem Krankenhaus? Jasper kann sie unmöglich kennen. Es sei denn … Es sei denn, Jasper wusste *doch*, dass sie die falsche Kelsey war. Erst die EndOfDays-Posts und jetzt Jasper und die falsche Kelsey: Ich wäre dumm, wenn ich nicht zumindest über die Möglichkeit nachdenken würde.

Trotzdem kommt es mir falsch vor. Irgendwo steckt in dem Ganzen ein Betrug. Aber nicht das. Nicht Jasper.

»Wie hieß sie?«, fragt Gideon. So eine normale Frage, an die ich noch nicht mal gedacht habe.

»Lethe«, sagt Jaspers Mitbewohner. »Echt. Ich hab sie zweimal gefragt.«

»Wylie, mach langsamer!«, ruft Gideon mir nach, als ich vor ihm die Wohnheimtreppe hinunterrenne.

Lethe. Lethe. Lethe. Die falsche Kelsey heißt Lethe, und Lethe ist eines der Mädchen, die Mrs Porter erwähnt hat, zwischen Teresa und Sophie-Ann. Ich laufe immer weiter, bis ich ganz draußen in der Dunkelheit stehe. Ich beuge mich vor und versuche, wieder zu Atem zu kommen. Hoffe, dass sich mein Herz wieder beruhigt.

Also kannten sich Lethe und Teresa tatsächlich schon vor dem Krankenhaus. Und sie kannten den Wolf beide die ganze Zeit. Ramona sagte etwas davon, dass Kelsey mit den Wächtern gesprochen habe, sicher mit dem Wolf. Ist es möglich, dass Lethe Jasper hereingelassen hat? Und dass die beiden zusammen ... Nein. Nein, ich glaube nicht. Wirklich nicht.

»Wylie, was ist los?«, fragt Gideon, als er mich endlich einholt. Er keucht.

Und da wird mir klar, wie viel er nicht weiß – ich habe ihm noch nicht einmal von der falschen Kelsey erzählt. Es gab keinen Grund.

»Entweder Jasper hat etwas richtig, richtig Schlimmes gemacht, oder er ist in ernsthaften Schwierigkeiten.« Ich sehe mich auf dem Campus um, als läge die Wahrheit irgendwo da draußen in der Dunkelheit.

»Okay.« Gideon gibt sich größte Mühe, wie der Vernünftige von uns beiden zu klingen. »Was glaubst du, was es ist?«

»Ich glaube an Jasper«, sage ich, denn das habe ich schon die ganze Zeit gefühlt. »Und ich glaube, er ist in Schwierigkeiten. In richtig schlimmen Schwierigkeiten.«

Als wir endlich zu Hause ankommen, steht vor unserer Haustür eine Frau in der Dunkelheit. Sie hat braune Haut, kinnlange Haare, und ihre hohen Wangenknochen werden vom Licht der Straßenlaterne betont. An ihren verschränkten Armen und der Art, wie sie immer wieder über die Schulter zum Haus zurückschaut, kann man ablesen, dass sie schon eine ganze Weile wartet.

»Wer ist das?«, fragt Gideon, als wir an den Straßenrand fahren.

»Ich habe keine Ahnung«, antworte ich. Aber ich fühle jetzt schon, dass diese Frau etwas weiß, das wir brauchen. »Komm, finden wir es heraus.«

»Bist du sicher?«, fragt Gideon. »Wir könnten weiterfahren. Sie wüsste nicht mal, dass wir hier wohnen. Ich meine, im Moment sollten wir vorsichtig sein, oder nicht?«

»Ja«, erwidere ich. »Aber ich glaube, jetzt gerade bedeutet Vorsicht, doch mit ihr zu reden.«

Als unsere Autotüren zuschlagen, dreht sich die Frau erschrocken zu uns um.

»Hallo?«, ruft sie und blinzelt zu uns herüber. Sie klingt jetzt zögerlicher und sieht auch so aus.

»Können wir Ihnen helfen?«, rufe ich zurück und versuche, schnell ins Licht zu kommen, damit sie wenigstens sehen kann, dass Gideon und ich auf sie zukommen – zwei Teenager – und nicht jemand wie Agent Klute.

»Ich bin Dr. Oduwole«, sagt sie, als wir zur Treppe kommen. Sie sagt ihren Namen auf eine Art, die klingt, als sollte das allein schon alles erklären. »Ich suche nach Dr. Hope Lang oder Dr. Ben Lang. Ich glaube aber, er ist nicht hier, oder? Seid ihr Wylie und Gideon?«

Endlich kann ich den Namen einordnen. Dr. Oduwole war eine von denen, die Mom in Kalifornien treffen wollte, die Neurowissenschaftlerin von der UCLA, mit der Dad zusammenarbeitete. Dr. Oduwole half Dad herauszufinden, warum es Outliers gibt. Sie war an der Studie beteiligt, für die er Förderungsgelder beantragt hat.

»Unsere Mom hatte vor, sich mit Ihnen zu treffen«, sage ich. Und ich bin mir sicher, dass diese Frau wirklich die ist, die sie zu sein vorgibt. Noch wichtiger: Ich fühle, dass sie ehrliche Absichten hat. »Sie hat mir gerade eine E-Mail geschickt und erzählt, dass sie sich mit Ihnen getroffen hat.«

»Mit mir getroffen?« Sie kommt näher. Dr. Oduwole ist innerhalb von Augenblicken nicht mehr vorsichtig beunruhigt, sondern hundertprozentig in Sorge. »Vor ein paar Wochen hatten eure Mutter und ich einen E-Mail-Wechsel, in dem sie sagte, sie würde kommen. Sie bat mich, niemandem zu sagen, dass ich von ihr gehört habe. Dass ihr sonst in schrecklicher Gefahr wärt. Aber dann tauchte sie nie auf, und ich machte mir Sorgen, dass ihr etwas passiert sein könnte.« Und jetzt sieht Dr. Oduwole an uns vorbei, als suchte sie nach einer unmittelbaren Bedrohung. »Wann habt ihr zum letzten Mal mit ihr gesprochen?«

Gideon sieht mich an. *Sollen wir es ihr sagen? Sollen wir ihr vertrauen?* Ich nicke ihm zu, bevor ich mich wieder ihr zuwende.

»Ich habe sie vor ein paar Wochen gesehen. Aber ich war, es war … – wir haben eigentlich nichts geredet«, sage ich.

»Und unser Dad ist schon seit fast drei Wochen verschwunden.«

»Ja, es tut mir so leid. Eure Mutter hat es mir erzählt«, sagt sie mit echtem Bedauern.

Unser Dad ist ihr ehrlich wichtig, so viel ist sicher.

»Eure Mutter sagte, er sei verschwunden, während er sich um Mittel für unsere Studie bemühte. Ich dachte, vielleicht …«

»Wann war noch mal das letzte Mal, als Sie mit ihr gesprochen haben?«, frage ich, jetzt schon mit einem ganz schlechten Gefühl in der Magengrube.

»Vor ungefähr drei Wochen«, antwortet sie. »Deshalb bin ich hier. Als ich nichts mehr von ihr hörte, habe ich mir langsam Sorgen gemacht.«

»Sie sagte, Sie und Dad hätten einen schrecklichen Streit darüber gehabt, weil er nicht alle Informationen öffentlich machen wollte, warum Outliers erst jetzt entdeckt werden.« Aber ich bin jetzt schon skeptisch. Wenn man es laut ausgesprochen hört, klingt es einfach nicht richtig.

»Ein Streit mit mir?«, fragt Dr. Oduwole mit aufgerissenen Augen. »Euer Vater und ich waren uns immer vollkommen einig. Und er war nie im Geringsten an Geheimhaltung interessiert. Im Gegenteil.«

»Warum hat mir meine Mom das dann erzählt?«, frage ich, obwohl ich mich schon wie eine Idiotin fühle. Die E-Mail von »Schwimmlehrerin«, ihre kleine geheime Botschaft unter uns beiden. Ich dachte, sie sei von ihr. Aber es hätte jeder sein können.

»Ich weiß es nicht.«

Dr. Oduwole sieht wieder misstrauisch an uns vorbei in die Dunkelheit. »Aber jemand hat gerade eine Studie veröffentlicht. Genau wie die, an der euer Vater und ich arbeiteten. Sie beweist definitiv die Existenz der Outliers. Das Rennen um die Veröffentlichung unserer Forschungsergebnisse …« Sie zögert. »Na ja, ich denke mal, es ist kein großes Rennen mehr, wenn jemand anders gewonnen hat.«

»Das ist doch gut, oder?«, frage ich, denn sollte Öffentlichkeit nicht der beste Schutz für Outliers sein, *mein* bester Schutz? Aber ich fühle schon, dass Dr. Oduwole es nicht so sieht.

»Ich mache mir Sorgen, woher diese Forschung kam. Offen gesagt, sieht sie sehr nach unserer aus«, sagt Dr. Oduwole. »Es ist schwer zu glauben, dass sie es selbst herausgefunden haben. Es gibt sehr wenige Gruppen in Wissenschaftskreisen, die unter solcher Geheimhaltung arbeiten könnten. Um genau zu sein, fällt mir nur eine ein.«

»Und welche?«, frage ich.

»Das US-Militär.«

Riel

Riel braucht mehr als eine Stunde, um von dem Lagerhaus zum verlassenen Haus ihrer Eltern in East Boston zu kommen, das hoch auf dem Eagle Hill steht. Als sie ankommt, ist es schon nach zehn Uhr abends, und das Haus – groß, alt, viktorianisch – ist dunkel. So ist es jetzt schon seit Monaten. Niemand hat hier gewohnt, seit Kelsey gestorben ist.

Riel hat ihrer Tante gesagt, sie würde ein Auge auf das Haus haben, indem sie einfach eine Weile mit einer Freundin hier wohnen würde. Und dann würde sie zurückkommen. Nicht dass das wichtig wäre. Nach Kelseys Tod kümmerte sich niemand mehr darum, was Riel tat. Niemand außer ihrem Großvater, wie sich herausstellte. Anscheinend hat er sie nie aus den Augen verloren. Und doch hat er sie am Leben gelassen. Sie hat Angst zu erfahren, warum.

Zehn Minuten lang, vielleicht zwanzig, hat Riel da gelegen, die Wange an den kalten Lagerhausboden gepresst. Sie hatte Angst, sich zu rühren. Angst, dass derjenige, der Kendall erschossen hatte, auch sie erschießen würde, Angst, in die Nähe von Kendall zu gehen, der leblos auf dem Boden lag.

Lange Zeit hat Riel gehofft, er werde aufwachen.

Gesund und munter, weil er eine kugelsichere Weste trug oder einfach ... er war. Aber als sich langsam das Blut unter seinem Kopf sammelte wie die Blütenblätter einer schrecklichen Blume, wusste Riel, dass es wirklich vorbei war. Dass Kendall tot war.

Und wenn sie nicht von hier wegkam, war klar, dass sie vielleicht die Nächste war.

Riel kroch tief gebückt an Kendall vorbei zur Tür. Da entdeckte sie die Pistole unter seiner Achsel. Mit abgewandtem Gesicht zog sie sie heraus.

»Danke«, flüsterte sie Kendall zu, obwohl es ihr so oberflächlich vorkam. »Für alles.«

Riel findet den Ersatzhausschlüssel dort, wo er immer war, unter dem größten Stein neben der Treppe zu ihrer alten Haustür. Der Schlüssel ist ein bisschen rostig. Vielleicht war er das schon immer. Sie kann sich nicht erinnern. Als sie ihn jetzt in ihrer Hand betrachtet, wird sie von Traurigkeit überwältigt. So wenig ist ihr geblieben. So wenige Leute. Dann ist es gut, dass es so endet, dass sie tut, was getan werden muss, um ihren Großvater loszuwerden. Sie ist auch bereit, den Preis zu zahlen, egal, wie hoch er ist. Oder wie bleibend. Das ist sie den Outliers schuldig. Und Kelsey.

Im Inneren riecht das Haus modrig, und ein großer Haufen ungeöffneter Post liegt unter dem Briefschlitz in der Tür. Abgesehen davon ist es genau, wie Riel es in Erinnerung hat.

Auf dem Weg nach oben schaltet sie ein paar Lichter ein und hält Kendalls Waffe unbeholfen an der Seite. Sie hat einmal mit der Pistole geschossen, draußen im Wald. Nur um sicher zu sein, dass sie es könnte. Und es war in jeder Hinsicht anders, als sie gedacht hätte: Die Pistole war schwerer, schwieriger zu zielen, der Rückstoß schmerzhafter. Ihre Hand kribbelt sogar jetzt noch. Aber sie ist bereit. Beim nächsten Mal wird sie zumindest nicht überrascht sein.

Oben bleibt Riel im Flur vor Kelseys geschlossener Zimmertür stehen, drückt die Handfläche dagegen. Sie kann den Gedanken nicht ertragen, sie zu öffnen, nicht mal jetzt, für einen letzten Blick. Vielleicht vor allem jetzt nicht. Denn alles, woran sie denken kann, ist, dass sie es verdammt noch mal hätte wissen müssen. Kommen sehen, was ihr Großvater im Schilde führte. Ihre Schwester retten.

Sie geht zu ihrem eigenen staubigen Zimmer weiter und findet ihr altes Handy und die SIM-Karte genau da, wo sie sie zurückgelassen hat, einzeln und zwischen Matratze und Rahmen gesteckt. Es war richtig, sie vor all den Monaten hierzulassen. Auch wenn sie sich damals definitiv nicht hätte vorstellen können, dass sie sie dafür brauchen würde: um ihren Großvater anzulocken. Er hat Kendall genau vor ihren Augen erschossen, sie aber am Leben gelassen. Denn er braucht sie selbst für irgendetwas. Wenn er nicht schon unterwegs ist, weil er ihr vom Lagerhaus aus gefolgt ist, nimmt sie an, dass sie immer noch nach ihrem Handy Ausschau halten werden, egal, wie lange es her ist, seit sie es das letzte Mal benutzt hat.

Riel setzt es wieder zusammen und findet das Ladekabel, dann geht sie wieder nach unten, um zu warten. Irgendwo mit dem Rücken zur Wand.

Im Wohnzimmer behält Riel die vorderen Fenster im Blick und wartet eine halbe Stunde, die Pistole hinter sich in die Polsterkissen gesteckt. Ihr Großvater wird nicht allein sein, das weiß sie schon. Aber sie hat einen Plan. Wobei »Plan« vielleicht ein zu starkes Wort ist.

Er hat nur eine Stufe: als Erste schießen.

Endlich schwenkt Scheinwerferlicht durch den Raum. Riel holt Luft und atmet heftig aus, während sie aufsteht. Sie *kann* es schaffen. Sie wird. Sie muss. Sie hat so viele Fehler gemacht, so viele Dinge übersehen. Aber jetzt weiß sie, dass jemand ihren Großvater aufhalten muss. Und vielleicht ist sie die Einzige, die es kann.

Riel geht zur Haustür und versteckt sich mit der Pistole in der Hand dahinter. Sie ist bereit. Kurz danach hört sie Schritte, dann dreht sich langsam der Knauf, die Tür geht auf. Ihr Herz rast.

Agent Klute tritt zuerst ein, gefolgt von ihrem Großvater. Sobald Riel sicher ist, dass Klute die Waffe noch nicht gezogen hat, tritt sie vor und schließt die Tür mit einem Tritt.

»Keine Bewegung!«, sagt sie mit ruhiger und starker Stimme, die Waffe auf ihren Großvater gerichtet.

Agent Klute sieht sich mit hochgezogenen Augenbrauen über die Schulter zu ihr um. »Weißt du überhaupt, wie man …«

Riel feuert einen Schuss auf den Boden in der Ecke ab. Die Kugel prallt ab und zerschmettert ein Fenster.

»Was soll denn das, verdammt noch mal?«, ruft Klute und duckt sich leicht.

»Ich beantworte Ihre Frage. Ich weiß, wie man sie benutzt«, sagt Riel ruhig, ohne den Blick von ihrem Großvater abzuwenden. Es geht ihr jetzt wirklich besser. Das ist der richtige Plan – egal, wie er endet. »Und jetzt hauen Sie ab. Ich will allein mit meinem Großvater reden.«

»Danke, Agent Klute. Ab hier kann ich übernehmen«,

sagt Riels Großvater, geht ruhig zur Couch und setzt sich. Hinter ihm schimmern in der Ferne die Lichter der Bostoner Innenstadt.

Agent Klute gefällt das gar nicht. »Ich halte das für keine gute …«

»Danke, Agent Klute«, wiederholt ihr Großvater jetzt entschiedener. »Das ist alles.«

Als Klute sich widerstrebend rückwärts durch die Tür zurückgezogen hat, kann Riel spüren, dass ihr Großvater tatsächlich ein bisschen nervöser wegen ihrer Pistole ist, als es anfangs wirkte. Für einen widerwärtig selbstverliebten Mann markiert es offenbar eine Grenze, mit einer Waffe bedroht zu werden. Gut.

»Es tut mir leid, dass dich die Verluste in deinem Leben – erst deine Eltern und dann Kelsey – so wütend gemacht haben, Riel«, beginnt er zuckersüß und herablassend. »Ehrlich gesagt tust du mir nur leid.«

»Hast du sie auch umgebracht?«, fragt sie. Darüber hat sie schon nachgedacht.

Er lacht, als wäre das alles saukomisch. Riel fühlt, wie er sich leicht entspannt. »Wen umgebracht?«

»Meine Eltern, du Arschloch«, sagt Riel, hält die Pistole wieder gerader und kämpft gegen den Drang an abzudrücken. Sie wird es tun. Aber zuerst braucht sie Antworten. »Denn ich weiß mit Sicherheit, dass du Kelsey umgebracht hast.«

Ihr Großvater legt den Kopf schief und runzelt die Stirn. »Deine Eltern kamen bei einer Sturmflut ums Leben. Das weißt du. Ihr Problem war, dass sie versucht haben, auf die falsche Art ›Menschen zu helfen‹. Wenn man versucht, Leute vor den natürlichen Konsequenzen ihrer eigenen Taten zu retten, lernen sie nie, sich selbst zu retten. Und gute, schwer arbeitende Leute wie deine Eltern zahlen den Preis.«

»Hast du das bei Kelsey versucht?«, fragt Riel. »Ihr beizubringen, sich selbst zu retten?«

»Ich bin nicht dafür verantwortlich, was mit deiner Schwester passiert ist.«

»Sie hat eine Überdosis von *deinen* Drogen genommen, aus *deinem* Test, in *deiner* Einrichtung.« Ja, Riel fischt im Trüben. Ein Teil davon ist nur Vermutung. Aber es fühlt sich verdammt nah an der Wahrheit an. Die Party an diesem letzten Abend fand in einer verlassenen Forschungseinrichtung statt. »Hast du sie so high gemacht, damit du Tests durchführen konntest? Oder hast du nur gehofft, sie bringt sich aus Versehen um?«

»Was mit Kelsey passiert ist, ist ein sehr gutes Beispiel für genau das, wovor ich dich schützen möchte – andere Outliers. Ist dir nie in den Sinn gekommen, dass du wertvoller bist, wenn es weniger von euch gibt? Denn die Idee hatte mindestens eine von den anderen Outliers auch schon. Das Mädchen mit dem Unendlichkeits-Tattoo? Ich glaube, du hast mit ihr gesprochen«, sagt ihr Großvater, er ist so verdammt selbstzufrieden. »Wir sind am Anfang selbst auf sie hereingefallen. Als wir entdeckt haben, wie begabt Lethe war, schickten wir sie zu Ben Langs Test; sie sollte versuchen, noch mehr herauszufinden. Aber sie interessierte nur, wie es *ihr* nützen könnte, Outlier zu sein. Ich muss zugeben, dass es mein Fehler war, ihr von dir und Kelsey zu erzählen. Ich habe lediglich versucht, eine Verbindung mit ihr herzustellen. Ich kann nur annehmen, dass sie vorhatte, euch beide gegen mich zu verwenden.« Er schüttelt ehrlich enttäuscht den Kopf. »Lethe behauptet, sie hätte Kelsey nur in einem Raum mit Zugang zu den Drogen allein gelassen.

Möglich, aber ich bezweifle es. Und ich glaube, ein anderes Mädchen in dem Krankenhaus, Teresa, hat sie absichtlich umgebracht. Dass Wylie die Schuld dafür bekam, war, nehme ich an, so gewollt. Um ehrlich zu sein, ist es ein Problem, dass sie überhaupt unentdeckt dort sein konnte. So oder so: Du siehst, wie gefährlich Lethe ist. Sie ist Beweis genug, warum ihr uns braucht: um euch vor euch selbst zu schützen.«

»Fahr zur Hölle«, sagt Riel und hebt wieder die Pistole an. »Wir brauchen dich für gar nichts.«

Ihr Großvater presst die Lippen aufeinander. Aber er ist immer noch so ruhig, zu ruhig. Er weiß etwas, das Riel nicht weiß.

»Mit einer Pistole auf mich zu zielen ist extrem gefährlich, Gabrielle«, sagt er. »Du willst doch nichts tun, was du später bereust.«

»Wo ist Wylie?«

»Ja, Wylie ist ein weiteres hervorragendes Beispiel. Sie ist in solcher Gefahr. Es gibt ernsthaft labile Menschen auf der Welt. Die Leute verwechseln ihre eigenen Wünsche mit irgendeiner höheren Macht. Einer dieser Menschen ist kurz davor, Wylie und Jasper und Wylies ganze Familie auszulöschen. Weil er sie für etwas verantwortlich macht, das nicht ihre Schuld ist. Das sind die Leute, vor denen ihr beschützt werden müsst, Riel. Und wir können das tun. Wir können euch alle in Sicherheit bringen.«

Kendall hatte recht: Ihr Großvater beseitigt, was ihm im Weg steht. Wylie ist aber noch nicht tot. Riel kann fühlen, dass sich ihr Großvater immer noch ein bisschen Sorgen macht, Wylie könnte ihm Probleme bereiten. Was bedeutet, dass Riel sie immer noch retten kann, wenn sie schnell ist.

»Schließ dich mir an!«, sagt ihr Großvater und sieht Riel an, als wäre sie ein wertvoller Schlüssel zu irgendwas. Ihr wird ganz schlecht davon. »Schließ dich mir an, und ich sorge für deine Sicherheit.«

»Was?« Riel weicht zurück. »Einen Scheiß mache ich mit dir. Ich erschieße dich.«

»Wenn du das tust, weißt du, was dann aus den Outliers wird? Ich will sichergehen, dass die Outliers beschützt und respektiert werden. Ich möchte dafür sorgen, dass wir alle friedlich nebeneinander leben können. Das ist alles, was ich je wollte – Systeme, die für alle funktionieren.«

Riel glaubt ihm kein Wort. Aber sie kann ihn nicht erschießen, ohne vorher zu erfahren, wovon er redet.

»Was für Systeme?«, fragt sie und versucht, sich ihre Verachtung nicht anmerken zu lassen.

»Ausweise«, sagt ihr Großvater. »So bleibt die Privatsphäre für alle: Outliers und Nicht-Outliers. Nicht komplizierter als eine Taxilizenz.«

»Aber lass mich raten, nur die Outliers haben die Ausweise?«

»Komm schon, wir reden hier nicht von Brandzeichen oder so. Ehrlich, die Aufnahmezentren werden genau wie Kfz-Zulassungsbehörden.«

Die Lagerhäuser. Deshalb hat Kendall Riel dorthin gebracht: ein Aufnahmezentrum, beinahe fertiggestellt. Die nächste Stufe.

»Und was, wenn sich die Outliers weigern?«, fragt Riel.

Ihr Großvater versucht, seinen Ärger zu schlucken, aber er bleibt ihm zwischen den Zähnen hängen. »Siehst du, genau deshalb solltest du dich mir anschließen, Riel. Du kannst die Stimme für die Outliers sein. Wenn ich dich beim Wahlkampf dabeihätte – und dann auch noch ein Familienmitglied –, wäre klar, dass meine Absichten gut sind. Und ich würde gern auf alle Vorschläge hören, die du zu machen hast. Du könntest im Interesse der Outliers für mich arbeiten.«

Riel stellen sich die Nackenhaare auf. »Nur. Über. Meine. Leiche.« Ihre Stimme zittert vor Wut. Sie kann das schaffen. Sie wird es schaffen.

»Ich würde das nicht tun«, sagt er. »Dein Freund ist bei Agent Klute im Auto.«

»Was?«, fragt Riel mit einem kurzen Blick zum Fenster. »Was meinst du mit meinem Freund?«

»Leo. Unter diesen Umständen bin ich mir sicher, dass Klute ihn jeden Moment hereinbringen wird.«

Sie warten kurz, starren zur Tür. Natürlich öffnet sie sich, und Klute zerrt Leo herein, er hält ihm schon eine Pistole an den Kopf.

Riel passt auf, dass sie weiterhin auf ihren Großvater zielt, aber ihre Hand hat angefangen zu zittern. »Leo, geht es dir gut?«, ruft sie zu ihm rüber.

»Alles okay«, sagt Leo, auch wenn er weder so klingt noch sich so fühlt.

»Jetzt, wo wir die Lage geklärt haben, gebe ich dir die Chance, noch mal über mein Angebot nachzudenken«, sagt ihr Großvater. »Außerdem brauche ich diese Fotos.«

»Was für Fotos?«, fragt Riel.

»Na komm, Riel«, sagt ihr Großvater. »Ein bisschen spät für Spielchen, oder? Die Fotos, deretwegen du bei Rosenfeld warst.«

Riel zögert, aber nur kurz. Als sie zu Leo hinüberschaut, fühlt sie, dass er sie dazu auffordert, sie zu übergeben. Und sie haben immer noch das Handy ihres Großvaters. Sie haben andere Beweise. Sie können ihn immer noch dafür bezahlen lassen, was mit Kelsey passiert ist, dafür, was er mit den anderen Outliers vorhat.

»Okay«, sagt Riel schließlich. Sie sieht immer noch Leo in die Augen, während sie die Waffe senkt. »Die Fotos sind im Auto, unter der Fußmatte.«

»Gut«, sagt ihr Großvater, als Klute herüberkommt und Riel die Pistole abnimmt. Ihr Großvater steht auf. »Es gab im Umkreis der Outliers schon genug Schmerz und Leid, ich möchte wirklich ungern noch mehr verursachen. Das Angebot, dich meiner Wahlkampagne anzuschließen, steht weiterhin, Riel. Für den Moment. Du solltest noch mal darüber nachdenken.«

Und damit greift ihr Großvater in die Hosentasche und zieht ein Handy heraus. Hält es in die Luft.

»Frag deinen Freund Brian. Er ist ein kluger Junge. Er hat schon vor langer Zeit die Vorzüge der Kooperation gelernt.«

Wylie

Als wir die Stufen zu Rachels Haustür hinaufsteigen, geht mir Jasper nicht aus dem Kopf. Mit jeder Minute mache ich mir größere Sorgen um ihn.

Und hatte nicht alles Schlimme, das Jasper passiert ist, immer irgendwie mit mir zu tun? Seine Mutter hatte recht: Er wäre ohne mich viel besser dran.

»Wir sollten in die Gänge kommen«, sagt Gideon, überholt mich und nimmt die oberste Stufe.

Er hat seinen Laptop unter den Arm geklemmt, damit wir nachschauen können, ob EndOfDays auf unsere Frage geantwortet hat, wohin wir so schnell kommen sollen. Gideon und ich haben uns darauf geeinigt, dass es dumm wäre hinzugehen, egal, welchen Ort uns EndOfDays nennt. Es ist offensichtlich eine Falle, weshalb wir hoffen, dass Elizabeth herausgefunden hat, von wo aus EndOfDays postet, damit wir zumindest das Überraschungsmoment auf unserer Seite haben.

Als Gideon an Rachels Tür klingelt, wird sie fast augenblicklich geöffnet. »Was ist los?«, fragt sie und winkt uns herein, während sie prüfend hinter uns nach links und rechts sieht. Es ist eine Erleichterung, sie nicht zu höchster Alarmbereitschaft überreden zu müssen. Sie ist es schon. Vielleicht sogar zu sehr. »Kommt rein, kommt rein.«

Ich fühle einen Blitz ihrer Gefühle: da, weg.

»Dr. Oduwole ist bei uns zu Hause aufgetaucht«, sage ich.

»Ach ja?«, fragt Rachel. Aber eigenartig ruhig – nein, eigenartig, sonst nichts. »Was hat sie gesagt?«

»Dass unsere Mom nie bei ihr war. Und in Moms E-Mail stand, sie sei schon dort gewesen. Das ergibt keinen Sinn.«

»Du hast recht. Es ergibt wirklich keinen Sinn.« Rachel senkt mit gerunzelter Stirn den Blick und verschränkt angespannt die Arme. Aber immer noch kein Blitz, kein Knistern und wieder weg. Sondern nichts. Als sie endlich aufblickt, zuckt sie die Achseln. »Na ja, falls eure Mom gelogen hat – falls sie falsch dargestellt hat, wo genau sie ist –, dann wissen wir beide, dass sie dafür einen guten Grund gehabt haben muss.«

»Gelogen?«, fragt Gideon.

Ich bin froh, dass ich nicht die Einzige bin, die das absurd findet.

»Wir glauben nicht, dass sie gelogen hat. Wir glauben, sie hat Probleme«, sage ich, während ich von dem schrecklichen Gefühl überschwemmt werde, dass etwas in der Dunkelheit auf mich zurast. Jetzt bin ich diejenige, die die Arme verschränkt. »Wann hast du das letzte Mal richtig mit ihr telefoniert?« Jetzt wird mir klar, dass ich immer davon ausgegangen bin, dass Rachel und meine Mom live miteinander reden. Das hat sie aber nie gesagt. »Du hast doch ihre Stimme gehört, oder? Ich meine, nachdem ich sie im Gefängnis gesehen habe.«

Ich fühle, wie Rachel zuckt. Nervös. Blitz. Knister. Weg. Sie hat die Stimme meiner Mom schon eine ganze Weile nicht mehr gehört. Ist das das Grauen, das da aus der Dunkelheit auf mich zukommt? Dass Rachel es versaut hat? Ihr Blick ist wieder gesenkt.

»Eure Mom wollte nicht mit mir telefonieren. Aber sie

hatte recht mit ihrer Vorsicht. Als sie an dem Abend des Unfalls völlig aus dem Nichts bei mir auftauchte …«

»Nicht ›völlig‹ aus dem Nichts«, unterbreche ich sie scharf. Dass Rachel es mit den Einzelheiten nicht so genau nimmt, hat uns schon mal Probleme eingehandelt. »Ihr habt euch vor dem Abend schon gesehen.«

Gideon tritt mit dem Laptop vor und stellt ihn auf den Couchtisch. »Ich schaue nur schnell was nach«, sagt er.

»Ja klar«, sagt Rachel zu ihm, dann wendet sie sich wieder mir zu. »Was hast du gesagt?«

Und plötzlich geht ein Alarm in meinem Kopf los.

Rachel wohnt nicht in unserer Nähe. Wieso sollte sie zufällig am anderen Ende der Stadt im Alte-Damen-Yoga meiner Mom aufgetaucht sein?

»Hey«, ruft Gideon mir zu. »Nichts Neues zu unserer Antwort auf die ›Beeilt euch‹-Mail, aber hier ist eine neue von Elizabeth.« Er dreht den Computer zu mir um, damit ich die Nachricht selbst lesen kann: **Das Auto ist auf das Büro von Senator David Russo zugelassen.**

Das erklärt, warum sie die Fotos so dringend haben wollten: Sie bringen Russo mit der WSRF und all diesen toten Mädchen in Verbindung.

»Was steht in der anderen?«, frage ich und zeige auf eine weitere neue E-Mail von Elizabeth, die gerade oben erschienen ist.

»Oh, die muss ganz neu sein. Ich habe sie nicht gesehen.«

Gerade ist ein neuer Post von EndOfDays erschienen. Das hier ist sein Aufenthaltsort. Evan lässt ausrichten, ihr sollt nicht hingehen.

Es folgt eine Adresse.

Gideon blickt zu mir auf. »Was sollen wir machen?«

»Wir gehen hin«, sage ich, dann drehe ich mich wieder zu Rachel um. Ich konzentriere mich angestrengt auf sie, aber es ist schwer, die Empörung aufzubringen, die ich eben noch gespürt habe. Jetzt bin ich zu sehr auf meinen Dad konzentriert. »Du bist Mom vor dem Unfall zufällig in unserer Nachbarschaft im Yogakurs begegnet.«

Ich warte darauf, dass Rachel »Nein« sagt oder »Wovon redest du?«. Oder dass sie zumindest verwirrt aussieht. Stattdessen bleibt ihr Gesicht einen endlosen Augenblick lang versteinert.

Dann lächelt sie mich an. Hasserfüllt. Es ist, als hätte sich eine Tür geöffnet und bittere Luft wehte hindurch. Als ich die Augen aufreiße, schüttelt Rachel schweigend den Kopf. Und plötzlich ist der ganze Hass einfach so wieder verschwunden. Und ich fühle nichts mehr.

An und aus, wie ein Lichtschalter. Genau wie bei Kelsey im Krankenhaus.

»Was ist los, Wylie?«, flüstert mir Gideon ins Ohr. Er steht jetzt neben mir. »Wir sollten gehen, zu der Adresse …«

»Du blockst«, sage ich zu Rachel. »Du hast die ganze Zeit geblockt.«

Und dann fängt Rachel an zu klatschen. Laut. Und langsam.

»Dieser verdammte Brief. Deine Mom sagte, sie bräuchte etwas aus dem Haus, also habe ich sie vorbeigebracht.« Sie schüttelt den Kopf. »Das war natürlich ein Fehler. Und ja, blocken. Wir finden vielleicht nie heraus, wie wir jemanden zum Outlier machen. Aber wenn wir lernen, wie man blockt, was für einen Unterschied macht es dann? Und wir haben es schon fast geschafft.«

Rachel ist darin verwickelt. Andererseits: Hatte ich nicht

immer ein schlechtes Gefühl bei ihr? Es war meine Mom, die auftauchte und mir sagte, ich solle ihr vertrauen – Rachel habe ihr das Leben gerettet.

»Sind meine Eltern tot?«, frage ich. Meine Stimme zittert und lässt meine Brust rasseln.

»Ich glaube nicht. Aber Leute wie EndOfDays sind manchmal so unberechenbar«, sagt sie mit gekünsteltem Bedauern. »Als Architekt kann man nur das Haus bauen; man kann nicht kontrollieren, wie die Leute darin leben.«

»Architekt?«, frage ich leise.

Rachel ist so krankhaft stolz auf die Bezeichnung. Sie weiß, sie sollte nichts mehr sagen, aber sie kann einfach nicht anders. Ich wünschte, sie würde mich wieder blocken, denn ich weiß nicht, ob ich noch mehr davon fühlen möchte.

»Häuser, politische Wahlkämpfe, sie brauchen alle jemanden mit einem Plan. Ich habe den Unfall eurer Mom in eine andere Richtung gelenkt – das war Klute, dieser Idiot. Er hat beschlossen, es wäre besser, eurem Dad Angst zu machen, indem wir eure Mom loswerden. Aber es war viel zu früh. Er hat keinen Sinn für Timing. Das mit den Babypuppen war auch ich. Am Ende haben die eurer Mom am meisten Angst gemacht. *Ihre Babys.* Das hat sie immer wieder gesagt, als sie kam und mich um Hilfe bat. Sie dachte, die Puppen seien als Drohung gegen euch gemeint. Ihre Liebe zu euch machte sie leicht manipulierbar. Und wenn man mal jemandem das Leben gerettet hat, ist es erstaunlich, dass er *nie* auf die Idee kommen würde, dass man ihn langsam mit anderen Mitteln umbringen könnte.«

»Du bist ein Monster.« Ich habe das Gefühl, ich kann nicht mehr atmen.

»Das Böse liegt im Auge des Betrachters.« Rachel schüttelt den Kopf. »Ich weiß, ihr alle glaubt, dieses Outlier-Ding wird ein großer Vorteil für Frauen. Weißt du, was ich glaube? Ich glaube, ich habe mir den Arsch aufgerissen, um dahin zu gelangen, wo ich jetzt bin. Niemand hat mir je etwas geschenkt. Ich halte dieses Outlier-Ding für einen Haufen Schwachsinn, egal, was die Wissenschaft sagt. Euer Dad hätte selbst am besten wissen müssen, wann er es hätte gut sein lassen sollen. Ihr wart *alle* gewarnt. Aber ihr habt ja einfach nicht aufgehört. Dieser Unsinn mit den Fotos zum Beispiel – ich mache mir die Mühe, sie aus eurem Haus zu holen …«

»*Du* hast bei uns eingebrochen?«, unterbreche ich sie und bin einen kurzen Moment erleichtert, weil ich das Rätsel gelöst habe.

»Natürlich«, höhnt Rachel boshaft, und jetzt sind ihre Gefühle noch kälter und hässlicher. »Mal ehrlich, hättest du das nicht wissen müssen? Ich meine, du bist Outlier.«

Gideon hat mir die Hand auf den Arm gelegt, weil ich näher an Rachel herangetreten bin. Und weil ich die Fäuste geballt habe. »Komm«, sagt er. »Wir müssen weg, solange wir können.«

Er zerrt mich zur Tür.

»Gideon hat recht«, sagt Rachel. »Ihr solltet gehen. Vielleicht habe ich EndOfDays ein bisschen beeinflusst. Ein paar wichtige Verbündete, an die er sich wenden kann, um das Ganze ins Rollen zu bringen, wie der Assistent eures Dads und deine Freundin Riel. Aber er ist jetzt allein unterwegs. Und ich habe keine Ahnung, wann er entgleist.«

Ich starre Rachel weiterhin böse an, während Gideon es schafft, mich zur Tür zu schleppen.

»Es ist noch nicht vorbei«, sage ich mit zusammengebissenen Zähnen.

»Nein«, sagt sie, und das mit schrecklicher, eisiger Gewissheit. »Aber beinahe. Beinahe.«

Jasper

Nach langem Hin und Her und einem erfolglosen Schlenker um das Lagerhaus herum, bei dem er alle verschlossenen Türen und Fenster ausprobiert hat, ohne die Gestalt noch einmal zu Gesicht zu bekommen, steht Quentin jetzt wieder mit Lethe und Jasper zwischen den Lagerhäusern. Plötzlich geht im vorderen Lagerhaus ein Licht an.

»Was war das denn jetzt, Scheiße?« Quentin geht hin, um die Tür auszuprobieren. Im Gegensatz zu der des hinteren Lagerhauses geht diese sofort auf.

Lethe, Quentin und Jasper betreten es zögernd, spähen zu dem Licht, das immer noch unheimlich am anderen Ende leuchtet. Langsam schieben sie sich vorwärts, bis Jasper sehen kann, dass sich der erste Flur in zwei kleinere nach links und rechts teilt, wie zwei Seiten einer Grillzange. Das Licht kommt ganz vom Ende des linken Gangs.

»Nö«, sagt Lethe und bleibt stehen. »Ihr Arschlöcher könnt ja machen, was ihr wollt. Ich geh ganz sicher nicht da rein.«

Quentin sieht Lethe an, dann wieder Jasper. »Und ich geh ganz sicher nicht allein da rein.«

»Bind mich los, dann geh ich«, bietet Jasper an und dreht seine gefesselten Handgelenke zu Quentin. Er klingt zu aufgedreht. Er kann nicht anders. Das ist sein erstes richtiges Druckmittel: sich selbst in Gefahr bringen. »Alter, du kannst sogar hier draußen bleiben. Oder komm von mir aus mit rein. Da drin ist auf jeden Fall wer. Oder da war jemand. Das Licht war vorher nicht an. Ich gehe nachschauen, aber nicht mit gefesselten Händen. Sonst kann ich mich null verteidigen.«

»Ich binde dich nicht los«, sagt Quentin ausdruckslos. Als wäre diese Vorstellung so dumm, dass sie schon langweilig ist.

»Ich sage dir doch, ich gehe nachschauen«, beharrt Jasper und versucht, sich unter Kontrolle zu halten – es ist nicht leicht. »Bind mich einfach los.« Dann wird er überlegen müssen, wie er Quentin dazu bringt, ihm zu folgen. Oder Lethe. Einen von beiden, nur nicht beide zusammen. Der erste Schritt ist aber, die Fesseln loszuwerden. »Beeil dich, bevor derjenige, der da drin ist, plötzlich rauskommt. Begreift es endlich, ihr braucht meine Hilfe.«

Und dann wird plötzlich von hinten gezogen, und das Seil um Jaspers Handgelenke fällt ab.

»Wenn du irgendwas versuchst, kriegst du das Messer zu spüren«, sagt Lethe. Sie hat das Seil durchgeschnitten und richtet jetzt das Messer auf Jaspers Gesicht. »Geh mit ihm, Quentin.«

»Auf keinen Fall«, erwidert der.

Lethe richtet das Messer jetzt auf ihn. »Geh!«, befiehlt sie. »Du beschissener Feigling. Oder du lernst auch das Messer kennen.«

»Von mir aus, aber er geht voraus.« Quentin schubst Jasper vorwärts. »Beweg dich!«

Während Jasper auf das Licht zugeht, denkt er: *Komm schon, komm näher.*

Er will Quentin direkt hinter sich haben. Quentin, der unbewaffnet ist. Das ist seine Chance, während Lethe und

Quentin getrennt sind. Wenn nicht zwei gegen einen stehen. Wenn das Messer da hinten bei Lethe ist und nicht bei Quentin.

»Beeil dich!«, schnauzt Quentin. »Geh weiter, sieh nach, was das ist.«

Aber je weiter Quentin Jasper vor sich herscheucht, desto weiter bleibt er hinter ihm zurück. Wahrscheinlich absichtlich, um sich fernzuhalten, falls da jemand ist. Als sie halb den Flur entlang sind, ist der Abstand zwischen Jasper und Quentin so groß, dass Jasper sich umdrehen und zurückrennen müsste, um Quentin in die Finger zu bekommen. Es wird nie funktionieren. Aber Jasper kann jetzt endlich sehen, was das da am Ende des Gangs für eine Lichtquelle ist. Es ist ein Laptop auf einem kleinen Tisch, offen und leuchtend, und etwas bewegt sich auf dem Bildschirm hin und her.

»Hey, alles klar bei dir da hinten?«, ruft Quentin in einem sinnlosen Bühnenflüstern Lethe zu. Sie befinden sich jetzt außer ihrer Sichtweite – ganz am Ende des Flurs. Der Zeitpunkt könnte nicht besser sein. Oder wäre es, wenn Jasper derjenige ganz hinten wäre.

Doch dann entdeckt Jasper, während er sich dem Computer nähert, einen Haufen kurzer Metallrohre an der Wand. Sie liegen dort wie eine Antwort auf seine Fragen. Er kann jetzt schon das kranke, nasse Knacken von Quentins Schädel spüren, wenn er darunter zerquetscht wird.

»Was ist das?« Plötzlich ist Quentin an Jasper vorbei und steht vor dem Computer. Die Rohre liegen jetzt hinter seinem Rücken. Und vor Jaspers Nase.

Auf dem Computerbildschirm sammeln sich schattenhafte Bilder von Motten in einem immer größeren Schwarm und verschwinden dann plötzlich. Der Bildschirm wird schwarz, als wären sie von einer jetzt verlöschten Flamme angezogen worden. Quentin beobachtet den Bildschirm wie hypnotisiert, während Jasper sich hinter ihm rasch bückt, ein kurzes Rohrstück aufhebt und es sich hinten in den Hosenbund steckt.

»Scheiße!«, schreit Lethe wütend von der Gebäudefront, gerade als Jasper sein Shirt über das Rohr zieht.

Quentin wirbelt herum und läuft zurück. Jasper folgt ihm mit klopfendem Herzen, das Rohr gräbt sich ihm in den Rücken.

Als sie wieder nach vorn kommen, dreht Lethe am Türknauf und rüttelt an der abgeschlossenen Tür. »Wir sind hier eingeschlossen, Scheiße!«, schreit sie, dann fängt sie an, wild gegen die Tür zu treten, das Geräusch hallt in dem Lagerhaus wider.

»Geh weg, lass mich mal versuchen«, sagt Quentin und probiert den Knauf aus. Aber auch er kann ihn nicht bewegen. »Mist.«

Lethe wirbelt herum und geht auf Jasper los: »Was hast du getan, verdammt?«, schreit sie so rasend, dass er sich zurücklehnt und das Metallrohr schmerzhaft über seine Haut kratzt. Er zwingt sich, nicht zu zucken.

»Ich?«, fragt er zurück. »Ich war da hinten. Ich hab die Tür nicht abgeschlossen. Und hier drin steht ein Scheißcomputer, auf dem *Motten* um eine *Flamme* fliegen. Kapiert? Jemand wollte uns hier reinlocken.«

»Tja, und jetzt haben sie uns! Das haben wir dir zu verdanken!«, schreit Lethe. »Ist ja super. Wegen euch zwei Idioten werde ich hier drin sterben.«

»Ganz ruhig, Lethe, niemand stirbt«, sagt Quentin scharf und herablassend. »Ich weiß, du bist ein Outlier und alles, aber versuch, nicht überemotional zu werden.«

»Was hast du gerade gesagt, verdammt?« Lethe umklammert das Messer fester. Sie macht ein paar Schritte auf Quentin zu. Sie stehen jetzt nur noch Zentimeter voneinander entfernt.

»Ich sagte« – Quentin beugt sich vor – »werd nicht gleich so emo…« Lethe holt mit dem Messer über ihrem Kopf aus, aber Quentin hat schon ihr Handgelenk geschnappt. »Lethe, was soll der Scheiß?«

Lauf, denkt Jasper, während sie um das Messer ringen. Aber wohin? Die Tür ist immer noch abgeschlossen. Er sieht sich nach einem anderen Ausweg um, als er ein kurzes leises Geräusch hört. Ein Aufjaulen wie von einem kleinen Hund. Dann Stille. Als sich Jasper umdreht, stehen Lethe und Quentin wie erstarrt. Lethe steht auf den Zehenspitzen. Schließlich macht Quentin einen Schritt rückwärts, er zieht den Arm weg. Und das Messer aus Lethes Seite. Sie bricht zusammen.

Lange Zeit stehen Jasper und Quentin einander gegenüber an den Wänden und starren auf Lethes Leichnam. Quentin sieht betäubt aus, sogar verwirrt. Überall an seinen Händen und seinem Shirt ist Blut. Lethe ist tot, kein Zweifel. Bei dem ganzen Blut kann es nicht anders sein.

»Das ist alles Cassies Schuld, weißt du?«, sagt Quentin und deutet auf das Blut auf seinem Shirt.

»Was zum Geier hat das mit Cassie zu tun, dass du Lethe umgebracht hast?«, fragt Jasper, auch wenn er sich nicht einmal sicher ist, ob er es wissen will.

»Alles war gut, bis sie daherkam.« Er schüttelt den Kopf. »Ja, ich habe bei meinem Lebenslauf gelogen. Ich stand kurz vor dem PhD, als ich von der Uni geschmissen wurde. Ich brauchte einen Job. Wen interessiert das denn auch? Ich war ein guter Forschungsassistent, und dann musste Cassie auftauchen.«

»Ja, das hast du schon mal gesagt. Und ich glaube dir immer noch nicht.«

»Glaub mir oder lass es bleiben, Arschloch. Es stimmt«, sagt Quentin. »Ich habe ganz einfach mit Dr. Lang zusammengearbeitet und mich um meinen eigenen Kram gekümmert, und dann kam Cassie und erzählte mir, wie viel weiter ich kommen könnte, wenn ich ihr helfe. Dass ich so viel Potenzial und so viele bessere Ideen hätte. Dass ich das Sagen haben sollte. Sie war diejenige, die mich zu dieser Hackerin geschickt hat. Damals wusste nur keiner von uns, dass sie Russos Enkelin ist.«

»Falls Cassie von Anfang an damit zu tun hatte, warum hat sie … warum sollte sie getan haben, was sie getan hat? Sie ist tot.«

Quentin schüttelt den Kopf. »Frag doch mich nicht. Ich wusste nicht, dass sie das tun würde. Und ich habe keine Ahnung, warum sie es getan hat. Aber es war ganz sicher nicht, um euch alle vor mir zu retten.«

Wylie

Ob wir zu der Adresse fahren, von der aus EndOfDays den letzten Post gemacht hat, ist nicht die Frage. Obwohl wir wissen, dass es eine Falle ist, weil uns Rachel quasi hingeschickt hat. Trotzdem müssen wir hin. Vorsichtig. Wachsam. Von unterwegs rufen wir die Polizei an, aber es ist nicht so leicht, dem Telefonisten unsere Lage zu erklären. Es kommt mir ziemlich schnell eher wie eine Diskussion vor und nicht wie eine Bitte um Hilfe.

»Nein, ich weiß nicht sicher, dass unser Dad dort ist, und welchen Unterschied macht das, ob Dad offiziell als vermisst gilt?«, frage ich. »Wir glauben, jemand hält ihn an dieser Adresse gefangen. Wir fahren jetzt dorthin. Und wir sind nur zwei Teenager. Falls wir umgebracht werden, sind Sie schuld.«

Unsere Mom habe ich nicht erwähnt. Das hätte er mir wahrscheinlich erst recht nicht mehr geglaubt.

»Gut gemacht«, sagt Gideon, als ich auflege. Und noch nicht einmal sarkastisch.

»Ich weiß nicht, ob es funktioniert«, gebe ich zurück.

Gideon zuckt mit den Schultern. »Den Versuch war es wert.«

Worüber wir nicht reden: Rachel. Was sollen wir auch sagen? Sie hat uns alle verraten. Diese Person, die ich von Anfang an nicht mochte, der ich aber gegen mein erstes

Bauchgefühl trotzdem vertraut habe. Ich habe ihr vertraut, weil die Fakten es mir sagten, weil Mom es mir sagte. Sie hat ihr das Leben gerettet. Und so entschied ich, mich an die Fakten zu halten, statt an meinen Instinkt. Das hat uns – und unsere Eltern – vielleicht alles gekostet.

Als wir endlich zu der Adresse kommen, die uns Elizabeth gegeben hat, eine Stunde von Newton entfernt, holpert das Auto langsam über die unbefestigte Einfahrt zwischen den Bäumen hindurch. Da hinten ist es dunkel. Sehr, sehr dunkel. Und Unheil verkündend. Trotzdem ist es richtig, dass wir hinfahren. Das sagt mir mein Gefühl.

Unser Dad braucht uns, er ist dort irgendwo und wartet auf uns. Im Moment lebt er noch, zumindest glaube ich das, und Mom auch. Hoffe ich. Ich will nicht darüber nachdenken, was es bedeutet, falls sie nicht zusammen sind. Aber ich habe das sichere Gefühl, dass bald etwas Schreckliches geschehen wird. Dass Rachel uns gehen lassen hat, bedeutet nichts Gutes. Sie hat das nicht getan, weil sie ein schlechtes Gewissen hat oder tief im Inneren ein guter Mensch ist. Sie hat uns gehen lassen, weil das alles zu ihrem Plan gehört. Dieses Wissen ändert trotzdem nichts an der Tatsache, dass diese Adresse unsere einzige Chance ist.

Outlier-Regel Nr. 8: Zu wissen, dass du in die Gegenrichtung rennen solltest, heißt nicht, dass du es kannst.

Gideon hält zwischen den zwei langen cremefarbenen Lagerhäusern an. Die Gebäude, beide innen dunkel, sehen neu aus. Es ist eine überraschend helle Nacht, ein fast voller Mond scheint auf uns herab. Es erinnert mich daran, wie Jasper und ich in dem Camp in Maine ankamen: Der mondbeleuchtete Rasen zwischen den Hütten war hell wie bei Sonnenaufgang. Jasper und ich hatten damals so recht mit unserer Angst. Und jetzt zweifle ich nicht daran, dass ich mit meiner Angst genauso recht habe.

Denn während wir im Wagen sitzen und auf diese seltsamen und schrecklichen Lagerhäuser starren, sagt mir mein Instinkt: *Geh rein. Du musst. Du hast keine Wahl.* Und gleichzeitig schreit mein Instinkt: *Gefahr, Gefahr, Gefahr.*

Outlier-Regel Nr. 9: Die richtige Wahl zu kennen heißt nicht, dass sie gut ist.

»Wir brauchen die Taschenlampe.« Gideon reckt sich und wühlt in seinem Handschuhfach, als hinge sein Leben davon ab. »Und wir sollten zusammenbleiben.«

»Ja.« Ich nicke, auch wenn ich schon fühlen kann, dass das nichts ändern wird. Vielleicht hatte die E-Mail recht. *Das Ende ist nah.* Irgendetwas steht auf jeden Fall bevor.

Als wir aussteigen, ist da nur Stille. Kein Wind, kein Rascheln. Als hielte die Welt den Atem an. Schweigend und Seite an Seite gehen wir näher an das hintere Lagerhaus heran. Ich mache mich darauf gefasst, dass etwas oder jemand herausspringt und uns aufhält. Aber nichts passiert. Und bald spähen wir durch die Fenster des hinteren Lagerhauses in noch tiefere Dunkelheit.

»Es sieht nicht benutzt aus«, sagt Gideon, das Gesicht ans Glas gedrückt. Über seinem Kopf sind ein paar seltsame kleine, vollkommen runde Löcher. Wie zur Belüftung.

Durch das Fenster kann ich sehen, dass das Innere des Lagerhauses als Büro oder für eine Firma eingerichtet ist: ein langer Gang in der Mitte, zu beiden Seiten Türen. Viel mehr gibt es aber nicht zu sehen. Ein paar Hocker vorn, ein paar Putzutensilien auf dem Fensterbrett neben einem Hammer. Eine Handvoll Stühle und ein kleiner Teppich, der nicht mittig liegt und nur einen merkwürdig kleinen

Teil der breiten Bodenfläche bedeckt. Keine anderen Anzeichen von Leben. Von meinen Eltern auch nicht. *Beeilt euch. Das Ende ist nah.*

Das ist aber eindeutig der richtige Ort. Da bin ich mir sicher.

»Glaubst du, das war nur Quatsch?«, fragt Gideon.

Bevor ich antworten kann, blitzt hinten in dem Lagerhaus etwas auf. Wie eine Sternschnuppe. Kurz da und gleich wieder weg.

»Hast du das gesehen?«, fragt Gideon, in dem Hoffnung und Furcht aufeinanderprallen. Er möchte, dass ich es auch gesehen habe. Aber er will auch, dass er es sich nur eingebildet hat.

»Ja, ich hab's gesehen«, sage ich und wäre so gern erleichtert. Ich bin es aber nicht. Kein bisschen.

Ich lege die Hand an den Türknauf, darauf gefasst, dass sie abgeschlossen ist, aber die Tür öffnet sich mit einem feinen Klicken. Eine Einladung, aber eine unheilvolle.

Als wir eintreten, blitzt das Licht wieder auf. Und jetzt können wir sehen, woher es kommt: Ganz hinten flackert eine Glühbirne, als würde sie gleich ausgehen.

»Sollen wir mehr Licht machen?« Gideon zeigt auf eine Schalttafel an der Wand. »Es gibt Strom.«

Als Gideon auf die Schalter drückt, bin ich trotzdem überrascht, dass die Lampen über uns flackernd zum Leben erwachen. Es ist so einfach. So naheliegend. Das Lagerhaus ist jetzt heller, aber das Licht gelb und unangenehm. Trotzdem ist es besser als die Dunkelheit. Alles ist besser.

Mit eingeschaltetem Licht sieht der vordere Teil des Lagerhauses aus wie ein noch nicht ganz fertiges Wartezimmer: die Stühle an der Wand, ein großes ausgeschnittenes Rechteck links wie ein Fenster, hinter dem der Empfang sein könnte. Nur dass noch kein Glas eingebaut wurde. Die Stühle stehen hier eigentlich noch zu früh. Der Raum ist zwar fertig gebaut – die Wände sind hochgezogen, die Gipskartonplatten sind angebracht. Aber es gibt noch keine Lichtschalter oder andere Abschlussarbeiten, der Boden ist immer noch nackter Beton, und alle Fenster im Inneren – es gibt mehrere, nicht nur das am Empfang – warten auf ihre Glasscheiben. Komischerweise steht in der Ecke aber eine kleine Metallkiste wie für Blutproben, bereit fürs Labor.

»Was ist das hier?«, frage ich, obwohl Gideon die Antwort natürlich auch nicht kennt.

»Komm mit«, sagt er und winkt mich weiter.

Zögernd gehen wir den Flur mit den vielen Türen entlang. Das Licht am Ende ist wieder ausgegangen. »Irgendwas stimmt mit denen nicht, oder?«, fragt Gideon und deutet auf die Türen. »Sie sind zu schmal und zu eng beieinander oder so.«

Ich wende mich der nächstliegenden zu, gehe wieder davon aus, dass sie abgeschlossen sein wird. Aber sie öffnet sich. Der Raum dahinter ist ein winziger Schuhkarton, hat vielleicht genug Platz für zwei Stühle, aber noch nicht ein mal für einen Tisch. Er ist ganz sicher zu klein für ein Büro. Und ohne Fenster, obwohl man das Gefühl hat, es müsste eines geben. Stattdessen gibt es einen Spiegel an der Wand, wodurch der Raum ein winziges bisschen weniger beengt aussieht, aber umso unheimlicher. Warum ein Spiegel? Ich verlasse den ersten Raum und gehe in den zweiten, dann den dritten. Aber sie sind alle genau gleich.

Von außen hat das Lagerhaus definitiv Fenster, die logischerweise zu den Räumen führen müssten. Was bedeutet, dahinter muss es so etwas wie eine schmale Leerstelle geben. Um die Räume durch die Spiegel zu beobachten?

Was beobachten? Wen? Plötzlich kommt es mir vor, als würde sich der Boden unter mir bewegen.

Da höre ich ein lautes Geräusch, ein Kratzen am anderen Ende des Lagerhauses. Gideon und ich rennen aus den kleinen Räumen, die wir untersucht haben, und starren zum Ende des Gangs. Dort ist nur Dunkelheit, wie eine Ziegelmauer. Doch dann ertönt das Geräusch wieder, kürzer, aber lauter. Wie Metallfinger auf einer Schiefertafel. Gideon und ich sehen uns an.

»Wir sollten vorsichtig sein«, flüstere ich, obwohl wir allein durch unsere Anwesenheit hier in Gefahr sind.

Gideon und ich gehen dicht an der Wand weiter den Flur entlang. Wir sind noch nicht weit gekommen, als plötzlich das Licht wieder angeht.

Aber diesmal ist da etwas in dem fernen Lichtkreis. Ein Jemand. Geknebelt und an einen Stuhl gefesselt.

Dad.

Gideon und ich laufen auf ihn zu, und je näher wir kommen, desto verzweifelter zerrt Dad an seinen Fesseln. Durch seine Bewegungen kratzt der Stuhl auf dem Boden und macht dieses schreckliche kreischende Geräusch. Aber nicht, weil er uns zu sich holen möchte. Er will, dass wir umdrehen, dass wir verschwinden, um unser Leben rennen. Er will nicht, dass wir uns in Gefahr bringen, um ihn zu retten. Das fühle ich ganz deutlich. Wäre er nicht geknebelt, würde er uns anschreien, wir sollten fliehen.

»Wir gehen nicht ohne dich«, sage ich atemlos, als wir ihn erreicht haben. Dann versuche ich, den Knoten in seinem Nacken zu lösen, damit er wenigstens den Knebel los ist und sprechen kann. Gideon versucht, seine Hände loszubinden. Wir sind beide viel zu langsam.

»Lass es mich versuchen.« Gideon hat Dads Hände befreit und kommt mir zur Hilfe. Wir wechseln uns ab und schaffen es endlich, den Knebel zu lösen.

»Dad, geht es dir gut?«, frage ich, sobald er antworten kann.

»Lauft weg! Sofort«, keucht er mit heiserer Stimme. »Ihr müsst hier weg, auf der Stelle!«

»Das werden wir«, sage ich, während ich mich auf den kalten Betonboden neben ihn knie und mich an die Fesseln um seine Knöchel mache. »Aber mit dir.«

Natürlich ist noch jemand mit uns hier. Dad ist nicht durch Magie unter der Lampe aufgetaucht. Ich kann sie auch fühlen, wie sie in der Dunkelheit lauern. Dad schüttelt traurig den Kopf und streckt die Arme nach Gideon und mir aus. Er legt sie fest um uns. Jetzt macht er sich nicht mehr die Mühe, uns zum Fliehen zu überreden. »Es tut mir so leid«, sagt er. »Das alles. Wenn meine Arbeit nicht gewesen wäre – es tut mir so unendlich leid.«

Endlich hat Gideon seine Beine befreit, und ich möchte, dass er aufspringt. Dass er zur Tür rennt und ruft: *Los, Leute! Folgt mir!* Aber er rührt sich immer noch nicht.

»Komm schon, Dad!« Gideon zieht ihn am Arm. »Gehen wir!«

Aber Dad bewegt sich immer noch nicht. Und er sagt uns auch nicht noch einmal, dass wir weglaufen sollen. Stattdessen sieht er an uns vorbei in die Dunkelheit, wer auch immer dort ist. Und wartet.

Er schüttelt leicht den Kopf und runzelt die Stirn, während seine Augen traurig in der Dunkelheit leuchten. »Jetzt ist es zu spät. Aber es ist gut.« Damit meint er: weil wir zusammen sind, egal, wie schrecklich das Ende wird. Und seine Stimme zittert. Man muss kein Outlier sein, um zu wissen, dass er furchtbare Angst hat. »Wir müssen ruhig bleiben, egal, was passiert. Das ist das Wichtigste. Vertraut mir, ich bin schon seit einer Weile bei ihm.«

»Wer, er, Dad?«, frage ich.

Da höre ich hinter uns ein anderes Geräusch – schlurfende Schritte auf dem Betonboden. Jemand kommt auf uns zu. Doch als Erstes taucht das Gewehr aus der Dunkelheit auf. Der Lauf ist seitlich nach oben gerichtet, wenigstens nicht auf uns. Ich schließe die Augen. *Atme*, ermahne ich mich. *Atme.*

Außerdem denke ich: *Das ist der Anfang vom Ende.* Das Ende ist nah.

»Wie wäre es, wenn ihr euch alle hinsetzen würdet?« Eine Stimme.

Ich kenne sie, aber meine Gedanken rasen zu wild durcheinander, als dass ich sie zuordnen könnte. Und der Mann ist immer noch nicht zu sehen, von der Dunkelheit verschluckt. Schließlich sind weitere Schritte zu hören, und da ist er. Lange grau melierte Haare, zu einem unordentlichen Pferdeschwanz zusammengebunden, kräftige Arme. Er trägt ein ausgebleichtes gelbes T-Shirt mit dem Umriss einer Palme darauf und eine weite Stoffhose, die ihm von den Hüften hängt. Er war schon immer eher klein, aber mit dem riesigen Gewehr sieht er winzig aus.

Cassies Dad Vince ist EndOfDays?

Es ist gleichzeitig unglaublich und das einzig Logische. Ich spüre eine Hand an meinem Arm. Als ich hinunterschaue, blickt Dad zu mir herauf.

»Uns passiert nichts«, sagt er. »Keinem von uns.«

Und als ich mich wieder umdrehe, sehe ich endlich, worauf Vince sein Gewehr gerichtet hat.

Mom. Sie steht neben ihm am Rand der Dunkelheit. Erschöpft und voller Angst. Aber sie lebt.

Riel

Riel hat schon unterwegs ein ganz ungutes Gefühl. Aber sie haben keine Wahl. Zumindest sie selbst hat keine. Während sie, Leo und Marly tiefer in die Dunkelheit fahren, versucht sie, sich auf alles gefasst zu machen. Aber es hilft nicht. Sie kann nur daran denken, wie ungern sie wieder zu diesem Lagerhaus will, nicht jetzt und überhaupt nie.

So wird sie nie vergessen, wie Kendall plötzlich verstummte, als er getroffen wurde, wie er umfiel. Aber Riel hat keine Wahl. Wylie braucht ihre Hilfe. Das weiß sie durch das, was ihr Großvater gesagt hat. Sie kann es in den Knochen fühlen.

Riel war hineingerannt, sobald Marly die Tür zu ihrem Zimmer öffnete. »Ich brauche sofort deinen Computer.«

»Leo?«, rief Marly aus, als sie ihn hinter Riel in ihrer Tür sah. Sie streckte sich, um ihn zu umarmen. »Ich freue mich so, dich zu sehen.«

»Der Computer, Marly!«, drängte Riel. Sie und Leo waren so schnell zu Marly gefahren, dass es ein Wunder war, dass sie in einem Stück angekommen waren. »Bitte, sofort, verdammt. Sie halten Wylie irgendwo fest. Wir müssen sie finden. Ich glaube, mein Großvater will sie und ihre Familie umbringen. Alle auslöschen, die etwas wissen. Und zwar sofort. Er versucht, es so aussehen zu lassen, als wäre nichts von allem je passiert. Aufräumen. Ich glaube, das war schon die ganze Zeit sein Plan.«

Marly deutete mit grauem Gesicht auf den Laptop auf dem Nachttisch. »Aber ist es nicht gefährlich, wenn wir von hier aus online nach ihr suchen?«, fragte sie. »Dann finden sie dich.«

»Das ist egal. Sie haben mich schon gefunden«, sagte Riel, während sie sich an den Computer setzte. »Ich bin noch da, weil mein Großvater hofft, dass ich meine Meinung ändere und ihm helfe.«

»Wobei helfen?«, fragte Marly.

Riel zeichnete mit den Fingern Anführungsstriche in die Luft. »›Die Outliers zu schützen.‹«

»Ernsthaft?« Marly klang angewidert.

Riel zuckte die Achseln. »Yep.«

»Wie willst du Wylie finden?«, fragte Leo, der sich neben Riel gestellt hatte.

»Das eine Foto, das du ihr gegeben hast.« Riel holte Luft. »Erinnerst du dich vielleicht noch an einen Teil des Nummernschilds am Auto?«

Leo hatte Riel, sobald sie wieder sicher im Auto saßen, von dem übrig gebliebenen Foto erzählt. Er hatte gedacht, er hätte es an dem Abend, an dem Marly ihn mit den Fotos gesehen hatte, in den Umschlag zurückgesteckt. Erst als ihn die Feuerwehr nach dem Brand wieder in sein Zimmer ließ, um ein paar Sachen zum Anziehen zu holen, hatte er das Foto entdeckt, das der Feuerwehrmann unter einem durchnässten Teppich gefunden hatte.

Leo zog sein Handy heraus und tippte sich durch. Als er es Riel reichte, hatte er ein Foto geöffnet, darauf das Auto; das Nummernschild war voll sichtbar. Riel blickte überwältigt von Dankbarkeit zu ihm auf. »Na, komm schon«, sagte er. »Ich höre dir schließlich zu.«

»Danke.« Sie küsste ihn stürmisch, dann wandte sie sich wieder dem Computer zu.

Riel brauchte nicht lange, bis sie sich in die Zulassungsbehörde gehackt hatte und wusste, dass das Auto auf die Regierung zugelassen war. Ein bisschen länger dauerte es, bis sie die Zulassung direkt dem Büro von Senator David Russo zugeordnet hatte. Sie fragte sich, ob ihr Großvater schon wusste, dass das Foto, das ihm fehlte, das wichtigste war, nämlich das, was ihn mit der WSRF in Zusammenhang brachte.

»Und jetzt?«, fragte Marly. »Wie hilft es uns, Wylie zu finden, wenn wir wissen, dass das Auto deinem Großvater gehört?«

»Wir suchen nach jemand anderem, der dieses Nummernschild auch recherchiert hat«, erklärte Riel. »Ich bin mir sicher, Wylie hat das auch getan. Oder von jemandem tun lassen. Auf die eine oder andere Art wird uns das Nummernschild zu ihr führen.«

Innerhalb von wenigen Minuten hatte Riel heraus, wer auf der Suche nach diesem Nummernschild herumgestochert hatte: ein Detective Evan Oshiro. Sie musste Wylies Einfallsreichtum bewundern; ein Cop, der nach einem Nummernschild sah, löste keinen Alarm aus, sich in die Zulassungsbehörde zu hacken, schon. Aber sobald Riel Oshiro gefunden hatte, musste sie nur noch seiner Spur folgen: Oshiros Handy in seinem Haus ungefähr zur selben Zeit, als zwei neue

Gmail-Konten eingerichtet wurden. Es gab nur ein paar Mailwechsel, aber sie schienen an Wylie gerichtet zu sein. In der letzten stand eine Adresse. Dieselbe, zu der Riel Kendall gefolgt war.

»Ich muss los«, sagte Riel schon auf dem Weg zur Tür.

Marly und Leo folgten ihr auf dem Fuß.

Sie wandte sich ihnen zu, um sie aufzuhalten. »Nein. Auf keinen Fall. Ich will nicht ... Das ist definitiv gefährlich. Mein Großvater will Wylie und ihre ganze Familie umbringen, um sich selbst zu retten. Das hat er mir mehr oder weniger deutlich gesagt. Mich bringt er auch um, wenn er muss. Und euch beide auf jeden Fall.«

»Noch ein Grund mehr, weshalb du uns brauchst«, sagte Marly entschieden.

»Ja«, sagte Leo. »Und ich lasse dich auf keinen Fall allein gehen.«

Sie haben sie beide nicht allein gehen lassen. Und so fahren sie jetzt zu dritt durch die kurvige Dunkelheit. Was auch immer an Schrecklichem am Ende dieser Fahrt liegen mag: Riel muss sich dem nicht allein stellen.

Wylie

Mom streckt mit aufgerissenen, glasigen Augen die Hand nach mir aus. Wut. Angst. Liebe. Sie toben in ihr.

Aber ich fühle nur Erleichterung. »Mom«, sage ich.

»Hi«, flüstert sie und blinzelt Tränen weg.

»Setzt euch doch, bitte«, sagt Vince und richtet das Gewehr deutlicher auf Moms Kopf. Aber für denjenigen mit der Waffe sieht er merkwürdig gequält aus. Und er hält es unbeholfen, als überraschte es ihn, es in seinen Händen vorzufinden. Was wahrscheinlich nur die Gefahr vergrößert, dass er sie aus Versehen abfeuert. »Ich will nicht, dass das hier unbequem wird.«

Vince wirkt überhaupt nicht wie der Typ aus meiner Erinnerung. Es kommt mir vor, als hätte sich sein Gesicht verändert. Seine Augen sind vollkommen leer.

»Ich glaube, über unbequem sind wir weit hinaus«, flüstert Gideon.

»Hört auf Vince«, sagt mein Dad und sieht uns mit großen Augen an. »Setzt euch, Kinder. Sofort.«

Und ich fühle, wie groß seine Angst ist. Aber nicht um sich selbst. Er hat seinen Frieden schon geschlossen. Er macht sich Sorgen um uns und Mom. Er hat Angst, dass Vince sie aus Versehen erschießt.

»Wie habt ihr mich überhaupt gefunden?«, fragt Dad leise.

»Er hat uns eine Nachricht geschickt: *Das Ende ist nah*«, sage ich. »Und dann hat er noch mal etwas auf dem EndOfDays-Blog gepostet. Von hier aus. Wir haben die Spur verfolgen lassen.« Ich wende mich mit finsterem Blick zu Vince um, auch wenn ihn gegen mich aufzubringen so ungefähr das Gegenteil dessen ist, was Dad mir gerade gesagt hat. »*Sie* haben uns hergelockt.«

»Von *hier* aus wurde etwas auf meinem Blog gepostet?«, fragt Vince mit plötzlich lebhaftem Gesicht und scharfem Blick. Als wäre er aus einer Trance aufgewacht. Einen Moment lang sieht er sogar aus wie der alte Vince. »Das kann nicht sein. Und ich habe auch keine E-Mail geschickt.«

»Doch. *Sie* haben eine E-Mail geschickt.« Ich irre mich. Das weiß ich schon. Ich habe keine Ahnung, wie oder warum genau. Aber es ist so. »Und Sie haben gepostet. Es ist *Ihr* Blog.«

»Mein Werk am Blog ist beendet. Schon seit mehreren Tagen.« Vince sieht immer noch nachdenklich aus. »Das ist merkwürdig.«

Und das Schlimmste ist, dass ich weiß, er sagt die Wahrheit. Er hat uns nicht mit dieser E-Mail hergelockt, gefolgt von dem EndOfDays-Post genau im richtigen Moment. Was bedeutet: Es war jemand anderes.

»Vielleicht …«, beginnt Mom, aber das scheint Vince zu erschrecken, der die Waffe jetzt leichtsinnig bewegt.

»Hope, nicht! Sag nichts. Beweg dich nicht«, warnt sie Dad. »Vince hat den Eindruck, dass meine Forschung jungen Mädchen schadet«, erklärt er uns. »Anscheinend hat er letzten Herbst jemanden bei einem Treffen der Anonymen Alkoholiker kennengelernt. Eine Architektin.«

»Eine Architektin?«, frage ich, während Rachels Stimme in meinem Kopf widerhallt, wie sie sich selbst so bezeichnet.

»Ja, Vince weiß nicht, wie sie heißt«, sagt er. »Aber sie hat ihm alles über meine angebliche Forschung erzählt. Seitdem versucht Vince, meine Forschung zu stoppen, mich aufzuhalten … also, ich meine, ich bin es ja nicht. Aber das dachte er.«

»Seit letztem Herbst?«, frage ich.

Es ging gar nicht um Leute, die hinter der Forschung meines Dads her waren, es ging darum, Dad von ihrer Spur abzubringen.

»Ja, schon lange vor allem, was in dem Camp passiert ist.«

Rachel. Das war sie bei dem Treffen der Anonymen Alkoholiker: die Architektin, die Vinces Energie »umlenkte«. So muss es sein. So hat sie ihr Haus gebaut. Als »Architektin« für Vince, aber noch wichtiger: für Russo. Da bin ich mir sicher, auch wenn Rachel so klug war, das nie deutlich zu sagen, nicht mal jetzt. »Es gibt Forschungen an Outliers, die *wirklich* Mädchen schaden, aber die finden in einer militärischen Forschungseinrichtung in Watuck statt«, sage ich und blicke von meinem Dad zu Vince und wieder zurück. »Das hat nichts mit dir zu tun.«

»Ja, ich habe Vince gesagt, dass ich nie jemandem schaden würde. Dass meine Forschung nur aus Fragen und Antworten besteht«, sagt Dad ruhig, aber bestimmt. »Und deine Mom und ich waren die letzten Wochen mit Vince in Karens Haus. Wir hatten eine Menge Zeit zu reden. Aber ich glaube nicht, dass ich Vince überzeugt habe. Nach dem, was Cassie passiert ist, ist es wohl verständlich, dass er Beweise haben möchte.«

Und jetzt wird mir klar, warum mich Cassies Haus angezogen hat: Meine Eltern waren dort. Rachel muss Mom irgendwie ins Gefängnis geschmuggelt und sie danach

Vince überlassen haben. Eines muss ich Rachel aber lassen – dass ich Mom gesehen habe und ihr Brief haben mich wirklich dazu gebracht, ihr zu vertrauen.

Das und die Tatsache, dass sie Mom das Leben gerettet hat. Ich schaue wieder zu Mom hinüber, die so dicht vor dem Ende von Vinces Gewehr steht. Aber sie macht sich Sorgen um uns, nicht um sich selbst.

»In Karens Haus?«, fragt Gideon. »Wir sind dort vorbeigegangen. Wir haben mit der Nachbarin geredet, und sie sagte, da sei keiner.«

Deshalb habe ich in Mrs Dominics Gegenwart etwas gespürt. Sie war zu interessiert. Ganz falsch. Ich hatte recht damit, dass etwas nicht stimmte, ich habe mich nur beim Grund geirrt.

»Mrs Dominic mochte Karen noch nie«, sagt Vince achselzuckend. »Ich wusste, sie würde nicht verraten, dass ich dort wohne, während Karen weg ist.«

»Lass Wylie und Gideon gehen, Vince«, fleht Mom. Ich kann mir leider nur zu gut vorstellen, was passieren könnte, falls die Waffe losgeht. »Behalte Ben und mich. Sie haben nichts falsch gemacht.«

Dad wirft Mom einen eindringlichen Blick zu und schüttelt wieder den Kopf. »Vince hatte es nicht leicht, seit Cassie gestorben ist«, sagt er. »Er fühlt sich verantwortlich.«

»Verantwortlich?«, frage ich Vince. »Sie waren doch nicht mal dort.«

Cassie. EndOfDays. Das Kollektiv. Das Camp. Die Puzzleteile setzen sich mit rasender Geschwindigkeit zusammen. Und ich sitze mittendrin in der Falle.

»Als ich berufen wurde, den Mädchen zu helfen, habe ich versprochen, mit Leib und Seele dabeizubleiben, nicht zu wanken, egal, wie sehr ich geprüft werde«, sagt Vince.

Und er meint es wirklich ernst. Er würde für diese Vorstellung sterben. Er würde dafür töten. Es könnte sein, dass er das schon getan hat. »Ich habe Gott versprochen, dass ich tun würde, was auch immer er von mir verlangte, wenn er mir half, clean zu werden. Und es funktionierte. Ich wurde trocken. Ich bin immer noch trocken. Diese Mädchen zu beschützen war das, was ich brauchte, um meine Schuld zurückzuzahlen. Als ich Cassie verlor, dachte ich, es würde mich brechen. Aber dann wurde mir klar, damit ihr Tod nicht umsonst war, musste ich beenden, was ich angefangen hatte.«

»Diese Architektin, die Ihnen von meinem Dad und seiner Forschung erzählt hat, hat gelogen«, sage ich. »Ihr Name war Rachel. Sie war mit *uns* bei Cassies Beerdigung.« Das scheint Vince nicht zu überraschen, aber sie haben ja auch miteinander gesprochen. Wer weiß, was für eine Lüge Rachel sich ausgedacht hat, um das zu erklären. »Sie hat Sie für ihre eigenen Zwecke benutzt. Böse Zwecke.«

»Und die arme Cassie.« Die Schuld lässt Vinces Stimme brechen, als er weiterspricht, als hätte er mich nicht mal gehört. Aber wenn er noch Schuld fühlen kann, heißt das, er kann immerhin noch fühlen. Das heißt, es gibt eine Chance. »Sie hat von Anfang an alles getan, worum ich sie gebeten habe. Sie hätte alles getan, um mir dabei zu helfen, trocken zu bleiben. Sogar mit den Blog-Posts hat sie mir geholfen. Ich habe gemerkt, dass es sie zerrissen hat, dich zu hintergehen. Sie konnte nicht einmal mehr mit dir befreundet sein. Aber sie hat es trotzdem getan. Für mich.«

Cassie hat von Jaspers Haus aus gepostet. Über meinen Dad. Sogar im Rückblick fällt mir kein einziges verräterisches Anzeichen ein. Andererseits sind die Erinnerungen an Cassie so von Trauer gefärbt, dass ich sie nur schwer klar sehen kann. Vielleicht waren es auch nicht Cassies Klamotten, ihre Freunde oder sogar ihre Trinkerei, die mich dazu gebracht haben, mich zurückzuziehen. Vielleicht war es irgendein Gefühl tief in mir, dass sie mich schon hinterging.

Genau wie Rachel meine Mom hintergangen hat. Vielleicht hat Mom das auch kommen sehen.

»Du siehst das alles falsch, Vince«, sagt Mom leise, jetzt mit geschlossenen Augen, wahrscheinlich, damit sie die Waffe nicht mehr sehen muss. »Möchtest du deine Mission nicht auf die richtige Weise beenden? Die richtigen Leute aufhalten?«

Das ist eine vernünftige Taktik. Logik. Sie könnte sogar funktionieren, falls Vince überhaupt zugehört hat.

»Wir hätten uns natürlich nie mit Dr. Quentin Caton einlassen sollen. Aber als sie mir von der Forschung erzählte, sagte sie mir auch, wer er war, dass er durch seine eigenen Lügen einfach zu überzeugen sein würde. Ich hätte Cassie nie losschicken dürfen, um mit ihm zu sprechen.« Vince schüttelt den Kopf und holt tief und verzweifelt Luft. »Aber Lügner wie Dr. Caton verfolgen ihre eigenen Ziele. Und oft sind die ganz anders, als man dachte. Wie Sophie-Ann. Ich habe sie um Hilfe gebeten, aber sie fand, es könnte stattdessen eine Möglichkeit geben, um aus Bens Handy Gewinn zu schlagen.«

»Haben Sie sie deshalb umgebracht?«, frage ich.

Vince sieht entsetzt aus, und soweit ich das beurteilen kann, ist es echt. »Sophie-Ann ist tot?«

»Sie wurde von einem Auto angefahren.«

»Oh.« Er wirkt ehrlich traurig und eindeutig überrascht. »Also, das ist schrecklich. Aber ich weiß nichts darüber. Es gibt sehr viel, das ich nicht erklären kann, stelle ich fest. Zum Beispiel, was Cassie passiert ist. Ich weiß, ihr Tod war meine Schuld, egal, was genau passiert ist oder warum. Aber ich hoffe, wenn meine Architektenfreundin herkommt und erfährt …«

»Sie kommt hierher?«, frage ich.

»Sie hat Vince gesagt, er solle uns herbringen und warten, bis sie kommt«, sagt Dad.

»Wir müssen raus«, sage ich an meine Eltern gewandt. »Das ist eine Falle.«

Genau in diesem Moment ist von draußen ein lauter Knall zu hören, und ein Licht blitzt auf. Wir alle drehen uns zu den Fenstern um, sechs Meter entfernt an der Rückseite des Lagerhauses. Sogar Vince sieht hin. Wir sehen immer noch zu, während die Flammen in der Dunkelheit hochschlagen.

»O mein Gott«, flüstere ich. »Sie brennen das Gebäude nieder.«

Als ich mich wieder umdrehe, hat Vince das Gewehr gesenkt und starrt wie hypnotisiert von den Flammen vor sich hin. Meine Mom schiebt sich zentimeterweise vorsichtig von ihm weg. Und Vince scheint es nicht zu bemerken. Bald zeigt der Gewehrlauf ganz auf den Boden. Er sieht in die Flammen, verblüfft, aber schaurig erleichtert. Er ist bereit für sein Ende.

»Komm!«, ruft meine Mom und reißt mich am Arm hoch. Dad und Gideon sind schon in Richtung Haupteingang losgelaufen.

Ich erwarte, dass Vince einen Satz macht, dass er mit einem Ruck wieder wach wird und uns verfolgt. Dass er versucht, uns den Weg abzuschneiden. Aber er setzt sich nur auf Dads Stuhl. Und er stellt das Gewehr hin. Lehnt den Kopf zurück und schließt die Augen.

Als Mom und ich vorne ankommen, rüttelt Dad schon an der Tür.

»Es ist abgeschlossen!«, ruft er. »Sie haben uns eingeschlossen!«

»Kommt, wir müssen einen anderen Weg nach draußen finden«, sagt Mom. Sie versucht, ruhig zu bleiben, aber in ihrer Stimme liegt Angst. »Versucht es bei den Fenstern.«

Wir rennen von Fenster zu Fenster. Keines lässt sich öffnen. Mom schnappt sich einen Klappstuhl und schmettert ihn an eine Scheibe, aber die bekommt nur Risse.

»Hör auf, hör auf. Das ist Sicherheitsglas«, sagt Dad und nimmt ihr den Stuhl ab. »Wir müssen einen anderen Weg finden.«

Gideon drückt die Hände flach gegen die gegenüberliegende Wand. »Sie ist schon heiß.«

Wir laufen im Raum herum, suchen alle Winkel und Ritzen nach irgendwas ab, das uns heraushelfen könnte. Erst da finde ich das Buch in der kleinen Metallkiste für die Proben. Ich blättere es durch, es sieht aus wie Vinces Tagebuch. Und hinten drin herausgerissene Seiten aus Cassies Tagebuch, die aussehen wie die, die Jasper geschickt bekommen hat. Sicher hat Rachel sie ihm geschickt. Damit sie jetzt zusammen mit seinem Tagebuch bei Vince gefunden werden. Oder mit dem, was vielleicht sein Tagebuch ist. Ich habe nur eine Sekunde, um es durchzublättern, aber es könnte sein, dass jemand anders es geschrieben hat – vielleicht Rachel –, damit Vince besonders labil aussieht. Noch mehr Beweise, dass er alles tun würde, um Rache zu üben – inklusive sich und uns alle umbringen.

So sollen wir ausgelöscht werden. Hübsch verpackt mit Schleife drumrum. Alles Schreckliche, das geschehen ist, wird sich mit Vince und nur mit Vince erklären lassen: dem labilen, untröstlichen Verschwörungstheoretiker Vince.

Während Dad wieder an der Tür rüttelt, tanzen die Flammen an den Seiten eines der vorderen Fenster herauf. Und es ist eindeutig wärmer geworden. Ich versuche, nicht darüber nachzudenken, was uns zuerst umbringen wird: der Rauch, die Flammen, das einstürzende Gebäude.

Nein. Wir haben immer noch eine Chance. Ich fühle, dass da draußen jemand ist, nicht weit weg. Und nicht nur derjenige, der das Feuer gelegt hat. Jemand, der uns helfen wird.

Also fange ich an, an die Tür zu hämmern.

»Hilfe! Helfen Sie uns!« Ich hole Luft und schlage weiter zu. »Wir sind hier drin eingeschlossen!« Ich drehe mich wieder zu meiner Familie um. »Wir müssen Lärm machen. Viel Lärm. Ich glaube, da draußen ist jemand.«

»Hallo? Hallo?« Gideon stellt sich neben mich und hämmert mit seiner großen geschlossenen Faust noch fester gegen die Tür. »Wir sind hier drin!«

Schon sind unsere Eltern ebenfalls bei uns, wir klopfen und rufen alle. Die Flammen schlagen jetzt zu hoch, um wieder zum Fenster zu schauen.

Doch dann höre ich draußen endlich ein Geräusch.

»Wartet, schsch, schsch!« Ich winke den anderen aufzuhören, und dann höre ich es wieder, gedämpft, aber unverkennbar echt. Eine Stimme. »Geht von der Tür weg!«

»Okay«, schreit mein Vater zurück und winkt uns zur Seite. »Wir sind weg!«

Lautes Krachen ist zu hören, die Tür rattert und bebt wie von Schlägen mit einem Hammer. Und dann, endlich, geht sie auf. Einfach so. Kurze Stille. Und dann Ungläubigkeit. Dann platzt Riel mit einer großen Kurzhantel in der Hand herein. Leo und ein anderes Mädchen folgen ihr.

»Kommt schon, kommt schon!«, ruft Riel und winkt uns heraus. Meine Eltern und Gideon laufen los, zur Tür hinaus. Ich bleibe zurück, als sie hinter mir nach etwas zu suchen scheint. »Ist Jasper nicht hier?«

»Nein, warum?«, frage ich, und ich weiß schon, die Antwort wird nicht gut ausfallen.

»Mist«, sagt Riel und sieht sich weiter um. »Er ist hier irgendwo.« Sie dreht sich zu dem anderen Gebäude um. Dahinter steigt ebenfalls Rauch auf. »Komm. Wir müssen im anderen Gebäude nachsehen. Und dann müssen wir hier weg. Mein Großvater hat Leute geschickt, um den Brand zu legen. Wenn sie etwas taugen, sind sie irgendwo in der Nähe, um sicherzugehen, dass ihr Job erledigt ist.«

Ich wende mich Leo und dem anderen Mädchen zu: »Sagt ihr bitte meinen Eltern, dass ich gleich da bin?«

Leo zieht ein finsteres Gesicht. »Ich werde nicht …«

»Bitte geh, Leo«, sagt Riel. »Du auch, Marly. Ihr müsst dafür sorgen, dass niemand hinter uns reinkommt. Falls wir nicht wieder rauskommen, müsst ihr …«

»Ich lasse dich nicht hier!«, schreit Leo.

»Bitte«, fleht Riel, eilt zu ihm und legt ihm die Hände an die Wangen. »Bitte, Leo.«

»Okay, okay, geht«, sagt Marly und zieht Leo mit sich.

Und ich weiß nicht, ob ich geschmeichelt sein soll, dass Riel mich ausgewählt hat, mit ihr zu kommen, oder ob sie mich nur für die Entbehrlichste hält.

Draußen versuchen Riel und ich abwechselnd, mit der Hantel den Türknauf des zweiten Lagerhauses abzubrechen. Es ist nicht leicht: Die Hantel ist schwer, der Knauf stark. Aber schließlich fällt er auf den Boden.

Als wir die Tür aufdrücken, wabert Rauch heraus. Im

Inneren ist es dunkel bis auf ein unheimliches Leuchten am anderen Ende des Gangs; Lichtstrahlen schneiden durch den Rauch wie von einer verklemmten Discokugel. Hinter uns schreien meine Eltern meinen Namen. Wir haben nicht viel Zeit. Ich kann nicht zulassen, dass sie hinter mir hereinkommen.

Riel und ich gehen auf die Knie, krabbeln unter dem Rauch entlang, die Gesichter dicht über dem Boden. Einmal werfe ich einen Blick über die Schulter zurück, um zu sehen, wie weit wir gekommen sind, aber hinter uns ist nur Dunst.

»Da ist etwas, jemand …«, flüstere ich, nicht sicher, wie ich ausdrücken soll, was ich fühle – nur dass wir in noch größerer Gefahr sind, als ich vorher gefühlt habe.

»Es ist schlimm«, sagt Riel. »Ich weiß.«

»Aber Jasper …«

»Ich weiß. Er ist auch hier«, sagt sie. »Komm, wir haben nicht viel Zeit.«

Zentimeterweise schieben wir uns weiter in dem Gebäude nach vorn. »Jasper!«, rufe ich. »Bist du hier drin?«

Während wir an der Wand entlang weiterkriechen, wo der Rauch nicht so dicht zu sein scheint, lauschen wir. Ab und zu rufen wir in die Dunkelheit.

Gerade denke ich, dass wir umdrehen müssen, als ich plötzlich hochgerissen werde. Und dann stehe ich wieder von Angesicht zu Angesicht Quentin gegenüber. Mein Arm steckt in seiner blutverschmierten Hand. In der anderen hält er ein Messer. Quentin dreht mich um und hält mir das Messer an die Kehle.

»Was hast du mit Jasper gemacht?«, keuche ich.

»Wylie!« Jaspers Stimme. »Lass sie los!«

Er lebt. Wir haben ihn lebend gefunden. Ich bin so

erleichtert, dass ich einen Augenblick lang Quentin und sein Messer vergesse.

»Wir müssen alle hier raus. Sofort, Quentin!«, schreit Riel. »Das brennt hier alles!«

Quentin schüttelt den Kopf. »*Ich* muss raus«, sagt er ruhig. »Ihr bleibt hier.«

Ich sehe, wie Riel an Quentin vorbeischaut. Nur kurz, eigentlich nur den Bruchteil einer Sekunde. Aber ich kann fühlen, dass das kein Zufall war. Und als Riel und ich uns wieder in die Augen schauen, bedeutet sie mir in Gedanken, aufzupassen. Sie hat die Hantel immer noch in der Hand. Ich muss vorbereitet sein, was auch immer sie vorhat.

»Russo!«, schreit Riel und sieht wieder an Quentin vorbei, als käme jemand hinter ihm heran.

Quentin erschrickt kurz. Gerade lang genug, dass Riel die Hantel nach ihm werfen kann, als er sich umdreht. »Was hast du …« Ein dumpfer Knall, als das Gewicht von Quentin abprallt und auf den Boden fällt.

»Scheiße!«, schreit er, bückt sich und umklammert seinen Fuß.

Und plötzlich ist das Messer nicht mehr an meiner Kehle. Ich laufe los, außerhalb seiner Reichweite.

»Du miese Schlampe!«, schreit Quentin und geht mit erhobenem Messer auf Riel los.

Aber Jasper ist schneller. Er hat etwas in den Händen und holt damit nach Quentins Kopf aus. Mit der ganzen Kraft und Präzision eines Sportlers.

Der Schlag auf den Kopf lässt Quentin taumeln, aber er bleibt trotzdem noch einen Moment aufrecht. Er hebt die Hand zum Kopf, schafft es aber nicht ganz.

»Ah«, ist das letzte Geräusch, das Quentin macht, bevor er zusammensackt.

Jasper steht über ihm, verblüfft und angewidert von dem, was er getan hat. Er blickt auf das Rohr hinab, das er immer noch umklammert hält.

»Jasper, komm!« Ich zerre ihn in Richtung Tür. »Es ist okay. Wir müssen hier raus. Es könnte sein, dass jemand kommt. Weg hier!«

Wylie

Stunden später sind wir wieder bei uns zu Hause versammelt: Dad, Mom, Gideon, Marly, Leo, Jasper und Riel. Es ist immer noch lange vor Sonnenaufgang. Fassungslos und still schwanken wir zwischen Herumgehen wie Zombies und Erschrecken beim kleinsten Geräusch. Wir wissen natürlich, dass wir zu Hause auch nicht sicher sind. Andererseits sind wir nirgends mehr sicher und konnten nirgendwo anders hin.

Meine Eltern haben geduscht, Jasper auch. Er trägt jetzt eine von Dads alten Jogginghosen, was gleichzeitig tröstlich ist und total seltsam. Marly und Leo helfen Mom, alle Snacks bereitzustellen, die wir auf dem Küchentisch haben – hauptsächlich Cracker und ein paar fade Pommes. Dann schenkt sie jedem von uns ein Glas Wasser ein.

»Viel ist es nicht, tut mir leid«, sagt Mom und deutet auf das Essen.

»Hat überhaupt jemand Hunger?«, fragt Jasper, der auf den Tisch starrt, als würde ihm gleich schlecht.

Das tun wir alle ziemlich viel: starren. Verstört, das ist wahrscheinlich das richtige Wort. Wie man sich fühlt, wenn man überlebt hat, aber weiß, dass es auch ganz anders hätte ausgehen können. Und es ist nicht wie ein Autounfall, wenn die Gefahr vorüber und alles vorbei ist. Sie können uns nicht einfach in Ruhe lassen. Mit dem Wissen, das wir haben. Was bedeutet, dass wir keine Wahl haben: Wir müssen sie kriegen, bevor sie herkommen, und es zu Ende bringen.

»Wir haben Glück, dass diejenigen, die das Feuer gelegt haben, uns nicht einfach alle erschossen haben oder so«, sage ich, obwohl ich kein bisschen das Gefühl habe, Glück gehabt zu haben.

»Das würde nicht zu der Geschichte passen, die sie sich ausgedacht haben«, sagt Riel. »Das würde zu viele Fragen aufwerfen. Das Feuer, in dem ihr alle auf einmal umgekommen wärt, sollte alle offenen Fragen klären. Sie werden es ganz sicher noch mal versuchen. Aber nicht heute Nacht. Sie sind zu vorsichtig.«

»Wir müssen die Polizei anrufen«, beschließt Mom.

»Die ist hoffentlich schon auf dem Weg raus zu den Lagerhäusern«, erwidert Dad. »Ihr habt sie doch angerufen, oder?«

»Das heißt nicht, dass sie wirklich jemanden geschickt haben«, widerspricht Gideon.

»Dann sollten wir jemand anderen anrufen«, sagt Leo. »Wir müssen jemandem von deinem Großvater erzählen, Riel.«

»Einverstanden. Aber wem?«, fragt Riel. »Wem können wir trauen?«

»Wir könnten Oshiros Frau Elizabeth anrufen.« Damit meine ich hauptsächlich Gideon. Es ist halb Frage, halb Aussage. »Und die könnte Oshiro fragen. Er wird Leute kennen, denen wir vertrauen können.«

Gideon nickt und steht auf, um anzurufen. »Gute Idee.«

»Ihr solltet alle etwas trinken«, sagt Mom. »Und sind wir sicher, dass niemand verletzt ist?«

Sie sieht sich zu uns um, bis wir alle die Köpfe schütteln: Nein, wir sind nicht verletzt. Sie ist jetzt ganz Mom. So war sie schon immer, wenn sie sich über etwas ganz Großes Sorgen macht. Sie konzentriert sich auf die kleinen Dinge, gegen die sie etwas tun kann. Ich fand das immer nervig. Bis jetzt. Jetzt erscheint es mir wie die beste Eigenschaft, die jemals jemand hatte.

Als sie meinen Blick auffängt, kommt sie zu mir herüber. »Können wir kurz reden?«, fragt sie. Ich nicke, und sie hakt sich bei mir unter und führt mich zu der Couch im Wohnzimmer. Wir haben noch nicht geredet. Über nichts.

»Es tut mir leid, Wylie«, sagt sie draußen im Wohnzimmer. Sie sieht aus dem Fenster, während ich auf dem Sofa sitze. Die Arme hat sie verschränkt. »Dass du Rachel vertraut hast. Dass ich dich dazu gebracht habe. Als ich den Brief schrieb, den ich dir im Gefängnis gegeben habe, wusste ich noch nicht, dass sie in die Sache verwickelt war. Nach dem Unfall hatte sie mich total überzeugt, dass es sicherer für euch wäre, wenn ich gehe. Und sie hatte mir geholfen, monatelang unterzutauchen. Ich wohnte in ihrer Ferienhütte. Sie sagte, es würde euch mehr helfen, wenn ich mich stattdessen darauf konzentrierte, Verbündete zu suchen, ein Team zu bilden. Sie half mir sogar, Leute zu finden, mit denen ich reden konnte. Inzwischen ist mir klar, dass sie eigentlich *ihr* halfen.« Enttäuscht von sich selbst, schüttelt sie den Kopf. »In Wirklichkeit wollte sie mich nur benutzen, damit du ihr vertraust, damit sie uns mit diesem verrückten Vincent als Tarnung alle auf einmal loswerden konnte.«

»Sie hat gelogen, Mom«, sage ich. »Und sie hat Monate, vielleicht sogar Jahre geübt, um so gut darin zu werden, dass selbst ich keine Ahnung hatte. Deshalb hast du ihr vertraut. Deshalb habe *ich* ihr vertraut.«

Auch wenn ich weiß, dass meine Geschichte ein bisschen

komplizierter ist. Dass es nicht um das Übersehen von Warnzeichen geht. Es geht darum, dass ich – auch jetzt noch – mir selbst nicht genug vertraue, um meinen eigenen Instinkten zu glauben.

»Ich wusste aber, dass Rachel ein schlechter Mensch ist«, sagt sie schuldbewusst, während sie sich neben mich setzt. »Deshalb hatte ich ja eigentlich keinen Kontakt mehr mit ihr.«

»Du wolltest glauben, dass sie sich geändert hat«, erkläre ich. »Du wolltest an ihre Unschuld glauben. Gefühle sind nicht eindeutig. Selbst wenn man sie lesen kann, sind sie manchmal immer noch schwer zu glauben. Die Leute verstehen übrigens sogar Tatsachen falsch. Ständig.«

»Aber ich sollte dich eigentlich schützen.« Ihr glasiger Blick sucht meinen. »Das ist meine ganze Aufgabe.«

»Ich würde sagen, angesichts von allem, was passiert ist, hast du das ganz gut gemacht.« Ich deute auf mich selbst. »Schließlich lebe ich noch.«

Sie lächelt und schließt mich fest in die Arme. Und ich fühle nichts als Liebe. Einfach, rein und tief. Ihre Liebe. Und meine. »Wo hast du gelernt, so großzügig zu sein?«

»Von dir.« Meine Stimme wird von ihren Haaren gedämpft. »Ich habe alles von dir gelernt.«

Da erscheint Jasper im Wohnzimmer.

»Ich glaube, ich brauche Luft«, sagt er mit einer Geste zur Tür.

Ich stehe auf. »Ich komme mit.«

»Seid aber vorsichtig da draußen«, warnt uns Mom. »Bleibt nah am Haus, auf der Veranda.«

Wie sehr wünsche ich mir, diese Warnung möge lächerlich und übertrieben sein.

»Machen wir«, verspreche ich.

Jasper hat mir seit unserer Flucht aus den Lagerhäusern mindestens ein Dutzend Mal gesagt, es gehe ihm gut. Aber es ist so offensichtlich alles andere als wahr. Ich warte, bis wir draußen auf der Treppe sitzen und in den Himmel über dem Haus gegenüber starren. In der Ferne wird es langsam hell. Die Sonne geht auf. Das ist immerhin etwas.

»Wenn du nicht wärst, wäre ich tot«, sage ich, denn ich bin mir ziemlich sicher, es ist das Gefühl des Rohrs in seiner Hand, das ihn verfolgt. »Du hast da drin genau das getan, was nötig war.«

»Ich dachte aber schon vorher daran. Dass ich es wollte. Und das war, bevor es ›nötig war‹.« Jasper wendet den Blick nicht vom Horizont ab. »Wenn es das Richtige war, Quentin zu töten, warum geht es mir dann deswegen jetzt so schlecht?«

Ich zucke die Achseln. »Weil das Richtige zu tun oft scheiße ist.«

Jasper lächelt. »Mehr fällt dir nicht ein, ernsthaft?«

Ich lächle auch. »Tut mir leid, ich bin Outlier, das heißt nicht, dass ich super im Aufmuntern bin. Vielleicht solltest du aber aufhören, in allem, was du tust, nach Beweisen für das Schlimmste in dir zu suchen. Du kannst selbst entscheiden, was du damit anfängst, wer du bist.«

»Siehst du, das war viel besser.« Jasper lehnt sich an mich.

»Das stammt ja auch von meiner Therapeutin.«

Danach schweigen wir lange.

»Es ist noch nicht vorbei, oder?«, fragt Jasper schließlich.

»Ich glaube nicht«, antworte ich. »Ich glaube, sie werden es immer wieder versuchen, bis wir Russo ausgeschaltet haben.«

»Und wie machen wir das?«, fragt er.

»Irgendwie«, sage ich. »Hör mal, es tut mir wirklich leid,

dass ich den Brief geschrieben habe. Deine Mom wollte es so. Aber ich hätte es nicht tun sollen, egal, was sie sagte. Ich wusste, es war ein Risiko.«

»Wenn du ihn nicht geschrieben hättest, wärst du vielleicht im Gefängnis«, sagt er. »Und ich wäre wahrscheinlich tot.«

»Aber das, was ich da geschrieben habe ... So fühle ich nicht«, sage ich und sehe ihn absichtlich nicht dabei an.

»Nein, ich kann nicht wissen, was du wirklich fühlst.« Jasper wendet sich mir zu und sieht mich so eindringlich an, dass ich den Blick erwidern muss. »Ich bin kein Outlier, schon vergessen? Du musst es mir deutlich sagen.«

»Okay«, sage ich. Ich schließe die Augen und versuche zu atmen. Und ich erinnere mich daran, was meine Mom mal gesagt hat: dass es ganz verschiedene Arten gibt, mutig zu sein. »Ich glaube, ich fange vielleicht gerade an, mich in dich zu verlieben.«

Als ich mich zwinge, die Augen zu öffnen, sieht mich Jasper mit hochgezogenen Augenbrauen und einem leichten Lächeln an. »›Vielleicht‹? ›Ich fange an‹? Ganz schön viele Einschränkungen, was?« Er seufzt in gespielter Verzweiflung. »Aber ich glaube, das reicht mir.« Er nickt. »Ja, ich auf jeden Fall.«

Das ist das Letzte, was er sagt, bevor er mich küsst.

Von seinem Krankenhausbett aus schickt uns Oshiro Polizisten, denen wir trauen können. Uniformierte Beamte aus Newton, die kein Interesse an irgendetwas haben außer an ihrer Arbeit: die Bevölkerung vor Schaden zu bewahren. Bis sie ankommen, ist es Tag.

Wir versammeln uns im Wohnzimmer und versuchen, methodisch zu erklären, was in den Lagerhäusern passiert ist, indem wir an der einzig möglichen Stelle anfangen: am Anfang. Zuerst konzentrieren wir uns auf Vince und Quentin und Dads Studie. Aber es ist einfach so viel. Am Ende ist Riel diejenige, die zu Russo, unserem eigentlichen Ziel, kommt. Sie kann es am besten erklären.

»Senator Russo ist definitiv derjenige, der hinter allem steckt«, sagt Riel. »Er ist mein Großvater.«

»Sie meinen den Typen, der als Präsident kandidiert?«, fragt einer der Polizisten. Er ist rund, mit freundlichen vorstehenden Augen und einem kahlen Kopf.

Er dreht sich zu seiner Partnerin um, einer Frau mit einem Tattoo über den halben Arm und dem wachen Gesichtsausdruck von jemandem, der sich nichts erzählen lässt.

»Ich wusste doch, dass der Typ ein Arschloch ist«, sagt sie.

»Ähm, na ja«, sagt der runde Polizist. »Damit wir etwas tun können, brauchen wir Beweise, dass dieser Senator ein konkretes Verbrechen begangen hat. Denn Ethik oder so was sind nicht so ganz unsere Abteilung.«

»Wir haben Beweise.« Ich wende mich an Riel. »Oder?«

»Werden wir haben«, sagt sie. »Werden wir haben.«

»Und wenn wir Beweise haben, helfen Sie uns?«, fragt Mom die Polizisten.

»Oder wir finden jemanden für Sie, der das kann«, verspricht die Polizistin.

Ich fühle, wie ernst sie das meint; wie sie glaubt, dass sie die richtigen Leute finden wird, die herbeieilen und alle retten. Aber ich weiß jetzt schon, dass das nicht geht. Ich weiß, dass wir uns nur selbst retten können. Wir können es immer noch schaffen.

Wir, die Outliers. Jede von uns für sich ist viel mehr als nur die Fähigkeit, Menschen zu lesen. Wir sind stark und schwach. Wir sind besonders und normal. Wir sind freundlich und großzügig, und wir machen Fehler. Wir sind kompliziert, und wir sind menschlich.

Aber zusammen sind wir unbesiegbar, daran glaube ich. Jetzt müssen wir es sein.

Abschrift des Interviews mit Prime Time News vom 15. August:
Senator David Russo

Chad Mayer: Als wir uns das letzte Mal gesprochen haben, gab es Gerüchte, Sie würden womöglich für das Präsidentenamt kandidieren. Jetzt haben Sie Ihre Kandidatur offiziell angekündigt. Was wären die vorrangigen Themen Ihrer Regierung?

Senator Russo: Sicherheit und Privatsphäre. Die Welt verändert sich rapide, und wir müssen uns anpassen. Erst kürzlich hat eine Studie ergeben, dass gewisse Menschen erhöhte Wahrnehmungsfähigkeiten zu haben scheinen. Diese Enthüllungen sind für den größten Teil des Landes neu, aber wir vom Komitee der Streitkräfte beobachten sie schon eine ganze Weile.

Chad Mayer: Meinen Sie damit die Outliers, die in letzter Zeit so oft in den Medien waren? Man hat den Eindruck, es wird über nichts anderes mehr gesprochen.

Senator Russo: Ja. Die Wähler sollten sich fragen, wer am besten darauf vorbereitet ist, mit komplexen Herausforderungen wie den Outliers zurechtzukommen. Wir müssen die Privatsphäre der Öffentlichkeit, die keine Outliers sind, schützen, und wir müssen natürlich auch die Outliers selbst schützen. Wir entwickeln Mittel und Wege, um diese jungen Mädchen zu schützen, von denen viele sehr von dieser neuen Fähigkeit verwirrt sind. Weiterhin kann man nicht sagen, wie gewisse Randerscheinungen unserer Gesellschaft versuchen werden, sie auszunutzen. Davor müssen wir sie ebenfalls schützen.

Chad Mayer: Wären Sie bereit, uns Ihre Pläne genauer auszuführen?

Senator Russo: Damit würde ich unsere Bemühungen unterminieren. Und das werde ich nicht tun, egal, wie vorteilhaft es für meine Kandidatur wäre. Kein Wahlsieg darf auf Kosten des amerikanischen Volks gehen.

Die Outliers

Indiana ist mitten im September genau so, wie man es sich vorstellt: heiß und voller Mais. Wir sind nach Indianapolis geflogen. Die Stadt ist kleiner als Boston, aber trotzdem noch eine richtige Großstadt mit hohen Bürogebäuden und schicken Restaurants. Wir kamen an ihnen vorbei, als Chances Bruder uns zu der Wahlkampfveranstaltung fuhr. Er ist unser Kontakt vor Ort. Er kennt sich hier aus und weiß, wie wir am besten unterm Radar bleiben. Außerdem hat er uns mit einer Menge anderer Leute von hier bekannt gemacht, die uns helfen können. Essen, ein Dach über dem Kopf und andere Notwendigkeiten. Und sie werden für uns lügen, wenn sie müssen. Sie werden ihr Leben dafür geben.

Außer Chances Bruder sind fünf von uns hier. Drei sind Outliers, zwei nicht. Vereint, um Russo aufzuhalten, trotz unserer Unterschiede. Wir haben speziell diese Wahlkampfveranstaltung ausgesucht, weil sie landesweit übertragen werden soll. Was wir tun werden, braucht Presse.

Am Ende tat die Polizei von Newton ihr Bestes, um uns zu helfen. Aber sie wurde ziemlich schnell ausgebremst und wie so viele andere von denen da oben bedroht. Wir wussten immer, dass wir keine andere Wahl haben würden, als die Sache selbst in die Hand zu nehmen. An vorderster Front zu kämpfen. Und wir sind jetzt gut organisiert. Wir haben einen Schlachtplan – nicht nur für diesen Tag, sondern auch für alle weiteren. Wir haben Leute – sehr viele –, die helfen wollen. Leute, die alles Mögliche können. Und einige haben sogar ein bisschen Macht.

Aber für heute sind wir auf uns gestellt. Wir wollten es so.

Wir haben natürlich alles verloren, was vielleicht auf Russos Handy war. Und alle Fotos bis auf eines. Aber dieses Foto war das wichtigste. Und wir haben dafür gesorgt, dass die Leichen der toten Mädchen – die verlorenen – mit der WSRF, Mrs Porter und dem Wolf in Zusammenhang gebracht werden können. Das war mit ein paar wohlplatzierten Anrufen nicht schwer. Russo an die Wand zu nageln ist viel schwieriger. Doch das ist jetzt unsere Chance: das Foto von seinem Auto vor der WSRF und die anderen Dokumente, die Elizabeth seitdem ausgraben konnte. Gemeinsam erzählen sie eine Geschichte, die dieses Mal an ihm kleben bleiben wird. Wir glauben daran.

Die meisten Beweise haben wir schon eine ganze Weile, aber wir haben auf den richtigen Zeitpunkt, den richtigen Ort gewartet, um sie offenzulegen – zu früh vor den Wahlen wäre die ganze Schrecklichkeit vielleicht als Wahlkampflärm untergegangen. Aber jetzt, da Russo *der* Kandidat ist, jetzt, da alle hinschauen, werden es alle erfahren.

Die meisten Outliers haben sich ganz herausgehalten, um für uns weiterzumachen, falls dieser spezielle Plan schiefgeht und wir ihn nicht zu Ende bringen können. Wir gehen aber nicht davon aus. Wir haben zu lange und zu vorsichtig geplant. Doch der Weg zum Sieg, haben wir gelernt, kann viel länger und holpriger sein als gedacht.

Wir können nur hoffen, dass es damit endet, dass Rachel, die Architektin, auch mit untergeht. Inzwischen ist sie Senator David Russos Wahlkampfmanagerin und rechte Hand.

Es gibt Gerüchte, dass sie, wenn alles läuft wie geplant, einen Posten ganz oben in seiner Regierung bekommen soll – Außenministerin, Justizministerin. Aber wer weiß, wie es für Rachel ausgehen wird? Wenn sich eine Marionette erst von ihren Schnüren losgeschnitten hat, kann sie sich auch leicht darin verheddern.

Senator Russos Wahlkampfveranstaltung findet am anderen Ende des großen Jahrmarkts statt. Als wir daran vorbeifahren, mischt sich der Duft nach Popcorn, Schmalzgebäck und Heu im Auto. Es ist der Duft von Hoffnung und Unschuld.

Hier, weit von der Stadt entfernt, wird es sogar noch wärmer. Zu warm, sagt Chances Bruder, selbst für Indiana. Sein Bruder ist ein echt netter Kerl – total unkompliziert, wie Chance, der auch hier wäre, wenn er nicht in Boston beim Eishockeytraining sein müsste, um Jasper zu decken.

Wir sehen zu dem Riesenrad und dem Karussell hinüber, zu den lachenden Kindern, die ihre Eltern zum Eingang ziehen. Es ist kaum zu glauben, dass sie so ahnungslos sein können.

Wir können nur hoffen, dass sich das ändern wird, wenn alle Einzelheiten öffentlich bekannt sind. Wenn sie wissen, wie schlimm es ist. Wenn sie verstehen, was Russo wirklich meint, wenn er davon spricht, »die Outliers zu beschützen«. Aber so viele Leute sind schon seiner Meinung. Er ist gut im Argumentieren. Die Vorstellung, dass da draußen jemand – die Outliers – die eigenen Gefühle sehen kann, kommt vielen Leuten nicht richtig vor. Auf jeden Fall ungerecht. Sogar ungehörig, fast schon wie Hexerei. Russo hat so viele Ängste geschürt, dass für Gutherzigkeit kein Platz mehr ist. Und wenn die Outliers zahlenmäßig so wenige sind, warum sollten ihre Interessen wichtiger sein als die so vieler anderer?

Am Ende wird die wahre Frage sein: Wie weit werden die Leute gehen, um jemanden zu beschützen, der anders ist als sie?

Als wir endlich ankommen, steigen wir aus Chances Auto in die warme Septembersonne. Langsam gehen wir in unseren T-Shirts mit dem Aufdruck *Russo for President, Privacy is Power* aufs Tor zu. Die Shirts sind natürlich nur Tarnung, aber zumindest wird niemand auf der Veranstaltung versuchen, unsere Gefühle zu lesen. Selbst diejenigen, die es können, werden so tun, als könnten sie es nicht. Während wir uns dem Eingang nähern, werden wir von einem Meer von Russo-Unterstützern in genau den gleichen T-Shirts verschluckt. Mehr Menschen, als wir erwartet haben. Wir hatten auf weniger gehofft.

Aber wir können uns dadurch, dass wir in der Unterzahl sind, nicht von unserem Vorhaben abbringen lassen.

Am Tor stecken wir unsere VIP-Ausweise an, sehr gute Fälschungen von Elizabeth Oshiro. Level99 gibt es nicht mehr, die Mitglieder sind in alle Winde zerstreut. Am Ende glaubten sie Riels Warnungen mehr als Brians Beteuerungen.

Wir haben schon entschieden, wer von uns das Reden übernehmen wird, wenn wir erwischt werden. Und wir werden uns an ein weiteres Kernprinzip halten.

Outlier-Regel Nr. 10: Eine Lüge ist immer besser, wenn sie der Wahrheit sehr nahekommt.

Rachel wusste das. Sie wusste sehr viel mehr, als wir ihr je zugetraut haben.

Wir winken der älteren Dame am Tor lächelnd zu. Sie

sieht aus wie ein netter Mensch, der sich von unserer Geschichte überzeugen lassen wird. Wir heben unsere selbst gemachten VIP-Schilder an. Wir erzählen ihr von unserer besonderen Beziehung zu Russo, dass es eine Familienangelegenheit sei. Margie, eine Assistentin von Senator Russo, habe gesagt, es sei in Ordnung.

Es gibt wirklich eine Assistentin Margie, auch wenn sie in Wahrheit noch nie von uns gehört hat.

»Oh«, ruft die großmütterlich aussehende Frau aus. »Ihr seid ja süß!« Sie winkt einen Sicherheitsmann herbei. »Bring sie hinter die Bühne. Zu Margie.«

Von da ab werden wir zu einem Stille-Post-Spiel. Absichtlich natürlich. Wer wir sind und warum wir hier sind, wird immer unklarer, während wir von Security zu Assistentin zu Backstagehelfer durchgereicht werden – bis irgendwann niemand mehr eine Ahnung hat. Die letzte Person, an die wir übergeben werden, ist Margie: klein und zierlich, mit riesigen blauen Augen und einem perfekt geschnittenen Bob.

»Oh«, sagt sie und blinzelt uns an, während sie ihre Erinnerung nach einem Gespräch durchsucht, in dem sie möglicherweise jemandem erlaubt hat, jemandem Backstagepässe zu geben, selbst einer Verwandten des Senators. *Nein*, denkt sie, so dumm wäre sie nie. Aber sie ist zu besorgt, um ihrem Instinkt zu vertrauen. »Natürlich«, sagt sie stattdessen.

Und jetzt müssen wir nur noch nah genug herankommen, um einen speziellen Schalter der Anlage umzulegen; Elizabeth hat uns beschrieben, wie er aussehen müsste. Dann kann Elizabeth das System übernehmen. Solange wir den Schalter umlegen, kann sie dafür sorgen, dass unsere Sendung auch live in den Rest der Welt übertragen wird.

Margie führt uns nach hinten, wo ein großer Wohnwagen steht. Als wäre der Senator ein Filmstar oder so was. Natürlich will er das zum Teil genau aus diesem Grund. Vielleicht ist es sogar der Hauptgrund. Margie sieht auf die Uhr. Sie schindet Zeit. Sie will ihn nicht stören.

Da entdecken wir die Schalttafel, die wir brauchen. Genau hier. Wir sind schon am perfekten Ort.

Die Tür zum Wohnwagen schwingt nach außen, und Senator Russo kommt in einem gut sitzenden blauen Anzug und mit im Sonnenlicht besonders silbern schimmernden Haaren die Stufen herab. Er ist abgelenkt, spricht mit jemandem hinter ihm. Vielleicht jemand, der ihn einweist, auf jeden Fall jemand, der seinem Ego schmeichelt. Einen Augenblick später kommt sie in Sicht: Rachel. Glühend vor Begeisterung. Endlich genau dort, wo sie immer sein wollte. Und in diesem Augenblick ist es schwierig zu sagen, wer schlimmer ist.

Russo ist halb die Treppe herunter, als er uns entdeckt. Wir heben die Hände und winken. Und da ist sie, die Verzögerung. Die Pause. Russo gibt einem Sicherheitsmann wütend einen Wink. Sicher sagt er so etwas wie: *Bring sie weg!*

Es wird Zeit zu gehen. Davonzulaufen und etwas umzuwerfen. In dem Durcheinander den Schalter umzulegen. Also tun wir genau das.

Alles genau nach Plan.

Eine halbe Stunde später sitzen wir auf einem der Fahrgeschäfte an der Westseite des Jahrmarkts. Wir blicken über die Wahlkampfveranstaltung, unter uns läutet es wieder und wieder, jedes Mal, wenn jemand gewinnt. Wir warten darauf, dass der Senator – nach einem Vorredner um den anderen – endlich die Bühne betritt. Die Sonne geht jetzt schnell unter, der Himmel wird in langen, gekrümmten Streifen rosa. Die Luft riecht nach Holzkohle und Sonnenuntergang. Hier oben in der Nähe der Bäume, über dem Gelächter und der Menschenmenge, ist es so friedlich. Ja, das wird funktionieren, denken wir. Diesmal können wir es fühlen.

Rachel kommt auf die Bühne, um Russo vorzustellen, sie spricht mit solchem Stolz über seine Leistungen. Wir geben uns große Mühe, die Worte nicht einsinken zu lassen. Andernfalls würde sich unsere Wut vervielfachen und uns am Stück verschlingen. Stattdessen müssen wir weiter an Güte und Gerechtigkeit glauben. Letztendlich ist das alles, was uns bleibt: Hoffnung.

Wir beobachten, wie die kleine Gestalt von Russo in der Ferne endlich die Bühne betritt. Mit ineinander verkrampften Händen sitzen wir Seite an Seite der untergehenden Sonne zugewandt. Mit angehaltenem Atem beten wir, dass dies das Ende ist. Und außerdem vielleicht ein Neubeginn.

Und dann, endlich, passiert es. Die Bildschirme hinter Russo hängen sich auf, ihre Bilder werden durch eine Schleife langer, gleichmäßiger Blitze ersetzt. Jedes Dokument geheim und vertraulich. Jedes ein Schritt auf dem schrecklichen Weg, der Russo auf diese Bühne geführt hat. All die Gräuel, für die er schon verantwortlich ist. Da ist das Foto von seinem Auto. Riel und Kelsey als kleine Mädchen. Die WSRF. Die Artikel von EndOfDays voller Falschinformationen, die ihn loben. Das allerletzte Bild ist eines von den Mädchen. Von den verlorenen. Die Outliers vielleicht, deren Hände sich verzweifelt nach jemandem oder etwas ausstrecken, an dem sie sich festhalten können.

Danach folgen Lärm und Verwirrung, hörbares Luftschnappen im Publikum, während die Leute es sich langsam zusammenreimen. Die Bildfolge war zu schnell, um sie beim ersten Mal zu verstehen. Aber die Medien werden sie langsamer abspielen und analysieren. Sie werden besessen davon sein zu verstehen, was sie bedeuten. Im Moment sind es noch einzelne Punkte, aber man kann sie zu Bildern zusammensetzen. Und die werden schließlich aufeinanderprallen.

Dann werden alle sehen, was Russo genau getan hat. Was für ein Mensch er ist und immer sein wird: jemand, dem nur an Macht liegt. Seiner Macht.

Und in diesem Moment werden wir endlich zu dem, was wir immer sein sollten: Jede auf ihre eigene Art verschieden, aber trotzdem Kämpferinnen. Solche, die denken, aber auch fühlen. Kämpferinnen, die länger, als sie es für möglich gehalten hätten, kämpfen werden: für die Menschen, die sie lieben, und das, woran sie glauben. Für Menschen, die sie nie kennengelernt haben und niemals kennen werden. Für eine Vorstellung davon, was richtig ist. Dafür, wie die Welt sein sollte.

Starke, gesunde Kämpferinnen. Und endlich frei.

Epilog

Senator Russo unterlag in der Präsidentschaftswahl Senatorin Lana Harrison, aber nur knapp. Trotz umfangreicher Ermittlungen durch die Bundesbehörden steht nicht zu erwarten, dass er eines Verbrechens angeklagt wird.

Präsidentin Lana Harrison hat schon mit einer Änderung des *Civil Rights Act* von 1964 begonnen, auch bekannt als Titel VII, um weiter gehende Rechte und mehrere zusätzliche geschützte Klassen mit aufzunehmen. Eine davon werden die Outliers sein.

Außerdem hat sie das *Freedom Institute* gegründet, das für den Schutz aller Minderheitengruppen zuständig sein wird. Es befindet sich zwar noch im Planungsstadium, besitzt aber schon einen Slogan: Wissen ist Macht.

Dank

Vielen Dank an meine engagierte Lektorin Jennifer Klonsky, die während der Arbeit an dieser Trilogie so freundlich und aufmerksam war, und an die sehr geduldige und extrem gewissenhafte Catherine Wallace. Danke auch an Claudia Gabel und den Rest meines großartigen Teams bei HarperTeen: Gina Rizzo, Ebony Ladelle und die Cover-Gestalterin Sarah Kaufman.

Ein besonderes Dankeschön an Kate Jackson und Suzanne Murphy.

Danke an die fabelhaften anderen Team-Mitglieder bei HarperTeen in Marketing, Presse, Vertrieb und *Library* für all eure Arbeit an der ganzen Reihe. Und schließlich, aber sicher nicht endlich, danke an all die grandiosen (und grandios geduldigen) Leute in der Geschäftsführung von HarperTeen: Josh Weiss, Mark Rifkin, Bethany Reis und Mitherausgeberin Valerie Shea.

An meine geliebte Agentin Marly Rusoff: Danke für alles. Ich kann gar nicht alles aufzählen. Danke, danke an Julie Mosow für deine weisen Ratschläge. Danke auch an Michael Radulescu, Lizzy Kremer, Harriet Moore und die fantastische und engagierte Shari Smiley. Ein Riesendankeschön an die unglaubliche Katherine Faw, weil du mich immer wieder geduldig und fröhlich gerettet hast. Danke außerdem an Laura Chasen und Deena Warner.

Vielen Dank an den genialen Daniel Rodriguez auch für diesen Titel. Und an Victoria Cook für deinen immer wieder weisen Rat und das Geschenk deiner Freundschaft. Danke an Megan Crane, weil du immer da bist, vor allem in letzter Minute.

Wie immer bin ich dankbar für die großzügige Unterstützung lieber Freunde: Martin und Clare Prentice, Catherine und David Bohigian, Cindy, Christina und Joey Buzzeo, Jeff Johnson, Cara Cragan und Michael Moroney, die Cragan-Familie, die Crane-Familie, Joe und Naomi Daniels, Larry und Suzy Daniels, Bobo Daniels und Craig Leslie, Diane und Stanley Dohm, Elena und Dan Panosian, Dave Fischer, Heather und Michael Frattone, Tania Garcia, Sonya Glazer, Nicole und David Kear, Merrie Koehlert, Hallie Levin, John McCreight und Kim Healey, Brian McCreight, die Metzger-Familie, Jason Miller, Tara und Frank Pometti, Stephen Prentice, Maria Renz und Tom Barr, Motoko Rich und Mark Topping, Jon Reinish, Bronwen Stine, die Thomatos-Familie, Meg und Charles Yonts, Denise Young Farrell und Peter Farrell und Christine Yu.

An Nike Arowolo: Danke für deine Wärme und Großzügigkeit.

Emerson, Harper und Tony: Für euch drei werde ich immer am dankbarsten sein.

Autorin

Kimberly McCreight arbeitete als Anwältin, bevor sie sich ganz ihrer eigentlichen Leidenschaft, dem Schreiben, widmete. Ihre Romane, darunter die vielgelobte »Outliers«-Trilogie, sind New-York-Times-Bestseller. Mit ihrem Ehemann und ihren zwei Kindern lebt Kimberly McCreight in Brooklyn, New York.
Mehr zu Kimberly McCreight: www.kimberlymccreight.com

Kimberly McCreight im Goldmann Verlag:

Outliers. Gefährliche Bestimmung. Die Suche. Band 1. Roman (auch als E-Book erhältlich)
Outliers. Gefährliche Bestimmung. Die Bedrohung. Band 2. Roman (auch als E-Book erhältlich)
Die letzte Wahrheit. Roman (nur als E-Book erhältlich)